KB081242

족쇄

전혜진 장편소설

고즈넉
이엔티

일러두기

* 소설에 언급되는 인명, 지명, 상표명, 사건 내용 등은 실제와 무관한 허구입니다.
* 상황과 캐릭터의 성격에 따라 일부 속어를 그대로 사용하였습니다.

✤

1

"있잖아요, 팀장님. 제가 얼마 전에 TV를 보는데, 이집트 신화에 오시리스라는 신이 있다는 거예요. 피라미드 안에 그려진 그림을 보면 피부가 푸르딩딩한 신인데."

부검실로 연결된 통로를 따라 내려가는 내내 신입은 뭐가 그렇게 좋은지 신이 나서 떠들었다. 요즘 애들은 왜 이럴까. 토막살인 이야기를 듣고서도 허세를 부리다니.

"최초의 토막살인 피해자라는 거예요. 아, 피해자가 아니라 피해 신인가? 하여튼."

"그래, 그래."

육중한 금속 문을 열자 서늘한 냉기가 훅 밀려들었다. 10년이 넘게 이 문을 열고 들어왔지만 여전히 소름 돋는 감각이었다. 처음에 나는 어땠던가. 저 녀석처럼, 혹은 허세를 부리며 이

문을 열고 들어왔다가 1년도 못 채우고 도망쳤던 숱한 녀석들처럼 건방진 신입이었을까. 문득 생각하며 상희는 지금까지 백만 번쯤 들은 이야기를 또 들은 듯이 빈정댔다.

“여동생이자 아내인 여신 이시스가 토막 난 시신을 모아서 부활시키기는 했지만, 한번 죽은 몸이기 때문에 피부를 초록색으로 그리곤 하지. 토막 중에서 하필 성기만 없어졌다는 걸로도 유명하고. 더 해볼까?”

“아닙니다.”

요즘 애들은 대체 왜 이럴까. 죽은 사람 앞에서도 잘난 척을 하고. 상희는 냉동고를 열고 무자비하게 토막 난 시신의 일부를 꺼냈다. 뭐든지 맡겨달라, 비위 하나는 자신 있다 으스대던 신입은 비닐봉지를 열자마자 표정이 굳었다.

그렇지 않아도 한눈에 어느 부위인지 알아보기 어려울 만큼 잘린 시신의 토막은 한여름 더위에 부패되어 자세히 보아도 본 모습을 알 수 없을 지경이었다. 인간의 것이라고 말하기도 역겨운 썩은 고기 위에 희고 통통한 구더기가 잔뜩 끼어 있었다. 사람 몸에 익숙한 의사였다 해도, 이런 상태의 시신을 처음 접할 때는 충격을 받는 법이다.

“언제까지 멍하니 있을 거야.”

상희는 망연한 표정을 지은 채 손도 못 대고 있는 신입을 밀어내며 능숙하게 할 일을 시작했다.

“죽은 사람 한두 번 봐? 정신 차려.”

"이거…… 나머지는 어디 갔을까요."

신입이 입을 반쯤 가리고서 중얼거렸다.

"어딘가 있겠지. 고기밥이 되었든가."

상희는 무심하게 대답했다. 토막토막이 서로 다른 검은 비닐 봉지에 나뉘어 버려져 있었으니, 아마도 나머지를 되찾는 데는 시간이 더 필요할 것이다.

"신경 꺼. 그거 경찰 일이야. 우리 일 아니야."

어쩌면 영영 찾지 못할 수도 있다는 말은 애써 삼키며, 상희는 안경 위로 보안경을 쓴 채 시신의 단면이며 확인할 수 있는 상처와 출혈의 흔적들을 살폈다.

"자창에 의한 실혈사야. 어디가 문제인지 알겠어?"

"예. 대퇴부 동맥……인 거죠?"

상희는 고개를 끄덕이며 휘갈겨 쓴 기록을 신입에게 들이밀었다.

"뭘 뜸을 들여."

"그게, 너무 비현실적으로 잘려 있어서요."

신입은 얼굴이 파랗게 질린 채 뭉개진 고깃덩이 같은 시신의 단면과 상희의 기록지를 번갈아 보았다. 아까 부검실로 올 때의 자신만만한 표정은 온데간데없었다. 처음으로 메스를 잡아보고 덜덜 떠는 의대생처럼 긴장한 얼굴을 보니 토하지 않은 것만으로도 칭찬해줘야 할 것 같았다. 전에는 정말로, 입사해서 처음 부검실에 들어갔다가 반쯤 썩은 시신의 머리를 보고 기절한

직원도 있었다니까. 하지만 상희는 엄격한 사람들이 흔히 그러듯 칭찬 대신 일을 가르치는 사람이었다.

"이게 현실이야. 보고서 올릴 줄 알지?"

"제가 올려도 됩니까?"

"얼른 일 배워야지. 우린 늘 사람이 모자라. 좀 지나면 혼자서 한 구씩 해야 해."

"예……."

"수고."

결론은 났다. 서상희가 관심을 두는 것은 여기까지였다. 무슨 사연으로 이런 끔찍한 죽음을 맞았을까. 원한일까. 치정일까. 칼에 찔리고, 온몸이 토막 나 비닐봉지에 담겨 버려지는 인생이란. 그런 문제는 상희의 소관이 아니다. 그는 그저 국과수 법의관으로서 무엇이 이 사람을 결정적으로 죽음으로 몰아넣었는지, 죽인 자의 흔적이 남아 있는지 확인하면 될 뿐이다. 죄와 벌은 그다음의 문제이고 경찰과 검찰이 고민할 문제다.

부검실에서 나오는데 서무 직원이 먼발치에서 상희를 보고 소리쳤다.

"팀장님, 우편물 책상에 뒀어요!"

"어, 고마워."

건성으로 대답하고 상희는 피와 오물을 뒤집어쓴 옷을 벗고 씻으러 갔다. 구석구석, 죽은 이의 흔적을 닦아냈다. 어깨 위로 쏟아지는 물줄기는 시원했지만 한가하게 여유를 부릴 틈은 없었다. 그녀는 지체 없이 씻고 나와 머리의 물기를 털었다. 그나마 점심을 제때 먹으려면 서둘러야 했다.

국과수는 단 하루도 한가할 날이 없었다. 오전에는 전국에서 밀려드는 변사체들을 해부하는 것만으로도 정신이 없고, 팀장쯤 되면 오후에는 써야 할 보고서와 처리해야 할 공문이 가득하다. 하루에 두 구는 기본, 많으면 세 구 이상 해부하는 날도 있다. 그러다 보니 제때 밥 먹고 점심시간 끝나기 전에 잠시 담배라도 한 대 피우는 것이 상희에게는 유일한 낙이었다.

그런데 사소한 문제가 있었다. 모니터 아래에 놓아둔 라이터가 보이지 않았다. 누가 말도 안 하고 집어다 쓴 모양이었다.

"가져갔으면 가져갔다고 말이라도 하든가……."

혹시 어디 틈에 끼었거나 떨어진 건 아닐까 싶어 상희는 책상을 구석구석 살폈다. 그때 서무가 책꽂이 위에 얹어둔, 누런 서류봉투에 담긴 우편물이 보였다.

이상한 일이었다.

개인적인 택배나 우편물은 집으로 받았다.

공적으로 온 우편물이라면, 서무가 먼저 확인했을 것이다.

상희는 미심쩍은 기분으로 봉투를 뒤집어보았다. 휘갈겨 쓴 주소와 함께 눈에 익은 이름이 적혀 있었다.

'조성춘'.

아는 사람이었다. 이름과 얼굴 정도는 알았지만 반가운 사람은 아니었다. 사실을 말하자면 불쾌한 사람이었다. 지긋지긋할 정도로 집요한, 고향의 지방지 기자. 상희는 봉투를 집어 들었다. 그저 봉투를 내려다보는 것만으로도 입가가 경련했다.

이제 와서 또 무슨 일이야.

다 끝난 일이잖아.

대체 왜.

상희는 문득 사무실 벽에 걸린 달력을 쳐다보고, 봉투를 뜯었다. 구깃구깃한 서류봉투 안에는 복사한 신문 기사 여러 장이 들어 있었다. 상희는 그중 맨 앞에 놓인 것을 집어 눈으로 훑었다.

여동생을 강간하려 한 아버지를 살해

경기장제경찰서는 15일 아버지와 의붓어머니를 살해한 혐의로 아들 서 모 군(18세)을 구속했다. 수원지방법원 여주지원 손지상 부장판사는 이날 열린 영장실질심사에서 존속살해 등 사건 구속사유가 인정된다며 구속영장을 발부했다.

서 군은 13일 오전 2시 무렵 장제시 자택에서 아버지 서 모 씨(46세, 의사)와 의붓어머니 장 모 씨(42세)를 살해하고 자수했다. 경찰은 서 군을 당일 오전 4시에 긴급체포하고 부검 등을 통해 혐의를 입증했으며, 서 군은 자신의 혐의를 모두 인정했다.

한편 서 씨가 딸 서 양(16세)을 상습적으로 성추행해왔으며 사건 당일 술에 취해 서 양을 강간하려 했다는 사실이 밝혀지며, 서 군의 범행이 여동생을 보호하려는 과정에서 벌어진 과잉방어라는 추측도 나오고 있다.

서 군은 자폐증을 앓고 있으며, 서 양과는 우애가 깊었던 것으로 알려졌다.

"이 새끼가……."

상희는 중얼거렸다. 어처구니가 없었다. 대놓고 싸우자는 것도 아니고.

왜 이따위 걸 보낸 거야.

이제 와서 무슨 이야기를 더 듣고 싶어서.

그때, 칫솔을 들고 들어오던 과장이 굳이 알은체를 했다.

"우편물 왔더라?"

"예."

"그 사람하고 아는 사이였어? 조성춘 말이야."

상희는 고개를 돌리며 대꾸했다.

"예…… 지방지 기자잖아요. 아는 사람이세요?"

"진상이야, 진상. 전에 한번 시달려봤는데 아주 찰거머리 같더라고. 오죽하면 지금도 꿈에 나올까."

"그랬어요?"

"그래, 벌써 한 5년 되었지. 자네 오라버니 그리되셨을 때."

아.

그때 그 사건 담당, 과장님이었지.

머리가 지끈거렸다. 잊어버리고 싶어도 못 잊을 노릇이었다. 자신이 배를 갈라 본 피해자의 친동생과 같은 사무실에서 근무하고 있는 이상에야.

"서 팀장도 조심해. 그 조성춘이라는 사람, 질이 안 좋아. 아참, 그렇지. 내가 주말에 봉사활동 다닌다는 얘기, 혹시 했었나?"

상희는 고개만 슬쩍 들었다.

"아뇨."

"그래, 그게 그러니까…… 소년교도소에 봉사활동을 다녀요. 자매결연 같은 건데, 애들 상담도 하고."

"좋은 일을 하시네요."

"아니, 마누라 죽고 나서 심심해서 하는 일이지 뭐……. 아니, 내 말은. 그러니까 내가 거기서 자네 조카를 몇 번 봤어. 애가 참…… 얌전하던데."

상희는 대놓고 낯을 찌푸렸다.

"그래 보였어요?"

"음, 머리도 좋은지 거기서 사무 보조 일을 하는 모양이더라고. 서 팀장도 알지? 거기도 사람 모자라니까 들어오는 애들 중에 좀 똘똘한 애들이나 병역거부로 오는 대학생들 공익처럼 데려다 쓰잖아. 그렇게 지내는 모양이야."

처음 듣는 이야기였다.

"아아, 그래요?"

그 애의 일은 귀에 들어오지도 않고, 관심도 없었다.

그보다는 남의 집안 치부를 사무실에서 멋대로 떠들어대는 무신경함에 진저리가 났다.

"그런 데다 착실해서 그 안에서 검정고시도 봤다더라고. 방통대도 들어갔다고 하고…… 의외로 공부하는 걸 좋아하나 봐.

역시 서 팀장네 집안 핏줄 어디 가지 않는 모양이야. 그렇지 않아?"

어쩌면 이렇게 눈치가 없을까. 아는 것도 많고 머리도 좋고, 사회생활도 20년 넘게, 아주 알차게 한 남자가, 어떻게 이렇게까지 눈치가 없을 수가 있나.

"고모보다 낫네요. 그런 걸 다 아시고."

제발 그만하기를 바라는 마음을 담아 있는 힘껏 빈정거렸지만 소용없었다. 과장은 간만에 찾아낸 공통의 화제를 놓칠 수 없다는 듯 허허 웃으며 제 할 말을 끝까지 다 했다.

"낫긴, 어쩌다 보니 알았지. 여튼 아주 모범적인가 봐. 그래서 일찍 나온다던데. 나오면 갈 데는 있나? 좀 아픈 아이잖아, 그 친구. 할아버지한테 가나? 자네 고향…… 장제시로?"

상희의 머릿속에서 뭔가 뚝 끊어지는 느낌이 났다.

이쯤 되면 고의다. 악의는 아니라고 해도.

이만큼 눈치가 없는 것은 이미 폭력에 가깝다. 결코 말하고 싶지 않은 집안의 치부를, 이렇게 사무실에서, 다들 듣는 앞에서 말하는 것은. 이렇게 결국은 상희의 입으로 그 애의 이야기를 하게 만드는 것은.

"뭐, 이미 다 아시고 하는 말씀 같은데."

상희는 대놓고 불손한 태도로 책상에 손을 짚으며 일어났다.

"걔 내일 나옵니다. 내일이 출소예요."

"서 팀장."

"그리고 전 그 애한테 관심 없어요."

이를 악물었다. 생각만 해도 역겨웠다.

그 애도, 고향도, 서윤병원도.

상희는 속 깊은 곳에서부터 갈려 올라오는 듯한 말을 토하듯 내뱉었다.

"그렇게 재미있으시면, 차라리 서상희 팀장 조카가 살인범이라서 교도소에 예쁘게 처박혀 있다고 아예 인트라넷에 공지 사항으로 올리지 그러세요?"

걷어차듯 문을 닫고 밖으로 나왔다.

가슴이 답답했다. 담배를 꺼내다가 라이터가 없는 것을 깨닫고 벽을 걷어찼다. 100미터를 전력 질주라도 한 것처럼 숨이 가빠왔다.

고향, 장제시.

그 단어를 들으면 언제나 숨이 막혔다.

동네 사람들, 마을 어른들, 정이 넘쳐 옆집 숟가락 개수까지 다 알고 있다는 이들의 인정을 빙자한 수군거림과 빈정거림이 썩어 문드러진 시체에서 쏟아져 나오는 구더기처럼 끝도 없이 흘러나오는 곳.

남의 성공과 출세는 깎아내리고 사소한 실수며 허물은 어떻게든 크게 부풀리기 바빠, 여기나 저기나 질투와 악의가 안개처럼 온 도시를 뒤덮은 가운데, 그저 상전에게 머리 조아리는 것 하나만은 내남을 가리지 않고 어디다 내놓아도 빠지지 않는, 상놈의 고장.

시대에 따라 그 상전이 바뀌고 바뀌어 지금은 상희의 본가인 서윤병원 오너 일가가 주인 노릇을 하고 있지만.

상희는 그곳이 싫었다.

어떻게든 떨쳐내고 잊고 살아보려 몸부림을 쳐도 버리듯 두고 도망친 고향에서는 자꾸만 소식이 들려왔다. 부정하고 또 부정할수록, 잊지 말라고, 네 뿌리는 여기라고 밑줄이라도 긋듯이. 죽어도 도망칠 수 없는 혈연이라는 것은 그림자처럼 그녀의 발목을 붙잡곤 했다.

그리고 그 애, 서준현.

숨 가쁘게 내리찍은 서투른 칼자국과 난자당한 시신.

살았을 때나 죽었을 때나 섬뜩하고 무감정하던 오라비의 눈.

절망과 경악이 남아 있던 새언니의 눈동자.

배덕과 비밀과 욕망과 증오, 빳빳한 셔츠의 깃과 단정하게 매듭지은 넥타이 아래에 꼭꼭 숨겨두었던 추악한 비밀과 은밀한 죄악.

그리고 강렬하고 아찔한 피 냄새.

잊을 수 없는 밤이었다. 의사의 딸로 태어나 서윤병원 앞마당을 놀이터처럼 여기며 자랐다. 당연히 의사가 될 것이라고 생각하며 중고등학교 시절을 보내 의대에 들어갔다. 시체를 해부하고, 졸업을 하고, 수련의가 되고 전문의가 되며 산 사람의 배를 열어 수술을 하고, 국과수에 들어와 지금까지 변사체를 만지며 살아왔지만.

마치 피를 처음 본 사람처럼 어깨를 떨었던 기억이 났다.

그 비현실적으로 붉었던 밤, 음습한 악덕이 실체화된 공포의 냄새와 그 한가운데서 울먹이던, 피를 뒤집어쓴 조카아이의 모습까지. 모든 감각을 끈적하게 휘어잡는 어둡고 두려운 기억으로 남았다.

"……두려운 것은 죽음 따위가 아니지."

상희는 중얼거렸다. 잊고 싶었다. 그 밤의 피 냄새를. 그들 모두를. 단 한 순간만이라도 머릿속에서 깨끗이 도려내고 싶었다. 담배 생각이 간절했다. 그 애를 생각하면 늘 이렇게 기분이 더러워졌다. 그 애를 떠올리면 떼어내고 또 떼어내도 되살아나 끈적끈적 감기는 듯한 음습한 기억들이 늘, 줄을 지어 뒤따라오곤 했다.

휴대폰 진동이 저릿하게 울렸다.

상희는 폰을 꺼냈다. 반갑지 않은 이름이 액정 위에 떠올라 있었다.

이 번호는 어떻게 알았을까. 그녀는 폰을 힘주어 쥐었다.

5년 전 일에 대해 드릴 말씀이 있습니다. 연락 주십시오. 조성춘.

2

쉰세 번을 밟아 갔던 길이다. 오늘이 쉰네 번째.

그리고 이번이 마지막으로 가는 길이 될 것이다.

임태민 변호사는 뒷좌석에 놓아둔 화사한 꽃다발과 시커먼 비닐봉지를 내려다보며 빙긋 웃었다. 보기만 해도 비닐봉지의 온기가 느껴지는 것 같았다. 다시는 그런 일 없길 바라는 마음을 담아서, 단골 반찬가게에 부탁하여 아침 일찍 받아 온 따뜻한 두부였다.

몇 년이 흘러 소년이 출소하는 날이었다. 그 애의 멈춰 있던 시간도 이제 다시 돌기 시작할 것이다. 이 따뜻한 두부 한 입과 함께.

멀리 교도소의 높은 담장이 보였다. 태민은 차를 세웠다. 나온다고 한 시각까지는 이십여 분쯤 남았다. 그는 4년 6개월 만에 담장 밖으로 나오는 준현이 혹시라도 답답해할세라, 어제 반짝반짝하게 세차한 차의 앞뒤 문을 활짝 열고 환기했다. 그사이 경기도 번호판을 단 낯익은 차 한 대가 다가와 멈췄다.

"이런."

태민은 얼굴에서 미소를 지우고 옷매무새를 가다듬었다. 멈춰 선 차에서 성마른 느낌의 중년 남자가 있는 대로 낯을 찌푸리며 내렸다. 서윤병원 원장 서필환의 사위이자, 서윤병원 내과 과장인 김영규였다.

"여기서 뵙게 될 줄은 몰랐습니다."

태민은 사뭇 공손하게 말했다. 영규는 별수 없다는 듯 어깨를 으쓱했다.

"그 잘난 처조카 놈 때문이지. 자네는?"

"저도 준현이 데리러 왔지요."

영규가 정색했다.

"안 돼. 자네도 우리 마나님 성격 알잖아."

태민은 쓴웃음을 지었다.

"장제시에서 서애희 여사님 무서운 줄 모르는 사람이 어디 있습니까. 저만 해도, 원장님 댁 아랫방에서 신세 지던 시절을 생각하면."

"그래, 그랬지."

"하지만 그건 그때 일이고요. 준현이 일은 제가 마음대로 할 수 있는 게 아니라서요. 원장님께서 직접 지시하신 일이다 보니."

태민은 원장님이라는 말에 힘을 주었다. 영규가 못 들을 말이라도 들은 것처럼 낯을 찌푸렸다.

"자네는 무슨 아직까지 원장님, 원장님……. 아니, 나는 지금이야 서 박사도 없으니 어떻게 나중에 병원이라도 물려받는다 치고, 자넨 대체 볼 게 뭐 있다고 아직까지 어르신 일이라면 이러는 건데."

"은혜를 갚았으면 사람 도리야 해야죠."

"이런 답답한 사람을 봤나. 그 사람 도리 한 번만 더 챙기다가는 간 쓸개 다 원장님께 빼 먹히고도 남겠네, 그래. 자네 그동안 어르신께 끌려다닌 것만 해도 그거 열 번은 갚고도 남아."

"어쨌든 원장님 손주분 일 아닙니까. 남의 이목이 있어 원장님께서 직접 나서시기 어려우니 저라도 원장님 뜻대로 해야지요."

"거, 사람 답답하기는. 내가 준현이 그놈을 데려다가 뭘 어쩌겠다는 것도 아니고, 우리 마나님이 그놈 얼굴 잠깐 보겠다는데. 내가 장제시로 데려갔다가 이야기 끝나면 원장님 댁 앞에 떨궈놓으면 될 일이지! 서울 사는 자네가 굳이 여기까지 올 필요도 없었어!"

"원장님 댁으로 데려가는 게 아니에요. 나현에게 데려다주고, 나중에 남매가 함께 인사드리게 할 겁니다."

영규가 답답하다는 듯 고개를 저었다.

그때, 굳게 닫힌 문이 열렸다.

한 사람 겨우 빠져나올 만큼 열린 그 틈으로 준현이 천천히 걸어 나왔다. 조금 더 키가 자라긴 했지만 여전히 가냘픈 인상이었다.

"나가서 잘 살아라. 다신 들어오지 말고."

늙은 교도관이 큼직한 라면 박스 하나를 준현의 옆에 내려놓았다. 준현은 교도관에게 공손히 머리를 숙여 인사했다. 그리고 철문이 준현의 눈앞에서 굳게 닫혔다.

5년 전, 부모를 살해하고 체포되었던 소년은 저 높은 철문 안에서 성년을 맞았다. 이미 스무 살이 넘었고 이런 일이 없었다면 아마 군대에도 갔을지 모르지만, 그는 아직도 소년 같았다. 그 모든 일들을 겪은 뒤에도.

"준현아."

태민의 목소리에 준현은 주저하며 뒤를 돌아보았다. 준현이 발을 떼기도 전에 영규가 재빠르게 다가가 준현의 어깨를 붙잡았다.

"고, 고모부……."

"얼굴 안 잊어버려 고맙구나. 자, 가자."

"어허, 김 박사님."

준현을 질질 끌고 가려는 영규를 태민이 막아섰다. 영규는 얼른 준현의 책 상자에 한쪽 발을 올리며 준현의 어깨를 더욱 세게 붙잡았다.

"아실 만한 분이 왜 이러십니까."

"자네야말로 알 만한 사람이 왜 이래. 이건 집안일이야."

"집안일이니까 더 이러시면 안 되죠. 아무리 그래도 가족이 먼저 아닙니까."

태민은 준현의 어깨에서 영규의 손을 떼어내고 얼른 제 등 뒤로 끌어다 놓았다. 그러고는 질세라, 영규가 발을 올려놓은 상자에 역시 한 발을 올려놓았다. 영규가 기가 막힌다는 듯 혀를 찼다.

"가족은 무슨 가족, 저놈 새끼한테 가족 같은 게 어디 있어. 제 손으로 다 죽여놓고는."

영규의 말에, 준현이 부들부들 떨었다.

"준현이는 이리 주고, 볼일 있으면 나중에 데려가게! 정 필요하면 준현이 짐이나 먼저 가져가고."

"어떡하겠습니까. 원장님 지시인데요."

"원장님, 원장님. 이 답답한 사람아. 자네도 그러는 거 아냐!"

영규가 점점 언성을 높였다.

"다른 사람도 아니고 서 박사의 둘도 없는 친구였던 자네가 어떻게 저놈을 그렇게 변호하고, 지금도 또!"

"무슨 말씀인지는 압니다만……."

"노망이지, 노망이야. 아무리 손자라도 그렇지. 서 박사 죽이고 서씨 집안을 박살 낸 괴물 새끼를……."

"여사님이 정말로 준현이를 보고 싶어서 부르시는 것도 아니잖습니까."

"아니, 이 사람아."

"나현에게 먼저 데려가야죠. 하나뿐인 오빠 아닙니까. 그렇게 기다렸는데 여사님께 먼저 갔다는 게 원장님 귀에 들어가면 저는 물론 김 박사님께도 불벼락 떨어질 게 뻔한데요."

"오빠는 무슨. 제 부모 다 잡아먹고, 평생 짐밖에 안 될 병신을."

영규는 누가 들을까 봐 목소리를 낮추어 속삭였다.

"그러지 말고 이제 우리도 좀 잘 지내보세. 어르신 이제 사시면 얼마나 더 사신다고. 응? 서윤병원 내부 사정에 대해 자네만큼 빠삭한 사람도 없지 않나. 어차피 서 박사도 없고 준현이 저 놈이야 의사는 고사하고 보통 사람도 못 되는 반편이니, 결국 서윤병원은 우리 마나님이 차지하실 것 아닌가. 자네에게 섭섭지 않게 하겠네. 응?"

태민은 곤란한 미소를 지었다.

"저야 김 박사님과 잘 지내고 싶습니다만, 그래도 지시를 받아서 여기까지 왔으니 나중에 일이 어떻게 되었는지 말씀이야 올려야지요. 저 한 사람 입 다문다고 끝날 일도 아니고요."

말을 하다가, 태민은 뭔가 떠올랐는지 어깨를 한번 으쓱하더니 짐짓 걱정하듯 물었다.

"그리고 김 박사님, 그 '괴물'과 단둘이 차를 몰고 가실 겁니까? 괜찮으시겠어요?"

그 말에 영규는 끄응, 하고 앓는 소리를 냈다. 그는 기세가 한

풀 꺾인 목소리로 중얼거렸다.

"그러게 말이야. 생긴 건 멀쩡해서는 말도 어버버하는 병신이 사람을 둘이나 잡았는데 자네는 그걸 변호를 한다고 또 나서고. 평생 감옥에 처박아놓고 바깥세상 구경도 못 하게 했어야지."

영규는 애먼 바닥을 구두 끝으로 걷어차며 한숨을 쉬다가, 결국 떨떠름한 표정으로 고개를 끄덕였다.

"어쩔 수 없지. 알았네. 자네가 그렇게까지 말하는데."

"이해해주셔서 감사합니다."

"저놈 단속이나 잘해. 애먼 소문 또 돌게 만들지 말고."

"무슨 말씀이신지."

영규는 대답 없이 스마트폰을 꺼냈다. 그가 들이민 화면에는 조성춘 기자의 메시지가 떠올라 있었다.

5년 전 일에 대해 드릴 말씀이 있습니다. 연락 주십시오. 조성춘.

"이거 참…… 조성춘과 연락하시는 겁니까? 원장님께서 알면 진노하실 텐데요."

"내가 연락한 게 아니라 이런 연락을 받았다는 말이야. 내 말은……."

"예, 하지만 원장님께서 어디 그런 사정을 일일이 들어주셔야지요. 그냥 지우세요. 지우시고, 그자와는 다시 연락하지 마십시오. 서윤병원을 원하신다면 말입니다."

"임태민, 자네!"

"살펴 가십시오."

태민은 공손히 머리를 숙였다.

"답답한 사람 같으니!"

영규는 화를 내듯 내뱉고는 자신의 차에 올라탔다.

태민은 영규가 차를 몰고 떠나도록 머리를 들지 않았다. 영규의 차가 시야를 벗어나 멀어진 뒤에야 그는 고개를 들고 준현에게 웃음을 지어 보였다.

"괜찮니?"

"예."

"소지품은? 여기 있는 게 단가?"

준현은 손에 든 작은 가방 하나를 들어 보였다.

"이 상자는?"

"책……."

태민은 고개를 끄덕이며 준현을 향해 팔을 벌렸다. 준현은 멀뚱하게 바라만 보았다. 태민은 어깨를 으쓱해 보이며 다가가 준현을 끌어안았다.

"그래, 가자. 고생했다."

두부는 이미 미지근하게 식어 있었다. 준현은 두부를 한두 입 깨물었다. 차는 천천히, 막막하도록 높은 담벼락을 뒤로한 채 움직였다. 평일 낮의 도로는 한산했고, 차는 곧 고속도로로 접어들었다.

"최근에 원장님께서 유언장을 고쳐 쓰셨다."

"……."

"네 큰고모님께서 그 문제로 너를 만나고 싶어 하셔. 혹시 만나자고 하시거나 찾아오시면 반드시 내게 먼저 연락해라. 절대 혼자 만나선 안 된다. 알겠니."

"저…… 호, 혼자 만날 수 있는데……."

준현은 중얼거렸다. 태민은 쓴웃음을 지었다. 그에게 에둘러 말하는 것은 통하지 않았다. 무엇이든, 명확하게 말해주는 편이 좋았다.

"상속 문제 때문에 보자고 하실 거다. 원장님 연세도 있다 보니."

준현은 아, 하고 짧은 탄성을 냈다.

"그건 저, 저랑 이야기하실 거 아니에요. 제가 아버지를 죽였으니까. 저, 상속권 없어요."

준현은 습관적으로 고개를 앞뒤로 주억거리며 곰곰 생각에 잠겼다가, 천천히 더듬거리며 말했다.

"미, 민법 제1004조에 의하면 고의로 직계비속, 피상속인, 그 배우자 또는 상속의 선순위나 동순위에 있는 사람을 살해하거나 살해하려고 한 사람은 상속 결격자인데, 할아버지의 재산을 제가 물려받는 건 아버지의 대습……."

"그래. 나현은 대습상속을 받을 것이 있고, 너는 결격이 맞다. 민법은 언제 들여다본 거니."

"교도소요."

"어쩌다가 찾아본 거니, 법은."

"아, 안에…… 읽을 책이 없어서요."

"잘했다."

영규가 무슨 생각을 하는지는 뻔했다. 서필환 원장의 맏사위인 그가 순탄치 못한 결혼생활을 참고 견디는 이유는 하나뿐이었다.

서윤병원을 노리는 거겠지. 그렇다면 입조심을 하는 편이 좋으련만.

자신이 고하지 않더라도 원장은 그가 어디서 무슨 말을 하는지 손바닥 들여다보듯 알고 있었다. 딸에게조차도 주제넘는 짓을 용납지 않는 그가, 하물며 생판 남인 사위의 행각을 언제까지나 두고 보지 않으리라는 것도 분명했다.

일을 서둘러야겠지.

"상속 문제는 원장님과 내가 알아서 할 테니, 너는 큰고모님과 마주치지 않게 조심하렴."

준현은 어깨를 움찔거렸다.

"그, 건 제가 조심할 게 아니에요. 병원이나 집이나 아버지가 물려받을 것은 다 나현이 거예요. 고모 것…… 아니에요. 누가 고모에게 주려고 하면 아저씨한테 말하라고 했어요."

"누가 그런 말을 했니."

"어머니."

준현은 몇 년 전의 일을 바로 어제 일처럼 중얼대며 고개를 갸웃거렸다.

"고모님은 이상해요. 내가 받을 것은 없는데. 혼자 만날 수는 있는데, 그렇다면 저를 만날 이유가 없거든요."

"그 문제는 할아버님 뜻대로 될 일이지. 다른 사람 말대로 되진 않을 거다. 다만 시끄러운 일이 생기면 나현이 힘들잖니."

준현은 다시 한번 고개를 끄덕였다. 더 묻지 않는 것은 아마도 이해했다는 뜻이겠지. 태민은 조용히 차를 몰았다.

준현은 어릴 때부터 자폐 스펙트럼 성향을 보이던 아이였다. 친어머니가 세상을 떠난 뒤로는 거의 마음의 문을 닫아걸다시피 했다. 서필환 원장은 이건 완전히 낫는 것이 아니라 말하면서도, 뒤늦게 얻은 손자를 포기하지 않았다. 늦게 시작한 만큼 최고의 교육과 치료를 받게 했다. 다행히도 준현은 영리한 아이였고 남들보다 늦게 시작한 치료도 효과는 있었다. 지금도 사람과 눈을 잘 못 마주치고, 대화가 어설프고, 때로 말을 더듬지만, 준현은 그 또래 아이들치고 책도 많이 읽었고 아는 것도 많았고 학교 다닐 때 성적도 매우 좋았다. 제대로 의사가 될 수 있는지는 둘째 치더라도 조금만 더 하면 의대를 노려볼 수도 있지 않겠느냐, 만약 의대에 진학한다면 삼대가 의대에 들어가는 게 아니겠느냐는 이야기가 나올 정도였다. 하지만 그뿐이었다. 할아버지에게는 더할 수 없는 익애를 받았지만, 친아버지에게는 참혹할 정도로 학대를 당했다.

준현의 친아버지 서재욱은 서윤병원의 후계자이자 젊은 명의로 소문이 자자한 사람이었고, 태민에게는 가장 가까운 친구이자 은인의 아들이었다. 그가 제 처자식을, 특히 준현을 학대하는 것을, 태민은 더러는 알았고 더러는 짐작했다.

어머니와 아버지가 돌아가셨어요. 제가 죽였어요.

그래서 5년 전 새벽, 준현에게 전화를 받았을 때, 태민은 놀라지 않았다. 흐느끼며 웅얼거리는 소년의 목소리를 들으며 언제고 일어나고야 말 일이 일어났다고 생각했다. 서재욱이 빳빳한 셔츠의 깃과 단정하게 매듭지은 넥타이 아래에 꼭꼭 숨겨두었던 추악한 비밀과 은밀한 죄악들은 마침내 그의 죽음과 함께 세상에 모습을 드러냈다. 아동학대, 가정폭력, 근친 성추행. 그런 말들이 죽은 자의 이름 앞에 떠돌았다. 장제시라는 한 도시의 중심이자 장제시를 실질적으로 일으켜 세운 그 서윤병원의 상속자는, 그렇게 죽은 뒤에 다시 한번, 사람들의 입초시에 오르내리며 찢겨나갔다.

피를 뒤집어쓴 채 덜덜 떨고 있던 소년은 부모를 살해한 죄인이었다. 하지만 그는 온몸이 멍과 흉터와 다 아물지도 않은 피딱지로 뒤덮인 피해자이기도 했다. 그날 밤의 살인은 여동생을 지키기 위한 것이었고, 그냥 내버려두었다면 언젠가는 제가 아버지에게 살해당했을지도 모를 만큼 소년의 상처는 심각했다.

미성년자라는 점, 오래 가정폭력에 시달려왔다는 점, 자폐 스펙트럼이고 고등학교 1학년 때까지 꾸준히 상담과 치료를 받아왔다는 점, 과잉방어이기는 하나 자신과 여동생을 지키려 했다는 점이 판결에 반영되었다. 직계존속을 살해하고도 5년밖에 받지 않은 것은 그 때문이었다.

"……길이 이상해요."

한참 가는데, 준현이 문득 중얼거렸다. 처음 보는 길인데도 용케 그 방향이 아니라는 것을 알아챈 모양이었다.

"장제시로 가지 않는 건 알지만…… 이 길 아니에요. 나현이 이사한 XX시는."

"잠시 들를 데가 있어서. 거의 다 왔다."

준현은 더 묻고 싶은 것을 꾹 참는 표정으로 태민을 바라보았다. 두 사람이 탄 차는 잠시 후 공원묘지 주차장으로 접어들었다.

"여긴……."

"여기에 네 부모님 묘를 썼어."

태민은 먼저 차에서 내렸다. 그의 손에는 뒷좌석에 놓아둔 풍성한 꽃다발이 들려 있었다.

"네가 장남이잖니."

"어머니의……."

준현은 중얼거렸다. 태민은 준현의 손에 꽃다발을 들려주고 앞장서 걸었다.

"이제 네가 나현이도 데리고 찾아뵙고, 가끔 와서 돌봐야지."

준현은 대답하지 않았다. 소년은 노란빛과 크림빛, 밝은 오렌지빛이 겹겹이 화려하게 피어난 꽃잎들을 어루만지다가 나직하게 중얼거렸다.

"라넌큘러스."

"그래. 잘 기억하는구나."

태민은 준현의 어깨에 손을 짚고 그를 나란히 선 두 묘비 앞으로 이끌었다.

서재욱, 장정혜. 결코 사이좋은 부부는 아니었지만, 결국 한날한시에 나란히 세상을 떠나는 악연으로 엮여 함께 누워 있었다. 태민은 준현을 돌아보았다.

"준현이 너, 다음번에 여기 찾아올 수 있겠니?"

준현은 고개를 끄덕였다. 그러고서 태민의 눈치를 살피며 꽃다발을 묘석 위에 내려놓았다.

"걱정하지 마라."

태민은 묘비를 내려다보며 속삭였다.

"내가 있으니까. 내가 대신 잘 지켜볼 테니까."

하늘은 파랗고, 날은 더웠다. 손을 들어 먼지가 앉은 묘비를 어루만지던 태민의 뺨에 땀인지 눈물인지 알 수 없는 한 방울이 흘렀다.

쉰넉 달 만에 세상으로 돌아온 소년은 묘비 앞에서 고개를 주억거렸다.

한참 만에 태민은, 예의 그 사람 좋은 미소를 지으며 준현을 돌아보았다.

"그래, 인사 다 했으면 가야지. 나현이가 기다리겠구나."

✣

3

소리.

냉장고가 말없이 제 할 일을 하는 소리, 엘리베이터가 오르내리는 소리, 옆집의 벨 소리, 주방에서 밥이 끓는 소리, 어느 집에선가 세탁기를 돌리는 소리. 그 모든 일상의 소음들.

나현은 눈을 감고 거실 소파에 웅크린 채로 거실의 마룻바닥에 스며든 것 같은 그 모든 일상의 소리에 귀를 기울였다.

사실은 줄곧 기다렸다. 다른 소리를, 운동화가 콘크리트 바닥을 딛는 소리, 한쪽 다리를 슬쩍 끌며 멀리서 가까이 다가오는 발걸음 소리를.

5년 동안, 하루도 그 소리를 그리워하지 않은 날이 없었다.

아침부터 국을 끓이고 나물을 무치고 갈비찜을 했다. 주방의 열기를 식히려 몇 번이나 환기를 했지만 냄새만은 여전히 남았다. 참기름의 고소한 냄새, 간장과 설탕이 섞인 달콤짭짤한 냄새, 된장이 끓는 구수하고 칼칼한 냄새. 그 냄새들 사이로 멀리, 엘리베이터 멈추는 소리가 났다.

나현은 눈을 떴다. 거의 동시에 전기밥솥에서 김이 올랐다. 나현은 서둘러 자리에서 일어나 현관 앞으로 달려가 귀를 기울였다.

두 사람의 발걸음 소리였다. 그 소리는 엘리베이터에서 긴 복도를 지나 마침내 이 집 대문 앞까지 천천히 다가오고 있었다.

벨이 울렸고, 문이 열렸다.

처음에는 태민의 어깨 너머로 머리카락만 보였다. 가늘고 색소가 적은 머리카락, 햇빛을 거의 보지 못한 듯 하얀 이마, 그리고 불안하게 흔들리는 눈동자.

"오빠."

그 눈동자는 한참 만에야 나현을 제대로 보았고, 곧 다시 흔들렸다. 그를 붙잡듯이 다시 불렀다. 오빠, 하고.

"어서 들어가자, 준현아. 나현이가 기다리잖니."

태민은 옆으로 비켜서며 준현의 등을 현관 안으로 살짝 떼밀었다. 그런데도 준현은 불안한 듯 머뭇거렸다. 대문의 문턱을 넘지 못한 채, 그는 고개를 숙였다.

더는 기다릴 수 없었다. 나현은 슬리퍼를 신고 현관으로 나가 아파트의 복도를 향해 한 걸음 내디뎠다. 나현의 작은 손바닥 안에, 준현의 길고 섬세한 손가락들이 붙잡혔다.

그 일이 있고 벌써 5년이 지났다.

몇 달에 한 번씩 겨우 면회를 갈 때마다 조금씩 키가 자라 있었다. 원래 말을 잘 못하기도 했지만 어떤 날은 한마디도 하지 않고 얼굴만 바라보다가 들어가는 날도 있었다.

두꺼운 강화유리 너머에서 어느새 어른이 되어버린 오빠.

하지만 아직도 내가 없으면 아무것도 할 수 없을 것만 같은, 우리 오빠.

준현의 체온이 손바닥에 비로소 느껴졌다.

이렇게 기쁜데, 눈물이 쏟아졌다.

"어서 들어와, 오빠. 아저씨도요. 점심 아직 안 드셨죠? 아침은요……?"

"아, 난 다음에."

"그래도……."

"감격스러운 남매 상봉의 순간을 눈치 없이 방해할 수는 없지."

태민은 뒤로 물러섰다. 나현은 입술을 살며시 깨물며 눈으로 웃었다.

"다음번엔 좋은 데 가자. 준현이도 같이. 아니면 다음에 오면, 된장찌개라도 끓여줄래?"

"아저씨라면 언제 오셔도 환영이에요. 아시잖아요."

나현은 준현의 손을 꼭 잡은 채 대답했다. 태민은 현관 밖으로 완전히 물러났다.

"준현이 고생했으니 맛있는 거 먹고 쉬어. 나오진 말고."

뭐라 대답하기 전에 눈앞에서 문이 닫혔다. 준현은 굳이 문을 열고 멀어져가는 태민의 뒷모습을 빤히 보았다. 태민은 엘리베이터와 비상계단이 있는 쪽으로 방향을 꺾다가 이쪽을 보고 손을 흔들었다. 준현은 멍한 얼굴로 꾸벅 고개를 숙였다 들었다.

"들어가자, 오빠."

"으, 응."

준현은 마치 인형처럼 나현을 따라 순순히 집 안으로 들어갔다. 문을 닫자마자 나현은 그를 두 팔 가득 끌어안았다 놓으며 체취를 한껏 들이마셨다.

"오빠 냄새다……."

"나현아."

이제야, 품에 가득 담긴 온기만큼 실감이 났다.

"잘 돌아왔어, 오빠."

오빠가 돌아왔다.

말을 더듬고, 곧잘 손을 떨고, 행동이 둔하고 굼뜬 데다 다리를 끌고, 사람과 제대로 눈을 맞추기는커녕 눈의 초점을 제대로 잡지 못하기도 하는, 그렇게 머리가 좋은데도 언제나 망가진 장난감 취급을 받았던 가엾은 오빠. 나의 소중한 오빠. 하지만 지금 이 순간도 내 얼굴이 아니라 벽과 벽을 잇는 모서리를 눈으로 죽 따라가며 눈어림으로 이 낯선 공간의 폭과 너비를 헤아리는 오빠.

"아무래도 좀 낯이 설지?"

준현은 이곳에 온 것이 처음이었다. 지금까지 한 번도 아파트에 살아본 적이 없었다. 갑자기 환경이 바뀌면 적응하는 데 남들보다 시간이 오래 걸리니 가급적이면 익숙한 환경에서 다시 시작하게 해주고 싶었지만, 어쩔 수 없었다.

"할아버지가 오빠 판결 나고서 바로 집을 허물어버리셨어. 지금은 그 자리에 서윤병원 별관이 들어왔고."

하나뿐인 아들을 잃고도, 애지중지하던 손자가 살인죄로 수감되고도 서필환 박사는 절망하지도 무너지지도 않았다. 그는 하나뿐인 친손자 준현의 구명을 위해 백방으로 애쓰는 한편, 아무리 씻어내도 피비린내가 가시지 않던 아들의 집을 허물어버렸다. 그 집 담장 안에서 벌어진 모든 더러운 일들을 함께 파묻으려는 듯이.

"정말 할아버지답지 않아? 셈 틀리는 법이 없으시잖아. 그래놓고는 그 집의 시세만큼을 한 푼 에누리 없이 내 통장에 넣어주셨어. 말하자면 그 집을 내가 상속받고, 할아버지가 병원 별관을 짓기 위해 사들이신 셈 쳐서."

준현은 여전히 천장 모서리를 눈으로 훑고 있었다. 그러다가 문득 중얼거리듯 입을 열었다.

"그걸로 이사한 거야? 이 집."

"아니, 이건 대학 입학 선물. 그 돈은 펀드 같은 데 들어가 있어. 이자도 나오고, 필요하면 꺼내 쓸 수도 있고."

나현은 준현에게 집을 대강 보여주고, 준현이 세수를 하고 손을 씻고 나오기를 기다린 뒤 식탁 앞에 데려다 앉혀 말을 계속했다.

"오빠가 떠나고 나서 다른 도시로 전학 가고 싶다고 말씀드렸거든. 동네 사람들 수군거리는 것도 그렇고, 큰고모가 수시로 찾아와서 괴롭히는 거야. 고3 모의고사 날 학교 앞까지 찾아와서 유산이니 증여니 한 적도 있었어. 뭐, 그런 일이 할아버지 귀에 들어가는 바람에 큰고모는 할아버지 댁 출입도 아예 금지되긴 했지만."

나현은 그때 일을 생각하는 것만으로도 진이 빠지는지 고개를 절레절레 젓다가, 얼른 밥솥을 열고 갓 지어 김이 오르는 새밥을 준현의 밥그릇에 퍼 담았다.

"그래서 대학 들어오자마자 이리 오게 된 거야. 그랬더니 고모가 갓 대학 들어간 어린애한테 집을 왜 사주냐부터 할아버지 노망나셨다는 소리까지 하고 다니는 거 있지. 큰고모도 진짜, 머리가 좀 나쁜 건지…… 거기서 왜 할아버지 욕을 해. 할아버지 재산을 노리는 사람이 말야."

준현은 좋아하는 음식이 가득한 식탁을 멍한 표정으로 보고만 있었다. 밥그릇 두 개를 식탁에 내려놓으며, 나현은 그제야 표정을 풀고 웃음 지었다.

"어서 먹어. 이거 다 오빠 거야."

"오늘 고모부…… 오셨는데."

"뭐?"

나현의 표정이 다시 굳었다.

"고모님이 너, 너 찾아오셨다며. 오늘 고모부가 나 찾아오셨어."

"그래서?"

"아저씨한테 소리 지르고 갔어."

"세상에, 대체 그 아줌마는 왜 아직도 정신을 못 차린대?"

나현이 짜증을 냈다.

"오빠, 내 말 똑바로 들어. 큰고모든 고모부든 절대 상대도 하지 마!"

준현은 어깨를 움츠렸다. 나현은 아차 싶어 얼른 표정을 풀었다.

"그럼 고, 고모님 여기도 오셔?"

"아니."

나현은 고개를 가로저었다.

"여기 주소는 큰고모도 아직 몰라. 할아버지가 비밀로 하라고 하셨어."

"그, 그렇구나."

"알아내는 거야 시간문제겠지만 어쩌진 못할 거야. 여기, 작아도 아파트라서 CCTV도 곳곳에 있고 지구대도 단지 바로 옆인걸. 걱정하지 않아도 돼, 오빠."

준현은 나현의 얼굴을 빤히 바라보았다. 그리고 이내 수저를 들고 밥을 먹기 시작했다.

식사를 마치고 나현은 준현의 눈을 가린 채 천천히 그를 이끌었다.

"나, 생일 아닌데."

"……기억나?"

준현은 고개를 끄덕였다.

어렸을 때도 이렇게 눈을 가리고 그를 어딘가로 이끈 적이 있었다.

그날은 아무도 기억하지 않고 식탁에 미역국 한 그릇 나오지 않은 준현의 생일이었다. 나현은 몰래 선물과 미니 케이크를 사서 책상 위에 놓아두고, 학교를 마치고 집에 돌아온 준현의 눈을, 지금처럼 손으로 가린 채 방으로 데려갔다.

그렇게 처음이자 마지막으로 챙겨주었던, 오빠의 생일.

"고마워."

"응?"

"기억해줘서. 너, 너……밖에 없었어…… 엄마 말고, 생일에 선물 준 건."

나현은 방문을 팔꿈치로 밀었다. 발에 문지방이 닿았다. 두어 걸음 더 안으로 들어가, 준현의 눈에서 손을 떼었다.

방바닥에 먼지 하나 없이 깨끗한 방이었다. 침대도 책상도 모두 새것으로 구비해두었는데 나현이 정말로 준현에게 보여주고 싶은 것은 그런 것이 아니었다. 나현은 책꽂이에 꽂혀 있는 책들을 가리켰다. 준현이 입을 벌렸다.

"내 책……."

준현은 책상 앞으로 다가가 책등을 어루만졌다. 어릴 때 함께 읽던 동화책, 준현이 좋아하던 '몬테크리스토 백작'이나 애거사 크리스티의 추리소설들. 준현의 얼굴에 기쁜 듯 희미한 미소가 걸렸다. 그사이 나현은 베개 옆에 개켜둔 담요를 들어 준현의 품에 안겨주었다.

낡고 촌스러운, 모서리에 보풀이 잔뜩 인 분홍빛 벨루어 담요였다.

"이거, 기억나?"

준현의 얼굴에 분명한 표정이 드러났다.

기쁨, 그리움, 감탄 그리고 슬픔. 나현은 그 희미하고 미묘한 변화를 보며 미소 지었다. 오래된 담요였지만 준현에게는 무엇보다도 소중한 물건이었다.

"오빠네 엄마하고 살 때 갖고 있던 것, 맞지?"

그건 친엄마의 유품이었으니까.

"어머니가…… 갖다버리라고 하셨어."

준현이 중얼거렸다.

"몇 번이나…… 갖다버리라고 하셨어. 그때마다 나현이가 숨겨줬는데."

"응, 맞아. 그때 집에 있던 물건들 거의 다 버렸는데, 할아버지 댁으로 이사할 때에도 저것만은 내가 따로 잘 챙겨서 갖고 있었어. 잘했지?"

나현은 쉴 새 없이 재잘거렸다. 나현의 이야기를 멍한 표정으로 듣던 준현이 심각한 얼굴로 물었다.

"나현이는 내가 와서 슬퍼?"

"응?"

"울고 있어서."

나현은 손으로 뺨을 더듬어보았다. 물기가 묻어났다.

"걱정해? 사람들이 살인자의 동생이라고 할까 봐……."

"그런 거 아냐!"

나현은 준현의 팔을 붙잡았다. 준현의 얼굴에는 표정이랄 것이 드러나 있지 않았다. 그는 가면 같은 창백하고 아름다운 얼굴을 하고 나현을 내려다보았다.

"다들 그랬어. 첩 자식이라고."

"그건 그 사람들이 나쁜 거야."

"어디에도 나쁜 사람은 있어."

그는 목을 길게 빼고 베란다 쪽을 돌아보았다.

"누가 너를 그렇게 괴롭히면……."

"잘 들어, 오빠. 여긴 장제시 같은 시골이 아냐. 남의 일거수일투족을 CCTV처럼 쳐다보는 지긋지긋한 데가 아니라고. 옆집에 누가 사는지 누가 죽었는지, 그런 것 따위 다들 신경도 안

써. 그리고…….”

나현은 준현의 팔을 잡은 손을 놓았다. 그러고는 뺨에 흐르는 눈물을 손등으로 닦으며 활짝 웃었다.

“내가 우는 건, 기뻐서야.”

“기뻐서?”

“그래, 오빠가 돌아왔으니까.”

알고 있다. 오빠는 남들과 다르다.

“보고 싶었어, 오빠.”

하지만 그는 남들이 생각하는 백치가 아니다. 정신지체도 아니다. 그저 자폐 스펙트럼일 뿐이다. 사람들이 흔히 생각하는 것처럼 감정이 없는 것도, 감정을 아예 느끼지 못하는 것도 아니다. 다만 다른 사람의 감정을 몇 겹의 암막을 뒤집어쓴 채 느낄 뿐. 그건 사막에서 자란 사람이 비에 대해 느끼는 것과도 같을 것이다. 비를 본 적이 있고 비가 무엇인지도 알지만, 안개비며 여우비, 소나기, 장맛비, 폭우, 그 세세한 차이와 느낌을 전부 이해하지는 못하는 것처럼. 그 역시 타인의 감정을 느낀다. 그 세세한 차이를 바로 구별하지 못할 뿐이다. 청각이 약한 사람이 때때로 발음이 정확하지 않듯, 그는 자신의 감정 역시도 세세하게 구분하는 대신 두루뭉술하게 표현했다.

다른 사람과 눈을 마주치지 못하고 비꼼과 진심의 차이를 알아차리지 못했다. 나이에 비해 움직임이 둔하기도 했다. 고등학생이 되어서도, 걸을 때는 괜찮았지만 달릴 때는 한쪽 다리를 절었다. 공부는 잘했지만 늘 놀림감이 되었다. 첩년 자식에 병신새끼라며 실컷 괴롭혀놓고 돌아서며 서윤병원 원장님 손자니까 티 나게 때리면 곤란하다고 킬킬거리는 놈들에게 늘 시달렸다. 그래도 준현은 아무 말도 하지 않았다. 늘 꾹 참기만 했다. 자신의 감정 위에도 겹겹이 막을 씌워 가린 듯이.

"얼마나 만나러 가고 싶었는지 몰라."

그래서 직접 말해야 한다.

지금 이 감정들을, 거짓 없이, 솔직하게.

나현은 준현을 향해 손을 뻗으며 속삭였다.

"사랑해, 오빠."

나현의 팔이 준현의 어깨를 감싸 안았다.

준현은 제 손에 들린 분홍빛 담요를 내려다보며 무심히 대답했다.

"응, 나도 사랑해."

✣

4

정신건강의학과 의사 박호석은 서윤병원의 먼지 냄새가 물씬 풍기는 서류 상자를 열고 손때가 앉고 겉장이 나달나달해진 하늘색 파일을 꺼냈다. 독립하기 전 서윤병원에서 쓰던 파일이었다. 지금은 이런 상담 기록도 전산화해서 관리하지만, 예전에, 그가 의사 생활을 처음 시작했을 때만 해도 환자와의 상담 내용을 차트에 손으로 써서 이런 파일에 묶어두곤 했다. 십여 년 전 준현과 처음 만났을 때에도 차트는 거의 전산화되었지만, 서필환 원장은 손자의 상담 기록이 전산화되는 것을 꺼림칙하게 여겼다. 결국 준현과의 상담 기록은 다른 환자들의 차트와 달리 이렇게 손으로 기록해서 묶어두곤 했다.

파일은 두꺼웠다. 몇 년 동안 손때가 앉았고 기록지의 모서리가 닳아 있었다. 그는 차트를 쭉 훑어보고 상자 아래에서 누런 종이봉투를 꺼냈다.

봉투를 뒤집어 털자 준현의 사건 관련 기사들이 우수수 떨어졌다. 그는 기사들을 하나하나 읽어보았다.

이 기사들도 차트와 함께 철해두는 편이 낫겠군.

그는 기사들을 다시 봉투에 밀어 넣고, 그간의 상담 기록들을 차분히 읽기 시작했다.

처음 만났을 때, 준현은 열 살이었다.

말을 하지 못하는 것은 물론, 불러도 제대로 반응조차 하지 못했다. 자폐 스펙트럼인 데다 눈앞에서 모친을 사고로 잃으며 문자 그대로 망가져버린 상황이었다. 서필환 원장은 상황을 낙관하지도 비관하지도 않았다. 그는 상속자가 될 손자에 대해 가능한 정도의 목표를 세웠고, 손자의 주치의가 되어줄 최고의 소아청소년정신과 전문의를 수소문했다.

그렇게 서윤병원에 채용된 의사가 바로 박호석이었다.

이 애가 혼자서 살아갈 수 있으면 족하네.

서필환 원장이 데려온 아이는 걷고 뛰고 움직이고 말하는 모든 것이 늦되었다. 모친의 죽음 이후로 말문도 마음의 문도 굳게 닫아건 상태였다. 하지만 머리만은 총명했다. 말을 하지 못했고, 손가락에 힘이 없어 글씨가 늘 괴발개발 엉망이었지만, 읽고 쓰고 외우거나 수학 문제를 푸는 데는 또래보다 한참 앞서 있었다. 말문이 트인 뒤로는 요즘 학교에서 뭘 배우느냐는 질문에 수업 시간에 선생님이 한 말을 농담과 수업 내용이 뒤섞인 그대로 줄줄 시간순으로 읊어대기도 했다.

그렇게 상담을 이어갔다. 준현이 고등학교에 올라갈 때까지.

"오랜만이구나. 나 알아보겠니?"

이제 스무 살이 한참 넘은 소년은 마지막으로 상담했던 그때처럼 손깍지를 낀 채 엄지손톱을 뜯다가 한 박자 늦게 고개를 끄덕였다. 키는 꽤 자랐지만 사람의 눈을 똑바로 바라보지 못하는 것은 여전했다.

상담을 그만두고 2년 뒤에 그 일이 일어났다. 만약 어떤 식으로든 상담을 계속했다면 상황은 조금이라도 달라졌을까.

"지금은 어때, 혼자 지내나?"

"나현이가."

준현이 고개를 갸웃거리며 대답했다.

"오늘은 나현이가 고양이 보여줬어요."

"고양이를 키우니?"

"아뇨, 동네에. 나현이가 밥을 준대요. 카레처럼 노란색이어서 백세라고 부른댔어요."

"귀엽겠구나."

거의 7년 만에 다시 상담자와 내담자로 만났다. 준현은 지난 4년 반 동안 교도소에서 겪은 일들이 아닌, 요 며칠 동안 나현과 함께 지낸 일을 기쁜 듯 말했다.

행복해질 수 있는 아이였다. 서필환 원장이 원하는 대로 평범해질 수도 있는 아이였다. 그 모든 일이 없었더라면. 이 아이의 아버지가 외과 과장 서재욱이 아니었다면. 호석은 때때로 병원에서 마주쳤던 생전의 서재욱을 떠올리며 나직하게 한숨을 쉬었다. 그는 귀신같이 냉정한 사람이었고 아들에게는 특히 무관심했다. 호석이 제 아들을 담당하고 있다는 걸 뻔히 알 텐데도 그는 호석에게 준현에 대해 한마디도 묻지 않았다.

그의 아내인 장정혜는 늘 가면처럼 우울해 보이는 얼굴로 의붓아들을 상담실로 데려왔다. 호석이 보기에는 그녀 역시 상담이 필요했지만, 장정혜는 완강히 거부했다. 준현에게서 폭력과 학대의 흔적들이 발견되었지만, 준현도 정혜도 그에 대해서는 아무 말도 하지 않았다.

오직 그 집안의 어린 딸만이, 이 소년에게는 빛이었다.

나현이 '백조 왕자'를 읽어줬어요.

치료를 시작하고 1년여 만에 준현은 상당한 호전을 보였다. 늦게 치료를 시작한 것에 비하면 기적이었다.

나현이 저보고 저주에 걸린 백조 왕자 같다고 했어요.

그 기적이 누구의 힘인지도 알게 되었다. 그로부터 몇 달 뒤, 준현의 입을 통해서.

나현이 자기가 엘리자 공주처럼 그 저주를 풀어줄 거라고 했어요.

서나현. 서재욱 과장의 딸이자, 준현의 이복동생이 되는 아이.

나현이가 있으니까 괜찮아요.

그 아이의 이야기를 할 때만은 준현의 겁먹은 듯한 얼굴에 희미하게 행복의 흔적 비슷한 것이 떠오르곤 했다. 지금도 그랬다. 분명 그런데, 어딘가 달랐다. 나현의 이야기를 하던 준현은 문득 어두운 표정으로 물었다.

"상담 다시 받으면…… 혼자 살 수도 있어요?"

그렇게 행복한 표정을 지었으면서도, 이 아이는 만나자마자 이별을 생각하고 있었다.

"나현이랑 같이 안 살고?"

"살인자 동생이라고……."

"사람들이 동생에게 뭐라고 할까 봐서?"

준현은 고개를 끄덕이다가 그대로 푹 숙인 채 대답했다.

"말씀, 해주세요. 저는…… 교도소에서도 살았으니까. 언젠가는 혼자서도 살 수 있을까요."

준현은 제 부모를 죽였다. 하지만 눈앞에서 어머니를 잃고, 친아버지와 의붓어머니에게 냉대를 받으며 살아온 이 아이에게 여동생은 유일한 의지처였다.

준현이 저지른 그 참혹한 일은 그 소중한 여동생을 지키기 위해서였다. 그리고 이제는, 그 여동생을 떠날 생각을 하고 있구나 싶어 호석은 마음이 아팠다.

"물론 언제까지나 같이 지낼 수는 없겠지. 하지만 그런 걸 벌써 걱정할 필요는 없어요. 나현이도 아직 어리고. 너도, 혼자 사는 문제라면 천천히 준비할 시간이 있을 거다. 무엇보다도 너는 군대보다 더 어렵고 힘든 곳도 다녀왔잖니. 지금은 나현이와 함께 너 자신을 회복하는 게 중요한 시기 같구나."

"선생님."

준현은 여전히 고개를 숙인 채 기어드는 목소리로 말했다.

"저는 짐이 되고 싶지 않아요."

호석은 또 한 번 가정할 수밖에 없었다. 고등학교 1학년이 되었을 때 서재욱이 상담을 그만두게 하지 않았다면, 그랬다면 상황은 달라졌을까. 그때라도 원장실로 달려가 준현이 학대를 당하고 있다고 고했다면, 적어도 아들이 아버지를 죽이는 비극만은 막을 수 있지 않았을까.

"장차 혼자 사는 게 목표라면, 우선은 글을 좀 써보자."

"글을요?"

"낯선 사람 앞에서 말을 하는 것은 힘들지만 글을 쓰거나 채팅을 하는 건 할 수 있지? 요즘은 꼭 사람 만나서 말을 해야만 하는 건 아니거든. 메일을 잘 쓰고, 자기가 원하는 것을 정확하게 표현할 수 있으면 그것만으로 해결되는 일도 있고."

"……예."

"그러면 일단 다음번에 만날 때까지 아무거나 글을 좀 써보자. 그냥 일기나 편지를 써도 괜찮고, 잘 모르겠으면 최근에 먹은 음식에 대해 써 와도 괜찮아. 어때?"

"해볼게요."

"좋아. 그러면 기대하고 있을게."

서재욱이 죽고 준현이 체포되는 일련의 과정을 지켜보며 그는 남아 있는 나현이 마음에 걸렸다. 몇 번인가 나현에게 상담을 받는 게 좋지 않겠느냐고 권하기도 했다. 하지만 나현이 원치 않았다. 무슨 말을 해도 할아버지 귀에 다 들어가지 않겠느냐, 혹은 고모 귀에 들어가진 않겠느냐고 신랄하게 말했다. 정신과 의사는 그런 사람이 아니라고 말했지만 나현의 불신에 대해서는 이해할 수 있었다. 그곳, 장제시는 그런 곳이었으니까. 소아정신과 전문의로서, 호석에게는 그 모든 일이 늘 목에 걸린 아픈 가시처럼 쓰라렸다.

서윤병원을 그만두고 이 동네에 개업해달라는 서필환 원장의 부탁을 거부할 수 없었던 것도 그 때문이었다. 이미 벌어진 그 모든 추문과 사건에 대해 호석의 머릿속에 새겨지듯 남은 그 회한 때문에. 물론 서 원장은 충분하고도 남을 만큼의 대가를 제시했다. 그는 언제나 셈이 정확했고, 정확하게 자르기 어려운 일에는 받는 사람이 차마 거부하지 못할 정도로 너그러운 액수를 제시했다. 제대로 사람을 부릴 줄 아는 사람이었다.

준현은 똑똑한 아이였다. 아마도 아주 어릴 때 발견해서 그에 맞는 훈련과 교육을 받았다면 일상생활에 거의 지장이 없었을 것이다. 하지만 준현의 문제는 발견이 늦었다는 것 그리고 치료가 늦었다는 거다. 행동치료, 상담, 약물치료까지 할 수 있는 것은 거의 다 시도해보며 최고의 치료를 받았다고 해도 누적된 시간을 뛰어넘을 수는 없다. 중학교에 다닐 때까지만 해도 티가 났다. 고등학교에 입학하고 상담을 그만둘 무렵에는 어느 정도 눈에 띄지 않을 만큼은 되었지만, 여전히 뛸 때는 다리를 절었고 컨디션이 나쁠 때는 물건을 손에서 자꾸 떨어뜨렸다. 머릿속에서 문장이 짜인 다음에야 입을 떼다 보니 말이 느렸고 그 말조차 종종 혀가 굳은 듯 어눌하게 튀어나왔다. 가끔은 발작하듯 몸을 움직일 때도 있었다. 그리고 지금, 준현은 자신의 장애를 교도소에서 배운 조직생활의 규칙과 우수한 지능으로 어느 정도 메꿔내고 있는 듯 보였다. 그만하면 조금 몸이 약하고 수줍음이 많아서 말을 잘하지 못하는 것뿐이다 싶을 만큼.

한참 예민하던 시기에 좀 더 적확한 치료를 받았다면 더 나았겠지. 호석은 물을 마시다 말고 쓴웃음을 지었다. 상담을 계속했다면 살인만은 막을 수 있었을 거라 넘겨짚는 것도 오만이었다. 선택도 회한도 과거에 놓인 일이기 때문에 할 수 있는 생각이었다. 무엇보다도 그때의 그는 서윤병원에서 일하고 있었다. 되돌아간다 한들, 원장의 외아들이자 외과 과장인 남자가 저지른 일탈에 대해, 진심으로 자신의 앞날과 월급을 걸고 고발할 수 있었을까. 확신할 수 없는 일이었다.

호석은 한숨을 쉬었다. 그는 스마트폰을 집어 들었다. 준현에 대한 자료를 보내준 기자의 전화번호가 찍혀 있었다. 그는 손가락을 느릿느릿 움직여 메시지를 입력했다.

“전무님, 큰일 났어요.”

사장실의 비서가 파랗게 질린 얼굴로 달려왔다.

“의원님께서 사장실을 다 부수고 계세요.”

문자메시지를 흘낏 들여다보던 장진제약 전무 장정훈은 안경을 집어 쓰며 자리에서 일어났다. 그리고 달력을 노려보고서 한숨을 쉬었다.

그놈이 출소했다.

서윤병원 원장 서필환의 손자 놈이.

사장실에서 요란한 소리가 났다. 예나 지금이나 그의 맏형인 정남은 화가 나면 물건부터 때려 부수고 보았다. 둘째 형인 정균은 말릴 깜냥이 되지 않았다. 정훈은 숨을 한번 깊게 들이쉬고 사장실 문을 열었다.

정남이 벽에 걸려 있던 액자를 막 휘두르려던 참이었다. 정훈이 얼른 한마디 했다.

“거, 적당히 좀 해요. 그거 나중에 상속세 기부채납 하려고 들여온 거라고요.”

“넌 이 와중에 세금 생각이 나?”

정남은 대꾸하면서도 액자를 내려놓고 빈 벽에 주먹을 휘둘렀다. 둔탁하게 벽 안쪽이 울리는 소리가 났다. 벽에 걸려 있던 것들이 그 서슬에 비뚜름히 밀려 앉았다.

“서준현 그 새끼…… 처음부터 태어나질 말았어야 했어.”

정훈은 소파에 앉아 업무용 책상 앞에 앉아 있던 정균을 돌아보았다. 정균이 고개를 돌리며 중얼거렸다.

“애초에 정혜를 서재욱에게 시집보내는 게 아니었지.”

“그거야 아버지가 정하신 일인데 어떻게 해?”

“뭐, 아버지도 아버지지만, 정혜가 어릴 때 서재욱 그놈을 좀 좋아했어야죠.”

“좋아해도 가려서 갔어야지. 사람 보는 눈은 없어가지고. 어떻게든 말렸어야 했는데.”

정균이 한숨을 쉬었다.

“그때 서재욱 그 새끼한테 여자 있는 줄, 우리가 몰랐어요? 다들 입 다물고 쉬쉬했지.”

“인마, 남자야 젊을 때 잠깐 실수도 하고 그러는 거지. 게다가 서재욱이면 알아주는 모범생이었는데, 그놈이 그렇게까지 사고를 칠 줄 누가 알았겠어.”

삼 형제는 누가 먼저랄 것도 없이 한숨을 쉬었다.

“이혼하겠다고 했을 때 말린 거 형님 아니었어요?”

“내가 아니라 정균이었지.”

“아버님 뜻이었다고. 애초에 정혜에게 선택권이 있었던 줄 알아? 장진제약의 2대 주주가 누군지 뻔히들 알면서.”

“형이 서애희 여사와 결혼할 수도 있지 않았어요?”

“흥, 영감이 원한 건 혈통 세탁이야. 그놈의 동네 머슴 소리를 떼어버리고 싶어서 양반 가문 출신의 며느리를 맞으려고 한 거잖아. 영감에게 필요한 건 양반 출신 사위가 아니야. 처음부터 며느리를 원했다고. 그러니 정혜는 태어났을 때부터 서윤병원 며느리가 되게 정해져 있었던 거야. 왜 그 영감이 아버지가 세운 허름한 약국 따위에 투자를 했겠어?"

삼 형제는 잠시 침묵했다. 비정했지만 정균의 말은 분명 사실이었다.

"나현이나 데려옵시다."

불편한 침묵을 깨고 정훈이 입을 떼었다.

"서준현이야 어차피 거기서 나왔다고 사람 구실 하고 살 놈도 아니고, 우린 나현이 걱정만 하면 돼요."

"영감이 상속 문제로 까다롭게 굴지만 않았어도 그 일 있자마자 바로 데려왔을 텐데."

"상속 문제도 말입니다. 그깟 서윤병원 안 물려받아도, 걔 정혜 딸이고 우리 조카고 우리 장진제약의 손녀란 말입니다. 애초에 정혜 몫으로 아버지가 떼어두신 게 얼만데."

"나현이가 순순히 따라오겠냐?"

"일단 데려오고, 그다음에 설득합시다. 서윤병원이건 뭐건. 그 미친놈이 나현이를 끔찍하게 위한다고 해도, 이제 갓 스무 살 넘은 나현이가 몸도 성치 않은 놈 수발하며 살 이유야 없지요."

태어나지 말았어야 했다. 약혼녀를 두고도 학교 후배와 놀아

난 그놈이, 뻔히 제 자식인 줄 알면서도 버린 씨앗 따위.

일단 태어나버린 이상 다시는 돌아오지 말았어야 했다.

설령 돌아왔고, 눈앞에서 어미를 잃었다고 해도, 그놈을 굳이 정혜가 맡아 길러야 할 이유는 없었다. 그런데도 정혜는 그렇게 했다. 아버지 사업에 도움이 되고 싶다며 약학대학에 진학했던 총명한 아이였다. 본인이 약사인 만큼 준현의 약물치료에도 적극적이었고, 그 애를 가르쳐보겠다고 심리학 공부까지 했다. 기계에 프로그래밍을 해 넣듯이 일반적인 예절이나 상식을 아주 세부적인 단위까지 쪼개어서 규칙으로 만들고 복종하게 했다. 자기 배 아파 낳은 아이도 아니고, 남편이 시앗 봐서 낳은 아이를 가르치려고.

사랑하지 않았단 것은 누가 봐도 알았다. 그래도 개새끼도 제 밥 주는 손은 물지 않는다고 했다. 서준현이라는 놈은 개만도 못한 새끼였다. 길러준 은혜도 모르고 제 의붓어머니를, 정혜를 그렇게 죽여버린 그놈은.

삭막하고 볼품없는 동네였다. 세 형제는 아파트 현관 앞 그늘진 곳에서 서성였다. 정남은 주머니 깊숙이 손을 찔러넣은 채 어금니를 악물었다. 집은 비어 있었다. 담배라도 태우고 싶었지만, 조금 전에도 아파트 경비가 눈총을 주고 간 차였다.

"근데 그놈, 벌써 나올 때가 된 거야?"

"임태민이가 서초구에서도 알아주는 선수 아닙니까."

"사람 죽인 놈을 무슨 수로."

"아동학대에, 자폐에. 뭐, 말 나왔으니 말인데 걔가 지 애비 죽인 게, 나현이 지키려다가 그런 거긴 했죠. 그것도 얹어서."

"서재욱이 놈이 제 자식새끼를 죽이든 살리든, 그런 건 상관 없어."

정남이 이를 갈았다.

"서재욱이 정말로 나현이에게 몹쓸 짓을 하려고 했던 거라면, 그래도 그 미친놈이 제 여동생 하나는 지켰다는 거죠."

정균이 그 사실에조차 반신반의하듯 고개를 저었다. 아니, 서재욱은 그럴 수 있는 놈이다. 정남도 정훈도 그 사실은 잘 알았다. 하지만 그렇다고 해도, 서재욱을 막으려다가 우발적으로 일어난 살인이라 해도, 그놈은 정혜에게 그래서는 안 되는 것이었다. 그렇게 죽인 것도 모자라 아동학대 가해자에 알코올 중독이라는 이야기가 나오게 만들어서는 안 되는 것이었고, 그 일이 있고 불과 5년 만에 이렇게 밝은 하늘 아래를 떳떳이 걸어 다녀도 안 되는 것이었다.

"머리 검은 짐승 거두는 거 아니라고…… 길러준 은혜도 모르고 정혜에게 감히……."

정남이 이를 갈았다. 할 수만 있다면 죽여버리고 싶었다. 죽을 때까지 그 담장 밖으로 나오지 못하게 해도 시원치 않았다.

경비실 저쪽에서 웬 젊은 아이 둘이 걸어왔다.

장바구니를 들고, 다정하게 손을 잡고 있었다.

나현이었다.

옆에 있는 것은 서준현, 그놈이었다. 키가 좀 자랐지만 틀림없었다. 그를 알아보자마자 정남은 그대로 튀어 나가듯 달려갔다. 정남의 솥뚜껑 같은 손이 준현의 멱살을 잡으려는 순간, 나현이 두 사람 사이를 가로막듯 끼어들었다.

"안녕하셨어요, 외삼촌."

나현은 꼭 그맘때 제 어미가 그랬던 것 같은 새침한 표정으로 정남을 노려보았다. 어디서 끄윽, 끄윽 하고 짐승 같은 신음 소리가 났다. 나현의 어깨 너머, 사람을 둘이나 죽이고도 부끄러운 줄 모르고 바깥세상에 기어 나온 짐승이 잔뜩 몸을 웅크리며 신음하고 있었다.

"괜찮아, 오빠. 외삼촌들 오셨어."

나현은 매섭게 눈을 치어 뜨고 세 형제를 돌아보더니 보란 듯이 준현의 손을 꼭 쥐었다. 정남의 눈에 불이 일었다.

"너, 당장 따라와."

정남은 목표를 바꾸어 나현의 손목을 틀어쥐었다. 나현이 들고 있던 장바구니가 쏟아져 뒹굴었다.

"짐 꾸릴 것도 없어. 저 새끼와 같이 사는 꼴은, 내 눈에 흙이 들어가도 못 본다."

"이 새끼, 저 새끼 하지 마세요. 남의 오빠한테 왜 이 새끼 저 새끼야."

나현은 정남에게 잡힌 손목을 털며 짜증스럽게 대꾸했다.

"어디 이상한 남자 끌어들여서 동거하는 것도 아니고, 오빠잖아요? 외삼촌이 걱정하실 일은 하나도 없으니 신경 쓰지 마세요."

"오빠 좋아하네, 누구 새끼인지도 모르는 놈을."

"우리 할아버지가 그렇게 호락호락한 분이셨나 보죠? 서씨 집안 자손도 아닌데 남의 말만 믿고 집안에 입적할 만큼?"

나현은 초승달같이 싸늘하게 웃었다.

"남이 들어 곤란한 말이야 없지만, 목소리 좀 낮추세요. 장제시 시의원쯤 되시는 분이 남의 동네에서 뭐 하시는 거예요. 대낮부터 주사 부리는 것처럼 고래고래 소리를 지르시고."

정훈은 순간 눈을 비볐다.

좋든 싫든, 재욱 씨 아들이에요. 어쩌겠어요.

오연하게 제 오빠들을 바라보며, 그 망할 코흘리개를 제 등 뒤로 밀어 넣던 정혜의 모습이 떠올랐다.

그렇게 제 어미를 꼭 닮게 자라서는 똑같이 미친 짓을 하고 있었다. 그 미친놈, 첩년의 자식, 병신새끼, 사람 잡은 인간 백정 하나를 감싸려고.

"그 망할 영감탱이가……."

"참 신기해요. 외삼촌도 그렇고, 큰고모와 고모부도 그렇고. 그 동네 벗어났다고 바로 우리 할아버지 욕부터 하는 거요. 우습지도 않아. 눈앞에서는 바싹 엎드려서 아무 말도 못 할 거면서."

"서나현!"

"외삼촌들은 그 집에서 무슨 일이 일어나는지 알지도 못하셨고 엄마는 알고도 아무 말도 안 하셨죠. 그 집에서 저를 위하고 걱정해준 사람은 오빠뿐이었어요. 몇 번을 더 같은 말을 해야 하는지는 모르겠지만, 오빠는 날 보호하려고 했던 거예요. 아시겠어요?"

"네 엄마는…… 정말 몰랐을 거야. 네가 그런 일을 당했을 줄은……."

"내 일은 몰랐다고 해도, 엄마가 오빠한테 못되게 군 것도 사실인걸요. 가르칠 것 가르쳐서 사람 만들겠다는 핑계로 때리고, 굶기고, 가두고…… 누구한테 물어봐도 명백한 아동학대인데."

"말 그렇게 하지 마라. 남의 자식 키우는 게 보통 일이 아니라는 거, 이젠 이해할 나이도 됐잖아. 네가 보기엔 부당했겠지만 네 엄마는 그럴 만했어! 그건 우리가 더 잘 알아!"

"남의 자식이라 문제라면 아빠에게 화를 냈어야죠. 오빠를 집안에 받아들인 할아버지께 뭐라고 하셨어야죠. 정작 힘 있는 사람에겐 아무 말도 못 하고서 말도 제대로 못 하는 오빠에게만 화풀이한 거잖아요. 그렇게 멍이 들고, 피가 나고, 온몸이 상처투성이가 되도록 때리고. 아시겠어요? 오빠는 은혜를 모르는 사람이 아니에요. 그런 오빠만이, 아빠에게서 나를 지켜줬다고요. 저는 오빠와 함께 살 거니까 두 번 다시 이런 문제로 말씀하시지 않았으면 좋겠어요."

"무슨 말인진 알겠는데, 이복오빠잖아. 남들이 알면 수군거린다고."

정균이 달래듯 말했다.

"우리랑 가자. 당분간은 외가에서 지내고, 학교 근처에 새로 집을 알아봐줄게. 다니기 불편하면 차를 사줄 수도 있고……."

"외가라는 거 참 얄팍하네요."

나현이 빈정거렸다.

"정말로 그렇게 애틋했으면 5년 전 그때 어떻게든 데려갔겠지. 할아버지가 갖고 계신 장진제약 지분 이야기 나오자마자 손 떼고 사라진 분들이 외삼촌들 아니었나요? 오빠 출소하면서, 할아버지 상속 문제도 정리될 것 같으니까 다시 나타나서서는."

스무 살밖에 안 된 아이의 눈빛은 차가웠다.

"이유야 간단하지 않을까요? 외삼촌들 눈에는 제가 서윤병원 한 재산 물려받을 돈줄로 보일 테니까."

"듣자 듣자 하니까 이 계집애가!"

정남이 덤벼들었다. 그는 나현의 팔을 틀어 바닥으로 밀쳐내고, 그대로 준현의 멱살을 잡았다. 어미를 닮은 가냘픈 몸뚱이가 당장에라도 부러질 듯 흔들렸다. 주먹을 휘두르자 준현의 몸이 뒤로 나동그라졌다. 나현이 일어나 정남에게 덤벼들었지만 정남은 나현의 따귀를 때린 뒤 허리를 숙여 준현의 목을 조르듯 끌고 일으켰다.

"우리 오빠한테 당장 손 떼!"

나현이 악을 썼다.

"제 부모 죽인 새끼나 감싸면서 어디서 큰 소리야!"

정남은 한 손으로 준현의 멱살을 잡은 채, 다른 손으로 나현의 이마를 꾹 눌러 뒤로 밀며 으르렁거렸다.

"야, 네 애비가 갈보년이랑 붙어먹어 낳은 저 새끼를, 제 어미 죽었을 때 그나마 받아준 게 네 엄마야. 알기나 알아? 뭘 몰라도 분수가 있지, 어! 그런 네 엄마를, 이 새끼가!"

정남은 보란 듯이 준현의 멱살을 잡아 흔들었다.

"말 나온 김에, 오늘이 이 새끼 제삿날이다. 똑똑히 봐!"

준현의 아랫배에 정남의 주먹이 묵직하게 꽂혔다. 준현은 먹은 것을 게워내며 앞으로 고꾸라졌다. 준현은 하얗고 창백한 얼굴로 코와 입에서 피를 흘리며 겨우 바닥에서 몸을 일으켰다. 스무 살이 넘었어도 아직도 소년이라는 느낌이 남아 있는 가냘픈 몸이 휘청거렸다. 그의 멍한 눈이 잠시 초점을 잡듯, 정남을, 그리고 정균과 정훈을 돌아보았다.

정훈은 자기도 모르게 마른침을 삼켰다. 정남이 다시 소년의 어깨를 구둣발로 짓밟았다.

"이 독사 새끼가!"

"……말리는 게 낫겠는데."

정균이 중얼거렸다.

"그동안 형님이 사고 친 거야 어르신이 무마해주셨지만."

"손자 두들겨 팬 거 말 나오면 가만히 안 있겠지."

몇 번이나 멱살을 잡아 다시 일으키고, 다시 두들겨 팼다. 준현은 천적을 만난 작은 짐승처럼 떨었다. 그렇게 얻어맞고 짓밟히고 내던져지면서도 반격 한번 하지 못하는 나약한 생물이었다. 비명조차 지르지 못한 채, 꺽, 꺽 하는 소리만 내며 무너지고, 다시 멱살을 잡혔다. 나현이 또 덤벼들었지만 정남은 거칠게 밀쳐내고 준현을 더욱 세게 붙들었다.

문득 정훈은, 이게 전부일까 하는 생각에 사로잡혔다. 법이 내린 처벌이 부족하니 때리고 짓밟고 목을 조르고 비틀어 꺾어서라도 죗값을 치르게 하고 싶은 것이 전부일까.

그것과는 다르다. 조금 다르고 조금 더 음습한 무언가가 있었다. 서윤병원, 서씨 일가에게서 느껴지는 그 그늘, 그 어둡고 끈적거리는 무언가가 가슴속에서 불쑥 고개를 쳐드는 느낌. 처음 보았을 때에도 제 어미처럼 가냘픈 몸을 하고는 의사표시는 커녕 다른 사람과 눈도 제대로 마주치지 못하던 어린아이였는데. 그 표정이, 모습이, 몸짓 하나하나가 이상할 정도로 가학심을 불러일으켰다. 정남이 지금 이성을 잃고 덤벼들어 몸통을 깔고 앉은 채 손에 힘만 줘도 부러질 것 같은 가냘픈 목을 짓누르는 것도 그 때문일지 모른다. 때리고, 짓밟고, 망가뜨리고 싶어지는 은밀한 충동.

정훈은 정신이 들었다. 말려야 했다.

"죽어, 이 새끼. 차라리 죽어!"

"형님!"

정훈이 정남의 어깨를 잡아당겼다. 정균은 정남에게 맞고 주저앉아 있던 나현을 일으켜 차로 데려가려 했다. 그때 나현이 정균의 손을 뿌리치며 폰을 꺼내더니, 112를 누르고 두 번 생각할 것도 없이 비명을 질렀다.

"도와주세요, 납치범이야! 꺄아아아아아아아악!"

정균은 당황했다. 정남은 아직 상황 파악이 되지 않은 듯 자신을 제지하는 정훈을 노려보았다. 정훈은 묘한 배신감과 안도감을 동시에 느끼며, 준현이 살아있는지 우선 확인하고 정남을 일으켜 세웠다.

"가세요, 형님."

"뭐?"

"아무리 살인범 새끼라도, 죽여버리면 형님 인생만 꼬입니다. 그리고."

정훈은 주위를 둘러보았다. 사람들이 보였다. 창밖으로 이 소란을 내다보는 사람들과 딱 안전할 만큼의 거리를 두고 떨어져서 구경하는 사람들. 그중에는 아파트 경비도 있었다.

"나현이가 경찰 불렀어요. 여자애가 비명 지르며 전화를 했으니 금방 올 겁니다. 형, 어서 형님 모시고 가."

"너는?"

"나현이 우릴 납치범이라고 했잖아. 한 명은 남아서 설명을 해야지. 형, 어서."

정균은 못 이기는 척 정남을 끌고 차에 올랐다. 정훈은 차가 아파트 단지를 벗어나는 것을 바라보다가 고개를 돌려 뒤를 보았다. 피투성이가 된 준현의 상처를 살피던 나현이 살기가 담긴 눈빛으로 정훈을 노려보았다.

나현의 시선은 정훈을 지나 멀리서 강 건너 불구경하듯 이쪽을 보는 동네 사람들에게 향했다. 정훈은 천천히 훑는 듯한 나현의 시선을 따라가다가 문득 혀를 찼다.

계집애가 성질은 급해서는.

언제 주소까지 부른 건지, 벌써 경찰차가 아파트 단지로 들어오고 있었다.

"서까지 갈 만한 일은 아닙니다. 이 애는 제 조카고요."

정훈은 만면에 미소를 지으며 늙수그레한 경찰에게 명함을 내밀었다.

"장진제약 장정훈 전무……."

"예, '동의보감 원방으로 만들어서 효과도 확실한 준파스' 아시죠? 그거 만드는 회사입니다. 경찰병원에도 납품하고 있죠."

나이 든 경찰이 정훈과 이야기를 나누는 사이 젊은 경찰이 다가와 준현을 살펴보았다. 준현의 얼굴은 온통 피투성이였다. 나현의 어깨에도 멍이 올라오고 있었다.

"어떻게 된 건가요?"

나현은 싸늘하게 대답했다.

"간단하게 설명하면 일가친척들이 유산을 노리고 찾아와서 저를 납치하려고 했고, 그 과정에서 저희 오빠가 막아서니까 이 지경을 만들어놓은 거죠."

정훈은 입을 딱 벌렸다. 나현의 관점에서 아주 틀린 말은 아니었지만, 말 한 마디 한 마디에 악의가 뚝뚝 묻어났다.

"이분이 학생을 때린 거예요?"

준현이 고개를 가로저었다. 나현이 대신 대답했다.

"외삼촌 셋이 왔는데, 큰외삼촌은 저희 오빠를 때렸고, 둘째 외삼촌은 절 납치하려 했어요. 이쪽은 막내 외삼촌이에요. 때리진 않았지만 한통속이죠."

"조카가 이렇게 멋대로 말하니까 제가 남아서 해명하려던 겁니다."

"해명? 누가 들으면 제가 무슨 틀린 말이라도 한 줄 알겠네요."

"엄밀히 말해 재산이 아니라, 네 오빠가 문제잖니."

정훈은 반격하듯 한 마디 한 마디 힘주어 말했다.

"외삼촌이 되어서 하나뿐인 조카가 살인자와 함께 사는 걸 어떻게 두고 보라는 거냐!"

"오빠거든요! 외삼촌의 조카가 아닐 뿐이지!"

나현은 준현의 어깨를 감싸며 표독하게 대꾸했다. 정훈이 일부러 언성을 높였다.

"너한테는 오빠일지 몰라도 내 눈에는 살인자에 전과자야! 그것도 네 부모를 죽인! 세상에 같이 살 사람이 없어서 제 부모의 원수와 살겠다고?"

정훈의 말에 둘러서서 구경하던 사람들이 술렁거렸다. 안전선 밖에서 시선들이, 수군거림이, 보이지 않는 손가락질이 번져갔다.

나현은 원망하겠지. 서준현이 이 아이를 지키려 했다는 것도 믿기는 믿는다. 다른 건 몰라도 제 동생 하나는 끔찍이 여기는 아이니까. 하지만 그래도, 나현의 장래를 생각한다면 둘이 같이 살게 둘 수는 없다.

정훈은 동네 사람들 들으라는 듯, 짐짓 목소리를 높여 다시 한번 소리쳤다.

"살인범이라고!"

"피는 안 섞였어도 조카인데, 조카가 살인범인 게 되게 자랑스러우신가 봐요? 이왕 말씀하시는 김에 여기 자기 아버지한테 강간당한 애도 하나 있다고 하시죠?"

나현은 조금도 당황하지 않은 표정으로 받아쳤다.

이런 게 아니었다. 이러려던 게 아니었다. 나현을 보호하려던 것이지, 이 아이의 치부를 들춰내려던 게 아니었다. 정훈은 입을 떡 벌린 채 아연한 표정으로 나현을 바라보았다.

"이렇게 야비하게 나오시는 걸 보니 저도 더 할 말이 없네요. 합의 같은 건 안 해드릴 테니 형제끼리 사이좋게 콩밥이나 드시고 나오세요. 이쪽은 늘 그렇듯 임태민 변호사님 선임할 거니까 장진제약은 장진제약에서 알아서 하시고요."

"넌……. 우린 대체 네가 왜 이러는지 모르겠다. 이건 네 인생이야."

"저야말로 궁금해요. 외삼촌들이 무슨 권리로 이러시는지."

"그만…… 나현아."

준현이 기어드는 목소리로 말했다. 그리고 나현의 옷자락을 살며시 붙잡았다.

"싸우면 안 돼. 외삼촌한테 그러면 안 돼."

"오빠?"

"어, 어머, 어머니한테 혼나."

준현은 멍한 눈으로 중얼거렸다. 그는 겁에 질려 있었다. 스무 살도 한참 넘은 청년이 아니라 이제 갓 열 살을 넘긴 어린 소년처럼 연약해 보였다.

"맞아도 어쩔 수 없댔어. 내, 내가 나쁜 애라서 그래. 어머니…… 혼나."

나현은 준현을 내려다보다, 그대로 그 자리에 주저앉으며 울음을 터뜨렸다.

천하의 나쁜 놈이 되는 것은, 이런 심정일까. 다치고 겁먹은 어린 짐승처럼 바들바들 떠는 준현이 정훈을 올려다보았다.

어떻게 하면 그만둘 건가요.

몇 번이나 도망치는데도 그때마다 용역들을 풀어 찾아냈다. 화풀이하듯 세간살이며 피아노까지, 그들 모자만 빼고 모든 것을 때려 부쉈지. 그때도 반항 한번 하지 못하던 눈동자가 기억

났다.

저하고 준현이하고 여기서 뛰어내릴까요. 목이라도 맬까요. 정말 하고 싶은 말은 그런 게 아니었나요. 너하고 애하고 그냥 죽으라고…….

끔찍한 여자였다.

이 애, 아픈 애예요. 살게만 해주세요. 그냥, 살게만…….

차라리 어미든 자식이든 조금이라도 억척스러운 구석이 있었다면. 너 죽고 나 죽자며, 나쁜 놈들이라고 악이라도 한번 썼더라면. 그랬다면 짓밟고 무너뜨려 다시는 일어나지 못하게 만들고 싶은 이 마음에 죄책감 따위 느끼지 않아도 됐을 텐데.

준현은 그 여전히 어리고 여린 눈동자로 정훈을 바라보았다. 십수 년의 시간을 넘어서.

"제기랄……."

정훈은 입이 썼다. 입이 바싹 말랐다.

신고는 했다. 조서도 썼다. 하지만 거기까지였다.

준현이 만류했고, 무엇보다도 임태민 변호사가 나현을 설득한 덕분에, 형사 고발로 이어지지는 않았다. 대신 정훈은 각서를 써주어야 했다. 다시는 이렇게 찾아오지 않겠다고, 서필환 원장의 허락 없이는 만나려 하거나 먼저 연락하지 않겠다고.

"대체 무슨 생각이셨습니까."

나현과 준현이 지구대 가까운 병원에서 치료를 받는 것을 기다리며 태민이 정훈에게 물었다.

"저야 세 분이 걱정하시는 걸 모르는 건 아닙니다만."

"아는 사람이, 저놈을 나현에게 데려다 맡겨요?"

정훈은 태민에게 화풀이하듯 따지려다가 한숨을 쉬었다.

"그쪽도 서윤병원 어르신 분부면 뭐든 하는 건 압니다만."

"나현이 원했습니다."

"예?"

"원장님께서는 하나뿐인 친손자, 당신 슬하에 두고 싶어 하셨습니다만, 나현이 강력하게 원했어요. 오빠와 함께 있고 싶다고."

"……."

"그때 나현을 구해준 건 준현이었지요. 저 남매가 서로를 구원했습니다. 그러면 된 거죠. 서로가 서로에게 구원인 아이들이 서로 의지하고 살아보겠다는데."

"임태민 변호사."

"예."

"그쪽은, 그러니까……."

"나현이는 재욱이와 정혜의 딸이에요. 어르신 손녀이기 이전에."

태민은 쓴웃음을 지었다.

"제가 자식이 있습니까, 가족이 있습니까. 마음으로는 친조카같이 생각하고 있어요."

"그렇습니까."

"그래도 그때, 몰랐어요. 도와줄 수도 지켜줄 수도 없었죠. 그게 늘 미안했습니다."

정훈은 태민의 얼굴을 한참 동안 들여다보았다. 빈틈이 없었다. 사람 좋아 보이는 웃음을 짓고 있었지만 면도날 하나 밀어 넣을 자리도 없는 철옹성 같은 자였다.

묻고 싶은 게 있었다.

말하고 싶은 것도 있었다.

하지만 선뜻 입을 열 수가 없었다.

나현과 준현이 커피숍으로 내려왔다. 준현은 여기저기 반창고를 붙이고 붕대를 감았고, 나현도 아까 정남에게 비틀렸던 쪽 손에 붕대를 감은 채였다.

태민은 얼른 정훈의 옆자리로 건너와 앉았다. 나현과 준현이 그 맞은편에 앉았다. 나현은 정훈 보란 듯이 준현의 손을 테이블 위로 끌어 올려, 꼭 잡았다.

"자, 얘들아. 일단 너희들 외숙부님은 내가 장제시로 모시고 가마."

"가다가 아무 고속도로 휴게소에나 버리고 가셔도 괜찮은데요."

"그럴 수야 없지. 장진제약은 서윤병원과도 인연이 깊은데, 내가 멋대로 그랬다가는 원장님께서 화를 내실 거다. 그리고 가는 김에 아예 원장님 찾아뵙고, 오늘 자초지종도 다 말씀드려야 하고. 너희들 다친 것도 포함해서."

"임 변호사!"

"어쩔 수 없어요, 이게 제 일입니다. 말씀 안 드리면 원장님께 혼쭐이 나는 것은 저라서요."

태민은 어깨를 으쓱해 보이며 나현 쪽으로 고개를 돌렸다.

"나현아, 잘 들어라. 필요하다면 장 의원님께 접근 금지 서약이라도 받아줄 수 있지만, 네 외숙부님들이시고 널 걱정하시는 것만은 진심이야. 오히려 네게 물려주실 게 있으면 있었지 서윤병원 재산을 탐내실 것도 없어. 장진제약 지분 문제라면 몰라도……. 물론 준현이를 때린 건 이야기가 다르지만, 여튼 이 정도로 하자꾸나. 집안 문제로 시끄러운 거 원장님도 더는 원치 않으신다."

나현은 못 이기는 척 고개를 끄덕였다. 태민은 준현을 돌아보았다.

"준현아, 가슴 펴라. 네가 오빠잖니."

"나현이 다쳤어요."

준현은 고개를 숙인 채 신경질적으로 뺨을 긁어대며 중얼거렸다.

"손등에 금 갔어요. 제가 오빠인데. 옆에 있었는데."

"내가 거기 있었어도 상대가 그 장정남 의원이면 어떻게 못 했을 거야. 넌 잘했어. 이번에도 동생을 잘 지켰어."

진짜 외삼촌을 옆에 두고 생판 남인 임태민에게는 미소를 지어 보이는 나현과 그런 나현의 손을 꽉 잡고서 바들바들 떠는 준현을 보며 정훈은 마음이 착잡했다.

죽은 누이보다는 산 조카가 행복한 게 먼저겠지. 그러니까 제 오빠와 살든 말든 나현이 행복하면 된 거지. 병신에 머저리에 첩실 자식이라지만 그래도 저 반편이가 오빠라고 제 동생 하나는 그렇게 지키려고 애썼다며. 그러면 된 거지. 언제까지나 제 오빠 수발만 들며 살 것도 아니니 당분간은 이대로 내버려둬도 괜찮겠지. 어린 마음에 그래도 제 피붙이라고 그리 매달리는 것일 텐데.

하지만 정훈의 시선은 자꾸만 소년의 목덜미에 닿았다. 고개 숙인 소년의 짧은 머리카락과 빳빳한 옷깃 사이로 설핏 드러난, 볕을 거의 보지 못한 새하얀 목덜미에. 문득 그 목덜미 위로 방울방울 붉은 피가 아롱지는 모습을 상상했다. 그 가냘픈 목을 손으로 꺾어버리고 싶기도 했다. 약하디약한, 굴복시키고 망가뜨리고 싶은, 마음의 심연에서도 가장 아래쪽에 꼭꼭 숨겨놓은 은밀한 야만을 충동질하는 존재. 이런 것은 제대로 된 인간이 떠올릴 만한 생각이 아니었다. 그럼에도 정훈은 생각했다. 정말로 나현이, 저런 녀석과 함께 있어도 괜찮은 걸까.

"참, 임 변호사."

정훈은 고개를 돌리다가 갑자기 불쾌한 느낌의 남자를 떠올렸다. 준현의 출감 소식을 그들 형제가 바로 알게 된 건 그 남자 때문이었다.

"조심하는 게 좋겠어요."

"무슨 말씀입니까."

"아니 그게, 그 조성춘이 연락을 해 왔어요."

정훈은 조성춘에게서 받은 문자메시지를 태민에게 보여주며 목소리를 낮췄다.

"저놈 출소 소식도, 여기 주소도 그놈이 문자를 보내서 안 겁니다."

"그렇지 않아도 준현이 출소에 맞춰서 여기저기 들쑤시고 다니는 정황은 파악했습니다."

태민은 고개를 끄덕였다.

"문제 안 생기도록 잘 조치하겠습니다."

5

요 며칠, 상희는 계속 신경이 곤두서 있었다.

준현이 출소한 것 때문만은 아니었다. 열 살 전에는 있다는 말만 들었지 얼굴 한번 본 적 없었고, 어차피 별일 없을 때도 1년에 한두 번, 명절에 장제시에 굳이 갔을 때에나 봤던 아이였다.

오빠인 재욱과 그렇게 사이가 좋은 것도 아니었으니 굳이 마음 쓰고 예뻐할 이유도 없었고, 서윤병원의 상속 문제에 관심이 없다 보니 누구처럼 미워하고 견제할 이유도 딱히 없었다. 만나본 횟수로만 치면 열 번이나 되었나. 그 일이 있기 전까지는 있는 둥 없는 둥, 신경도 쓰지 않던 아이였다.

그래도 가끔, 그 애의 나이보다 작고 가냘픈 몸집과 늘 여기저기 남아 있는 상처와 멍을 생각할 때가 있었다. 상희는 법의관이기 이전에 의사였고, 차에는 늘 개인이 쓰기에는 큼직한 구급함도 있었다. 상처를 소독하고 약을 발라줄 수 있었다. 머리를 쓰다듬으며, 조금만 더 자라면 여기서 떠날 수 있다고, 장제시에서 도망칠 수 있다고 말해줄 수도 있었다. 하지만 상희는 그렇게 하지 않았다. 사실은 손톱만큼도 연결되고 싶지 않았다. 서윤병원과의 인연을 더 늘리고 싶지 않았다. 그 상대가, 한없이 연약해 보이던 그 낯선 조카라 해도.

지금도 그렇다. 준현이 사람을 죽였고 죽은 사람은 자신의 오빠와 새언니라고 해도. 죽은 사람은 죽은 사람이고 그 애는 제 죗값을 치르고 나왔다. 그러면 된 거 아닌가. 아버지 돌아가시고 나면 볼 일도 없을 텐데. 부모님 돌아가시면 형제도 소원한 법인데, 하물며 조카 따위야.

"서 팀장, 오늘 약속 없으면 한잔하지."

그런 생각을 하고 있는데, 과장이 눈치 없이 친한 척을 했다.

"불금인데? 불금. 불타는 금요일."

"뭘 태워요, 태울 거라곤 주머니에 담배밖에 없는데."

"한잔하러 안 갈래? 저 밑에 일본식 장어덮밥 가게가 새로 생겼는데……."

"아이고, 저 피곤해 죽겠습니다. 집에 가서 발 닦고 잠이나 잘 거예요."

상희는 짐짓 너스레를 떨면서도 선을 그었다. 과장은 눈치가 보이는지 목소리를 낮추며 말했다.

"며칠 전 일 사과도 하고 싶고. 자네 조카 일 말이야. 사생활인데."

"저는 그 녀석에게 신경 안 써요. 그리고 오늘 들어온 시신만 몇 구였는데요. 진짜 피곤해서 그런 거니까 다음에 하시죠. 다음에 말씀하신 장어덮밥집에서 회식이라도 할까요."

"어, 그래. 그거 괜찮네."

상희는 가방을 들고 냉랭한 얼굴에 의례적인 미소를 지어 보이며 자리에서 일어났다.

"주말 잘 보내세요."

상희는 마트에서 장을 보는 김에 델리 코너에 들렀다. 오징어 한 마리를 통으로 튀긴 것에 떡볶이와 김밥까지. 혼자 사는 중년 혼자 먹기엔 양이 좀 많았지만 손에 닿는 대로 장바구니에 밀어 넣었다. 냉동식품과 샐러드 야채, 나오는 길에 맥주도 세 캔 샀다.

집에 오자마자 맥주는 냉장고에 집어넣고 시원하게 샤워를 했다. 땀이 씻겨나가자 조금 기분이 좋아졌다. 오랜 운동으로 다져진 몸을 거울에 비춰보고 짧은 파자마로 갈아입었다. 아까 사 온 튀김들과 함께 맥주 한 캔을 꺼내 들었다. 그러고서 소파 앞에 앉으려는데, 전화벨이 울렸다.

상희의 표정이 일그러졌다. 차라리 끊어지기를 바랐다. 하지만 전화는 끊어지고 다시 걸려 오기를 반복했다. 화면에 부재중이 몇 통이나 찍히는 것을 보고, 상희는 맥주캔을 내려놓았다. 목소리만 들어도 혈압이 오르지만 안 받을 도리가 없었다.

"여보세요."

전화를 받자마자, 지긋지긋하고 끔찍한 목소리가 전화 저편에서 카랑카랑하게 울렸다.

"너 대체 전화도 안 받고 뭐 하는 거야?"

"운전 중이었어요. 왜요."

"걔 출소했다. 알고는 있니?"

"그래요?"

"그래요가 아니야. 넌 대체 왜 그렇게 집안일에 관심이 없어."

"제가 집안일에 관심 갖는 걸 제일 싫어하시는 분이 언니인 줄 알았는데요."

서필환 원장의 장녀, 서애희 여사였다. 집요할 정도로 상희를 미워하고 괴롭혔던 그 사람이 갑자기 전화를 건 이유는 불 보듯 뻔했다.

"그래서 준현이는, 만나보셨고요?"

"임태민이 중간에 빼돌렸지 뭐니."

"뭐, 만나서 좋을 게 없긴 하죠. 언니도 걔 싫어하시고 걔도 언니 무서워하는데. 오빠도 그렇게 안 좋게 가신 지금은 더."

"서상희!"

"오늘 부검만 네 구 했어요, 저 이제 막 집에 들어왔고요. 아직 저녁밥은 고사하고 옷도 못 갈아입었어요. 피곤해 죽겠으니까 하실 말씀 없으면 끊어요."

전화 저편에서, 비웃음이 느껴졌다. 어렸던 그녀를 늘 비웃고 조롱하던 그 하얀 손가락과 쥐 잡아먹은 듯 새빨간 입술이 떠올랐다.

"너 지금 보니 걔 편드는구나?"

"누가 편을 든다고 그래요."

"왜, 너도 첩 자식이라서 동질감이라도 느끼나 보지."

"전 그 일에 신경 쓰고 싶지 않아요. 집안일에 관심 없다고 백 번은 말씀드린 것 같은데. 괜히 저 걸고넘어지지 마시고, 하실 말씀 있으면 아버지께 직접 말씀드리세요."

"아버진 지금 노망이 나셨어! 제 부모 잡아먹은 그놈에게 서윤병원을 통째 물려주실 생각이란 말이야."

"그래요?"

"서윤병원이 어떤 병원인데. 내과 과장, 우리 김 박사도 있고, 의대 다니는 우리 애들도 있는데. 의사는 고사하고 대학 문턱도 못 넘어본 그 살인마에게 서윤병원이라니!"

"다 좋은데, 언니는 지금 아버지 댁 문지방도 못 넘고 있지 않던가요? 형부 말빨이야 아버지껜 기별도 안 갈 거고. 대체 무슨 수로 아버지를 설득하실 건데요."

"네가 도와주면 돼."

헛웃음이 나왔다.

사람을 무슨 호구로 봐도 분수가 있지.

"들어봐, 난 아버지의 비밀을 손에 쥐고 있거든. 아버지의 인생을 뿌리부터 뒤흔들 만한 비밀이지."

아버지가 남들이 생각하는 것만큼 깨끗하고 청렴한 사람이 아니라는 건 상희도 알고 있었다. 자신의 존재 자체가 그 증거였으니까. 맨주먹에서 시작해 병원장까지 된 사람이, 오직 옳고 바른 일만으로 그 모든 것을 쌓아 올릴 수 없었다는 것도 안다. 다만 예전에는 그럴 수 있는 일이었고, 지금의 서필환 원장은 널리 인술을 펴고 어려운 학생들에게 자선을 베푸는 사람이라는 것이 중요할 뿐. 그런 아버지의 인생을 뿌리부터 뒤흔들 치명적인 비밀이라는 게 정말 있다면 서윤병원과도 무관할 수 없다.

서윤병원을 원하는 이상, 그런 것으로 협박하는 게 먹히지 않는다는 것을 왜 모를까. 자기 손으로 망가뜨릴 수도 없는 것을 인질로 잡는 게 무슨 의미가 있담. 상희는 쓴웃음을 지었다. 예나 지금이나 악랄하고 어리석은 사람이었다. 그러니까 늘 그 탐욕을 부리면서도 그것밖에 못 먹는 거지. 다행이긴 했다. 저 독하고 고집불통에 욕심만 많은 못된 애희가 영리하기까지 했다면, 일단 상희부터 남아나지 않았을 테니까.

"네가 조금만 도와주면 돼."

어떻게든 구워삶아보려는 듯 전에 없이 친근하게 구는 애희에게 상희는 차갑게 대꾸했다.

"제가 언니를 도와드리면, 저는 뭘 얻는데요? 서윤병원 원장

자리라도 주실 건가요?"

"뭐?"

"자꾸 잊어버리시는 모양인데 지금은 험하게 죽은 시체 배나 가르고 있어도, 저 원래 의사예요. 실제로도 아버지 자식이지만 호적까지 완벽하게 아버지 어머니 자식이고, 번듯한 명문대 졸업해서 외과 전문의까지 땄죠. 외과의로 이름 높았던 아버지와 오빠와 마찬가지로요. 서윤병원 원장으로 나쁘지 않은 조건이잖아요?"

"너 지금 무슨 말도 안 되는 소리를……."

"사실이잖아요? 언니가 제가 의사 하는 걸 그렇게 훼방을 놓으셔서 이리 오긴 했지만. 잊으셨어요? 오빠가 살아계실 때야 언니가 무슨 용을 쓰고 아버지가 무슨 변덕을 부리셔도 서윤병원은 응당 오빠 몫이었겠지만 지금은 상황이 다르죠. 언니는 그게 당연히 성현이, 성재에게 갈 것 같나요? 정말?"

"너, 지금 어디서 감히……!"

전화 저편에서 어금니끼리 마주치는 소리가 났다. 상희는 냉정하게 말했다.

"언니도 아실 텐데요. 지금이라도 돌아가서 잘못했습니다, 저도 아버지 일을 돕겠습니다, 그렇게 머리 숙이면, 아버지가 저를 안 받아주실까요. 우리 아버지, 그토록 핏줄에 집착하시고 서씨 성에 집착하시는 분인데."

상희는 이야기를 하다 말고 꺼진 채 새카만 거울처럼 거실 풍경을 비추는 TV 화면을 물끄러미 바라보았다. 그래, 당신도 괴물이고 나도 괴물이지. 하지만 애희에게 인간 노릇을 한들 돌아오는 것은 언제나 뻔했다.

“첩 자식이건 뭐건 전 나름 아버지에게는 보험 같은 막내딸이었어요. 손재주 야무지고, 똑똑하고, 언니가 저 학력고사 직전에 굳이 제게 제 친엄마가 어떻게 돌아가셨는지 나불나불 떠들어대셨음에도 불구하고 아버지 기대하신 대로 대학 가고. 오빠가 외과로 갔으니 너는 내과로 가라는 아버지 말씀 거역하고 법의관이 되었지만, 나름 제힘으로 이만하면 성공했고. 다시 한번 말하지만 지금이라도 돌아가서 잘못했습니다, 하고 머리 숙이면, 아버지가 저를 안 받아주시겠어요? 과장 자리 하나쯤은 그냥 만들어주시지 않을까요?”

“너…….”

“오빠도 안 계신 지금, 이제 와서 상속을 두고 경쟁하면 언니한테 밀릴 이유도 없죠. 설마 아버지가, 명문대 나온 의사인 서씨네 자손 서상희를 두고 김씨네 애들에게 서윤병원을 냉큼 물려주실까요? 성현이, 성재가 유능하기나 하면 또 몰라. 의대라고 해도, 어디 붙어 있는지도 모르는 학교에 돈으로 밀어 넣었으면서.”

“서상희!”

“언니가 그래서 저를 미워했잖아요? 첩년 자식이면 첩년 자식답게 구석에 찌그러져 울고 있어야 하는데, 답지 않게 공부는 좋아해서는 언니는 못 간 의대, 아버지와 오빠가 나온 서울대 의대에 한 번에 척 들어갔으니까."

요란한 소리와 함께 전화가 끊어졌다. 어디 아무 벽에나 내팽개친 모양이지. 성질하고는.

서애희는 늘 그런 사람이었다. 자기 편할 대로 떠들어대고 자기 필요할 때만 사람을 장기 말처럼 부리려 들면서 서윤병원을 손에 넣는 것 말고는 다른 낙도, 관심도 없는 것 같은 사람. 바퀴벌레 한 마리 제 손으로는 못 죽이는 그 결벽증만 아니었으면, 어쩌면 준현이 재욱을 죽이기 전에 그녀가 해치우고도 남았을 거다.

사실은 의심한 적도 있었다. 애희가 준현을 사주해서 서재욱을 해친 것은 아닐까, 하고.

맥주는 이미 미지근해져 있었다. 상희는 맥주를 야식거리들과 함께 다시 냉장고에 밀어 넣고 차가운 것으로 새로 한 캔을 꺼냈다. 목이 탔다. 단숨에 한 캔을 다 비우고 담배를 입에 물었다. 답답하고 막막한 감정들이 뱃속을 오르내리며 끓어올랐다.

정혜에게 준현이를 맡으라니, 너무 잔인한 처사입니다.

준현을 처음 만난 것은 그 애의 엄마, 이보영의 장례식장에서였다.

조문객도 없이 텅 빈 빈소에서 멍한 눈으로 제 엄마 영정을 바라보던 작은 사내아이. 상희는 아이 머리를 두어 번 쓰다듬어 주고 구석에서 혼자 술을 마셨다. 깊은 밤, 아이가 빈소에서 꾸벅꾸벅 졸다가 마침내 잠들었을 때, 태민이 그녀에게 다가와 부탁을 했다.

준현이 잘못은 아니죠. 하지만 준현이 일로 정혜는 두 번이나 아이를 잃었어요.

태민이 간곡하게 부탁했다. 생전 처음 보는 데다 며칠 전 엄마를 잃은, 장애까지 있는 조카를 맡아달라고.

지금 정혜는 이 아이의 존재 자체로 힘들 겁니다. 정혜보고 이 아이를 맡으라는 건 역시 무리예요. 원장님께서는 당신 핏줄을 왜 남이 키워야 하는지 납득하지 못하시지만, 서 박사가 맡아준다면 이해하실 거예요.

임태민 변호사가 어떤 마음으로 그런 부탁을 했는지 모르는 것은 아니다. 그는 선량한 사람이고, 친구라고는 없던 오빠의 유일무이한 친구였으며, 불행한 결혼생활을 이어가는 새언니를 안쓰럽게 생각하고 있었다.

할 수만 있다면 그 가족의 평화를 위해 자기가 그 아이를 맡아 서울로 데려오고 싶었겠지. 하지만 아버지 성격에, 아무리 신임하는 사람이라 해도 피붙이를 남에게 맡기는 일을 용납하실 리 없었을 테고.

그래도 묻고 싶었다. 혹시 내가 첩 자식이라서, 그래서 부탁하는 거냐고. 같은 첩 자식이니까, 그 애를 마음으로 받아줄 거라고 생각한 건 아니냐고.

우스운 일이다. 나이가 이만큼 들었는데도, 아직도 그런 일에 마음을 쓰고.

상희는 빈 맥주캔을 구기며 생각했다. 처음부터 태민의 말대로 그 애를 맡아 길렀으면 그런 일이 일어나지 않았을까. 혹은 자신도 어쩌면 같은 일을 질렀을까. 만약, 만약에. 생각을 거듭할수록 죄책감만 늘어나는 그 수많은 가정 앞에서, 상희는 눈을 감았다.

이미 일어난 일은 돌이킬 수 없다.

어쩔 수 없는 일은 어쩔 수 없는 법이다.

그러니까 앞으로도 얽히고 싶지 않다. 지금까지 그래왔듯 안개처럼 희미한 인연으로 남고 싶다. 아버지가 돌아가시고 나면 다시 안 볼, 딱 그만큼이 좋다. 그뿐이었다.

문득 발목 근처에 뱀이 지나가는 듯한 느낌이 들었다.

악몽을 꾼 사람처럼 상희는 눈을 떴다. 냉동된 시신의 손가락이 닿은 듯 서늘하고 오싹했다.

그날, 전화를 걸어 온 사람은 임태민 변호사였다.

오빠의 부고를 전한 것도.

그보다 더 믿을 수 없었던, 그 소식을 전한 것도.

"서준현……."

잠이 오지 않았다.

아무래도 긴 밤이 될 것 같았다.

6

기자라는 직업은 맞는 놈에게는 천직이지만 그렇지 않은 놈에게는 이렇게 개 같을 수도 없는 밥벌이다.

그 옛날 군대 고참 빰치는 성질머리 고약한 새끼들과 냄새나는 경찰서 기자실 구석에서 침식을 함께 하며 사쓰마와리를 돌아야 하는데, 이게 또 자기네 회사 고참들 챙기는 것만으로는 눈치 없는 놈이라는 소리를 듣는 일이다. 눈치도 빨라야 하고, 입안의 혀처럼 남의 비위도 맞출 줄 알아야 하고. 남이 물어놓은 소스라도 먼저 쓸 수 있으면 써야 하고, 간혹 기삿거리가 없으면 남의 기사라도 내 것처럼 주물주물 어루만져서 올려야 한다. 요새는 포털에 기사들 예쁘게 올라가라고 남의 기사 주물러서 제 이름 붙여 올리는 일만 전문으로 하는 팀도 있다.

말하자면 정의와 진실을 찾아서 위험을 무릅쓰는 그런 기자 같은 건 소설이나 영화에서도 보기가 힘든, 산삼 같은 놈들이다. 대개의 기자란 그렇다. 쪽잠을 자며 급할 때 '요이 땅' 하고 달려가 받아쓰기를 빨리해서 올리든가, 남의 뒤꽁무니 따라다니면서 그 사람이 가장 숨기고 싶어 하는 일을 꺼내 인생을 뒤집어놓든가, 둘 다 싫으면 Ctrl+C, Ctrl+V 키나 누르면서 소위 '복붙'이나 열심히 하든가.

그래도 이 직업에도 좋은 점은 있다.

"아주 되바라진 계집애야."

쓸모없을 것 같은 소문들도 쌍끌이 저인망으로 바닥부터 훑듯 밑바닥부터 쓸어볼 수 있으니까.

"반반하게 예쁘긴 한데, 아주 성격이 모가 났더라고."

"그래요?"

"그 어린 게, 세상에 남자 끌어들여서 동거를 하지 뭐야. 그래서 내가 뭐라고 몇 마디 했더니, 글쎄 한마디도 지지 않고 따박따박 말대답을 하는 거 있지?"

"어쩜."

"본때 없이 굴길래 뭐 켕기는 거 있느냐, 어린 여자애가 그렇게 동거 같은 거 하면 못쓴다고 했더니, 오빠라고 따박따박 우기는 거야."

"요새야 사귀기만 해도 다 오빠지."

"그러게. 아니, 어디 그 오빠가 친오빠겠어?"

"오빠가 아빠 되는 거야 순식간이지. 어휴, 애들 보고 배울까 봐 겁난다니까."

여기저기 끄나풀이 있으면 좋고, 술 한 잔 밥 한 끼에 아는 것 모르는 것 술술 불어대는 소식통들을 정보원으로 거느리고 있으면 더 좋다. 하지만 연줄 하나 없는 낯선 동네에서 아줌마들 사이에 슬그머니 끼어 앉을 수 있는 붙임성에다 무슨 이야기든 참고 들을 수 있는 인내심 그리고 제대로 된 기자 명함 한 통만 있어도 의외로 주워들을 수 있는 것은 많은 법이다.

"그런데 말이야, 얼마 전에 그 애 친척이라는 사람들이 왔었는데."

쓰고 싶은 기사 때문이든, 개인적으로 알아보고 싶은 일이든 간에, 원하는 게 있다면 가만히 앉아 티 안 나게 캐묻고 일어날 수 있다. 이런 요령을 배운 것도 모두 신문 밥 먹은 덕분이지. 그래서 조성춘은 나름대로 자신의 직업을 사랑했다. 찰거머리니 악질이니 별별 욕을 다 먹는 거야 그냥 욕 많이 먹으면 백세 장수 한다더라 하고 넘길 일이었고.

"자기 친척인데도 경찰에 신고하고 아주 난리를 치지 뭐야."

"친척이 나쁜 사람일 수도 있죠."

"아니, 우리가 알아야 도와주지 않느냐고 했더니, 도와줄 능력은 되느냐고 따지던걸. 어이구, 살다 보니 별꼴을 다 봐요."

"부모 일찍 여의고 남매끼리 사는 거고, 그 사람들은 재산 노리고 나타난 친척이라고 하던데……."

"에이 무슨. 그럴 재산이 있으면 이런 데 살겠어? 좀 더 삐까

번쩍한 데서 살지. 애들 하는 소리 곧이곧대로 믿는 거 아니라니까."

그렇긴 해도.

안 봐도 그 모습이 눈에 선하다.

공주님처럼 자란 계집아이가, 오지랖 넓고 입 싼 동네 아줌마들을 앞에 두고 도도하게 눈 내리깔며 쏘아붙이는 모습이. 제 어미와 꼭 닮았겠지. 더하면 더하지 덜하진 않을 거다. 서재욱에게서 물려받은 구석도 적지 않을 테니. 조성춘은 입가를 당기듯이 웃었다.

"근데 그 외삼촌이라는 사람이 그러지 않겠어?"

개중 한 명이 누가 들을세라 조심스럽게 말을 이었다.

"그 남자애가 살인자라고."

영감은 이번에도 교활했다. 학교가 가깝다고 해도 마을버스로 좀 가야 하는 어중간한 동네, 살기는 편리하긴 해도 지은 지 20년이 넘어가는 주제에 페인트칠 새로 싹 하고 아파트 단지 이름만 근사하게 갈아 붙여 프리미엄인 척하는 어설픈 동네. 하필 이런 곳에다 손녀를 숨겨둘 생각을 하고.

"말이 그렇다는 거겠지. 설마 정말 죽였으려고. 영 비리비리한 게 개미 한 마리 못 잡게 생겼더만."

"그때 그 자리에 없었지? 오가는 이야기가 영 심상치 않았어. 아버지에게 강간을 당했다는 이야기도 나왔다니까?"

"정말?"

“그런 애들이 동네에 살아도 괜찮은지 모르겠어.”

“그러게. 애들 교육상 안 좋아.”

그 뱀 같은 서애희 여사를 피해 하필 이런 곳에 집을 얻어주고 연고 없는 타지의 이삿짐 업체를 불러 나현의 짐을 보내게 한 것은, 누구 생각이었을까. 영감 본인? 아니면 임태민 변호사? 어느 쪽이라도 영리하게 머리를 쓴 것은 사실이지만, 그래도 사람 일에는 늘 구멍이라는 게 있는 법이다. 그게 이삿짐센터의 알바생이 되었든, 공인중개사의 개인 블로그가 되었든. 그리고 지금쯤이면, 그 서나현의 집 혹은 은신처라고 불러야 하는 이곳의 주소가 어떻게 장진제약 삼 형제와 서애희 여사의 손에 들어갔는지, 그 임태민 변호사라면 짐작하고 있을 거다.

“참, 아저씨는 무슨 일 하신댔지?”

“기자라고 했잖아, 기자.”

“아, 그랬지. 어디 기자랬지?”

“장제일보요.”

“무슨 신문이야, 그게.”

“지방지예요, 지방지. 저기 경기도 장제시에.”

“장제시가 어디야?”

“거 있잖아, 서윤병원이라고 암 수술 잘하는 데.”

“아휴, 모르는 게 없어.”

“우리 윗동서가 거기서 수술받고 싹 나았잖아. TV에서 전국의 명의들 소개할 때도 꼭 나오는걸, 거기 원장 할아버지. 아저씨도 그럼 그 병원 알겠네요."

"알다마다요."

성춘은 히죽 웃으며 대답했다.

"장제시에서 서윤병원 모르면 간첩이죠, 간첩."

"그러고 보니 전에 무슨 사건 있지 않았어? 그 병원."

"무슨 사건?"

"무슨 살인사건…… 거기 원장님 아드님이 살해당했다고 했나? 그랬죠?"

"그런 일이 있었죠. 예전에."

"저런, 안됐다."

"그 큰 병원은 그럼 누가 물려받는대."

아마 이 아줌마들은 모를 것이다. 오늘 그녀들이 짐짓 걱정하는 척하며 씹고 뜯어댄 그 여자애가 서윤병원 원장의 하나뿐인 친손녀라는 것을. 그 여자애와 동거하는 것 같다는 남자애가 정말로 그 애의 오빠이자 원장의 손자라는 것을.

당신들의 동정이나 걱정 같은 것은 애초부터 필요도 없었을 애들이라고는 꿈에조차 상상하지 못하겠지. 성춘은 그런 비웃음 위로 몇 마디 더 너스레를 떨다가 자리에서 일어났다.

날이 더웠다.

서울에서 두 시간 걸리는, 경기도에서도 한참 구석에 자리 잡은 어정쩡한 곳. 교통이 편리한 것도, 특산물이 있는 것도, 맛있는 먹거리나 경치 좋은 풍경으로 이름 높은 것도 아닌, 그저 그런 동네. 특색 없이 넓게만 닦인 신작로에 높다랗게 들어선 아파트 단지들, 갑작스레 벼락부자가 된 촌놈처럼 쓸데없이 번쩍번쩍한 신도시와 그 한가운데에 시청과 나란히 붙어 선 커다란 병원.

장제시는 재미없는 동네였다.

타지 사람들은 장제시 하면 으레 서윤병원을 떠올렸다. 장제시의 거의 모든 물자와 사람이 서윤병원을 중심으로 돌아갔으니 그렇게 생각하는 것도 무리는 아니었다.

서윤병원 원장 서필환은 개천에서 난 용이었다. 그는 동네 머슴의 아들로 태어나 타고난 머리 하나로 성공을 거머쥐었다. 왜정과 해방과 전쟁을 거치는 동안에도 그는 집요하게 공부에 몰두했고, 장학금을 받으며 서울대학교를 나와 젊은 나이에 명의로 이름을 떨쳤다. 그가 적산 가옥으로 한 재산 모아 부자가 된 윤씨의 외동딸과 결혼하고 재산을 물려받을 수 있었던 것도 신기에 가깝던 수술 실력 덕분이었다.

그리고 장제시로 돌아왔지.

야금야금, 땅을 사들이고 관청에 로비를 하고 도로를 놓고 건물을 올렸다. 해방 전에는 몰락했으나마 양반이었다는 장씨 집안에 투자를 해 제약회사를 세우고 그 집안의 고명딸을 며느리로 삼았다. 그렇게 처음부터 이 땅의 주인이었던 것처럼, 왕후

장상이라도 되는 듯이 고개를 빳빳이 들고 있지만, 그래봤자 근본 없는 천것들일 뿐.

장제시에서 태어나 자랐고 지금도 장제시에 뿌리를 둔 채 먹고살지만, 성춘은 장제시가 싫었다. 나고 자란 고향이라는 것도 떠나와 추억만 남은 뒤에야 그립고 아름다운 것이지, 여전히 풀어야 할 숙제가 한가득인 고향 따위 생각하는 것만으로도 구역질이 났다. 그리고 그 서윤병원은, 그가 풀어야 할 가장 큰 숙제였다.

영감이 죽어 나자빠지기 전에.

아들과 며느리를 한날한시에 잃고 손자가 살인범으로 끌려가는 꼴을 보고도 눈 하나 깜짝하지 않았던 그 비정한 자에게 말해주고 보여주고 들려주어야 했다. 끝나지 않은 일이 있다고. 아직 다 풀지 못한 일이 있다고.

그 열쇠는 5년 전 그 사건 속에 숨겨져 있다.

그러므로 일단 이 모든 일은 서준현에게서 시작해야 했다. 그가 이 근방을 서성대는 것도 그 때문이었다. 어차피 정신과 의사 선생 말대로라면 다음 주 수요일에 또 상담받으러 나올 테지만, 기다리고만 있을 수는 없다.

건들거리며 아파트 단지를 나서다가, 성춘은 문득 횡단보도 건너편을 보았다.

서준현이었다. 5년 전 법정에 선 모습을 본 것이 마지막이었는데. 키만 조금 컸을 뿐 하나도 변하질 않았다. 성춘은 준현이 길을 건너오기를 기다렸다가 그의 앞을 막아섰다.

"학생, 서준현 맞지?"

준현은 쓰러질 듯 비틀거리며 놀란 표정으로 성춘을 돌아보았다. 덫에 걸린 토끼 같은 표정이었다.

"나, 나쁜 사람 아냐."

말해놓고 보니 우스웠다.

"잠깐 시간 좀 내주지? 바쁜 일 없으면."

"아이스크림 녹아요."

"이야기 좀 하고 싶은데."

"……누구세요."

준현은 몇 번이나 말을 입으로 삼키다가 겨우 물었다. 성춘은 빙긋 웃었다.

"나? 나 조성춘이라는 사람인데."

"아저씨 이름 알아요."

"날 알아?"

"기자, 잖아요. 저 출소할 무렵부터 여기저기 들쑤시고 다닌다고 그랬는데."

"누가 그런 말을 해?"

준현은 신발 끝을 내려다보며 발끝을 바닥에 비벼댔다. 하긴, 물어볼 필요도 없다. 성춘은 소리 죽여 웃었다.

"임태민이 그러디?"

"……."

"믿을 놈이 없어서 그놈을 믿나, 쯧. 멍청한 어린애 데리고 아주 잘하는 짓이다."

"나, 안 멍청해요."

"그래, 그래. 여튼 난 너랑 할 이야기가 있다. 그러니 시간 좀 내줘."

"싫어요."

준현이 고개를 들었다. 소년은 필사적인 얼굴로 그를 노려보려고 애쓰다가, 고개를 휙 꺾었다. 아무 짓도 안 했는데 어깨를 휘청였다. 손을 부들부들 떨며 겁에 질린 목소리로 더듬더듬 입을 열었다.

"등기 소포."

"뭐?"

"스, 스무 번째 생일에…… 우편물을 받았어요. 등기 소포인데…… 등기인데 주소도 없는 주소고, 이름도 이상하고…… 누런 서류봉투에 신문 기사만 잔뜩 있는……."

"그런데?"

"그, 그거…… 아저씨가 보낸 거죠?"

"자폐는 천재 아니면 바보라더니."

성춘은 낄낄 웃었다.

"넌 어느 쪽이냐? 응?"

"……."

"아주 바보는 아닌 것 같아서 하는 말이다만, 내 생각엔 어쩌면 내가, 네가 알고 싶어 할 만한 것들을 좀 알고 있는 것 같은데."

준현은 성춘과 눈을 마주치지 못한 채 어깨를 떨다가 눈만 슬쩍 들더니 바로 내리깔았다.

"너, 너희 엄마 왜 죽었는지 알아?"

"……."

"네가 푹푹 찔러 죽인 장정혜 여사 말고, 차 사고 나서 죽은 네 친엄마 말이다. 응?"

준현의 멍한 눈에 한순간 빛이 돌았다. 그러나 소년은 곧 고개를 외로 꺾은 채 그를 지나쳐 비척거리며 걷기 시작했다.

"다…… 끝난…… 일."

소년의 마른 입술이 그렇게만 중얼거렸다. 조성춘은 급히 뒤쫓아가 그의 주머니에 제 명함을 찔러넣었다.

"5년 전 사건에 대해 네게 좀 듣고 싶은 게 있다. 대신 네가 궁금해할 만한 것은 뭐든 이야기해주지. 너희 엄마가 어떻게 죽었는지, 네 할아버지가 어떤 사람인지, 네 아버지며 임태민 변호사가 어떤 자였는지. 그런 것들 말이다."

"……."

"넌 억울하지도 않냐?"

손목을 붙잡았다. 가늘었다. 목덜미에서 비누 냄새가 섞인 소년의 땀내가 확 올라왔다. 성춘은 자기도 모르게 헉, 하고 숨을 몰아쉬었다가 소년의 손을 놓았다. 소년은 잡혔던 손목을 다른 손으로 감싸 쥔 채 슬금슬금 뒤로 물러났다.

"잘 들어, 너희 엄마를 죽인 게 네 할아버지다."

5년 전이나 지금이나 요사스런 녀석이다. 스무 살이 넘은 사내새끼인데, 이상할 정도로 신경에 거슬리는 것이.

"서필환 그 영감, 훌륭한 의사, 존경받는 자선사업가인 척하고 있지만 네가 감쌀 만한 영감이 아냐. 내 말 똑바로 들어라. 너희 엄마가 널 절대 내놓을 수 없다고 버티니까 네 할아버지가, 사람을 사서 그냥 칵 밀어버린 거야. 무슨 말인지 알겠냐?"

이렇게 간단히 가진 패를 꺼내 보이는 건 말도 안 되는 일이라고 생각하면서도, 그는 준현의 어깨를 꽉 붙잡으며 속삭였다.

"믿기지 않는 모양인데, 너희 엄마를 죽인 사람, 네 할아버지라고. 서필환 원장. 그것 말고도 네가 알아야 할 이야기는 얼마든지 있어. 그리고 난 네게……."

준현은 있는 힘을 다해 그의 손을 쳐냈다. 그리고 비틀거리며 아파트 단지로 향했다.

서툴렀다.

평소의 자신답지 않았다. 성춘은 꿀꺽, 마른침을 삼키며 준현의 뒷모습을 바라보았다.

자폐 때문인지, 말을 더듬어서 그런지, 나이에 비해 앳되고 좀 부족해 보이는 것을 제하더라도 기묘하게 자꾸 마음속의 터부를 건드리는 놈이었다. 그 설명하기 어려운 감정에 대해 생각하다가, 조성춘은 문득 눈을 깜빡였다.

설마.

5년 전의 일은, 어쩌면 예상했던 것과는 조금 다르게 돌아갔을지도 모른다.

그런 생각이 들었다.

낮에 아이스크림을 사 들고 돌아온 뒤로 준현은 계속 앓았다. 뭔가에 놀란 어린아이처럼, 잠이 들었지만 계속 화들짝 놀라며 눈을 떴다가 주위를 둘러보고 다시 잠들었다. 중간중간 가위에도 눌리는 것 같았다.

무슨 일이 있었던 걸까.

나현은 잠든 준현의 이마를 짚어보았다. 미열이 있었다. 이마에 해열시트를 붙여주고 죽을 끓였다. 손에 깁스를 했더니 이런 간단한 걸 하는 것도 불편했다. 애초에 준현이 아이스크림을 사러 간 것도 외삼촌의 일로 짜증을 내고 있는 나현을 달래기 위해서였다. 나현은 준현이 아픈 것이 자기 탓인 것 같아 속이 상했고, 외삼촌들에게 새삼 화가 치밀었다.

"오빠, 자?"

나현은 죽 그릇을 쟁반에 받쳐 들고 살며시 준현의 방문을 열었다.

준현은 식은땀을 흘리며 자고 있었다. 아픈 와중에도 옷을 벗어서 침대 발치에 반듯하게 개켜놓은 것을 보니 마음이 아팠다.

나현은 쟁반을 준현의 책상 위에 내려놓고 옷을 집어 들었다. 날이 더워 그런지 옷은 눅눅하게 땀에 젖어 있었다. 나현은 준현을 두어 번 더 부르며 그가 벗어놓은 옷의 주머니를 뒤집어보았다.

별다른 건 없을 거라고 생각했는데, 바지 뒷주머니에서 웬 명함 한 장이 튀어나왔다.

장제일보, 조성춘 기자.

가슴이 두근거렸다. 기자 이름은 낯이 설었지만 신문 이름은 낯이 익었다.

그런데 어째서 오빠가 이런 명함을 갖고 있는 걸까.

지금 오빠가 아픈 것도, 자꾸 놀라고 가위에 눌리는 것도 이 사람 때문일까.

나현은 티셔츠만 집어 들고 바지는 다시 원래대로 개어 발치에 내려놓았다. 그리고 준현의 이마를 손으로 짚었다. 준현은 신음했다.

"오빠."

"……."

"꿈꿨어?"

"으응……."

"죽 끓여 왔는데, 먹을래?"

준현은 고개를 가로저었다. 나현은 한숨을 쉬었다.

"외삼촌들 때문일 거야."

준현은 대답하지 않았다.

"아무래도 병원에다 더 센 약을 지어달라고 해야 할 것 같아."

"응."

"오빠."

"응?"

"우리, 이번 주말에 할아버지 댁에 가자."

나현은 조심스럽게 운을 떼었다.

"가서, 외삼촌들 일도 일러바치고, 우리도 좀 쉬다 오자. 응?"

장제시가 준현에게 편할 리 없다는 것은 나현도 잘 알고 있었다.

평범하고 선량한 얼굴로 남의 이야기를 하고, 사소한 소문에 살을 붙여 크게 부풀리며 키득거리는 주제에, 정작 중요한 이야기 앞에서는 모두가 귀먹고 눈먼 듯 소리 없이 수군거리다 덮어버리던, 모두가 단체로 인지부조화에 걸린 듯 미쳐 돌아가던 그곳.

나현에게도 그곳은 태어나서 자란 곳일 뿐, 결코 마음 따뜻한 고향 같은 것은 될 수 없었다. 그곳 사람들은 늙어 꼬부랑 할아버지 할머니가 될 때까지도 두 남매를 볼 때마다 수군거리겠지.

하지만 그곳에는 할아버지가 계셨다.

할아버지, 서필환 원장.

한 지역을 제 손으로 일으켜 세우고 갈고닦아낸, 장제시의 실질적인 지배자. 그 안에서는 그런 말이 쓸데없는 과장이라고 생각했지만 장제시를 벗어나고 보니 오히려 실감했다. 그 작은 소도시에서 할아버지의 위상이 어떤 것이었는지.

거기 가서 할아버지 그늘에 숨어 있는 동안에는 누구도 우리를 공격하지 못할 거야. 그 집에서 한 걸음이라도 걸어 나가면 바로 사람들의 수군거림이 우리가 가는 걸음걸음 따라붙겠지만, 적어도 그 집의 담장 안에서는 모든 것이 고요하고 평화로울 거야. 고모도, 외삼촌들도, 왜 오빠 앞에 나타났는지 영문을 알 수 없는 그 장제일보 기자도 감히 우리를 건드릴 수 없을 거야.

집안은 서늘했지만, 습도는 낮지 않았다.

나현은 열을 재려는 양 간헐적으로 손을 저으며 힘없이 잠든 준현의 뺨에 이마를 대어보다가 그 어깨에 가만히 얼굴을 묻었다. 문득 어렸을 때 함께 읽던 그림책이 떠올랐다. 나현은 고개를 들어 준현의 책꽂이를 돌아보았다.

'백조 왕자'였지.

그 낡은 동화책의 뒤표지를 보고 있으려니 가슴이 욱신거렸다.

오빠를 구할 수만 있다면, 나는 어떤 저주를 받아도 괜찮아. 그러니까.

오빠는 내가 지켜줄게.

✣

7

버스에는 사람이 많지 않았고 조용했다. 버스 문이 열릴 때마다 한증막에 들어서는 것처럼 후끈한 공기가 밀려들었다. 에어컨 바람에 서늘해진 버스 안쪽 창문에는 뽀얗게 김이 서렸다. 준현은 흐려진 창을 바라보다가 손가락을 들어 창문에 낙서를 했다. 서나현. 서준현. 졸다가 깬 나현은 얼른 준현의 손을 붙잡았다.

"손 더러워져. 지지야."

"지지라니. 나, 어린애 아닌데."

"하는 게 어린애잖아. 손 이리 줘."

나현은 언제 챙겨 왔는지 가방에서 물티슈를 꺼내 준현의 손을 닦아주었다. 준현은 나현의 손에서 물티슈를 잡아당겼다.

"혼자 할 거야."

"삐쳤어? 지지라고 해서?"

"아냐. 너 더 자라고. 멀미하잖아. 안 자면 멀미 더 심해지니까 어서 자."

나현은 웃었다. 그녀는 모처럼 오빠 노릇을 하는 준현의 옷자락을 꼭 붙잡고는 그의 어깨에 머리를 기댔다. 어릴 때 소풍 가던 날처럼 어쩐지 설레고 두근거려서 잠도 오지 않았지만, 나현은 준현을 걱정시키지 않으려 눈을 감고 잠든 척을 했다. 뒤쪽에서 누군가가 그들을 보고 알은체를 했는데 나현은 못 들은 척했다. 부스럭거리는 소리가 났다. 준현이 가방에서 이어폰을 꺼내 한쪽은 제가 끼고, 다른 쪽은 나현에게 끼워주었다.

아바의 노래였다. Slipping Through My Fingers.

어머니가 자주 들으셨던 노래.

기억하고 있었구나, 생각하니 마음이 따뜻해졌다.

준현은 자신의 어깨 위로 흘러내린 나현의 긴 머리카락을 어루만졌다. 나현은 오빠, 하고 나직하게 중얼거리며 그의 어깨에 좀 더 바싹 기대어 앉았다. 그리고 가늘게 눈을 뜬 채 아까 준현이 유리창에 적은 이름을 보았다.

김이 서린 창에 이제는 희미하게 남은 손자국 너머로 찬란할 정도로 반짝이는 햇살이 어른거렸다.

이제 괜찮을 거야. 다 잘될 거야. 나현은 눈을 감으며 속으로 중얼거렸다. 슬며시 준현의 손을 붙잡더니 손가락을 깍지 끼듯 맞잡았다. 뺄 줄 알았는데, 준현이 손가락으로 나현의 손등을 붙잡듯 눌렀다. 아귀가 잘 맞는 조각들처럼 두 사람은 서로 손을 꼭 잡았다. 마치 드라마 속의 연인들처럼.

버스에서도 시선들을 느꼈지만, 흘긋거리는 정도였다. 종점인 장제시 버스 터미널에 내리자마자 주변 사람들의 시선이 노골적으로 집중되는 것이 느껴졌다. 도회에서 온 젊은 사람들이라 더 눈에 띄는 걸까. 숨이 막혔다. 나현은 준현을 올려다보았다. 준현도 숨이 막히는 듯 어깨를 움츠리고 가슴에 손을 댄 채 식은땀을 흘리고 있었다. 찌르듯이 노려보는 시선들 사이로, 나현은 보란 듯이 준현의 손을 붙잡았다.

"가자, 오빠."

준현은 나현의 손을 밀어내며 당장이라도 토할 것 같은 표정으로 중얼거렸다.

"사람들이……."

"사람들이 뭐? 그때 그 일? 이 작은 시골 동네야 그런 이야기 10년이고 20년이고 계속하겠지만 뭘 어쩌라고."

나현은 준현의 등에 손을 걸쳤다. 당당해야지. 우린 잘못한 게 없어. 그건 아빠의 죗값일 뿐이야. 왜 그런 눈으로 우리를 보는 건데. 고등학교 3년 내내 맞닥뜨렸던 그 시선들이 새삼 아프고 속이 쓰렸다. 울고 싶었지만 참아야 했다. 오빠가 있으니까. 내겐 지켜야 할 오빠가 있으니까.

그래서 들으라는 듯 소리 질렀다.

"옛말에 수양산 그늘이 강동 80리를 덮는댔어. 이 동네에서 서윤병원 덕 안 본 사람 있으면 나와보라고 그래!"

사람들은 시선을 거두고 슬그머니 제 갈 길을 갔다. 나현은 준현을 잡아끌었다.

택시 승강장으로 향하는데, 길가에 과일을 실은 1톤 트럭이 있었다. 준현은 잔뜩 움츠린 채 나현에게 속삭였다.

"조, 조심해……."

"응?"

"트럭은 위험해. 피가 이만큼……."

나현은 멈추어 섰다. 준현은 고개를 푹 숙인 채 어깨를 떨었다. 나현은 준현의 어깨를 손으로 감쌌다.

"응, 그래. 하지만 이 트럭은 괜찮아."

"으응……."

트럭을 지나 택시 승강장까지는 땡볕이었다. 나현은 얼른 먼저 달려가 택시의 뒷문을 열었다. 준현은 가방을 들고 천천히 따라오다가, 나현이 손을 흔드는 것을 보고 다리를 절룩이며 힘껏 빨리 걸으려 애썼다. 나현은 준현을 먼저 뒷좌석에 밀어 넣고 택시에 올랐다. 택시기사는 두 사람을 위아래로 훑어보더니 뭔가 알은체를 하고 싶은 듯 말을 걸었다.

"너희들 그, 서윤병원 원장님 손주들 맞지? 몇 년 전에……."

"……."

나현은 쌀쌀맞게 입을 다물었다.

"사람이 묻는데……."

택시기사는 투덜거리며 차를 몰았다. 나현은 그가 되바라진 계집애라고 중얼거리는 것을, 룸미러 너머로 보았다.

본가는 터미널에서 그리 멀진 않았지만 산 중턱에 있었다. 이 땡볕에 걸어 올라갈 만한 곳은 아니었다. 나현과 준현의 할아버지인 서필환 원장은 50년 전 처음 병원을 지을 때, 그때는 아직 산 중턱이었던 이곳에 함께 집을 지었다. 서윤병원이 번창하고 이 도시가 발전하는 것을 매일매일, 아침에 눈뜰 때마다 보고 싶다는 이유였다.

낯익은 골목으로 들어가 비탈을 따라 올라갔다. 서 원장은 골목 앞까지 나와 있었다. 나현은 택시가 서자마자 얼른 내려 달려갔다.

"할아버지!"

"너희들 왔구나."

택시기사가 거, 원장님 손주들 맞네, 하고 중얼거렸다. 준현은 나현의 부축을 받으며 택시에서 내렸다. 서 원장은 감격한 듯 중얼거렸다.

"내 손자가 왔구나."

서 원장은 일어나 비틀거리며 다가오는 준현을 붙잡고 끌어안았다.

"우리 준현이가 왔어."

"할아버지……."

"고생이 많았다."

준현은 키가 자라 있었고, 서 원장은 그런 준현이 신기한 듯 손을 들어 손자의 뒤통수를 몇 번이나 어루만졌다. 준현은 슬쩍 고개를 숙였다.

사실은 걱정했다. 할아버지와 손자라는 관계는 변하지 않겠지만 상황은 바뀔 수 있다. 그들의 고모인 서애희 여사가 지금은 서 원장과 남만도 못한 사이가 된 것처럼.

하지만 안심해도 좋을 것 같았다. 나현은 오빠를 끌어안고 몇 번이나 얼굴을 들여다보는 할아버지의 모습을 보며, 마침내 평화가 왔다고 생각했다.

정말로 다행이었다.

"요즘이야 한가하지. 주에 세 번만 나가면 되니까."

"병원은요."

"부원장이 알아서 하겠지. 환자 고치는 재주야 없어도 병원 굴려 돈 벌어 오는 재주야 제법 봐줄 만한 사람이니."

현관문 바깥쪽에는 소주병과 낡은 학술잡지 뭉치가 상자에 담겨 있었다. 화단에는 푸른 수국이 가득 피어 있었고 문을 열자 실내에서는 담배 냄새와 페브리즈 냄새가 뒤섞인 묘한 냄새가 났다. 조금 전까지 타고 있었을 담배꽁초가 재떨이 위에 몇 개 눌려 있었다.

낯익은 풍경이었다.

나현은 서 원장의 뒷모습을 바라보았다. 그는 늙었지만 여전히 당당했다. 희게 센 머리카락 아래 여전히 고집스러운 턱이 보였다. 자신의 힘으로 일가를 그리고 한 도시를 일으킨 남자는 위엄 있게 자신의 성 한가운데, 시내가 한눈에 내려다보이는 거실의 커튼을 열었다. 넓고 어둑어둑한 마루에 환한 빛이 쏟아져 들어왔다.

"아줌마는요?"

"음, 너희들 신경 쓰일까 봐 오늘은 전주댁한테 일찍 가라고 했다. 며칠 전엔 준현이 좋아하는 게장 담가놓으라고 했지. 오늘쯤이면 맛이 아주 잘 들었을 거라는데."

서 원장은 소파에 앉으려다 말고 멈추어 섰다.

"나현아, 손엔 웬 멍 자국이냐?"

"외삼촌이 쳐들어와서 이래 놓았어요."

나현은 입을 비쭉 내밀며 레이스 카디건을 벗었다. 민소매 원피스의 어깨 부분에도 멍 자국이 희미하게 남아 있었다.

"여기 어깨에도 멍 든 것 좀 보세요. 오빠도 많이 다쳤어요. 얼굴에 멍도 들었고. 아저씨가 말씀 안 하셨어요?"

"그렇지 않아도 임태민이가 네 막내 외숙을 데리고 오기는 했다."

"막내 외삼촌이 뭐래요."

"뭐라기는, 장정남이가 사고를 쳤다고 머리가 땅에 닿게 빌고 갔지. 준현이가 한두 대 맞고, 나현이가 넘어졌다고 듣긴 했다만.”

“무슨 한두 대는 한두 대예요.”

“그러게 말이다. 이 지경을 내놓은 줄은 몰랐는데. 임태민이는 다른 것은 딱 부러지는 놈이 왜 그런 말은 제대로 안 하는지.”

“아저씨가 너무 사람이 좋아서 그래요. 오빠 여기 좀 보세요.”

나현은 준현의 티셔츠를 걷어 올렸다. 배에, 등에, 옆구리에, 구석구석 타박상이 나 있었다.

“장정남 그놈이 아주 복날 미친개처럼 날뛰었던 모양이구나. 나현이 너는?”

“어제 아침까지 반깁스 했어요. 손등에 금이 가서.”

“저런.”

“어제 병원 가서 엑스레이 다시 찍어봤는데 이제 조심하면 괜찮대요. 그나저나 외삼촌들 좀 어떻게 해주세요. 동네 창피해서 못 살게 일부러 고래고래 소리 지르고 갔단 말이에요. 사람들 다 보는 앞에서 오빠가 전과자라고 하는 바람에…….”

“알았다.”

서 원장은 고개를 끄덕였다.

“그까짓 시의원이 뭐 벼슬이라고, 꼴사납게 유세를 떠는 것 알면서도 나현이 네 외숙이라고 그동안 내버려두었는데. 이제 장정남이는 네 주변에는 얼씬도 못 하게 하마. 장씨네 삼 형제에, 네 큰고모에. 너희를 두고 얼마나들 설치고 나대는지, 원.”

"외삼촌들도 큰고모도 조카 생각 같은 건 요만큼도 안 하니까요."

"나현이 네가 고생이 많다."

서 원장이 한숨을 쉬며 나현의 머리를 쓰다듬었다. 나현은 어렸을 때처럼 천진한 표정으로 웃었다.

할아버지가 좋아하는 바로 그 표정으로.

언제 다 마련했는지, 전주댁은 나현과 준현이 좋아하는 반찬들과 간식들로 냉장고를 가득 채워놓았다. 직접 담가 살얼음이 얼게 김치냉장고에 넣어둔 식혜에다 서 원장이 좋아하는 약과, 나현이 좋아하던 터미널 근처 제과점의 호두파이와 마카롱까지.

"그럼 전주댁 아줌마는 낮에만 오시는 거예요?"

나현은 호두파이를 먹으며 물었다.

"너희들도 없는데 살림에 손 갈 게 뭐 그리 많다고."

"그래도 혼자 계실 때 불편해서 어떡해요. 그냥 입주 가정부를 쓰시는 건……."

"인석아, 돈 많고 혼자 사는 노인네가 입주 가정부 들이면 나중에 꼭 유산 문제로 애먼 소리가 나오는 법이다. 그럼 죽은 뒤에 영 볼썽사납지 않겠냐."

서 원장은 웃었다. 그는 신기에 가까운 수술 솜씨와 호랑이 같은 성정으로 유명했지만, 나현에게는 언제나 좋은 할아버지,

자상하고 상냥한 할아버지였다.

"준현이는 대학에 들어갔다지?"

"예, 방통대에서 벌써 3학년이래요."

"그래, 장하구나."

"교, 교도관님이…… 열심히 공부하면 나와서 편입할 수 있다고 그, 그랬는데……. 죄송해요. 의사, 되지 못해서……."

"아니다, 준현아. 이 할애비는 네가 그 안에서도 공부를 계속하겠다고 마음먹은 것 자체가 기쁘다."

"오빠는 더 잘할 수 있어요, 할아버지."

"안다. 그래도 한동안 고생했으니 나오자마자 너무 무리하진 말라고 하는 소리다. 그래, 병원은 잘 다니고?"

"예."

"꾸준히 관리해야 한다."

"예전에 상담하던 선생님이에요. 서윤병원 상담실에서……."

"그래, 내가 그리 보냈다."

"병원을 차려주신 거예요?"

"박호석이야 전부터 독립하고 싶어 했지. 서윤병원이야 수술하러 오는 곳이지 정신과 치료를 받으러 굳이 오는 곳은 아니잖느냐. 독립할 거면 아파트에 병원까지 제 명의로 해줄 때 독립하는 게 낫고. 이왕이면 준현이 병력 다 아는 의사가 낫지."

"오빠에겐 좋은 일이지만, 너무 무리하신 거 아니에요?"

"본래 사람에게 투자하는 게 제일 남는 법이니라."

서 원장의 표정이 어두워졌다.

"그리고 어차피 준현이야 병원 안 다닐 수가 없을 텐데, 다니다 보면 그때 그 일이며 재욱이 이야기며, 굴비 두름 엮듯이 끌려 나올 게 아니냐."

서 원장은 탄식했다.

"이 바닥이 그리 넓은 것도 아니고……."

서 원장은 한숨을 쉬며 입을 다물었다. 나현도 준현도, 한참 동안 아무 말도 하지 못했다.

"저녁상 좀 볼게요."

나현은 이 불편한 침묵을 깨기 위해 살며시 자리에서 일어났다. 나현이 주방으로 향하는데, 서 원장이 회한 어린 목소리로 중얼거렸다.

"너희들 앞에서 할 말이 아니지만, 재욱이 그놈, 천하의 몹쓸 놈이었다."

나현은 슬며시 고개를 돌리며 못 들은 체했다.

"망종이었지, 암……. 나현아, 저녁상 보는 김에 소주도 한 병 꺼내거라."

"약주 줄인다고 하셨잖아요."

"많이 마시지 않았다."

"그래도요. 건강 생각하셔야죠."

"언제부터 네가 의사였느냐. 의사는 나다."

나현은 고개를 살래살래 저으며 주방에 들어갔다. 전주댁 아주머니가 미리 준비해둔 찬을 꺼내 상을 차렸다. 비리고 고소한 게장 냄새가 났다.

소주병과 소주잔을 꺼내놓다가 문득 생각했다. 할아버지, 늙으셨구나.

서 원장의 그런 표정은 처음 보았다. 아들과 며느리가 살해당하고, 손자가 살인범으로 체포되고, 하나뿐인 손녀가 아들에게 성폭력을 당하고 있었다고 신문에 대문짝만하게 실리는 상황에도, 그는 한 번도 그런 약한 표정을 지어 보인 적이 없었다.

술병을 보자 준현은 어깨를 움츠렸다. 서 원장은 한번 따라 보라는 듯 준현에게 병을 건넸지만 준현은 손만 덜덜 떨 뿐 해내지 못했다.

"제가 할게요."

보다 못한 나현이 병을 받아 들어 서 원장의 잔을 채웠다. 서 원장은 술잔을 들여다보며 한탄했다.

"애비 때문이냐."

"……."

"역시 그렇구만."

"할아버지. 저, 저는……."

"너희들도 부모 복 좀 타고나길 바랄 수도 있었겠지. 하지만 어쩌겠느냐. 명색이 애비라는 놈이 인두겁을 쓰고 몹쓸 짓을 하고 다녔는데.”

서 원장은 한숨을 쉬었다.

“예전에 너희들 애비가 준현이 에미와 좋아 지낼 적에.”

준현이 고개를 들었다.

“그때 내가 반대했던 것은 사실이다.”

서 원장은 술잔을 비우며 말을 이었다.

“정혜는 애비 어릴 때부터 며느릿감으로 점찍어둔 아이였다. 정혜가 워낙 재욱이를 좋아하기도 했고, 무엇보다 서로 집안 격이라는 게 맞았으니까.”

“그럼 할아버지가 결혼하라고 하시니까, 그러겠다고 한 거예요?”

서 원장이 고개를 가로저었다.

“재욱이 놈이 준현이 어미 아니면 안 된다고, 병원이고 의사고 다 버리더라도 네 어미와 함께 있겠다고 우긴다면 어쩔 수 없겠다고 생각했다.”

“그, 그럼…….”

“재욱이 놈은 그러지도 않았다. 부르지도 않았는데 제 발로 돌아왔지. 제가 먼저 나서서 정혜와 결혼하겠다고 할 줄은 꿈에도 생각지 못했지.”

“…….”

“사랑 때문에 제가 가진 것을 다 버릴 수 있는, 그런 성정은 타고나는 거지.”

"아버지는……."

"그놈에게는 사랑보다는 제가 가진 것들이 더 중했던 게지. 내게 아들이라고는 그놈 하나뿐이었고, 그래서 난 다행이었다. 남의 집 귀한 딸 신세 망쳐놓고도 저만 아는 그 뻔뻔함이 현실적인 태도라고 여긴 적도 있었다."

"……."

"그렇다고 재욱이가 정혜가 아닌 준현이 어미와 결혼했다 한들, 그놈이 성실한 남편 노릇을 했을 거라고 장담할 수도 없는 일이지. 그놈은 원래 그런 놈이었으니까."

"저는…… 그랬다면 나, 나현이가 태어나지 않았을 테니까. 싫어요."

"그래. 어차피 돌이킬 수 없는 일이다. 다시 물러 생각한들, 달리 뾰족한 수가 있는 것도 아니니."

"그랬다면…… 나, 나현이가……."

"그래. 나현이도 태어나지 않았겠지."

서 원장은 준현을 돌아보며 정말로 어쩔 수 없는 일이라는 듯 쓰디쓰게 웃었다.

"그래도 네 어미에게는 내심 미안함을 품고 있었다. 네게도."

나현은 착잡한 마음으로 서 원장의 이야기를 듣다가, 문득 준현을 보고 깜짝 놀랐다. 준현은 지금까지 나현이 한 번도 본 적 없는 표정을 짓고 있었다.

당장이라도 무언가 터질 듯한 것을 꾹 억누른 표정.

준현은 그런 표정을 들키지 않으려 고개를 숙이고 있었다.

"너와 나현에게 주고 싶은 게 있다."

다행히도 서 원장은 준현의 표정을 눈치채지 못한 채 자리에서 일어났다. 그는 나현을 돌아보며 선하게 웃었다.

"잠시 후에 너희 둘 다 서재로 오너라. 설거지는 내일 전주댁이 할 테니 상만 치우고."

준현은 그릇들을 개수대에 갖다 넣었다. 나현은 게장 비린내가 나지 않게 남은 소주를 식탁에 뿌리고 행주로 뽀득뽀득 소리가 나도록 야무지게 닦았다. 나현이 행주를 들고 주방에 갔더니, 준현이 개수대에 물을 받으며 소매를 걷어 올리고 있었다.

"할아버지가 올라오라고 하셨잖아."

"그, 금방 되는데."

"물만 부어놔, 오빠. 손 닦고."

준현은 시키는 대로 했다. 그는 손에 주방 세제를 묻혀서 손가락 사이사이, 손바닥의 주름까지 꼼꼼하게 닦아냈다. 준현이 물러난 뒤에야 나현은 행주를 빨고 손을 씻었다.

"무슨 일일까."

"재산 문제겠지."

나현은 손의 물기를 닦으며 대답했다.

"오빠, 마음 단단히 먹어."

그녀는 준현의 비뚤어진 옷깃을 똑바로 펴주며 힘주어 말했다.

"고, 고모님이 화내실 텐데."

"그래. 당연히 그러겠지. 하지만 큰고모는 신경 쓰지 마."

"그치만……."

"아버지 재산이고, 우리가 물려받을 재산 맞아. 큰고모가 상관할 바가 아니야."

"그치만 난……."

나현은 준현의 손을 잡아끌며 속삭였다.

"오빠가 약하게 나오면 큰고모는 내 몫까지 빼앗으려 할 거야. 오빠, 내가 큰고모에게 다 빼앗기면 좋아?"

준현은 머뭇거리다 고개를 가로저었다.

"할아버지가 몇 번이나 말씀하셨는지 몰라. 오빠 나오면 물려줘야 할 것이 정말 많다고. 내가 고등학교 졸업하기도 한참 전부터 계속 말씀하셨어."

계단을 밟아 올라가 서재 문을 열었다. 서 원장은 태민의 사무실 주소가 인쇄된 크림색 종이봉투를 책상 위에 올려놓고 그들을 기다리고 있었다. 나현은 준현을 소파에 앉혀놓고 자신과 준현의 몫으로 커피 두 잔을 내렸다.

"짐작은 했을 것 같다만, 이제 이걸 너희들에게 주마."

서 원장은 두툼한 크림색 봉투를 준현 앞으로 내밀었다. 철이 된 서류 여러 벌이 빽빽이 들어 있었다.

"등기부 등본……."

"열어봐라. 거기가 어딘지 알겠느냐."

준현은 봉투를 열고 맨 앞에 놓인 등기부 등본의 주소지를 살펴보더니 고개를 끄덕였다.

"서윤병원 건너편 상가 단지."

"그래, 그걸 나현에게 주마."

나현은 마른침을 꼴깍 삼켰다.

준현은 그렇게 말했지만 그저 상가 단지가 아니었다. 실제로는 서윤병원에서 시청까지 이어지는 총 여섯 블록에 달하는 상가들을 두고 하는 말이었다. 서 원장이 이곳에 병원을 짓기 시작할 무렵 모조리 사들였다는 밭뙈기들. 그때 사람들은 동네 머슴 자손인 서필환이 제 애비 한에 겨워 미친 짓을 한다고 비웃었다지만, 지금 그곳은 장제시의 중심, 이 도시에서 가장 알짜배기로 꼽히는 상업지구였다.

"그것 말고도 애비가 갖고 있던 주식이나 현금 같은 것은 모두 나현이에게 물려주기로 했다. 대신 준현이 네게는 이걸 주마."

서 원장은 서류 뭉치의 맨 아래쪽에서 두툼한 서류 뭉치를 집었다.

"내가 가진 주식의 절반과 서윤병원. 건물과 토지와 자산을 모두 포함해서."

준현은 얼어붙었다.

그 순간, 나현이 숨죽여 웃었다. 웃다가 정말 기쁜 듯이 준현을 바라보았다.

"정말 잘됐어, 오빠."

"……할아버지."

"감사합니다, 할아버지."

"이, 이건 아닌…… 것 같아요."

"뭐가 아니라는 거냐."

준현은 힘겹게 서 원장을 향해 고개를 들었다가 얼마 버티지 못하고 고개를 푹 숙이며 중얼거렸다.

"전 저, 정말…… 정말 괜찮아요, 할아버지. 저, 전…… 의사도 아니고."

"누가 너보고 원장을 하라고 했느냐. 그런 거야 월급 원장 앉히면 그만이지."

"고모, 부도…… 계시고……."

"김 박사는 깜이 안 된다. 공부만 하던 요령 없는 샌님이라, 괜히 저 잘난 척 목소리만 높일 줄 알지 정작 사업을 맡기면 구멍가게도 말아먹을 위인이야. 원장을 시켜준들 애희가 뒤에서 쥐락펴락하겠지."

"사촌 형들도……."

"흥, 환자나 잡지 않으면 다행일 돌팔이 놈들 말이냐?"

"……."

"미우나 고우나 김 박사 반이라도 닮았으면 모르겠는데 어떻게 외손주 놈들이 머리며, 성격이며 죄 제 어미를 닮아서는.

쯧."

서 원장은 혀를 찼다. 그러고서 서류들을 다시 봉투에 밀어 넣었다.

"너희는 다 모르는 일이다. 임 변호사가 알아서 처리한 거라고 해라. 등기까지 끝내고 나면 다소 너희를 귀찮게 할지는 몰라도 더 뭘 어떻게 하겠느냐."

"할아버지……."

그는 준현의 손을 꽉 붙잡으며, 이제야 큰일을 하나 내려놓은 듯 후련한 표정으로 말했다.

"서윤병원은 준현이 몫이다. 세상 누가 뭐라고 해도, 그건 네 거다. 알겠느냐."

서필환 원장은 시계를 보더니 크림색 서류봉투를 책상 위에 올려놓고는 방으로 내려왔다. 준현은 그를 따라와 잠자리를 준비하다가 킁킁거렸다.

"비린내가 나요."

"게장을 먹어서 그런 게지."

"예."

준현은 좀 더 킁킁거리다가 고개를 갸웃거리더니 물티슈를 가져왔다. 그는 바닥에 무릎을 꿇은 채 서 원장의 손을 붙잡고 꼼꼼히 닦았다.

"할아버지 손에서 비린내가 나요."

서 원장은 어린아이를 보듯 준현을 내려다보았다.

"됐다. 어차피 씻어야 하니 가서 손을 다시 씻으마."

그가 씻고 잘 준비를 하는 사이, 소년은 이불을 깔고 에어컨을 켰다. 그는 서 원장이 자리에 눕기를 기다렸다가 이불을 끌어 덮었다.

준현은 말을 좀 더듬긴 하지만 행동거지도 고상하고 섬세했다. 아름다운 얼굴에서는 귀티가 났다. 학교에서도 두각을 나타내는 데다 서 원장에게는 더없이 착하고 효성스러웠다. 자폐 스펙트럼 탓에 다소 엉뚱한 언행을 할 때가 있었지만, 그런 일만 없었더라도 어디 내놓아도 빠지지 않을 손자였는데.

그나마 해줄 수 있는 일이 있어서 다행이었다.

"준현아."

서 원장은 준현의 머리를 쓰다듬었다. 준현은 움찔거렸다.

"너는 재욱이를 닮지 않아서 다행이다."

준현은 서 원장의 베개를 고쳐놓으며 대답했다.

"엄마…… 저희 엄마를 닮았을 거예요."

준현은 그렇게 말하고서 불을 끄고 방을 나섰다. 서 원장은 그 뒷모습을 바라보다가 문득 준현이 닦아주었던 손을 들어 냄새를 맡아보았다.

게장 비린내 같은 것은 더는 나지 않았다.

하지만 어쩌면 다른 비린내가 날지도 모른다고 생각했다.

아주 깊고 깊은, 지문의 틈새에서부터 배어나는, 차고 음습한 비린내가.

모던하고 번듯한 벽돌 이층집을 지었다. 꽃같이 아름다운 아내와 검정 세단, 넓은 마당과 2층에 자리 잡은 서재까지. 홈드라마에 나오는 부잣집의 모습 그대로였다.

마당에는 꽃을 심고, 족보 있는 진돗개 한 쌍을 키웠다. 저녁이 되면 아름답고 배운 것 많은 젊은 아내가 고상하게 피아노를 연주했다. 건조하고 텁텁한, 흙먼지가 날리는 장제시의 저녁 공기 사이로 맑게 울려 퍼지는 피아노 소리를 들으며, 그는 신문을 읽고 커피를 마셨다.

위로 두 아이, 아래로 터울이 진 막내딸. 세 아이가 거실 문틈에 키를 재며 하루가 다르게 자라는 것을 보았다. 그 아이들이 동네 머슴의 자손이었던 자신과 달리 남들에게 멸시 대신 동경의 대상이 되며 우아하게 자라는 모습을 보았다.

하지만 그래도 채워지지 않는 것이 있었다.

과거의 신분이야 어쨌든 간에 지금은 이 지역에서 제일가는 병원의 병원장이 되었다. 대대로 이 지역에서 양반 행세를 했던, 세상이 바뀌고서는 읍내에 조금 규모가 큰 약국을 하고 있는 장씨 집안과 통교를 했다. 장차 사돈이 될 집안이라 여겨 잘 대접했다. 사업을 키울 욕심을 내기에 투자도 넉넉히 했다. 다행히 장씨 집안 세 아들은 수완이 좋았고, 장진약국은 몇 년 뒤 장진제약이라는 작지만 내실 있는 제약회사가 되었다.

며느릿감으로 점찍은 아이는 바로 그 장진제약의 외동딸이었다. 양반가의 후예이자, 이제는 번듯한 제약회사 댁 아가씨였다. 머리도 좋고 공부도 잘해서 약학대학에 척 하니 합격했고 그러자마자 장래의 며느리로 대접받으며 이 집에 드나들었다. 아내가 아들이 장가드는 것을 끝내 보지 못하고 세상을 떠나자, 이 아가씨는 서윤병원에서 약사 노릇을 하는 한편, 미래의 안주인으로 집을 돌보기 시작했다. 거실에는 수반을 놓고 라넌큘러스로 꽃꽂이를 해놓았고, 화단에는 철철이 돌아가며 꽃을 피웠다. 봄에는 수선화, 여름에는 수국, 가을에는 국화가 피어났다. 그중에서도 며느리가 좋아하는 꽃은 수국이었다. 모든 것은 순조로워 보였다.

하지만 아직도 채워지지 않는 것들이 있었다.

맏딸은 서윤병원의 의사와 결혼하여 외손자들을 낳았지만, 며느리가 두 번 유산을 하고 딸 하나만을 낳은 채 더 이상 아이를 임신할 수 없는 몸이 되었을 때, 그는 자신의 소망이 영영 채워지지 않을지도 모른다고 생각했다.

준현이, 그 아름다운 아이가 자신의 손자라는 것을 확인하기 전까지는.

제발 우리 애, 우리 애 좀 살려주세요.

눈물범벅이 된 이보영의 품에 안겨 있던, 아홉 살치고는 유난히 몸집이 작았던 사내아이.

재욱 씨 앞에 다시 나타나지 않기로 약속한 건 맞지만, 이 애는 원장님 손자예요! 제발!

그 애는 고열에 시달리며 경련하다가 실신하기를 반복하고 있었다. 의식도 제대로 돌아오지 않았다. 겨우 열을 내리고 안정시키고 보니, 말수도 적고 말을 심하게 더듬는 것이 그냥 보기에도 발달에 문제가 있어 보였다. 자폐 스펙트럼인데 치료도 관리도 받지 않은 상태였다. 이전에도 보고를 받고 있었지만, 막상 눈앞에 나타난 아이를 보니 희망보다는 절망이 앞섰다. 과연 이놈이 커서 사람 구실은 할 수 있을까 의심될 정도였다.

이 연약하고 예민한 아이가 대체 무슨 수로 이 세상을 살아갈까…….

그럼에도 불구하고 마침내 그 아이를 품에 안은 순간, 친자 확인 검사 결과 이 아이가 자신의 손자가 틀림없다는 것을 알게 된 바로 그 순간, 서필환 원장은 그동안 갈망하던 무언가가 마침내 채워진 것을 느꼈다.

자신의 왕국을 이어받고, 그가 평생 쌓아 올린 모든 것이 공허한 모래성이 되지 않도록 지켜줄, 고운 얼굴을 한 어린 사내아이.

그의 며느리가 결코 이뤄줄 수 없게 된, 그 자신조차도 깨닫지 못했던 강렬한 소망을, 그는 소년의 이마를 쓰다듬으며 마침내 깨달았다.

제가 듣던 머슴 놈의 자식이라는 말도, 아들 서재욱에게마저 따라붙은 고상한 척하지만 그 할아버지가 동네 머슴이었다는 수군거림도, 이 아이는 듣지 않을 거란 걸.

이 아이의 할아버지는 서윤병원의 설립자다. 이 아이는 다르다.

그것만으로도 충분했다. 마침내 평생을 두고 그의 발목에 매달려 있던 묵직한 족쇄 하나가 끊어지는 것만 같았다.

그래서 욕심이 났다.

그 연약한 아이를 곁에 두고 싶다는 욕심이.

나현은 제집인 양 소파에 드러누운 채 거실 유리창 앞에 우두커니 앉아 있는 준현의 뒷모습을 보았다. 고등학교를 졸업할 때까지 지낸 곳이다 보니 나현에게는 이곳도 제집 같았다.

나현은 늘어지게 기지개를 켜다가 문득 웃었다. 준현이 뒤를 돌아보았다.

"고모 약 오르겠지."

"응……."

"너무 걱정하지 마, 오빠. 아저씨가 다 알아서 하실 거야. 어차피 할아버지가 우리한테 저런 서류 보여주실 정도면 아저씨가 이미 다 처리하셨다는 뜻이잖아?"

나현은 팔다리를 쭉 펴며 일어나 앉았다.

"나 씻고 와야겠다. 오빠도 좀 씻어, 날도 더운데."

"너 씻고 나서."

"어휴, 답답하긴. 1층에서 씻으면 되잖아."

"너는?"

"난 2층! 여기서 살 때도 늘 그렇게 했어. 할아버지는 1층, 나는 2층."

"왜?"

"왜긴 왜야. 아, 오빠 그러지 말고 욕조에 푹 담가. 1층 욕조는 우리 집하고 달라서 크고 좋잖아. 이럴 때 편하게 씻어야지."

나현은 준현을 끌고 방으로 들어갔다. 그리고 가방에서 샴푸며 비누며 이 집에도 있을 만한 물건들부터 시작해서 좋아하는 입욕제와 바디로션까지 필요한 것은 있는 대로 꺼냈다.

"오빠도 입욕제 써봐. 이거 좋아. 아니면 이거."

"많네……."

"실은 할아버지도 이거 좋아하셔서 넉넉히 가져왔어. 나 하나 오빠 하나 쓰고, 나머지는 두고 갈 거야. 응, 이거 써봐."

나현은 둥글둥글 공처럼 뭉친 입욕제 하나를 준현의 손에 쥐여주고 널찍한 수건을 하나 펴서 자기 필요한 물건을 꼭꼭 싸서 챙겼다.

나현은 2층 욕실 문을 잠그고 욕조에 입욕제를 집어넣고 물을 틀었다. 화려하게 배합된 향기가 확 피어올랐다. 학교 앞의 수제 비누 가게에서 산, 나름 밸런타인데이 한정판인 커플 입욕제였다.

오빠도 이 향기를 좋아하면 좋겠는데.

나현은 욕조에서 피어오르는 달콤한 향기를 맡으며 역시 이건 조금은 이상한 감정일지 모른다고 생각했다. 세상에는 사이 좋은 남매보다 티격태격 싸우는 남매가 더 많은 법이라고도 하고, 무엇보다도 친오빠에게 이런 식의 애정을 갖는 것이 정상은 아닐 테니까.

네 오빠란다, 나현아.

하지만 함께 겪은 수라장 때문일까.

네가 오빠를 많이 위해줘야 한다. 알겠니?

나현에게 준현은 늘 특별한 사람이었다. 지켜주고 싶은 사람, 사랑해주고 아껴줘야 하는 사람. 여덟 살 때 처음 만난 이후로 언제나 그랬다. 오빠와 싸우고 싶지 않았다. 울고 있는 오빠의 상처를 닦아주고 끌어안아 달래주고 싶었다. 난 오빠를 위해서라면 뭐든지 할 수 있어. 나현은 작은 목소리로 중얼거렸다.

오빠는 내가 행복하게 해줄게.

욕조에 뜨거운 물이 차올랐다. 나현은 욕실 창문을 열었다. 여전히 습기를 머금었지만 낮보다는 서늘해진 공기가 욕실 안으로 밀려들었다. 손으로 물을 저어보다가 옷을 벗고 조심스럽게 한 발을 담갔다. 뜨겁지만 견딜 만했다.

뜨겁지만 시원한 느낌. 고통스러울 만큼 더 사랑스러운 마음. 달콤쌉싸름한 이 연심. 언제나 나현을 취하고 또 취하게 하여, 가슴 안에서는 온전히 납득할 수밖에 없는 비밀.

나현은 멍 들고 아직 상처가 남은 살갗을 목욕물에 담갔다. 아릿한 아픔과 기묘한 희열이 발끝에서부터 저린 듯이 감돌다가 사라졌다.

나현은 손으로 물을 떠 어깨에 끼얹으며 생각했다. 어쩌다 이렇게 되었을까. 어린 시절, 천덕꾸러기인 오빠를 지켜주겠다고 마음먹었던 것이 시작이었을까. 오빠를 위해서는 무엇이든 할 수 있다던 그 마음은, 숨죽이며 오빠를 기다리던 그 5년이라는 시간을 거쳐 어느새 이런 숨 막히는 갈망으로 변해버렸다.

입욕제의 향이 너무 진했던 모양이다.

아찔하도록 뜨거운 목욕물에 몸을 담근 채, 나현은 웅크렸다.

사랑하고 있어.

꿈을 꾸듯이 중얼거리다가, 몸을 일으켜 얼른 물기를 닦고 옷을 갈아입었다. 오래된 집 특유의 조금 눅눅하지만 차가운 공기가 뺨에 닿았다.

이런 감정은 아마도, 평생 말할 수 없을 테지.

나현은 옷깃을 여미듯 꽉 쥐며 고개를 숙였다. 오빠잖아, 하나뿐인 오빠. 그저 지나가는 열병처럼, 그렇게 세월이 흘러가면 나을 거라고 여겨야겠지. 달리 무슨 방법이 있는 것도 아니고.

욕실 문을 닫고 나오며 나현은 고개를 들었다. 복도 안쪽 서재에 불이 켜져 있었다. 아까 내려가면서 끈 줄 알았는데 깜빡 잊었던 모양이다.

아니면 준현이 있나?

입술을 깨물었다. 지금 이런 얼굴을 하고 준현과 마주치고 싶진 않았다.

하지만 마주친들, 오빠는 모르겠지.

아주 보통의 감정조차 오빠에게는 하나하나 배워야 하는 것이었으니까. 오빠라면 상상조차 할 수 없을 거야. 나현은 손바닥으로 뺨을 두 번 톡톡 치고 생긋 웃으며 서재 문을 열었다.

서재에는 아무도 없었다.

안도인지 서운함인지 모를 안타까운 기분을 안은 채 나현은 서재를 돌아보았다. 구석구석, 아주 사소한 흔적에도 추억들이 떠올랐다. 나현은 갑자기 확 나이가 들어버린 것 같은 기분에 쓴웃음을 지었다.

의사인 할아버지의 서재는 늘 신기한 것으로 가득했다. 무섭고 오싹하지만 신기한 것들로 가득 차 있을 것 같은 마법사의 집처럼. 한때 살아있었던 것들이 포르말린 속에서 시간이 정지된 채 갇혀 있고, 산 사람을 죽일 수 있는 약품들이 갈색 유리병 속에 잠들어 있었다.

묵직한 책상 위에는 할아버지의 하루하루를 잇는 인슐린과 그가 읽다가 둔 손때 묻은 책 그리고 끈으로 돌려서 잠그는 그 크림색 봉투가 놓여 있었다.

봉투는 제대로 닫힌 채 책 밑에 놓여 있었다. 준현이 서재에 올라왔다면 이 서류를 다시 열어보았을 텐데, 다 함께 있을 때

본 뒤로 누가 따로 손을 댄 것 같은 흔적은 없었다.

아무래도 아까 내려가면서 불을 안 껐던 모양이었다.

괜히 긴장했어.

나현은 웃었다. 그녀는 웃으며 서류봉투를 제자리에 내려놓다가 책상 한구석을 보았다.

낡고 큼직한 자물쇠가 놓여 있었다.

나현은 이상한 기분에 사로잡혀 뒤를, 서 원장의 책상 건너편에 있는 문갑을 돌아보았다.

메모광인 서 원장은 매일매일 하루도 빼놓지 않고 일기를 썼다. 부서질 듯 낡은 대학 노트에 환자들에 대한 이야기, 그날의 식사, 그날의 날씨며 풍경, 온갖 것들을 촉이 닳아빠진 파카 만년필로 기록했다. 그리고 한 권 한 권을 가득 채울 때마다 연도를 표시한 견출지를 붙이고 이 문갑 안에 집어넣었다. 마치 겹겹이 쌓인 비밀을 봉인하듯이.

그 문갑이 열려 있었다.

묵직하고 두꺼운 자물쇠가 걸려 있었지만 나현은 알았다. 그 자물쇠는 그저 손잡이에 걸려만 있을 뿐이라는 것을. 하지만 그 문갑에는 서 원장을 제외하고는 누구도 손대지 않는 것이 이 집의 불문율이었다. 아주 오래전부터.

나현은 아까 서재에 왔을 때 이 문갑이 열려 있었던가, 돌이켰다.

아무래도 기억이 나지 않았다.

나현은 문갑을 다시 잠그려다 말고 조심스레 열어보았다. 할아버지의 비밀을 들여다보는 것 같아 설레었다. 그리고 그 많은 노트 중에서 누가 방금 들여다보기라도 한 듯 조금 앞으로 나와 있는 낡은 노트를 꺼내보았다.

준현이 장제시에 왔던 그해의 일기였다.

엄밀히 말해 이 기록은 육아일기와는 거리가 멀었다. 그저 메모광이었던 서필환 원장이 일하다가 떠오르는 온갖 상념들과 개인적인 일들을 모아서 기록한 것. 미시사를 연구하는 사람이라면 흥미를 느낄 만한 대목들도 있었지만 그 외에는 지극히 개인적인 이야기들이었다.

마치 환자들을 관찰하여 용태를 기록하고 어떤 약을 썼는지 메모해놓은 것처럼 서 원장의 일기는 침착하고 차분했다. 구석에는 단순한 선 몇 개로 풍경이며 사람들의 모습을 그려놓기도 했다. 어지간한 막장 아침드라마 뺨치는 상황이 적혀 있기도 했다. 그걸 들여다보면서도 그저 입으로만 종알종알 투덜거릴 뿐 마음으로는 그러려니 넘어갈 수 있는 것은 할아버지에 대한 애정 때문만은 아니었다. 이 일기에서 느껴지는, 시종일관 남 이야기를 하는 듯한 침착한 어조 때문이었다.

네 오빠란다, 나현아.

나현은 모서리가 닳아 종이 먼지가 우수수 떨어지는 노트를 한 페이지 한 페이지 넘기며, 여전히 선명한 블루블랙 잉크로 기록된 그때의 서윤병원을, 그곳의 사람들을, 그리고 할아버지의 눈에 비친 작고 어렸던 오빠를 들여다보았다.

그동안에 많이 아파서 같이 살지 못했다.

가슴이 저려왔다.

나현아, 오빠는 몸도 약하고, 얼마 전에 슬픈 일을 겪었어.

고개도 들지 못하고 말도 한마디 하지 못한 채 덜덜 떨기만 하던 오빠.

그러니 나현이 네가 오빠를 많이 위해줘야 한다. 알겠니?

예, 하고 대답했다. 여덟 살의 나현은 할아버지 앞에서 오빠의 손을 잡고, 오빠를 꼭 지켜주겠다고 약속했다. 손을 잡고 그림책을 읽어주고 노래를 불러주었다. 오빠가 말하지도 웃지도 못하는 것은 백조가 되어버린 왕자님처럼 저주를 받은 탓이라고 여겼다.

몇 번을 되새겨도 가슴 벅찬 어린 시절의 소중하고 소중한 기억들. 그 기억의 편린들을 발견할 수 있을까 싶어 가슴이 뛰었다.

나현은 조심스럽게 노트 표지를 넘겼다. 그런데 뒤표지 쪽에서 낡은 명함이 툭 하고 떨어졌다.

정확히 말하면 명함이 아니라 스티커였다. 나현은 스티커가 꽂혀 있던 뒤표지를 펼쳐보았다. 뒤표지에는 작은 비닐포켓이 달려 있었고, 사진 같은 것이 여러 장 들어 있었다.

짐도 없는 파란색 1톤 트럭, 페인트가 많이 낡고 빛이 바랜 그 트럭에는 경남연탄, 네 글자와 0552로 시작하는 긴 전화번호가 시커먼 페인트로 적혀 있었다. 헤드라이트가 깨지고 앞에 무언가를 뒤집어쓴 듯한 그 트럭은.

아니.

뒤집어쓴 게 아니다. 사고 차량이었다. 차체 앞면과 범퍼, 앞바퀴 아래에 검붉은 얼룩이 잔뜩 남아 있었다.

오빠의 친엄마가 어떻게 돌아가셨지.

순간 스치고 지나간 생각에 누군가 등 뒤에 찬물을 들이부은 듯 정신이 확 들었다.

언젠가 준현이 이야기한 적이 있었다. 엄마가 돌아가시는 것을 봤다고.

그리고 준현은 늘, 이상할 정도로 트럭을 무서워했다.

트럭은 위험해. 피가 이만큼…….

설마.

나현은 페이지를 넘겼다. 나현의 손가락이 낡은 노트를 넘기다가, '준현'이라는 글자가 적혀 있는 페이지에서 멈추었다.

✣

8

6월 21일

웬 여자가 장거리 택시를 타고 나타나 병원 문가에서 아이를 안고 쓰러졌다고 하더니, 그 여자였다.

이보영. 재욱이 결혼 전 만나던 여자.

전부터 언제고 문제가 될 줄 알았지만, 왜 하필 지금인가.

몇 년 전, 그 여자가 아이를 낳았을 때 에미는 첫 임신 중이었다. 그때에도 그 소식을 듣고 충격받아 유산을 했는데. 또 같은 상황이라니.

여자는 응급실로 데려가 수액을 놓아주고, 아이는 병원에 입원시켰다.

그 아이에 대해서는, 복잡한 마음이다.

6월 5일

에미가 사실을 알고 병원으로 찾아왔다. 뜻밖에도 큰애가 전화를 했다고. 예전에 그 일이 있을 때도 큰애가 알렸다고 했다. 시시비비를 가려둘 필요가 있으리라.

아이를 만나보고 싶다기에 에미를 아이의 병실로 데려갔다. 그리고 봐선 안 될 것을 보고 말았다.

재욱이 그 여자와 붙어먹고 있었다.

아니, 여자는 아이에게 눈 감고 이쪽 보지 말라고 소리쳤고 재욱은 힘으로 여자를 제압하고 있었으니, 이건 붙어먹은 게 아니라 강제로 취한 것이라 해야 할 것이다. 급히 아이의 눈부터 가리고 안고 나왔다. 그 여자의 편을 들 마음은 없지만 아이 앞에서 그 어미를, 그것도 병들어 휘청거리는 여자를 강제로 범하다니 대체 무슨 짓이란 말인가.

나현 에미가 그 자리에서 충격을 받고 쓰러졌다. 이게 무슨 집안 망신인지.

6월 26일

배 속 아이의 심음이 들리지 않았다. 정밀검사를 해봐야 알겠지만, 아무래도 또다시 아이를 잃은 듯하다. 에미 볼 낯이 없다.

6월 30일

사돈댁 삼 형제가 왔다. 술을 사 들고 찾아와 이번 조카는 아들일 거라고 기뻐하던 것이 엊그제 같은데, 소파 수술을 받은 나현 에미를 위로하러 오다니.

정남이 재욱의 멱살을 잡고 주먹질하는 것을 내버려두었다. 정남은 이번 일이 그 준현이라는 아이 때문인 줄 알고 있다. 병실에서 보았던 일에 대해 에미는 입을 다문 모양이었다. 어느 쪽이라 해도 재욱이 무책임한 놈이라는 사실만은 변하지 않는다.

오후에는 준현 에미를 불러 이야기를 했다.

나는 9년 전 준현 에미에게 다시는 재욱 앞에 나타나지 말라 이르고 적지 않은 돈을 주어 보냈다. 물론 지금은 아이가 아프고, 그 아이를 내 병원에 데려온 것은 잘한 일이었지만. 경솔하게 아이를 갖긴 했어도 재욱과 같은 학교 음악교육과를 나온 여자다. 어쩌다가 그 돈을 다 날린 것인지 물었다.

피아노 교습으로 먹고살려고 했는데 그때마다 장진제약에서 사람을 사서 다 때려 부수고 갔던 모양이다. 이야기를 들어보니 마음이 착잡하였다.

준현을 내게 맡기고 새 출발을 하라고 권했는데 말을 듣지 않는다. 아이는 제 엄마가 키워야 한다는 말도 틀리지 않았지만, 아직 서른넷밖에 되지 않은 여자다. 기회를 주겠다는데 왜 자꾸 어리석은 선택을 하는 것인지.

8월 13일

좋은 소식이 있었다. 준현은 의외로 영리한 아이인 것 같다.

다만 몸이 아픈 데다 발달에 문제가 있는데도 조기에 치료를 시작하지 못했고, 결정적으로 최근에 큰 충격을 받은 것 같다고 한다.

어디 가서 말은 못 하지만, 충격이라면 병실에서의 그 일 때문이겠지. 재욱이 놈은 대체 무슨 짓을 한 건가.

생긴 것도 오밀조밀한 것이 계집애 같지만 제법 예쁘게 생겼고 머리도 영리하다니. 얼마나 사랑스러운가. 내 성을 이어받고 서윤병원을 물려받을 고추 달린 손자라니.

그동안 준현의 일로 특별히 초빙했던 박호석 선생에게 서윤병원에 남아줄 것을 청했다. 하나뿐인 손자를 위한 일인데, 이 정도쯤이야.

8월 19일

준현은 장기적인 계획을 세우고 치료를 해나가야 한단다. 자폐 스펙트럼이라고는 해도 증상이 심한 것은 아니고, 지능은 제 애비를 닮아 상당히 높은 편이다. 처음부터 제대로 상담과 치료를 해나갔다면 지금쯤 큰 호전을 보였을 텐데. 준현 에미가 혼자 애를 키우다 보니 애가 정상이 아닌 것도 늦게 알아차렸고, 애에게 전념해도 모자랄 마당에 피아노 교실인지 뭔지를 했으니 제대로 돌볼 수 있었을 리 없다. 아쉽지만 지금부터라도 꾸준히 해나갈 수밖에.

재욱에게 준현을 이쪽 학교로 전학시키라고 했다.

그런데 몇 가지 문제가 있다.

준현 에미는 준현 곁을 떠날 생각이 없다고 했다. 서윤병원의 상속자로 부족함 없이 키워주겠다고 하는데도 극구 싫다니 무슨 생각을 하는 것인지.

준현 에미를 장제시에 머무르게 하면 되겠지만 그도 쉽지가 않다. 장진제약을 너무 키워놓았다. 아무리 사돈이라고는 하나 감히 내 집안일에 따지고 훈수를 두려 하다니. 건방진 놈들이다.

8월 29일

나현 에미의 정밀검사 결과가 나왔다. 다시 임신을 하기는 어려울 것이라고 했다.

무슨 일이 있어도 준현이를 곁에 두어야겠다.

8월 30일

8층 간호사실에서 연락이 왔다. 지난번 재욱의 일도 있고, 아직은 준현의 존재를 공식화할 단계가 아니다 보니 준현의 병실에는 가장 입이 무겁고 책임감이 있는 간호사들만 배치해놓았다. 급히 내려가보니 나현 에미가 사고를 치고 말았다. 어리석은 짓은 하지 않기를 바랐거늘.

간호사 몇 명이 나현 에미를 붙잡고 있었다. 나현 에미는 바닥에 주저앉아 눈이 새빨개진 채 울고 있었다.

준현은 목에 손자국이 남은 채 숨을 몰아쉬고 있었고, 울면서 제 어미를 찾았다. 재욱이 놈의 그 일이 있고 두 달여를 말이라고는 한마디도 못 했는데, 죽을 뻔한 어린 것이 말문 트이자마자 제 어미를 찾는 모습을 보니 마음이 좋지 않았다.

간호사들에게 뒷정리를 지시하고 준현을 들여다봤다. 뺨에도 손톱자국이 나 있었다.

나현 에미를 불러 현실적인 이야기를 했다. 어떤 일이 있어도 나현 에미를 내치는 일은 없겠으나, 친자확인 검사 결과가 나오는 대로 준현을 제 자식으로 받아들여야 할 것이라 말했다.

"저이가 밖에서 무슨 짓을 하고 다니건 제 알 바 아니지만, 어디 제집에 그런 아이를요!"

그러나 나현 에미가 두 번이나 배 속 자식을 잃은 것도 준현 에미와 무관하지 않다. 처음 유산을 한 것은 준현 에미가 이제 갓 백일이 지난 준현을 안고 나타났을 때였고, 두 번째 유산은 이번에 재욱이 놈이 준현 에미에게 한 짓을 보고서다.

준현을 "그런" 아이라고 부른 것에 대해서는 후에 따끔히 야단을 쳐야겠으나, 두 번이나 배 속 자식을 잃은 며느리의 마음도 살펴야 할 것이다. 이제 더는 아이를 갖기 힘들다는 말까지 들었으니 원망하는 것도 이해가 가고 안쓰럽기도 했지만, 현실을 받아들일 때가 되었다. 나현 에미는 내 말을 들어볼 생각도 않고 울부짖었다. 허나 서윤병원의 후계자가 될 사내아이를 낳을 가능성이 사라진 이상, 나현 에미는 준현을 제 아들로 삼지 않으면 안 될 것이다.

9월 7일

준현의 친자확인 검사 결과가 나왔다.

애비 어릴 때와 판박이라 했더니 역시 틀림없었다. 재욱에게 준현을 집에 데려올 준비를 하라고 했다. 재욱은 준현 에미를 두고 자기 인생을 망치려 다시 나타난 것이며, 준현은 자기 아들이 아니라고 주장했다. 어디서 붙어먹어 낳았는지 모를 애새끼는 입막음으로 돈이나 쥐여줘서 멀리 보내라고 했다. 재욱의 따귀를 몇 대 때리고, 검사 결과를 보여주었다.

재욱은 결과지를 보고서야 이렇게 욕심부릴 거라면 처음 태어났을 때 빼앗아 올 것이지 왜 이제 와서 그러느냐 했다. 일리가 있는 말이지만, 그때는 나로서도 장진제약이라든가 첫 아이를 유산한 나현 에미 생각을 안 할 수 없었다. 하지만 지금은 상황이 달라졌고, 나현 에미는 더 자식을 보지 못할 것이라 하니, 그 아이도 우리 아이로 받아들일 만했다.

지금은 신경질적인 반응을 보이고 있다 하나, 며느리도 생각이 깊으니 이해할 것이다.

그저 제 새끼도 책임질 생각을 않는 재욱이 괘씸할 뿐이다.

10월 8일

정말 이렇게 막무가내일 수가 없다. 답답하고 앞뒤가 꽉 막힌 여자다. 그런 여자니 내 손자 하나 제대로 못 키우고 저 지경을 만들어놓았겠지. 어디 저런 어리석고 말이라고는 안 통하는 여자와 하나뿐인 귀한 손자의 앞날을 의논할 수 있을까.

할아버지가 손자를 슬하에 두고 기르는 것이 어디로 보아서 말도 안 되는 소리란 말인지. 물론 친어미가 버젓이 살아있는데 의붓어미 손에 자라게 할 수 없다는 말에는 일리가 있다. 그러나 나로서는 양보할 만큼 양보했다. 병원에 다니면서 제대로 된 상담과 치료를 받고, 누가 아버지이고 누가 할아버지인지 알게 할 수 있다면, 준현 에미가 준현과 함께 장제시에 머무르는 것도 허락할 수 있다고 했다. 내 집 근처에 준현 에미가 준현과 살 만한 작은 집도 알아보고 있었다. 수시로 오가며 아이를 볼 수 있도록.

장제시에 살고 싶지 않은 것도 알겠다. 장진제약 삼 형제 놈들이 계속 따라다니며 괴롭혀왔다는 것도 알았다. 그 일에 대해서는 사돈이든 뭐든, 할 말은 따끔하게 할 생각이다. 하지만 준현 에미가 아이를 데리고 멀리 떠나서 서윤병원과 아무 인연도 없이 살고 싶다고 말하는 것은 용납할 수 없다.

장진제약과의 의리를 저버릴 생각은 없었지만, 혹시나 해서 물었다. 서윤병원의 안주인이 되는 것을 원하느냐고.

그러나 준현 에미는 설령 재욱이 이혼을 하더라도 재욱의 곁에 남을 생각은 없다, 준현을 구해준 것은 고맙지만 제발 두 모자끼리 조용히 살아가게 해달라고만 했다. 여자 혼자 몸으로 아이를 낳고 기르며 쫓기고 도망치듯 살아온 그 간난신고를 이해하지 못하는 것은 아니지만 준현에게는 치료가, 교육이 필요했다. 서윤병원의 후계자로서, 의사는 되지 못한다 해도 적어도 제힘으로 살아갈 수 있는 성인으로 자라게 하려면.

그런데도 그런 고집을 부리다니.

이렇게까지 하고 싶지는 않았지만, 손을 쓸 수밖에 없다.

11월 13일

준현을 학교에 보내기로 한 문제가 원만히 해결되었다.

준현을 데려가 학교를 보여주고, 돌아오는 길에는 가방이며 옷이며, 학교 가는 데 필요한 것들을 잔뜩 사주었다.

난 어릴 때 꼭 필요한 것조차 갖지 못했다. 재욱이 어릴 때는 내자에게 맡겨놓았지 내가 나서지 않았다. 하지만 손자는 귀여우니 직접 나섰다. 데리고 다니며 필요한 것들을 사주는 것도 제법 좋은 일이었다.

시내에서 볼일을 다 보고 점심 무렵에 준현을 데리고 병원으로 돌아왔다. 짐은 박 기사가 집으로 옮겨다 놓았다.

오후에 준현 에미와 준현의 거취에 대해 다시 한번 의논하기로 약속되어 있었다.

하지만 이 여자는, 내가 무슨 말을 해도 그렇게는 안 된다는 말만 되풀이할 것이다.

준현과 헤어지고 싶지 않다는 건 알겠다.

그러나 용납할 수 없었다. 그런 이기적이고 어리석은 마음은.

자식에게 진정 필요한 것이 무엇인지도 모르고 제 설움에 취해 고집을 부리는 어미 따위는 준현의 앞날에 방해가 될 뿐이다. 지금은 괴롭고 유감스러운 일이겠지만 준현도 언젠가는 나의 선택이 옳았다고 여길 날이 올 것이다.

애희가 수배한 대로 일이 돌아가는지 확인하기 위해 약속 장소로 나갔다. 준현은 다디단 솜사탕을 먹고 있었고, 나는 횡단보도 앞에서 준현 에미를 기다렸다. 준현 에미는 딱 약속한 그 시각에 횡단보도 건너편에 나타났다.

신호가 바뀌었다. 준현 에미는 갑작스레 뛰어든 연탄 대리점의 파란색 트럭에 받혔다. 몸이 공중으로 튀어 올랐다가 그대로 떨어져 트럭의 앞 유리에 부딪히며 바닥으로 굴렀다. 트럭은 애초에 속도를 줄일 생각이 없었다. 트럭의 네 바퀴가 바닥으로 떨어진 준현 에미를 짓이기며 달려가다가 멈추었다.

서윤병원 진입로가 온통 피투성이가 되었다. 그때 트럭이 후진을 했다.

차 바퀴가 준현 에미의 얼굴을 뒤덮었다.

유감스러웠지만 어쩔 수 없는 일이었다. 부모란 모름지기 자식의 앞날을 생각해야 하는 법. 준현 에미도 이해해줄 것이다.

섬뜩했다.

나현의 손에서 다이어리가 미끄러져 떨어졌다. 어느 구석에 끼워져 있었던 것인지 교통사고 현장 사진이 후두둑 떨어졌다.

이질적일 정도로 자세한 그날의 기록.

연탄 대리점의 스티커와 교통사고 현장 사진들.

그리고 그 일이 있기 며칠 전, 마치 전화를 받으며 쓴 듯 휘갈겨 적은 내용이 눈에 띄었다.

신동호, 8천만 원, 13일.

그리고 그 스티커 속의 전화번호. 정확히는 0552라고 쓰려다가, 한 자를 지우고 055로 시작한 전화번호 열 자리가 적혀 있었다. 나현의 심장이 요란한 소리를 내며 달렸다. 13일, 8천만 원, 신동호…… 이 메모와 이 일기만으로 준현의 엄마가 살해당했다고 단정할 수는 없다. 하지만.

나현은 문갑을 닫고 자물쇠를 걸었다. 이 노트 한 권을 여전히 손에 든 채로.

그 한 권을 수건과 갈아입은 옷가지에 둘둘 말고, 서재의 불을 끄고 나와 문을 닫았다. 어두운 복도와 계단을 지나 방으로 돌아왔다. 들킬세라 숨을 죽이며 서 원장의 다이어리를 제 가방, 가장 깊숙한 안쪽에 밀어 넣었다.

자꾸만, 심장이 뛰는 소리가 귀에 울렸다.

9

"최초의 살인이란 어떤 것일까요."

대형 강의실의 뒷문이 살그머니 열렸다. 잘 아는 두 사람이 조심스럽게 눈인사를 하며 들어와 맨 뒤쪽의 빈자리에 앉았다. 임태민 변호사는 슬며시 미소를 지으며 강의를 계속했다.

"교회에 다니는 친구들이라면 아마도 카인이 아벨을 살해한 창세기의 사건을 떠올릴 겁니다. 그렇다면 그리스 신화는 어떨까요. 일단 인간이 아니라 신까지 포괄해보죠."

그는 XX대학교에서 주에 한 번, '법과 범죄의 관점에서 바라보는 세계의 신화'라는 과목을 가르치고 있었다. 지금은 방학 중이었지만 워낙 인기 있는 교양 과목이다 보니 계절학기에도 맡게 되었다.

"최초의 카오스 속에서 태어난 1세대 신, 우라노스와 가이아의 시대에는 아직 하늘과 땅이 완전히 분리되지 않았습니다. 하지만 지난 시간에 이야기했죠. 크로노스가 우라노스의 성기를 가이아에게 받은 낫, '스퀴테'로 잘라버립니다. 아들이 아버지를 거세한 거죠."

그렇지 않아도 나현이 연락할 줄은 알고 있었다. 장제시에 간다는 말은 들었으니까. 굳이 수업이 있는 날 학교에서 보자고 한 것은, 방송통신대학교를 다니고 있다고 해도 제대로 된 캠퍼스를 본 적이 없을 준현에게 학교 구경을 시켜주기 위해서였다.

"아버지를 거세하고 신들의 왕이 되었지만, 우라노스와 마찬가지로 아들에 의해 파멸할 것이라는 신탁을 받은 크로노스는 아이들을 낳는 족족 잡아먹기 시작합니다. 견디다 못한 여신 레아는 막내아들인 제우스를 빼돌리지요. 제우스는 장성한 뒤 돌아와 아버지 크로노스를 죽이고 그간 잡아먹힌 형제들을 구합니다. 하지만 제우스도 알게 되지요. 신들의 왕이라 해도 결국은 다음 세대를 이어갈 자, 그 왕위를 물려받을 아들에 의해 몰락할 수밖에 없다는 것을."

어쩌면 신경 쓰일 만한 내용일지도 모르겠는데. 태민은 나현과 준현 쪽을 쳐다보며 생각했다. 다행히도 나현은 피곤한지 책상에 뺨을 대고 살짝 엎드려 있었고, 준현은 그 옆에서 나현을 들여다볼 뿐이었다.

시간은 어느새 12시 50분을 가리키고 있었다.

"아버지와 아들, 형과 동생의 본능적인 경쟁과 주도권 싸움.

다음 시간에 또 말하겠지만, 성경에서 최초의 살인은 형제간에 일어났습니다. 그리스 신화에서는 아들과 아버지 사이에서 벌어졌습니다. 신화가 고대의 역사와 생활상을 반영한다고 가정할 때……."

수업을 마칠 무렵이 되자 태민은 다시 나현과 준현 쪽을 보았다. 조금 전과 달리 나현은 일어나 있었고, 준현도 제법 심각한 표정으로 강의를 경청하고 있었다. 곤란한걸. 그냥 안 듣는 게 나았을 텐데. 태민은 강의 노트를 덮으며 생각했다.

"살인, 강간, 그런 터부시되는 범죄는 사실은 가장 가까운 가족 집단에서 먼저 시작되었을 겁니다. 오늘은 여기까지."

"오래 기다렸지."

수업이 끝났지만 몇몇 학생들은 따라 나오며 질문을 했다. 겨우 복도로 나왔더니 이번에는 다른 교수에게 붙잡혔다. 점심 같이 먹자는 것만은 겨우 사양했지만, 그 바람에 시간이 꽤 지체되었다.

나현과 준현이 마침내 태민에게 다가갈 수 있었던 것은, 수업이 끝나고도 한참 뒤인 1시 20분 무렵이었다.

"역시, 인기 많은 독신 미중년 교수님의 강의는 다르네요."

"인기는 무슨. 시간강사일 뿐이야."

"보통 시간강사가 아니잖아요. 서초동에서 알아주는 현역 변호사님인 데다 슈트가 잘 어울리는 완전 스마트한 미중년인데. 잠깐 봤어도 인기가 대단한 건 알겠는걸요. 저희 학교에서도 강의해주시면 좋을 텐데."

"불러주면 왜 못 가겠니."

태민은 나현과 준현을 데리고 학교 근처 화덕피자집으로 향했다. 몇몇 여자애들이 임태민 교수님이라고 소곤거리며 지나가는 것을 보고, 나현은 입을 비쭉 내밀었다.

"여튼, 여자애들 조심하세요. 저만 해도 아저씨가 10년만 젊으셨어도 반했을 거라고요."

"이 녀석아, 난 너희 아빠 친구야."

"누가 지금 아저씨한테 반했대요?"

"그거 다행이네."

피자집 안쪽에 자리를 잡고 앉았다. 대학 앞의 가게치고는 조금 비싸고 분위기가 좋은 곳이다 보니 학생들은 얼마 보이지 않고, 데이트하는 남녀 사이로 간간이 교수들만 보였다. 메뉴를 골라 주문하고, 태민은 맞은편에 나란히 앉은 나현과 준현에게 물었다.

"원장님은."

"뭐, 늘 건강하시고 그렇죠."

"너희들 많이 보고 싶어 하셨어. 자주 찾아뵙는 것은 어렵겠지만, 전화라도 종종 드려라."

"예."

나현은 대답하며 머리카락을 귀 뒤로 쓸어넘겼다.

엄마와 딸이란 저런 것까지 닮는 것인지. 머리카락을 넘기고 슬쩍 고개를 드는 나현의 표정에서 언뜻 정혜의 모습이 비쳤다. 태민은 동의를 구하고 스마트폰을 들어 나현의 모습을 찍었다. 나현은 어색하게 웃다가, 금방 눈을 내리깔고 화사하게 웃었다. 태민은 스마트폰을 내려놓으며 중얼거렸다.

"장제시에서 소문난 미인이었어. 여학교 퀸도 할 만큼."

"예?"

"너희 엄마, 장정혜 여사님."

그런 모습을 보면 아직도 마음 한구석이 아릿하게 아팠다. 이 나이가 되어도.

"그때 그 동네 남자애들치고 네 엄마에게 반한 적 없는 녀석은 없었을 거야."

"아저씨도요?"

"……그랬지."

태민은 쓴웃음을 지었다.

"반했다 한들, 네 엄마는 이미 학교 다닐 때부터 너희들 아빠와 혼담이 있었는걸. 나야 재욱이 친구였고 원장님 댁 아랫방에서 지냈으니까 자연스럽게 정혜와도 어울릴 수 있었지만, 그게 다였다. 다른 건 없어."

"설마, 결혼 안 하신 게 우리 엄마 때문은 아니죠?"

"서나현, 넌 로맨스 소설을 너무 많이 봤어."

갓 화덕에서 꺼낸 뜨거운 피자가 나왔다. 나현은 피자를 나눠 각자의 접시에 떠주었고, 준현은 가방을 열고 낯익은 크림색 봉투를 꺼냈다. 그걸 굳이 가져올 필요는 없었지만 태민은 일단 봉투를 받아 내용물을 살펴보고 돌려주었다.

"어르신께서 증여에 대해서 말씀은 하셨지?"

"주시는 것은 감사하지만, 큰고모가 가만히 있을지 모르겠어요."

"물론, 시끄러웠지."

"역시……."

"얼마나 내게 뭐라고 하시는지, 서 여사님이 나한테 살인 청부업자라도 보내지 않을까 걱정했어."

청부업자라는 말에 나현의 눈이 휘둥그레졌다. 나현은 고개를 외로 꺾은 채 샐러드를 제 앞접시에 떠 담았다.

조용히 있던 준현이 입을 열었다.

"아저씨는 주의하셔야겠어요."

"응?"

"고, 고모님은 나현에게는 청부업자 안 보내요. 민법 제 1004조, 상속인의 결격사유…… 고의로 직계존속, 피상속인과 그 배우자에게 상해를 가하여 사망에 이르게 한 자는 상속 결격이 되니까요. 유언장을 위조하거나 파기하는 것도 결격인데, 유언장을 갖고 있는 변호사를 죽이려고 하는 건 결격이 아니니까."

"이런."

태민이 쓴웃음을 지었다.

"변호사는 내가 아니라 네가 해야겠구나, 준현아."

"상속 결격요?"

나현이 눈을 동그랗게 떴다.

"그래. 준현이는 엄밀히 말해 지금 상속 결격 상태지."

준현은 고개를 끄덕였다. 나현은 불안한 표정을 지었지만, 태민은 안심시키듯 느긋하게 웃으며 말했다.

"준현이도 아는 일이야. 너희들 아버지의 일 때문에 상속 결격이지. 하지만 할아버지께서는 꼭 준현에게 서윤병원을 물려주고 싶어 하셨어. 그래서 살아계실 때 증여하기로 하셨지. 아, 나현이는 결격이 아냐. 넌 대습상속자라서 나중에 할아버지 돌아가시고 조금 더 받을 게 있어. 그건 나중에 설명해줄게."

"고모는 알고 계세요?"

"아니, 하지만 곧 알게 되겠지. 워낙 소문에는 빠르시잖니."

준현이 어깨를 움츠렸다.

"시끄러운 일이 생길 수도 있겠지만 너무 걱정하진 마라. 서여사님 앞으로 상속될 재산 목록은 따로 있어. 상속 유류분에 대한 법은 고인의 유언보다 우선적으로 적용되는 거라서 미리 대책을 세워둬야 하거든."

태민은 피자를 먹으며 이번 증여의 내용에 대해 다시 한번 설명했다. 장제시에서 설명을 듣고 와서 그런지 나현도 준현도 별다른 질문은 하지 않았다.

"……상가 단지 쪽은 지금까지처럼 꾸준히 임대 수익을 보는 게 좋겠다. 이미 절차는 다 마쳤고, 권리증은 사나흘 뒤에 나올 거야. 세금 문제도 원장님께서 다 처리하실 거고……."

준현이 이번에도 곤란한 듯 입을 열었다.

"저는 병원 일은 모르고, 의사도 아닌데……."

"네가 당신의 맏손자이자, 서씨 집안 성을 물려받은 유일한 손자이기 때문이야."

고작 그런. 준현은 그렇게 중얼거리다 입을 다물었다.

서씨 집안의 성을 물려받았다는 것. 그것이 이 아이의 인생에 어떤 어둠을 드리웠는지, 태민은 잘 알고 있었다.

남들 눈에는 모자란 서출이 서윤병원 후계자로 대접받는 것이 분에 넘치는 일로 보였을지도 모른다. 하지만 이 아이는 이미 그때 모든 것을 잃었다.

말리려고 했지만 말릴 수 있는 일도 아니었다. 서필환 원장을 가장 가까이에서 모셔왔고 때로는 그가 말도 안 되는 고집을 부릴 때 앞장서서 말렸지만, 그럼에도 결코 막을 수 없었던 비극. 태민은 어떤 식으로든 소년에게 그 일을 속죄하고 싶었다.

이번 일이 준현의 인생에 악재를 더하지는 않아야 할 텐데.

태민은 오른쪽 눈썹을 만지작거렸다. 세월이 흘러 희미해지고 눈썹에 덮여 보이지 않는, 만져봐야 알 수 있는 흉터의 흔적이 손끝에 느껴졌다.

그리고 태민은 나현이 울상을 짓고 있다는 것을 알아챘다.

"나현아, 왜."

"아뇨."

나현은 입을 다물었다.

혹, 장제시에서 무슨 일이 있었던 걸까.

장제시에서는 언제 무슨 일이 일어나도 이상하지 않았다. 어두운 욕망과 그늘진 갈망이 실타래처럼 얽혀 있고, 과거의 과오들이 이곳저곳에 날카로운 흉터들을 남겨놓은 곳. 그런 곳이니 이 영리한 아이들이 서 원장이 굳이 알려주려 하지 않은 과거의 일에 대해 알게 되었다고 해도 이상한 일은 아니다.

"나현아, 여긴 후식으로 커피하고 케이크가 나오는데."

"예?"

"한 사람이 하나씩 고를 수 있거든. 다 먹었으면 네 마음에 드는 것들로 골라 와. 먹고 싶은 게 있으면 더 주문해도 괜찮고."

달콤한 케이크를 떠올리자 기분이 좋아졌는지, 나현은 표정을 풀고 배시시 웃으며 케이크를 고르러 갔다.

태민은 목소리를 낮추어 준현에게 말했다.

"준현아. 네가 지내던 교도소에서 교도관이 수감자를 추행하는 사건이 있었다고 들었어. 혹시 너는 괜찮은가 해서."

"……."

태민은 의자에 등을 기댔다. 준현이 엄지손톱을 뜯으며 웅얼거렸다.

"처, 처음에는 참았어요. 원래 그러는 거라고…… 그게 규칙이라고 해서."

규칙이라는 말에 준현은 약했다.

정혜가 늘 규칙은 지켜야 하는 것이라고 가르쳤으니까.

정혜는 사소한 것까지 세세한 규칙을 세워놓고, 준현이 그 규칙에 어긋난 행동을 하면 가혹할 정도로 꾸지람을 했다. 그 덕분에 준현이 크게 사회의 상식에 어긋나지 않게 학교생활을 할 수는 있었겠지만.

"키스도 하고, 더듬거나 만지기도 하고…… 입으로도 하고, 손으로도 했어요."

"왜 말을 안 했어, 내게."

준현이 눈을 깜빡였다.

"제게 몇 번이나 말했어요. 제가 아버지를 죽였으니, 할아버지는 절대 제 편을 들어주시지 않을 거라고. 그러면서 자기 말이 규칙이니까 순종해야 한다고 했어요. 안 그러면 그…… 평생 감방에서 썩게 만들 거라고."

태민은 끓어오르는 것을 꾹 누르며 애써 차분하게 말했다.

"그건 사실이 아니야."

"알아요. 저, 저도 책을 봤으니까. 말도 안 되는 협박이라는 건 알았어요. 그냥 참으려고 했는데. 나현이 계속 찾아오는 걸 보고는 나현에게 나쁜 말을 하기 시작해서."

태민은 이를 악물며 물었다.

"그놈이 뭐라고 했니."

"제가 나현의 남자 친구냐고 했어요."

준현은 어깨를 움츠린 채, 마치 자기가 잘못한 일인 양 조용히 말했다.

"저하고 나현이 서로 붙어먹는다고 했어요. 그러지 않고서야 누가 그런 일로 눈 뒤집혀서 아버지를 죽이냐고……."

"또."

"애비가 건드렸으면 어차피 처녀도 아닐 거라고 했어요. 나현이 아저씨랑 같이 다녀가면, 아저씨랑도 그렇고 그런 사이일 거라고 했어요. 그리고 제가 말을 안 들으면 나현이 돌아갈 때 붙잡아 가둬놓고 따먹겠다고 했어요. 아저씨, 제, 제가 전에 나현이 혼자 보내지 말라고 했던 거, 기억나세요? 말뿐이고 나현에게 그럴 수 없다는 건 알았지만, 나현이 가끔 혼자 올 때는 저, 정말 무서웠어요. 그래서 시키는 대로 했어요. 제가 잘하면 나현에게는 안 그런다고……."

태민은 분노로 머리가 뜨거워지는 것을 느꼈다.

"그래도 다른 분들은 안 그러시고 저한테 잘해주셨어요. 끝에 배웅해주신 분도."

"그런 일은 일어나선 안 되는 게 당연한 거야."

태민은 살의와 증오와 분노를 조용히 억누르며 말했다.

"아는 사람 중에 잘 해결해줄 사람이 있어. 이 일은 내게 맡겨라."

"예……."

"무슨 이야기들을 그렇게 재미있게 하세요?"

나현이 케이크와 아메리카노가 세 개씩 담긴 쟁반을 내려놓았다.

"그냥, 거기 들어가 있는 동안 불편한 건 없었는지 물어보고 있었지."

"그러게요. 오빠가 거기 얘기는 영 안 해서. 별일 없었대요?"

"응, 별일 없었어."

준현이 대답했다. 준현은 제 앞으로 초콜릿 케이크 한 접시를 끌어다 놓고, 포크로 케이크의 체리 장식부터 무너뜨렸다. 태민은 나현이 건네는 케이크를 먹는 둥 마는 둥 하며 준현을 바라보았다.

"필요하면 언제라도 나를 불러. 나는 언제나 네 편이니까."

그는 준현이 나현을 위해 어떤 희생을 감수했는지, 누구보다도 잘 알고 있었다.

피와 죽음과 추악한 비밀이 안개처럼 사방을 짓누르던 그날 밤, 그는 어떤 대가를 치르더라도 반드시 이 아이들을 지키겠다고 다짐했다. 지금도 그랬다.

"뭐든 도와줄게. 어떤 일이라 해도."

아마도 앞으로도 계속 그럴 것이다. 영원히.

✣

10

"다쳤구나. 무슨 일이 있었는지는 대충 들었어."

호석은 2주 만에 상담실에 들어와 앉은 자신의 내담자를 물끄러미 보며 말했다. 소년은 며칠 새 조금 말랐고, 얼굴에는 멍자국이 희미하게 남아 있었다.

"예, 옛날 같네요."

준현은 중얼거렸다. 그는 힘없는 표정을 짓고서 호석의 책상 옆 책꽂이를 눈으로 훑었다.

"뭐든 다 아시는 것 같아요."

"임 변호사가 알려주니까."

"신경 많이 쓰이시겠어요."

"서로 이해하고 넘어갈 만한 부분은 넘어가야지."

준현은 고개를 끄덕였다.

"사, 상담…… 모두 서윤병원에 보고하시는 거죠?"

호석은 쓴웃음을 지었다. 그는 지금 어설프게 대답하는 것은 오히려 신뢰를 잃는 일이란 걸 잘 알았다.

"음, 그래. 어느 정도는. 어느 정도는 원장님께 보고하고 있어. 자기 사람을 보낸 이유가 뭐겠니. 손자가 걱정되니까 보고를 해달라, 이런 거지."

그때 준현이 다시 물었다.

"비밀 이야기 같은 건 하면 안 되는 거죠?"

"나로서는 원장님보다는 내 환자인 너와의 신뢰 관계가 더 중요해. 그러니까 네가 정말 소중하게 생각하는 이야기는 안 할 거다."

"할아버지가 불편해하실 이야기도요."

"뭐, 그것도 어느 정도는."

호석은 준현의 반응을 메모하며 싱긋 웃었다.

"내가 솔직하게 말했으니 너도 솔직하게 말해주면 좋겠구나."

준현은 대답 대신 가방에서 클리어 파일을 꺼냈다.

"글 써 오라고 하셔서."

"그랬지. 우선 좀 볼까?"

호석은 준현에게 차를 권하고, 첫 장부터 읽기 시작했다.

"친엄마에 대한 글이구나. 친엄마 생각을 많이 하니?"

"예."

"어떨 때 특히?"

"……나현이 엄마 담요를 버리지 않고 갖다줬어요."

"오, 나현이가 친엄마가 갖고 있던 담요를 갖다줬어?"

"제가 어릴 때 덮었던 거예요. 엄마와 살 때. 어머니가 계속 버리려고 하셨어요."

"장정혜 여사님이 담요를 버리려고 했다고?"

"분홍색에 낡은 담요예요."

"그래, 그 담요를 보면 친엄마 생각이 나나 보구나."

"더럽다고 몇 번이나 버리려고 하셨는데 그때마다 나현이 몰래 숨겨줬어요. 그 일 있고, 살던 집은 부수고 나현도 할아버지 댁으로 갔는데도, 나현이 그 담요를 따로 챙겨뒀다가 가져다줬어요."

"나현이가 참 고마운 일을 했네. 엄마 많이 보고 싶니."

"엄마 얼굴이 기억 안 나요."

준현은 한숨을 쉬었다.

"꿈을 꿔도 기억나는 건 그 손뿐이에요. 얼굴은 흐릿해서 보이지 않아요. 사, 사진 한 장 가져올 수 없었어요. 담요는 아기 때부터 덮고 잤던 건데, 제가 아홉 살 때 크게 아파서 장제시로 가는 동안에도 그걸로 절 안고 계셨어요. 엄마를 많이 닮았다고, 아버지가 그러셨는데……. 전 거울을 보면서 나현과 제가 안 닮은 구석을 찾을 때마다, 우리 엄마는 이런 사람이었을 거야, 그렇게 생각해요."

"그렇구나."

준현의 얼굴에 분명한 분노가 드러났다.

"장제시에 오지 않았으면, 엄마도……."

"혹시 준현이는 장제시에 왔기 때문에 친엄마가 돌아가셨다고 생각하니?"

"그 생각을 하면 머릿속에서 퍽, 하는 소리가 나요."

"어떤 소리지?"

"높은 건물에서 집어 던진 수박이 바닥에 떨어져 박살 나는 것 같은 소리."

준현은 작게 중얼거렸다.

"엄마가 마지막으로 날 쳐다봤을 때, 엄마에게서 그런 소리가 났어요."

그는 애도하듯 고개를 떨궜다.

사람의 눈을 똑바로 바라보는 것은 무섭고 어렵고 아프고 힘들다.

하지만 나에게도 잠깐이나마 눈을 맞추고 그 얼굴을 제대로 들여다볼 수 있는 사람이 있었다. 엄마의 눈은 잠깐이지만 바라볼 수 있었다. 내가 엄마의 눈을 바라보면 엄마는 웃다가 나를 끌어안았다. 엄마는 손바닥으로 내 뺨을 어루만지고 때때로 볼을 부비며 사랑한다고 말해주었다. 엄마는 내 세상의 전부였다.

엄마와 함께 있을 때를 제외하면 세상은 온통 그림자 속에 묻혀 있는 것 같았다. 사람들은 모두 종이에 그려진 그림처럼 보였다. 내 세상에서는 엄마만이 살아있었고, 엄마와 함께 있던 시간만이 내가 살아있던 시간인 것 같았다.

나는 그 엄마가 눈앞에서 차에 치여, 그 커다란 바퀴와 차체 아래로 피 흘리며 빨려 들어가 찢어진 종이 인형처럼 망가지던 순간을 기억한다.

나는 하나의 세계가 문을 닫던 순간, 그 새카맣던 어둠을 여전히 기억하고 있다.

그건 어떤 빛으로도 지울 수 없는 깊디깊은 그림자다.

지금의 나는 나현만은 잠깐이나마 똑바로 바라볼 수 있게 되었다.

나현도 죽게 될까.

나현도 찢어진 종이 인형처럼 되는 것은 아닐까.

나는 늘 무섭고 슬프다. 그걸 나현에게 어떻게 설명해야 하는 건지 모르겠다.

호석은 준현이 두고 간 클리어 파일을 펼쳐 천천히 글을 다시 살펴보았다.

"글을 잘 쓰네."

호석은 몇 장을 더 넘겨보며 감탄했다. 예전에 치료하고 상담할 때도 굉장히 영리한 아이라는 것은 익히 알고 있었지만 기대 이상이었다. 남의 감정을 제대로 이해하지는 못해도 상황과 표정에 맞추어 가늠할 줄 알고, 자신의 감정에 대해서는 표현을 못 할 뿐 적어도 그게 어떤 것인지 제대로 보고 있었다. 이만하면 상태가 굉장히 좋은 편이었다.

라포를 처음부터 다시 만들어가야 한다는 게 문제지만.

백그라운드를 다 알고 있고, 지금도 장제시에서 일어나는 일들을 계속 전달받고 있다는 것은 분명 환자를 이해하는 데는 유리하지만, 바로 그런 이유로 준현이 이쪽을 신뢰하지 않는다면 그것도 문제다.

"장제시에 다녀왔으면서 원장님이나 서 여사에 대한 이야기는 한마디도 안 했단 말이지."

영리한 환자는 정신과 의사에게 거짓말을 하려 한다.

서준현은 거짓말을 하는 데 어려움을 느끼니 대신 입을 다문다.

둘 중 하나다. 대놓고 나는 당신을 믿지 못하겠다고 시위를 하는 것이거나, 뭔가 감추고 싶은 일이 있거나. 어쩔 수 없다. 그 녀석이 살아온 과정을 고려하면 의사든 누구든 그저 덥석 믿으라고 말하는 건 무리니까.

아마도, 지금 그가 마음을 열고 있는 것은 나현 한 사람뿐일 테니.

나현은 안절부절못하고 있었다.

준현이 병원에 갔다가 돌아올 시간이 지났다. 벌써 몇 번이나 전화를 걸었지만 받지를 않았다.

“지금 다 왔으니까 거기서 꼼짝하지 마라.”

나현의 큰고모인 서애희가 나현에게 전화를 걸어 그 한마디만 하고 끊은 것이 10분 전의 일이다. 임태민 변호사와 서필환 원장에게 급히 전화를 걸어 고모가 이쪽으로 오고 있다고 알렸다. 하지만 무엇보다도 걱정되는 것은 준현이었다.

‘이러다가 밖에서 큰고모와 마주치기라도 하면…….’

애희 성격에 준현을 만나면 가만두지 않을 게 분명했다. 어떻게든 그녀가 도착하기 전에 준현과 연락이 닿아야 했다.

그런데 외삼촌들도 그렇고 고모까지. 대체 어떻게 이 집 주소를 안 걸까.

언제까지고 숨기고 살 수 있을 거라 생각하진 않았지만, 막상 닥치고 보니 막막했다. 빨리 아저씨가 와야 할 텐데. 오빠도, 고모와 마주치지 말아야 할 텐데. 나현은 폰을 들여다보며 입술을 깨물었다.

서애희는 나현이 알고 있는 사람 중 가장 정신 나간 인간이었다. 그녀의 눈에 사람 비슷하게 보이는 것은 그녀의 아버지인 서필환 원장과 남동생인 서재욱 그리고 자신의 두 아들뿐인 것 같았다. 그 외의 사람들, 그러니까 남편인 내과 과장 김영규도, 임태민 변호사도, 서윤병원의 내로라하는 스태프들도 모두 그녀의 아랫사람, 그녀가 무시하고 짓밟아도 그녀에게 찍소리도 할 수 없는 미천한 존재일 뿐이었다.

엄마에게도 그랬지.

장제시에서 가장 귀한 집 따님이면서도 서애희는 자기 할아버지가 머슴이라는 사실을, 사람들이 이 집안사람들을 욕할 때마다 언제나 머슴 자손이라는 소리를 빼놓지 않는다는 것을 늘 신경 쓰고 있었다.

맏이로 태어났지만 공부에는 영 소질이 없었다. 별 이름 없는 대학 가정과에 들어간 그녀는 재욱이 의대에 가던 날 길길이 날뛰며 제 방의 레이스 커튼이며 피아노 덮개며 수놓은 쿠션 커버 같은 것을 모조리 가위로 잘라버렸다.

의사가 된 재욱은 어릴 때부터 혼담이 오갔던 장진제약의 고명딸 장정혜와 결혼했다. 장진제약 집안은 몰락했으나마 양반의 자손들이었고, 장정혜는 명문 여대의 약학과를 졸업한 재원이었다. 그녀는 어린 나이에도 우아하고 기품이 있었으며, 무엇보다도 집안이 좋아 그런지 취향도 고상했다.

서재에는 인간문화재가 만든 고운 달항아리를 놓고 거실 자기장 맨 위에는 결혼 전 유럽 여행 중에 사 온 야드로의 섬세한 도자기 인형을 두었다. 집안 곳곳에 수반을 놓고 손수 꽃꽂이를 했다. 젊은 안주인인 장정혜의 손길이 닿은 뒤에야 서윤병원 집안은 출세해 졸부가 된 머슴 자손에서 비로소 품위 있는 상류층의 문턱을 넘기 시작했다.

장정혜가 화려한 귀부인 노릇만 하고 있었던 것은 아니었다. 약사가 되자마자 그녀는 결혼 전부터 약혼한 집안의 일을 돕고 싶다며 서윤병원 약제실에서 손이 쉴 틈 없이 일했고, 결혼한 뒤에도 집에서는 맏며느리 노릇을 살뜰히 해냈다. 그렇게 부지런하고 마음 씀씀이가 깊었으니 서 원장의 며느리 사랑이라는 것은 말할 필요도 없는 것이었다.

그리고 애희는 그 모두를 미워했다. 아버지의 뒤를 이을 남동생 재욱도, 태어날 때부터 귀부인인 장정혜도. 아무도 기대하지 않았지만 의대에 합격한 동생 상희까지도.

그리고 여러 우여곡절 끝에 준현이 나타났다.

서필환 원장이 그리도 간절히 원하던, 손자였다.

애희는 볼 때마다 준현을 못살게 굴었다. 사람 구실 못 하는 병신이라고 떠들고 다니기도 했다. 애희의 아들들인 성현과 성재도 다른 애들을 시켜 준현을 괴롭혀댔다. 원장님 손자인 준현을 대놓고 두들겨 패진 않았지만, 옷으로 가려지는 부위만 골라서 때리고 계속 모함하고 헛소문을 만들어냈다. 멀쩡한 아이라 해도 몸이 상하고 마음이 무너져 망가질 만큼 집요한 폭력이었다. 나현이 서 원장에게 그 사실을 알리면, 그다음 주에는 거의 반드시 준현이 계단에서 굴러떨어지거나 중요한 물건을 잃어버리곤 했다.

그래도 재욱이 살아있는 동안에는 그 서애희조차도 감히 서윤병원을 통째로 넘보지는 못했다.

재욱은 외과 과장, 영규는 내과 과장이었으니 서필환 원장이 아들과 사위를 좌청룡 우백호처럼 거느린 모습은 보기 좋았겠으나 그 둘의 실력이나 위상에는 현격한 차이가 있었다. 애희가 아무리 영규를 채근한들 그 사실이 달라지지는 않았다. 아버지를 능가하는 외과의라는 말을 듣고 있는 재욱이 서윤병원의 차기 원장이 될 것이라는 사실을 의심하는 사람은 없었다.

하지만 재욱이 죽자 상황은 바뀌었다. 상희는 가업을 잇기를 거부하고 법의관이 되었다. 남은 것은 누가 보아도 내과 과장인 서필환 원장의 사위, 김영규였다. 애희의 아들들인 성현과 성재도 돈으로 밀어 넣긴 했어도 엄연한 의대생이었다. 애희는 이제 대놓고 자신이 서윤병원의 주인인 양 굴었다.

이쯤 되었으니 적당히 무던하게만 지내도 어지간하면 병원을 차지할 수 있었겠지만 애희는 쐐기를 박아야만 직성이 풀리는 듯했다. 애희는 나현을 서윤병원 상속의 걸림돌로 취급했다. 아버지의 눈을 피해 있는 힘껏 괴롭혔다. 서필환 원장이 나현에게 무엇 하나라도 넘겨줄까 조바심을 내고 서 원장이 진작에 재욱에게 증여해준, 이제는 당연히 나현의 몫이 될 재산까지 탐냈다. 집요하게 나현을 괴롭히며 상속포기를 요구했다. 납치하듯 끌고 가서 각서에 사인을 하라고 강요하기도 했고, 고3 때는 모의고사 날 학교에 찾아가서 행패를 부리기도 했다.

결국 학교까지 찾아간 일이 알려지는 바람에 그녀는 서 원장 댁이나 서윤병원 출입도 금지당하고 말았다. 그 상황이 되어서도 애희는 제 행각은 생각지도 않고, 그저 그 일을 전부 일러바친 요망하고 못돼먹은 어린 조카 탓만 하고 있었다.

번호키 누르는 소리가 났다. 나현은 현관으로 달려갔다.

"오빠?"

준현이 서점 로고가 찍힌 종이봉투를 손에 든 채 현관으로 들어왔다.

"오빠, 별일 없었지?"

"응?"

"큰고모 안 마주쳤지?"

준현은 고개를 끄덕였다. 나현은 울먹이며 준현을 꼭 끌어안았다. 준현은 손에 든 종이봉투를 어쩔 줄 몰라 하며 엉거주춤하게 서 있었다.

"큰고모 안 만났으니 됐어. 얼마나 걱정했다고!"

"고모님이……."

"오빠는 안에 들어가 있어. 쳐들어오건 뭘 하건, 내가 알아서 할 테니까."

"그치만."

나현은 준현의 등을 떠밀어 방에 밀어 넣었다. 나현은 문을 단단히 걸어 잠그고 현관 앞에 버티고 섰다. 태민이 서초구에서 여기까지 오는 데는 아무리 빨라도 40분은 걸릴 것이다.

그때 밖에서 드릴 소리가 났다.

설마. 나현은 인터폰으로 밖을 내다보았다.

애희와 김 기사가 있었다. 그리고 누군가가 그 앞에서 문고리에 드릴을 들이대고 있었다. 태민을 기다릴 틈이 없었다. 나현은 급히 112에 전화를 걸었다.

"여보세요, 지금 누가 저희 집 문을 따고 들어오고 있어요. 빨리 와주세요."

전화 저편에서 위치를 물었다. 하지만 대답을 하기도 전에 문이 열렸다.

"지금 뭐 하는……!"

말을 마치기도 전에 김 기사가 성큼 들어와 나현을 번쩍 들어 짐짝처럼 어깨에 멨다. 나현은 발버둥치다 스마트폰을 손에서 떨어뜨렸다.

"안 돼!"

방에서 구르듯 뛰어나온 준현이 필사적으로 남자의 다리에 매달렸다. 그 순간 애희는 하이힐로 준현의 손목을 내리찍었다. 준현은 비명도 지르지 못하고 뒹굴었다.

"오빠!"

애희는 나현을 향해 손을 뻗으며 일어나려는 준현의 뺨을 구두코로 걷어찼다. 준현의 입에서 피가 쏟아졌다.

"나오자마자 좀 보자고 했는데도 눈앞에서 따돌리고 임태민을 따라갔다더라? 내가 부르는데 어딜 감히."

"고모님……."

"사람 죽이는 것도 모자라 이젠 도둑질을 해? 네 할아버지한테 가서, 저는 서씨 집안 하나뿐인 친손자예요, 외손자보다 친손자가 중하죠. 그렇게 노인네 마음 약해지게 알랑거려서 받아낸 것 누가 모를까 봐서? 제 부모 다 잡아먹은 살인자 새끼가 어디서 그렇게 염치까지 없는지 몰라. 응? 누가 도둑년 자식 아니랄까 봐!"

"우리 엄마…… 도둑 아니에요. 그리고 달라고 한 적 없어요. 전……!"

"사람이 염치라는 게 있어야지."

애희는 일어나려는 준현의 명치를 다시 구두코로 걷어찼다.

"네 고모부 김 박사, 의대 다니는 네 사촌들 몫인 줄 뻔히 알면서 배냇병신 주제에 그걸 차지한 것부터가 잘못인 줄 알아야지!"

준현은 고꾸라졌다.

"설령 너희가 끝까지 사양하는데도 주셨다면 어른한테 상의를 했어야지!"

"그건…… 벌써 변호사 아저씨에게……."

"임태민이 아니라 나, 너희들 고모 말이야! 임태민이 집안 어른이니?"

"……."

"하긴, 너 같은 병신이 무슨 생각이라는 게 있겠니. 재욱이만 불쌍하지. 젊어 실수로 너 같은 반병신을 낳고. 그 병신새끼가 제 아비 어미 다 잡아먹을 살인자 새끼인 줄도 모르고."

"고모님……."

준현은 신음했다. 애희는 냉혹하게 준현을 내려다보았다.

"진작 알았다면 너 같은 거, 죽여버렸을 텐데."

그녀는 준현을 한 번 더 걷어차고는 구두에 묻은 피를 준현의 옷자락에 문질러 닦았다.

"네 어미와 같이 죽어버리는 게 나았어. 지금이라도 제발 어디 가서 죽어버리렴."

벙하니 서 있던 열쇠수리공에게 5만 원짜리 지폐 몇 장을 던지듯 쥐여주고, 애희는 돌아섰다. 열쇠수리공은 애희가 복도 저편까지 멀어진 것을 확인하고 준현을 일으켰다. 준현은 입에 피거품을 문 채 부축을 받아 일어나려다, 바닥에 뒹굴던 나현의 스마트폰을 보고 수리공을 돌아보았다.

"주소 말씀해주세요. 괜찮습니까! 여보세요!"

통화 상대는 112였다.

준현은 숨을 몰아쉬었다.

"저 대신…… 전화 좀."

열쇠수리공은 어쩔 줄 몰라 하다가 준현의 얼굴을 보고 마침내 결심한 듯 스마트폰을 집어 들었다. 그는 이 집 주소를 부르고 얼른 덧붙였다.

"당장 와주세요, 여기 학생이 죽어요!"

"그만해요! 살려줘요!"

나현은 필사적으로 몸부림치며 차 문에 발을 건 채 버텼다. 김 기사가 나현을 뒷좌석에 밀어 넣으려 애썼고 나현은 김 기사를 걷어차며 살려달라고 계속 소리쳤다.

하지만 소용없었다.

"뭐야, 무슨 일이래."

"못 본 척해. 그냥 지나가."

사람들은 잠시 걸음을 멈췄다가도 그냥 지나쳐갔다. 한두 명이 스마트폰을 들고 사진을 찍었다. 마치 TV 속의 풍경을 보는 듯한 무심한 태도에 나현은 악에 받쳐 소리쳤다.

"이런 거지 같은 동네, 나중에 싹 밀어버릴 거야!"

"헛소리하지 말고 타기나 해!"

뒤늦게 나타난 애희는 앞좌석에 놓아둔 샤넬 백을 휘둘러 나현의 뺨을 때렸다. 나현은 덤벼들며 애희의 손을 물어뜯었다. 애희는 이번에는 가방에 체인을 한 번 감은 채 다시 나현의 얼굴을 때렸다. 금속 체인에 긁혀, 나현의 뺨에서 피가 흘렀다.

"그러게, 예쁜 얼굴에 상처 안 나게 입 좀 닥치지 그랬니."

"죽여버릴 거야!"

"왜. 또 할아버지께 쪼르르 달려가서 일러바치려고?"

나현의 눈이 휘둥그레졌다.

준현이었다.

한쪽 다리를 끌며 넘어질 듯 비틀거리면서도 이쪽으로 달려오고 있었다.

"오빠!"

나현은 애희를 밀치고 차에서 내리려 했지만 소용없었다. 오히려 준현마저 김 기사의 우악스런 손에 붙잡혔다. 애희는 손가락을 까딱였다.

"같이 데려가라고요?"

"둘 다 태워."

"하나면 몰라도 둘은……."

"청테이프 있잖아? 저건 꽁꽁 묶어서 트렁크에 밀어 넣어. 뭣하면 가다가 어디 버리거나 죽여버려도 상관없어. 왜, 월급 받기 싫어?"

김 기사는 얼굴이 피범벅이 된 채 버둥거리는 준현을 붙잡아 손목에 청테이프를 둘둘 감았다. 그는 준현을 짐짝처럼 트렁크에 밀어 넣고 차 문을 닫았다. 나현은 어떻게든 밖으로 나가려 몸부림쳤지만 운전석과 뒷좌석 사이에는 칸막이가 있었고, 문을 열려고 시도했지만 안에서는 열리지도 않았다. 처음부터 납치하려고 작정을 한 듯했다.

"고모님 댁 가는 거니까 얌전히들 있어."

김 기사가 운전석에 앉으며 한마디 했다. 나현은 비명을 질렀다.

"짐승 같은 것들."

애희가 중얼거리며 앞좌석 안전벨트를 매는데, 정문 쪽에서 경찰차가 들어왔다. 김 기사는 서둘러 시동을 걸었다. 하지만 경찰차가 먼저 진로를 가로막았다.

경찰이 차창을 두드렸다. 손가락 두 마디만큼 창문이 열렸다. 나현은 기회를 놓치지 않고 목이 터져라 소리쳤다.

"도와주세요! 납치당하고 있어요! 살려줘요!"

납치라는 말에 경찰이 테이저를 꺼내 들었다. 순찰차 운전석에 앉아 있던 쪽이 달려와 뒷문을 열었다. 나현이 또 다급히 소리쳤다.

"오빠가! 우리 오빠가 트렁크에!"

경찰이 트렁크를 열었다. 트렁크 문이 열리자마자 준현은 밖으로 반쯤 굴러떨어지듯 나와 고개를 들었다. 얼굴이 피범벅이 되고, 손과 발이 청테이프로 꽁꽁 묶인 채였다.

"서까지 가주셔야겠습니다."

"난 애들 고모예요."

애희는 차에서 내리며 불쾌하다는 듯 항의했다.

"고모가 조카들 좀 데려간다는데, 요새 경찰은 그런 일에도 일일이 출동하는 모양이죠?"

"우릴 납치하려고 했어요!"

"조카 따위 납치해서 뭘 어쩌겠다고 그러는지. 그런데 너희들 참 잘났구나? 제 고모를 경찰에 신고씩이나 하고. 병신 주제에. 제 부모 죽여서 감옥에도 다녀왔으니 평생 경찰 무서운 줄은 알 줄 알았는데."

"예?"

"이봐요, 경찰 아저씨. 나한테 뭐라고 하지 말고 얘 인적 사항이나 한번 조사해봐요. 얘, 살인자라니까. 그것도 자기 애비 에미 참혹하게 찔러 죽인 흉악한 살인범이라고요. 그래, 어디 할 말 있으면 해봐요. 내가 뭘 어떻게 하면 좋은지."

"저기, 이보세요, 선생님."

경찰이 기가 막힌 듯 대꾸했다.

"조카를 집에 데려가는데 청테이프로 묶어서 끌고 가는 분이 어디 있습니까? 게다가 학생을 트렁크에 처넣어요?"

"말했잖아, 저거 살인범이라고. 아무리 조카라도 사람 죽인 짐승을 데려가는데, 우리라고 안 무섭겠어?"

"일단 지구대까지 가시죠."

경찰이 애희를 경찰차 뒷좌석에 밀어 넣었다. 애희는 경찰차 안이 지저분한 것을 보고, 또 뒷좌석에 김 기사도 끌려와 타는 것을 보고 계속 짜증을 냈다.

"내가 왜 김 기사와 나란히 앉아야 하는데!"

"뭔지 모르겠네요."

계급장에 이파리 두 개가 붙은 젊은 경찰이 준현의 손목에 감긴 테이프를 잘라냈다.

“납치범은 고모인데 피해자는 살인범이라고?”

“됐고, 연행이나 해.”

이파리가 네 개 붙은 중년 경찰은 나현과 준현을 일으켜 한번 앞뒤로 죽 훑어보았다. 그러고는 경찰차 뒷자리에 밀어 넣은 김 기사에게 손을 내밀었다.

“자, 선생님. 열쇠 주세요.”

“열쇠는 왜요? 내 차를 어쩌려고!”

애희가 소리쳤다.

“범행에 사용된 차 아닙니까. 일단 지구대로 운반해야죠.”

“지금 뚫린 입에서 나온다고 다 말인 줄 알아?”

“반말하지 마시고요, 선생님. 일단 납치 사건으로 접수된 거예요. 어디 보자, 변호사를 선임하실 수 있고, 증언 내용이 선생님한테 불리하게 사용될 수 있어요. 그러니까 불리한 증언은 안 할 권리도 있습니다. 묵비권 말이죠. 에, 그리고…….”

애희와 김 기사가 지구대로 끌려가는 동안 중년 경찰은 지원을 요청했다.

“어, 상황 종료. 여기 피해자들도 있으니까 차 한 대 더 보내. 수고.”

나현은 피가 얼룩진 준현의 티셔츠 자락을 꼭 붙잡았다. 준현은 아무 말도 하지 않았다. 경찰이 다가와서 두 아이를, 스무 살이 넘었지만 아직도 아이라는 말이 더 어울릴 것 같은 이들 남매를 들여다보았다.

"다친 데는 괜찮고? 조사받을 수 있겠어?"

"예. 저희 변호사님께 연락해도 되죠?"

경찰은 고개를 끄덕이다가 준현을 쳐다보았다. 살인범이라더니, 어디서 곱상하게 생긴 유순한 표정의 남자애가 얼굴에 멍이 들고 피가 잔뜩 묻은 채 앉아 있었다.

"……남매란 말이지?"

준현과 나현은 불안한 표정으로 그를 바라보았다.

"오빠가 어디 좀 아픈가?"

"자폐……예요. 아주 심한 건 아니고."

나현은 짧게 대답했다. 경찰이 혀를 찼다. 그는 두 사람에게 뭔가 더 묻고 싶은 눈치였지만, 경찰차가 한 대 더 도착할 때까지 다른 말은 하지 않았다.

"팀장님, 사탕 드실래요?"

"어, 고마워."

보고서를 쓰던 상희는 키보드에서 잠시 손을 떼고 기지개를 켰다. 어깨가 뻐근했다.

곧 사탕을 입에 문 채 마저 보고서를 썼다. 요즘 들어 정말 눈코 뜰 새 없이 바빴다.

그 바쁜 와중에, 서애희에게 전화가 걸려 왔다. 세 번인가 네 번이나 걸려 왔고 모조리 무심하게 끊어버렸다. 미친년. 그녀는 중얼거렸다. 또 무슨 일로 사람을 부려먹고 싶어서 전화질이야. 제 편할 때만 연락하는 주제에.

옆자리에서도 전화벨이 울렸다.

"팀장님, 가족분이시라는데요."

"가족 누구."

"여자분이세요. 급한 일이라는데요."

상희는 마우스를 밀어놓으며 인상을 썼다.

장제시에서 걸려 왔거나 걸려 오거나 앞으로 걸려 올 전화 중에, 그녀 기준으로 만사 제쳐놓고 달려가야 하는 종류의 일은 한 가지뿐이었다.

서윤병원 서필환 원장의 별세.

아니, 아버지가 돌아가신다고 순순히 먼저 전화할 여자가 아니다. 상속이며 뭐며 제 뜻대로 할 수 있는 것은 다 침 발라놓은 다음에야 선심 쓰듯 연락하겠지. 그런 일이 생기더라도 연락해 오는 것은 애희가 아니라 임태민 변호사일 터다.

정말 급한 일 아니면 죽여버린다.

상희는 전화를 받으며 속으로 중얼거렸다.

"무슨 일이에요."

"너, 여기 XX시에 좀 와줘야겠어."

"근무 중입니다."

"당장 오지 못해?"

"제가 왜요?"

상희는 속으로 이를 갈며 짐짓 느긋하게 말꼬리를 늘였다.

"여기 지구대야. 경찰들이 생사람을 범인 취급하는데, 네가 와서 해명 좀 해."

"서윤병원 고문변호사님 뒀다가 뭐 하시려고요."

"임태민? 임태민이야 저기 서나현이 벌써 불렀지."

아, 이제 견적이 나온다.

상희는 이마에 손을 짚었다. 나현을 대학 근처로 독립시키면서 그 애의 안전을 위해 가족들에게도 이사 간 주소를 비밀로 한다는 말은 들었는데. 어떻게 또 알아내서 쳐들어간 모양이지. 하여간 재주도 좋다.

"그러니까 지금, 조카들 쥐 잡듯 잡으러 갔다가 경찰에 체포된 걸 갖고, 나보고 수습하러 거기까지 가라는 겁니까? 대체 애들에게 무슨 짓을 했는데 그래요?"

"고모가 조카 만나러 가는 것도 죄냐!"

말이 안 통하는 여자였다.

"어디라고요?"

상희는 표정을 구기며 자리에서 일어났다.

"아니, 왜 생사람을 범인 취급해. 쟤가, 저 애가 살인자라니까. 왜 나한테 이러느냐고!"

지구대에 끌려와서도 조금도 기세가 꺾이지 않은 애희는 경찰들에게 한마디도 지지 않고 고함을 쳤다.

"너희들 다 그냥 안 둬. 내가 누군지 알아?"

"아, 선생님. 선생님이 누구신진 모르지만 우린 신고 들어왔으니 나간 거고, 가봤더니 선생님 차 트렁크에 저 총각이 테이프에 묶여서 실려 있었으니 체포를 한 거예요. 법대로."

"법대로 좋아하네. 야, 너 내가 누군지 알고 선생님이래?"

"선생님이 아니면, 그러면 아주머니라고 불러요? 어, 저번 그 학생들이네."

애희와 입씨름을 하던 경찰이 나현을 보고 알은체를 했다.

"거참, 지난번에는 외삼촌들이 쳐들어왔다더니, 이번에는 고모?"

"아는 애들이야?"

"그게 2주쯤 되었나? 외삼촌이라는 자들이 애들을 피떡이 되게 때리고 간 게요. 그때도 참 집안 어른들이 왜 저러나 싶었는데."

"신경 끄라니까!"

애희는 밑도 끝도 없이 소리만 질렀다. 나현이 혀를 찼다.

"아저씨들 수갑 없어요? 수갑 있으면 저 사람 좀 묶어놓든가 해주세요. 무서우니까."

"서나현!"

"현행범이잖아요. 우리 오빠 얼굴 안 보여요?"

높은 사람인 듯 계급장에 무궁화가 붙은 경찰이 입맛을 쩝쩝 다셨다.

"학생들도 좀 진정하고. 아무리 그래도 고모라면서."

"재가 무슨 학생이야. 전과자지."

"거, 아주머니 좀 조용히 계시라니까요."

"입은 비뚤어졌어도 말은 바로 해야지. 아니, 학교도 안 다니는 범죄자를 왜 학생이라고 불러요?"

경찰들이 나현과 준현을 쳐다보았다.

"재는 범죄자야. 살인자라고. 경찰이 범죄자 말을 믿고 나 같은 사람에게 뭐 하는 거야? 대체 어이가 없어서."

"저, 전과자 맞아요."

"오빠……."

"어, 어차피 확인하면 나오…… 나올 테니까. 하지만 제 동생, 납치됐어요."

준현이 더듬거리며 말했다.

"제게 전과…… 있지만, 이건 별개예요. 문짝이 뜯겼어요. 집 주인이 안에 있는데. 그것만으로도 불법 주거침입……."

"그게 네 집이야? 네 집이냐고?"

"나현이 집, 맞아요. 그리고 전과가 있어도, 사람…… 때리면 안 돼요. 집 문짝 뜯어내고 안에 있는 사람 끌어내다가, 아래에 대기한 차에 밀어 넣었어요. 이거, 계획적 납치……."

"자폐라더니 말 잘하네. 어디서 배웠어?"

"방통대, 다녀요."

준현이 대답하는데 애희가 경찰을 밀쳐대며 준현에게 덤벼들었다. 준현의 앞을 경찰이 가로막자 이번에는 몸을 틀어 나현의 머리채를 움켜쥐고 흔들며 잡아 뜯었다. 나현이 비명을 질렀다.

"아아아악!"

경찰이 서둘러 두 사람을 떼어놓고 애희에게 수갑을 채웠다. 애희는 제지당하면서도 아랑곳하지 않고 소리를 질러댔다.

"오빠는 살인범이고, 동생 년은 도둑년이지!"

"도둑은 남의 집 문짝 뜯고 들어오신 분을 두고 하는 말이죠."

"제 부모 죽여서 전과자 된 놈이 부끄러운 줄도 모르고 돌아와서는. 제 할아버지 속이고 연놈이 나란히 재산까지 등쳐먹어? 그게 도둑이 아니면!"

"할아버지가 제 앞으로 해주신 거예요. 할아버지랑 말씀하세요, 우리한테 시비 걸지 마시고!"

"세상에는 법이라는 게 있어. 그렇게 날름 증여받는다고 다 해결된 것 같아? 천만에!"

"물론 날름 증여만 받는 것은 문제가 있지요."

지구대 문이 열렸다.

서둘러 달려온 듯 조금 흐트러진 차림을 한 임태민 변호사가 들어왔다.

"세금 내고, 등기하고, 할 건 다 해야죠. 제가 그래서 요즘 할 일이 많아요. 안녕하셨습니까, 여사님.”

애희는 수갑에 묶인 채 이를 갈았다.

“아버님이 자네와 함께 벌여놓으신 일 때문에 안녕치 못하지.”

“어쩌겠습니까. 저야 예나 지금이나 어르신께서 하라고 하시면 해야 하는 처지인걸요.”

태민이 어깨를 으쓱해 보이며 눈으로만 웃었다.

“그렇게 바쁜 사람이, 여긴 왜 왔나! 저 애들 편이나 들러 왔겠지.”

“나현이 연락하긴 했습니다만, 원장님께서도 제게 당부하셨습니다. 여사님께서 원만하게 풀려나실 수 있도록 할 수 있는 조치를 다 하라고요. 그런데.”

태민은 주위를 휘 둘러보며 한숨을 쉬었다.

“현행범으로 체포되신 분이 지구대에서 이러시면 아무리 저라도 답이 없습니다. 게다가 풀려나려면 애들과 합의도 보셔야 할 거고요.”

“네 도움 따위 없이도 알아서 할 수 있거든?”

“나현이 성격 아시잖습니까. 저라도 나서서 중재해야죠. 저기, 일단 이 친구 병원부터 보내야 할 것 같은데 괜찮을까요?”

태민은 금세 상황을 정리했다. 준현의 상태를 설명하고, 준현이 병원에서 치료를 받고 진단서도 끊어 올 수 있도록 젊은 순경을 한 명 붙여줄 것을 부탁했다. 독을 품은 뱀처럼 쌕쌕거리는 애희를 달래는 한편, 경찰에게 집안 내력이며 지금 상황을 간략히 설명했다. 늙수그레한 경찰이 혀를 찼다.

"말하자면 유산상속 문제가 났고, 그쪽은 집안 변호사, 뭐 그런 사람인가 봐요?"

"그런 셈이죠. 그건 그렇고 그 열쇠집 아저씨는?"

"요 옆 골목 철물점 사장입니다. 자기 집이라니까 가서 열어준 거라서. 이런 일에 연루되는 건 줄은 꿈에도 몰랐답니다."

"감사 인사라도 해야겠군요. 그분 덕분에 경찰에서 빨리 출동해주셨으니."

그때 또 한 사람이 지구대 문을 열며 들어왔다. 태민이 바로 알아보고 반갑게 인사했다.

"아, 서 박사님."

"이런 일로 뵙네요……."

"잘 지내셨죠? 이쪽은 국과수 근무하시는 서상희 법의관님. 애들 작은고모입니다."

상희는 경찰들에게 목례를 하고 간단한 설명을 요청했다. 그녀는 설명을 다 들은 뒤에야 구석에 묶여 있는 애희를 돌아보았다.

"여기서 꼴사납게 뭐 하는 거예요?"

"사람 보자마자 하는 인사가, 고작 그런 거니?"

"오랜만에 부르시길래 무슨 사고를 얼마나 거하게 치셨나 했더니. 이게 다 뭐예요. 납치에, 상해에, 협박에, 주거침입에."

"너 대체 뭐 하러 온 거야!"

"언니 편들러 온 거 아니에요. 언니한테 시달릴 서나현이 딱해서 온 거지."

애희가 이를 갈았다.

"싸가지 없는 년."

"웬만하면 장제시 안에서도 이런 사고는 치지 마세요. 서나현, 너 사진 다 찍고 이리 좀 와라."

나현은 여자 경찰의 도움을 받아 오늘 난 상처나 멍을 사진으로 남기다가 상희를 돌아보았다. 상희는 엄격한 얼굴을 하고 고개를 옆으로 까딱였다.

"난 싸움을 붙이러 온 게 아니라 말리러 온 거야. 변호사님도 마찬가지고. 너도 어리광 부릴 나이는 지났지?"

짜증이 났다. 해가 갈수록 점점 더 괴물이 되어가는 이복언니 애희도, 새언니의 예민함과 오빠의 빈정거림을 함께 닮아가는 조카 나현도. 이런 일 따위, 정말 얽히고 싶지 않았다. 서윤병원이든 뭐든, 제발 알아서들 나눠 먹으라지.

상희가 한숨을 내쉬며 안경을 고쳐 쓰는데, 애희가 벌떡 일어났다.

누가 말릴 틈도 없이 그녀는 순경을 따라 가까운 병원에 가려던 준현의 뒤통수를 향해 가방을 휘둘렀다.

"저 여자 다시는 보고 싶지 않아요."

경찰서 형사과에서, 나현은 따박따박 따져댔다.

"내 인생에서 다시 볼 일 없으면 좋겠어요. 지금 제가 바라는 건 그건데, 무슨 가족이니 화해니 말도 안 되는 말씀을 하시는 거예요."

"아니, 일단 가족이고, 직접 피해를 입은 것도 아니고……."

"피해가 없긴 어디 없어요. 전 납치당할 뻔했고 오빠는 저렇게 다쳤고. 우리 집 문짝은 어쩔 건데요? 문손잡이를 통으로 뜯어냈는데. 지금 제대로 잠그지도 못하고 여기 왔는데, 그사이에 도둑 들면 그건 경찰 아저씨들이 책임지실 거예요?"

"학생, 내 말은."

"이 환한 대낮에, 자기 집 현관에서 납치당한 사람이 여기 있다고요."

나현은 울음을 터뜨렸다.

상희는 저런 일에 눈물로 해결하는 법부터 배웠나 싶어 짜증이 났다. 하지만 당한 일을 생각하니 또 뭐라 할 수도 없어 한숨만 쉬며 복도로 나갔다.

지구대에서 행패를 부린 끝에 경찰서로 끌려간 애희는, 경찰서 형사과에서도 기세등등하게 굴다가 결국 유치장에 끌려가고 말았다. 상희가 여기 형사계장과는 안면도 있고 또 태민도 이쪽에 아는 사람들이 있다 보니 어떻게 수습이야 되겠지만 대체 어쩌자고 성질들이 저 지경인지.

준현이 스마트폰 카메라로 녹음한 육성과 나현과 준현의 상처를 찍은 사진들, 나현의 집 대문 손잡이와 자물쇠, 아이들의 손목을 묶었던 청테이프 같은 것이 증거로 제출되었다. 애희의 벤틀리 승용차에도 증거품 딱지가 붙었다. 만나자고 한다고 나현이 얌전히 따라나설 아이도 아니긴 했지만 그렇다고 이렇게까지 했어야 하나.

상희는 한숨을 쉬며 얼굴이 엉망이 된 채 앉아 있는 준현을 바라보았다. 준현은 잔뜩 겁에 질린 표정으로 상희를 쳐다보려다 끝내 시선을 맞추지 못하고 고개를 숙였다. 아, 그래. 자폐스펙트럼이지. 상희는 준현의 곁에 다가가 털썩 주저앉았다.

뒤통수에 닿는 콘크리트 벽은 서늘했다. 낡은 소파에서는 관공서의 먼지 냄새가 났다. 준현은 아무 말도 하지 못하고 손끝만 꼼지락거렸다. 상희는 준현에게서 시선을 거두고 폰을 꺼내 들여다보았다. 그제야 준현이 기어들 듯한 목소리로 중얼거렸다.

"무서, 웠어요."

"음?"

"나현이, 죽을까 봐."

상희는 준현을 다시 보았다. 코뼈와 쇄골에 금이 가고 입안이 찢어지고 여기저기 타박상까지 입은 상태였다.

제대로 사람 눈도 못 마주치는 녀석이, 그 꼴을 하고도 제 여동생을 걱정하고 있었다.

하긴 그랬으니까 정작 자기가 두들겨 맞을 때는 반격 한번 하지 못해놓고 제 아버지가 나현에게 위해를 끼치려 하자 바로 죽여버렸겠지. 돈이며 욕망이며, 그런 것밖에는 남아 있지 않은 것 같은 그 집구석에서, 그래도 사람 같은 놈은 이 녀석 하나뿐인 걸까.

상희는 조금 안타까운 마음으로 준현을 물끄러미 보았다. 준현이 속삭였다.

"할아버지가 언제까지나 계시는 것도…… 아니니까."

"그나저나 뭘 얼마나 받았길래 저 여자가 저 난리인 거야. 나도 좀 알자."

"서윤병원을……."

"병원을 네게 주셨어?"

"예. 전…… 저는 그거, 괜찮다고 했는데도."

"그거라면 너희들 큰고모가 난리를 칠 만도 하네."

상희는 쓴웃음을 지었다. 평생 노리던 것을 눈앞에서 놓쳐버렸으니, 그 인간이라면 인생 전체를 부정당한 기분이긴 하겠군.

"앞으로도 계속 그러실까 봐, 나현에게 해코지하실까 봐 겁이 나요."

"받은 건 잘 쓰면 되는 거지. 할아버지 살아계실 동안에야 이보다 더한 일은 못 저지를 거고. 나중에는 여차하면 그거 팔아서 외국으로 도망가도 되고."

"그런……."

"왜, 병원이 아니라 그냥 건물과 대지로만 봐도 그건 한 재산

이야. 그만한 돈이 있으면 너와 나현이 외국 어디에 숨어서 사는 것쯤은 어렵지 않지."

"그런가요."

"큰고모도 곧 현실을 받아들이겠지."

잠시 후 태민이 잔뜩 화가 난 나현을 데리고 나왔다. 나현은 입을 이만큼 나온 채 종알거렸다.

"그냥 콩밥 좀 먹게 두시지 그러셨어요."

"원장님이 속상해하시지 않겠니. 그리고 사람이 이런 일로 경찰서에 왔다 가면 겁을 좀 먹기 마련이다. 싫은 소리야 하시겠지만 또 이런 일을 하시진 않을 거야."

뒤이어 김 기사도 입이 댓 발은 나온 애희를 모시고 나왔다. 애희는 기세가 조금도 꺾이지 않은 채 나현을 노려보았다.

"그냥 두지 않을 거야, 알았어?"

"그러시든가요."

"임태민 변호사, 자네도."

태민은 대답 대신, 주머니에서 차 열쇠를 꺼내 김 기사에게 내밀었다.

"어차피 차는 증거품으로 압류되었으니 못 가져가요. 제 차로 여사님 모셔다드리고, 원장님 댁 앞에 세워놓으세요. 아, 가시기 전에 제 가방 트렁크에 있으니 좀 꺼내주시고요."

"장제시에 도착하자마자 어디 옹벽에 들이받아서 뭉개버릴 줄 알아."

"저야 상관없습니다만, 이거 서윤병원 명의로 리스한 차예요. 원장님 재산 축내지 마시고 그냥 곱게 가져다 두세요."

태민은 빙긋 웃으며 돌아섰다. 그는 나현과 준현의 어깨를 가볍게 두드리며 상희를 보았다.

"서 박사님, 저하고 애들 집까지 좀 태워다 주시겠어요……?"

김 기사는 태민의 차에 애희를 태우고 경찰서를 먼저 벗어났다. 상희는 굳이 나가서 배웅하지 않았다.

"너희는 잠깐 기다릴래?"

"아뇨 저, 저는……."

"기다리라고 그냥 말씀하시는 거야."

나현이 준현의 손을 붙잡으며 속삭였다. 상희는 어깨 너머로 나현을 돌아보고는 담배를 두어 대 태웠다.

"준현이는 말하는 게 좀 나아졌구나."

나현은 준현을 지키듯 그의 앞을 가로막고 섰다. 작은고모라고 하지만 나현은 상희가 낯설었다. 1년에 한두 번, 설에는 꼭 오고, 추석에는 안 오는 때도 있었다. 명절 전날 도착했다가 차례 지내고 나면 바로 돌아갔다. 간다는 말도 없이 사라졌고 말을 붙여보려고 해도 워낙 붙임성 없는 사람이라 대화가 길게 이어지지 않았다. 늘 그런 사람이었다. 한겨울 바람처럼 차갑고 냉정한 사람.

"교도소에서 증상이 악화될까 봐 걱정했는데……. 가자."

그런 사람이 친한 척을 하는 것이 낯설고 이상했다. 애희와는 다르지만 이 사람도 서씨 집안 사람이다. 제정신이 아닐 거라고 생각하는 게 안전했다. 나현은 상희의 차에 오르며 조심스럽게 입을 열었다.

"마지막으로 뵈었던 게…… 5년 전이었죠."

"네 아버지 장례식 때였지."

상희는 차에 시동을 걸며 담담하게 대답했다. 나현은 룸미러로 자신을 보는 상희의 시선을 슬쩍 피하며 중얼거렸다.

"이런 일 말고 좋은 일로 뵈었으면 좋았을 텐데요."

"아무래도 그렇지."

역시, 불편해.

준현의 공판이 계속되는 동안, 나현은 몇 번이나 죽어 쓰러진 아버지의 벌거벗은 시신을 들여다보는 상희를 상상했다. 피가 멎은 상처들을 더듬고 쇄골 아래로 메스를 밀어 넣어 살갗을 열어젖히는 모습을. 그 차갑게 식고 딱딱하게 굳어 역겹게 썩어가는 살갗 아래에는 어떤 증언과 변명으로도 감추지 못할 진실이 창자처럼 똬리를 틀고 앉아 있을 것만 같았다.

"너 혹시 상담은 제때 받았니?"

"예?"

"박 과장님께 이야기는 했는데. 아무도 신경 안 썼나 보구나. 그때 말해뒀어야 했는데. 네 아버지에게 그런 일도 당한 데다,

눈앞에서 부모 죽는 걸 봤으니…….”

“그렇지 않아도 박 선생님이 말씀하셨는데, 제가 싫어서 안 갔어요.”

“가보지 그랬어. 상담도 하고, 약도 좀 먹고.”

“정신과 약 드세요?”

“가끔. 맨날 토막 난 시신을 보는데 어떻게 늘 제정신이겠어.”

“전 잘 모르겠어요. 오빠가 가는 것도요. 솔직하게 말씀드리면 신뢰가 안 들어요. 상담 내용이 100퍼센트 할아버지한테 보고될 텐데, 그런 상담을 어떻게 해요.”

“그러면 개인병원에라도 가봐. 대학교 어지간한 데는 학생상담센터도 있고.”

“찾아볼게요.”

나현은 상희가 갑자기 이렇게 이런저런 이야기를 늘어놓는 것이 신경 쓰였다. 서상희는 의사이자 법의관이고, 서윤병원 관계자 중 그때의 진상을 냉정하게 되짚어볼 수 있는 유일한 사람일 것이다. 죽은 사람을 해부하고 진실을 밝히는 사람. 그런 사람이라면 뭔가 알고 있을 것 같아서. 눈치챘을 것 같아서.

나현은 창밖을 내다보며 입술을 깨물었다.

아파트 경비원은 방문객을 확인하다가 뒷좌석에 나현과 준현이 타고 있는 것을 보고 놀란 표정을 지었다. 태민이 차에서 내리며 나현을 돌아보았다.

"아무래도 집 문짝부터 수습해야 할 것 같으니 잠깐 돌고 올게요. 나현이랑 먼저 들어가 있어요. 나현아, 여기까지 온 김에 아저씨 커피 한 잔 얻어 마셔도 되겠니?"

"준비해놓을게요."

나현이 대답했다. 태민은 경비실에 다가가 뭔가 이야기를 했다. 나현을 따라 현관으로 들어가며 상희는 주변을 휘둘러보고 낯을 찌푸렸다.

"커피라면 요 앞에 스타벅스도 있었는데. 오다가 주문할 걸 그랬네."

"저 커피 내리는 거 배웠어요. 아저씨가 좋아하세요."

"내린다고?"

"학교 근처 커피 전문점에서 커피 클래스 다녔어요. 지난 학기에."

"부지런하네."

활짝 열린 대문에는 접근금지 테이프가 한 줄 붙어 있었다.

나현은 경찰이 붙여놓은 테이프를 떼고 상희를 거실로 안내했다. 준현은 방에 들어가 피 묻은 옷을 갈아입었다. 그사이 나현은 손을 씻고, 커피잔과 도구들을 꺼냈다.

향긋한 커피 냄새가 거실에 감돌았다. 상희는 나현이 꺼내놓은 커피잔들을 보고 한마디 했다.

"그러고 보니 도자기라면 너희 엄마가 예전에 좋은 걸 많이 갖고 계셨지."

"그거 지금, 큰고모한테 가 있어요."

"그래?"

"장례 치르고 왔더니 없더라고요. 엄마가 저 시집갈 때 준다고 세트 맞춰 모아놓으신 것까지 다."

"너무했네."

상희는 무심하게 대답하며 커피잔을 끌어당겼다. 나현은 상희를 잠시 바라보다가 한숨을 쉬었다.

"기억 못 하시나 봐요."

"응?"

"제가 그때 도와달라고 했었잖아요."

상희는 정말로 기억이 안 난다는 듯 눈을 깜빡이며 안경을 고쳐 썼다. 나현은 고개를 돌리며 준현과 태민의 커피를 내리기 시작했다.

"무슨……?"

"……큰고모가 엄마가 아끼던 피겨린하고 찻잔하고 전부 가져가버렸다고. 도와달라고 했어요."

"내게 그랬어?"

"이 상황에 그런 게 눈에 들어오냐고 하셨죠. 저한테는 엄마의 유품이었는데."

"아, 미안."

상희는 진심으로 당황하고 미안한 표정으로 대답했다.

"내가 좀 무신경해서. 너희 부모님 한 번에 장례 치르는데 너희 할아버지도 제정신이 아니셨고. 그때 실무적인 것들 나서서 챙기다 보니 그런 걸 못 챙겼다. 다른 건 괜찮았니? 너희 엄마 패물이라든가."

"저는 그 일 있고서 장례식 끝날 때까지 집에 와보지도 못했잖아요. 돌아와 봤더니 엄마 침실 다 뒤져서 보석함 같은 것도 거의 다 쓸어 갔던 걸요."

나현은 준현의 커피에 시럽을 타며 고개를 절레절레 흔들었다.

"심지어는 엄마 결혼반지, 티파니 다이아 반지였는데. 그것도 갖고 갔어요. 저 고3 때 학교까지 쳐들어와서 제게 서윤병원을 포기하라고 난리 친 적이 있었는데, 그걸 끼고 나타났더라고요."

"……미안하다. 그때 내가 신경을 썼어야 하는데."

"어쩔 수 없죠. 큰고모가 워낙 대단한 분인걸. 그 와중에 폴리스라인만 겨우 걷어낸 집에 들어와서 그릇이며 보석이며 챙기는 게 어디 보통 분이 할 일인가요."

"난, 아까 네가 큰고모에게 너무 심하게 군다고 생각했어. 큰고모가 너희한테 한 일이 워낙 심각하긴 했지만."

"저는 그냥 그 여자 얼굴 안 보고 사는 게 인생 소원이에요."

상희는 심각한 목소리로 대답했다.

"다시 이런 일이 생기면, 그때는 반드시 네 편을 들어줄게."

"예, 작은고모."

나현은 생긋 웃으며 대답했다.

"그래요, 그게 살인이긴 한데……. 아뇨, 걘 그렇게 위험한 애는 아닙니다. 예."

백용석 반장은 전화 송수화기를 어깨에 낀 채 펜 뒤끝으로 머리를 긁적이며 대답했다.

"맞아요. 여동생이 있죠. 서나현이라고…… 그 친구가 자기 여동생을 구하려다가 그만. 예. 우발적인 범행이고, 사실 보시면 아시겠지만 그 친구가 좀. 예, 장애인이죠."

타 시도 경찰서에서 연락이 오는 것이 드문 일은 아니었지만 깔끔하게 종결한 사건, 그것도 5년 전 사건에 대해 이렇게 꼬치꼬치 캐묻는 것은 별난 일이었다.

"누가 대갈빡에 몇 년 치 송치 서류를 처넣고 다니는 줄 아나…… 아니, 장사 하루 이틀 하는 것도 아니고. 사람 죽인 놈 처음 봐요? 무슨 1급 청정수요? 그 동네엔 전자발찌 찬 새끼도 하나 없어? 뭐? 집값? 야, 이 씨발…… 끊어!"

백 반장은 집어 던지듯 전화를 끊었다.

서윤병원 원장 댁 손자 서준현이 출소했다는 소식이야 듣긴 들었다. 쥐새끼같이 생겨서는 낄 데 못 낄 데 가리지 못하고 실속 없이 싸돌아다니기만 하는 장제일보 막내 기자 놈에게. 듣다가도 그래, 박 기자 사수가 그 조성춘 기자 맞지요, 하고 물어만 보고 말았다.

그래서 나온 지 며칠이나 되었다고 사고를 치나 싶어서 전화를 받아봤더니 장제시 시의원이 거기 가서 행패를 부렸다고 하지 않나. 그 소식이 여기까지 바로 넘어오지 않은 것을 보면 또 그 사람 좋은 얼굴로 둔갑 너구리 같은 짓은 골라서 하고 다니는 임태민 변호사가 수를 쓰고 다닌 모양이었다.

집값 같은 소리 하고 자빠졌네.

백 반장은 담배를 들고 현관으로 나갔다. 그가 본관 정문 현관에서 담배에 불을 붙이자 들어오던 민원인이 흠칫 놀라며 옆으로 게걸음을 걸었다. 잡혀 온 조폭으로 착각한 모양이지. 그는 유리문에 제 모습을 비춰 보며 한숨을 쉬었다. 대충 외모만 봐도 녹을 먹는 공무원이라기보다는 어디 조직원처럼 보이는 데다, 오늘따라 나이에 걸맞지 않게 쫄쫄이 티셔츠를 입은 게 문제였던 모양이다. 하긴, 그러니 그 서나현이 처음 백 반장을 보고 오빠를 때리지 말라고 앙칼지게 말했던 것도 무리는 아닐지도.

5년 전, 서재욱 부부가 살해당한 일은 이 지역 사람이라면 모르는 사람이 없는 큰 사건이었다. 어지간한 사건도 보통 닷새쯤 지나면 사람들 관심에서 멀어지기 마련인데, 그때 이 근처 사람들은 거의 3주가 넘도록 입만 열면 그 이야기였다. 그 점잖은 척하던 서재욱이 제 딸을 수시로 추행했고, 그 사건이 일어나던 밤에는 본격적으로 덤벼들려 하다가 아들에게 살해당했다는 이야기. 심지어는 그 새침한 서나현이 제 애비 애를 임신하고 벌써 몇 번이나 중절했다는 소문까지 돌아다닐 정도였으니, 밖에서 낳아온 자식인 서준현에 대해서도 별별 이야기가 다 붙어 돌아다녔다.

평범한 사람의 대수롭지 않은 악의라는 게 얼마나 지긋지긋한 것인지.

그렇게 으리으리한 부잣집에서 태어났는데도, 생각해보면 딱하고 불쌍한 아이들이었다.

여동생을 지키기 위해 제 아버지에게 칼을 휘둘렀던 서준현은 어딜 보아도 가엾지 않은 구석이 없는, 가냘프고 허약한 아이였다. 사람을 죽였다고 끌려온 놈이 옷을 벗겨보니 머리부터 발끝까지 상처와 흉터로 가득했다. 무슨 일을 당했을지 안 봐도 뻔할 만큼.

서나현은 아버지에게 몇 년 동안이나 그런 일을 당했다면서도 오빠는 죄가 없다고, 제발 누구든 오빠를 구해달라 매달리며 이 악물고 필요한 증언을 다 했다. 서로가 서로를 의지하며 그 지옥을 견뎌냈겠지. 윗선에서는 서윤병원과의 관계를 의식한 듯 잘 조사해서 가급적 좋게 좋게 넘어가라고 지시했지만, 그런 지시가 없었더라도 그 남매를 연민하지 않을 수는 없었다.

그는 폰을 들여다보다 문득 주소록에서 한 사람의 이름을 발견했다.

서윤병원 의사였던 박호석이었다. 서윤병원을 그만두고 이 도시를 떠날 때까지 그는 백 반장과 종종 함께 술을 마시곤 했다. 그러고 보니 XX시에서 새로 개업을 했다고 들었다.

아까 백 반장에게 5년 전 사건을 묻던 곳도 XX시 경찰서였다.

이 일이 우연일 리 없지. 영감이 또 손을 쓴 모양이군.

백 반장은 반쯤 태운 담배를 재떨이에 눌러 끄고, 통화 버튼을 눌렀다.

11

태민은 열쇠 수리공을 다시 불러 대문부터 고치게 했다. 준현은 거실로 나오다 말고 현관 앞에 쪼그려 앉아 손잡이와 자물쇠를 새로 달고 도어락은 물론 걸쇠와 CCTV까지 다는 과정을 눈을 빛내며 지켜보았다.

"음, 이제 괜찮을 거다."

태민은 수리공을 배웅하고 직접 문단속을 해보고는 만족스러운 듯 말했다.

"아까 그 철물점 사장님을 일부러 찾아서 모셔오느라 좀 시간이 걸렸어. 혹시 또 문을 뜯고 쳐들어오더라도 조금이라도 시간을 벌 수 있게 여러 개 달아놓았으니까, 귀찮아도 집에 들어오면 전부 잠그고 무슨 일 생기면 바로 경찰에 연락해. 알았지?"

"예."

"그리고 음, 철물점 사장님께는 내가 사례를 했다. 그분 덕분에 경찰이 빨리 출동할 수 있었으니까. 그렇지?"

준현은 고개를 끄덕였다.

나현이 새로 커피를 내리는 사이 태민은 그동안의 이야기들을 상희에게 들려주었다. 상희는 미소를 지으며 귀를 기울였다. 준현은 의아한 듯 두 사람을 쳐다보며 물었다.

"두 분, 굉장히 친하신가 봐요."

"예전에 임 변호사님이 너희들 할아버지 댁에서 같이 사셨거든. 준현이는 모르던가?"

"예, 처음…… 들어요."

"저기 장제시 무영동 알지? 거기가 예전에 무재리라고 불리던 동네였어. 임 변호사님은 그 동네 출신 수재였고."

"수재라니, 무슨 과찬을……."

태민은 멋쩍은 듯 허허 웃었다.

"우리 아버지가 일찍 돌아가셔서 집이 무척 가난했는데, 어머니도 많이 편찮으셨거든. 그때 원장님께서 우리 어머니를 병원에 입원시켜주시고, 나는 원장님 댁 아랫방에서 살게 해주셨다. 재욱이와 같은 학년이라서 함께 공부도 하고, 여기 서 박사도 아직 어렸을 때니까 공부도 봐주곤 했고."

"입주 가정교사 같은 거네요."

"그렇게 말하자면 거창하지만, 그때 내가 원장님께 은혜를 갚을 길이 그것밖에 없었어."

상희가 쓴웃음을 지었다.

"그때는 말야, 과외교사랑 학생이 눈이 맞는 일도 종종 있었어. 나도 그랬지. 예전에 임 변호사님께 프러포즈도 한 적 있었어."

"작은고모가요? 그런데 왜……."

"차였거든."

"아니, 그건 이유가 있었어. 원장님 덕분에 공부 마치고 변호사까지 되었는데, 은인의 따님까지 노리면 내가 너무 양심이 없는 거지."

"겨우 그런 이유로 거절했다고요?"

"그런 것 아냐. 임 변호사님은 좋아하는 사람이 있었어."

상희는 커피잔을 밀어놓고 조용히 대답했다.

"상희 씨……."

"그렇잖아요? 공연히 우리 아버지를 꽉 막힌 사람 만들지 마세요."

상희가 웃었다. 나현이 궁금증을 참지 못하고 물었다.

"그럼 아저씨, 아저씨가 좋아하시는 분은……."

순간 태민의 얼굴에 여러 감정들이 복잡하게 얽혀 떠올랐다.

"……지금은 이 세상 사람이 아니란다."

죄송해요, 하고 나현이 작은 목소리로 사과했다. 그리고 그 사과의 끝에, 나현의 시선은 준현에게 향했다. 덧없고 안타깝고 애처로운, 결코 붙잡을 수 없는 무언가를 바라보는 듯한, 상희가 익히 알고 있는 어떤 애틋함을 닮은 표정이었다. 상희는 불쾌한 기시감을 느끼며 눈을 깜빡였다.

"나현아……?"

"예?"

나현이 상희를 돌아보았다. 그건 한순간의 착각이었을까. 상희는 마른침을 삼켰다.

"준현이하고는 여전히 사이가 좋구나."

"오빠잖아요."

"오빠하고 사이좋은 애들 정말 드물어."

"뭘 그래요. 남매가 사이좋으면 좋은 거죠."

"그건 그렇지만…… 그런데……."

상희는 나현과 준현을 다시 한번 바라보며 떨떠름하게 중얼거렸다.

"아니다……."

정말 필요할 때는, 모르는 척했으면서.

멍이 들고 얼굴에 상처가 난 준현을 보고도 못 본 척했었다. 나현이 몇 번이나 말을 걸었지만 어린아이의 말 따위 들어주지 않았다. 엄마의 유품을 빼앗기고, 그래도 혈연이라고 울며 도와달라고 매달릴 때에도 나 몰라라 했다. 그랬으면서.

그랬으면서 이제 와서 무슨 간섭을 하고 싶은 거야. 나현이가 자기 오빠라는데. 오빠하고 사이가 좋은 게 어디가 어때서.

이야기는 생각보다 길어졌고 상희와 태민은 그날 저녁까지 얻어먹고 돌아갔다. 준현은 설거지를 했다. 나현은 혼자 말없이 쌔근거리며 짜증을 냈고 준현은 그릇들을 정리하고 제 방으로 돌아갔다.

더웠다. 수면 모드로 켜놓은 에어컨 같은 것은 도움이 되지 않을 만큼.

나현은 취한 듯한 기분으로 준현의 방 앞에 섰다. 문은 한 뼘쯤 열려 있었고 신음 소리가 새어 나오고 있었다. 돌아서려는데, 그 신음은 흐느낌으로 변했다.

문을 열었다. 준현은 가위에 눌린 채 숨을 몰아쉬며 괴로워하고 있었다. 몇 번이나 불렀지만 눈을 뜨지 못했다.

나현은 에어컨을 세게 틀고 준현을 안아 일으켰다. 잔뜩 긴장한 듯 어깨와 팔이 단단하게 굳어 있었다. 어느 순간 준현은 튀어 오르듯 머리를 흔들며 몸을 일으키려다 앞으로 고꾸라졌다. 나현은 준현의 머리를 감싸며 가슴에 끌어안았다.

뜨거운 숨결이, 얇은 잠옷 너머 살갗에 닿았다.

나는 오빠가, 저주에 걸린 백조 왕자라고 생각했어.

계속 동화책을 읽어주고, 말을 걸고, 그러다 보면 언젠가는 백조 왕자가 사람으로 돌아오듯이 괜찮아질 거라고. 백조가 된 오빠를 구하기 위해 쐐기풀로 뜨개질을 계속하는 엘리자 공주처럼, 내가 오빠를 구할 수 있을 거라고 생각했어.

하지만 저주에 걸려버린 건, 이제 내 쪽이 아닐까.

"오빠……."

나현은 몸을 숙였다. 이마와 이마가 닿았다. 숨결이 호흡에 섞였다. 느리고 서투르게, 콧날이 콧등에 닿았다가 살며시 비켜났다.

누가 먼저랄 것도 없이, 자석에 이끌리듯 턱이 들려 올라갔다. 나현의 입술이 준현의 콧날에 닿았다. 나현의 입술은 준현의 감은 눈 위로, 다시 뺨으로 천천히 내려오며 열기를 더했다.

"어머니가 화내실 거야."

준현의 손이 나현의 어깨를 살짝 밀어냈다.

"네, 네게 닿으면……. 난."

여전히, 떨고 있던 그 열 살 어린아이인 것처럼, 준현은 주눅 들고 겁먹은 목소리로 속삭였다.

"어머니가……."

"괜찮아, 오빠."

나현은 고개를 가로저었다.

"엄마는 이제 안 계셔."

그의 이마에 자신의 이마를 대며, 나현은 준현과 가족이 되고 얼마 지나지 않았을 때의 일을 떠올렸다.

정혜는 준현에게, 나현과는 욕실이나 화장실 같은 공간조차도 같이 써선 안 된다고 엄격하게 가르쳤다. 부부 침실 옆의 욕실은 접근 자체가 금지되었고, 2층의 욕실도 마찬가지였다.

피 한 방울 안 섞인 남이니까 신경 쓰는 것뿐이야.

정혜가 그렇게 말할 때마다 나현은 반발했다. 하지만 소용없었다.

하지만 우리 오빠잖아요.

준현에게 허락된 공간은 1층 구석, 가정부나 기사가 사용하는 욕실뿐이었다.

그해 겨울에는 유난히 눈이 많이 내렸다.

준현이 쓰는 욕실은 작고 허술했다. 따뜻한 물이 나왔지만 들창의 틈새로는 늘 바람이 불어 들었다. 가정부 아주머니와 기사 아저씨가 쓰시다 보니 비누며 샴푸 같은 것은 구비되어 있었지만 늘 뭔가 부족했다. 그리고 그날은, 수건 바구니도 텅 비어 있었다.

준현은 문고리를 붙잡고 고개만 밖으로 삐죽 내민 채 누군가가 지나가기만을 기다렸다. 날은 추웠고, 물에 젖은 몸은 더 빨리 추위를 탔다. 어머니, 아줌마, 그렇게 누군가를 불러보지도 못한 채 준현은 덜덜 떨고 있었다.

오빠 거기서 뭐 해?

그때 나현이 저쪽에서 보고 달려왔다.

오늘 눈이 많이 와서 학원 안 가. 엄마가 안 가도 된댔어. 근데, 안 추워?

준현은 대답도 하지 못하고 욕실 문을 닫았다. 문 두드리는 소리가 났다. 준현은 겨우, 한참 만에야 대답했다. 수건이 필요하다고. 나현은 그 말을 듣고 수건을 가지러 갔다. 그뿐이었다.

그뿐이었는데.

필요한 게 있으면 아주머니를 불렀어야지!

정혜는 달려와 이유도 말하지 않고 준현을 때리기 시작했다. 욕실 슬리퍼를 들어 준현의 등을 몇 대인가 후려치다가, 문득 소년의 뺨을 짚어보고는 그를 욕조에 다시 밀어 넣고 물을 틀었다.

잘 기억해. 나현이와 너는 남매지만, 사실은 남보다도 더 먼 사이야.

뜨거운 물줄기가, 얼얼한 등짝 위로 쏟아졌다.

그렇게 생각해야 해. 지금은 내 말을 이해하지 못하겠지만.

그리고 정혜는 피를 흘리며 뜨거운 물벼락을 맞고 있는 샤워커튼 한 겹 너머의 의붓아들에게 말했다.

그러지 않으면, 언젠가 너는 우리 모두를 망쳐버리고 말 거야.

"대체 무슨 생각이셨을까."

나현은 준현의 얼굴을 들여다보며 독한 술에 취한 것처럼 웃었다.

"그땐 우리 둘 다 어린애였는데."

입술이 스치고 손가락이 닿았다. 맨 살갗이 닿는 자리마다 열이 끓었다.

"나현……."

준현의 눈동자에 희미한 공포가 어렸다. 그 공포가 조금씩 감출 수 없는 설렘과 욕망으로 바뀌는 것을, 나현은 가만히 들여다보았다.

알아. 이건 미친 짓이지.

이 숨 막히는 열대야 때문일지도 몰라.

난 그저 오빠를 너무 보고 싶었던 것뿐인데, 그걸 착각하고 있는 걸지도 몰라.

어쩌면 납치 같은 걸 당할 뻔하니까 머리가 돌아버린 걸지도 몰라.

아니, 이런 끔찍한 집안에서 태어났으니까 당연하게도 미치고 만 걸지도 몰라.

하지만 진심이야. 오빠를 사랑하고 있어.

나현은 나직이 속삭이며 준현의 입술 위에 자신을 겹쳤다.

서투르게 맞부딪치는 입술은, 뜨거웠다.

그 입맞춤 이후로 준현은 나현을 피했다. 나현의 앞에서는 아예 눈을 들지 못했고, 집 안에서 마주쳐도 마치 죄라도 지은 듯 어깨까지 푹 숙이며 고개를 돌렸다.

하지만 며칠 지나지 않아 두 사람의 관계는 원래대로 돌아왔다. 아니, 이전보다 조금 더 친밀해졌다. 저녁이 되면 함께 밥을 먹고 거실에서 나란히 어깨를 기대고 앉아 책을 읽었다. 손끝이 스치고, 숨결이 섞였다. 며칠 전 준현이 사 온 책을, 두 사람은 무릎베개를 하고 서로 소리 내어 읽어주고 귀 기울여 듣기도 했다.

두 사람 모두 그 밤의 이야기는 결코 꺼내지 않았다. 아무렇지 않은 듯, 그저 잘못 꾼 꿈인 듯, 실수인 듯. 문득 눈이 마주치면 두 사람은 서로 거리를 두고 맴을 도는 쌍둥이별처럼 따로 놀면서도 서로를 의식했다. 설명하기 어렵지만 전과 다른 어떤 것이 두 사람 사이에 생겨났다는 것만은 분명했다. 비밀이라 부를 수도 있고, 연심이라 부를 수도 있는 어떤 것이.

빈둥거리거나 책을 보거나 TV를 보고 인터넷을 하면서도 눈길은 늘 서로를 좇았다. 그렇게 한두어 시간이 지나고, 날이 어두워지면, 두 사람은 다시 원래대로 재잘거리며 서로에게 기대곤 했다.

저녁때는 그렇게 떨어질 줄 모르고 함께 지냈지만 낮에는 따로따로 움직이는 시간들이 생겨났다. 나현은 서운했지만, 곧 개강을 하게 될 테니 준현을 혼자 남겨두는 연습도 필요하다고 여겼다. 준현도 혼자 병원에 가고 장을 보는 데 익숙해져갔다. 여름은 천천히 지나갔고, 낮에는 여전히 찌는 듯 더웠지만 아침저녁으로는 희미하게 서늘한 바람이 불기 시작했다.

"요즘 택배 너무 많아."

함께 장을 보고 돌아오다가 준현은 요즘 들어 유난히 친절해진 경비실에서 내어준 택배 상자들을 한 아름 안고 중얼거렸다.

"너무 많이 사는 것 같아."

"어쩔 수 없어. 며칠 있으면 개강이란 말야."

개강을 핑계로, 나현은 열심히 돌아다녔다. 준현과 함께 옷이며 새 가방 같은 것을 사러 나가기도 했고, 더러는 혼자 돌아다니기도 했다. 개강 나흘 전에는 준현을 두고 혼자 장제시에 다녀오기도 했다.

그 과정에 일어난 일들을 시시콜콜 모두 말할 필요는 없다고, 나현은 생각했다.

아마 그건 준현도 마찬가지였을 거다.

"웬일이냐. 먼저 연락을 다 하고."

성춘은 지난번처럼 추레한 차림새에 떨떠름한 얼굴을 하고 나타났다.

"내 명함 같은 건 갖다버린 줄 알았는데."

"숫자, 안 잊어버려요."

"오, 정말? 레인 맨이네, 레인 맨. 그 영화 알아?"

"저 기억력 좋아요. 차 번호 잘 기억해요."

"그거 굉장히 편리하네. 취재 다닐 때 너 데리고 다녀야겠다. 음, 어때? 배트맨과 로빈처럼, 장제일보 대기자 조성춘 님의 사이드킥으로 활약하는 것은."

"따까리……."

성춘은 멋쩍게 입을 다셨다.

"그래서, 밥은?"

준현은 대답 없이 두 사람이 만나기로 한 장소의 간판을 가리켰다.

"어린애냐. 롯데리아는 무슨……."

"좋아해요. 이거."

"서윤병원 원장님 손자가 왜 이렇게 입맛이 저렴해?"

"엄마가……."

준현은 중얼거리다가 입을 다물었다.

성춘은 준현의 머리를 손가락으로 흐트러뜨리며 그를 데리고 롯데리아로 들어갔다. 투덜거리면서도 눅눅한 감자튀김이 딸려 나오는 버거 세트를 주문하고, 준현의 몫으로도 같은 것을 달라고 했다.

"밀크셰이크도……."

"왜, 그것도 엄마랑 먹던 거냐?"

"……."

"알았다, 알았어. 밀크셰이크도 하나 추가요."

준현은 먹는 동안 아무 말도 하지 않았고, 성춘은 그런 준현을 신기하다는 듯 바라보았다. 먹는 모습이나 우물거리며 말하는 건 나이보다 한참 늦되어 열 살 난 아이 같은데 도통 속을 알 수가 없었다. 오늘 먼저 연락해서 만나자고 한 이유야, 저 얼굴

꼴을 보니 대충 짐작은 가지만.

"코는 원래대로 된대?"

"예."

"다행이네, 예쁘장한 얼굴 안 망가져서."

"어디까지 아세요?"

"며칠 전에 서애희 여사가 여기 올라와서 너희 남매를 반 죽여놓고 가는 바람에, 서윤병원 내과 과장 김영규 박사님이 큰 곤욕을 치렀다는 것 정도?"

"소식 빠르네요."

"그 양반도 참 불쌍해. 어쩌다가 그 여자에게 걸려서는 평생을 그렇게 사는지. 나 같으면 내 명의로 병원 두 개 올려준다고 해도 그러고는 못 산다. 암."

"……."

"임태민에게는 이야기했냐? 나와 만났다는 거."

"마, 말 안 해요. 싫어하시니까. 하지만 아저씨는 아실걸요. 기자 아저씨 일."

"너구리 같은 놈. 알면 뭐 한다고."

성춘은 버거를 우적우적 먹으며 중얼거렸다.

"기자가 거짓말한다고 뭐라 하는데, 거짓말이야 기자보다 변호사가 몇 수는 더 위지."

"아저씨 욕하지 말아요."

"내가 언제 욕을 했어."

"거짓말한다고……."

"변호사가 하는 일이 거짓말인데, 그럼 어쩌라고? 예전 같으면 동네 백정이나 했을 놈이."

성춘은 버거를 게눈 감추듯 먹어 치우고 빈 포장지를 거칠게 구겼다.

"그 변호사 선생은 무재리 출신이지. 무재리가 뭐 하는 덴지 알아? 백정골이었어. 동네 머슴 아들이었던 서필환 원장이 어디서 꼭 저 같은 것을 주워다가 때 빼고 광내서 개천 용 되게 만들었지. 대대로 동네 백정이나 하던 집의 아들놈을. 그래서 변호사 선생님씩이나 되신 그 임태민이가 하는 게 뭐냐? 너 같은 병신 모지리 똥이나 닦는 주제에."

"병신은 나쁜 말이고, 저는 모자라지 않고, 대소변은 진작에 가려요."

"아, 그래."

"믿지는 않지만, 저는 궁금했어요. 왜 기자 아저씨가 제게 관심을 갖는지."

"그냥, 네 이야기를 이것저것 들어보고 싶은 것뿐이야. 왜, 정신과 의사와 이야기할 때처럼 말하면 돼. 편안하게."

"……."

"물론, 나와 하는 이야기는 너희 영감님 귀에 절대 안 들어간다는 무시 못 할 장점도 있지. 그 닥터 박에게 말하는 거 죄다 그리 흘러들어간다는 건 너도 알 거 아니냐. 응?"

"……."

"사실 나는 너도 참 딱하다. 너, 답답하지도 않아? 따지고 보면 네가 네 아버지를 죽인 것도, 그 짐승 같은 아버지에게서 네 동생을 구하려다가 그렇게 된 거 아니냐. 존속살해니까 못해도 10년은 처박혀 썩었을 것을, 어떻게 반으로 깎고 나오기는 했지만 말이다. 그렇게 개고생하고 나왔더니 재산 때문에 일가친척들에게 몹쓸 짓이나 당하고. 네가 하는 모든 말들은 다 영감 귀에나 들어가고 말이야. 나 같으면 화병이 났겠어요. 너라고 어디 하고 싶은 말이 없겠냐. 응?"

"……."

"너, 억울하지 않니."

"사방에 CCTV가 있는 것 같아요."

준현은 한숨을 쉬며 말했다.

걸려들었구나. 성춘은 속으로 중얼거렸다. 그럼 그렇지. 자폐 중에서도 서준현은 특별히 지능이 높은 편이라고는 들었지만, 그런 아이들도 실생활에서는 영 어리바리하다던데. 역시 억울한 이야기를 조목조목 짚어주니 금세 저런 얼굴을 하는구나. 하긴, 제 고모에게 맞고서도 어디 하소연할 데가 없으니 결국 이쪽에 연락을 해 온 것이겠지만.

"답답해요. 억울한 것보다는."

성춘은 넌지시 미끼를 던졌다.

"너, 네 동생을 지키느라 네 인생을 날려버린 거, 후회하지 않아? 제아무리 소중한 여동생이라고 해도, 보답 같은 건 기대하지 않는다고 해도 말이야."

하지만 준현은 성춘이 던진 미끼 대신, 다른 것을 건드렸다.

"아저씨가 원하는 건…… 할아버지나 서윤병원에 대한 거 아닌가요. 하지만 전 아는 게 없, 없는데."

"아, 물론 그렇겠지."

성춘은 손가락 끝을 마주 비비며 말했다.

"난 뭐랄까…… 5년 전 너희 남매를 본 순간부터, 너희가 가엾었어. 그래서 그러는 거다."

"가엾어요?"

"그래."

성춘은 5년 전, 경찰서에서 보았던 남매의 모습을 떠올렸다.

언론에 얼굴이 공개되며 '얼짱 미소년 살인마'라는 말까지 들을 만큼 선이 고왔던 준현, 그리고 겨우 중학생인데도 제 모친의 살아생전 미모를 그대로 물려받은 듯 보였던 나현.

그때까지만 해도 그는 내심 고소하다고 생각했다. 서윤병원에 닥친 비극적인 살인사건, 그것도 아들이 부모를 살해하는 패륜 범죄라니. 하늘 무서운 줄 모르고 날뛰던 서필환의 죗값을 이제 그 아들 서재욱이 치르는구나. 그렇게 생각하기도 했다.

하지만 사적으로야 어떤 원한이 있든, 그는 기자였다.

피 묻은 옷을 채 갈아입지도 못한 그 두 남매의 모습을 보는 순간, 기자로서의 촉이 섰다. 이 일은 일각에 불과했다. 틀림없었다.

'소년이 자신의 부모를 살해했다.'

그 사실이 전부일 리 없었다.

자폐 스펙트럼인 데다 늘 학대를 당하던 소년이, 자신의 동생을 구하기 위해 부모를 살해했다.

경찰은 그렇게 발표했지만 그것만으로는 납득할 수 없었다.

자기 자신을 제대로 변호하는 것조차 불가능해 보이는 저 아이가, 정말로 자기 의지로 칼을 들고 그렇게 움직였다고? 수사 과정에서 밝혀진 것들, 언론에 드러난 것들, 정해진 죄의 무게를 두고 더할 것과 참작하여 뺄 것을 주고받으며 소년의 죗값을 결정하는 그 절차 외에, 뭔가 있었다. 말하지 못하는, 드러나지 않는 무언가가 있음이 틀림없었다. 유난히 속전속결로 진행되는 재판 또한 의심스러웠다. 피고 측 주장은 대부분 받아들여졌다. 임태민 변호사야 서초구에서도 이름이 났지만 이 판결은 임태민이 제 능력만으로 이끌어낸 것일 리 없었다.

"내 생각에는 말이다, 네가 사주나 협박 같은 걸 받지 않았을까…… 싶어서."

그 집안이라면 그러고도 남는다. 욕망을 채우기 위해서라면 무슨 짓이든 할 작자들이니까. 살해당한 서재욱만 해도 그렇다. 제 마누라가 눈 시퍼렇게 뜨고 지켜보는데 제 자식을 추행하는 놈은, 어떻게 설명해도 개새끼일 뿐 동정도 가지 않았다.

그리고 누군가는 그 비밀을 눈치채고, 그 사실을 이용하기로 결심했을 수도 있지.

서재욱이 죽어서 득을 볼 사람.

서준현을 죄인으로 만들어서 득을 볼 사람.

설령 서준현이 무기징역을 선고받고 영영 나오지 못한다고 해도 아쉬워하지 않을 사람.

만약 소년이 제 아버지를 살해한다면 정상적인 방법으로 서윤병원을 상속받을 수 없다는 것을 알 만한 사람.

거기에 더해서, 서필환에게서 소중한 상속자를 빼앗고 싶었을 사람.

"솔직히 말해봐라. 5년 전 그때, 뭐가 더 있었지?"

"……없었는데."

"잘 생각해봐. 네 큰고모라든가."

준현은 입을 다물었다. 그는 병적으로 고개를 주억거리다가 한순간 이 지구상에 자신과 자신 앞에 놓인 밀크셰이크밖에 없는 것처럼 고개를 숙인 채 정말로 맛있다는 듯 미소를 지었다. 그는 밀크셰이크 잔이 텅 비도록 빨대를 쪽쪽 빨았다. 그러고는 빈 잔을 내려다보다 문득 중얼거렸다.

"엄마."

"뭐?"

"우리 엄마……."

알 수가 없는 놈이었다. 가끔 똑똑한 말을 할 때도 있지만 하는 짓이며 말이며 영락없는 어린아이인데. 그 모자라 보이는 행동에 거부감이 들기는커녕 눈을 뗄 수가 없었다.

입술이 바싹 말랐다. 성춘은 준현의 얼굴을 바라보며 혀끝으로 입술을 핥았다. 저 애의 엄마, 이보영이 그런 여자였다. 당장에라도 눈물이 쏟아져 내릴 것 같은 얼굴을 하고 있었지. 어지간히 모진 마음 먹지 않고는 밀어내고 내칠 수 없을, 그러나 한편으로는 울리고 상처입히고 싶은 얼굴이었다.

서준현은, 그런 제 어미를 꼭 닮았다.

예뻐봤자 사내새끼라고 생각했는데 선이 가는 얼굴은 보영 못지않게 고왔다. 요물 같은 놈. 그를 때리고 짓밟아 가혹하게 무너뜨리고 싶다는 생각을 자기도 모르게 하다가, 성춘은 자리에서 벌떡 일어났다.

"나, 가봐야겠다."

"……예."

"나중에라도 뭔가 이야기할 마음이 들면, 연락하고."

준현은 어린애 같은 표정을 지으며 고개를 끄덕였다. 마음이 답답했다. 심장이 아찔하게 조여오는 느낌이 들었다.

그래, 아마도 그 애 때문이겠지.

준현을 볼 때마다 함께 떠오르는 여자아이.

피를 뒤집어쓴 제 오빠 옆에서 울고 있던 교복 차림의 서나현.

꽃처럼 어여쁘다 꽃처럼 시들어가던 제 엄마를 꼭 닮은 가시 돋친 꽃.

그 애를 생각하니, 갑자기 모든 것이 엉망이 되는 것 같았다.

그는 롯데리아를 나선 뒤 바로 보이는 가로수를 있는 힘껏 발로 걷어찼다. 머리 위로, 한여름의 땡볕에 시든 나뭇잎이 몇 개 떨어졌다.

더위 때문이다.

더우니까 잡생각이 드는 거다. 이런 땡볕 아래에서는 누구라도 제정신일 수 없을 테니까. 그놈을 볼 때마다 정신이 나가버릴 듯한 기분이 드는 것도 그래서일 거다. 어쩔 수 없어. 이건 내 탓이 아냐. 날씨 때문이지. 햇볕이 너무 강렬해서 사람을 죽였다는 미친놈도 있었는데, 이런 여름날에 정신이 나가는 것 정도야.

그는 도망치듯 주차장으로 달려갔다. 차의 시동을 걸고, 음악을 소리 높여 틀었다. 흘러나오는 팝송의 첫 소절을 듣고 순간 머뭇거렸다.

Slipping Through My Fingers.

장정혜, 그 여자가 좋아하던 곡.

내비에 넣어둔 수많은 음악 중에 왜 하필 이 노래일까.

그는 기자였고, 노력만큼이나 운이라는 것도 믿었다. 그렇기 때문에, 그는 이 곡을 어떤 징조라고 받아들였다.

그 집안의 모든 비밀과 연결되어 있는 서필환의 손자, 서준현을.

그리고 장정혜와, 그녀를 닮은 서나현을.

그는 손에 넣을 것이다. 넣고 말 것이다. 그가 갖지 못했던,

그가 마땅히 가졌어야 하는 모든 것을 빼앗아간 자들, 서필환과 이미 죽은 서재욱, 아직 살아서 횡포를 부리고 있는 서애희를 무너뜨릴 증거들을. 장정혜가 사랑했던 이 곡은 그 증거였다. 랜덤이라고 해도 나름대로의 규칙에 따라 파일을 선택하는 내비게이션의 알고리즘이 아닌, 어떤 분명한 징조. 적어도 그는 그렇게 받아들였다.

✣

12

집집마다 초가지붕에 박꽃이 피고 담벼락마다 석류가 익을지는 몰라도, 장제시는 결코 아름다운 동네가 아니었다.

번쩍번쩍한 신작로를 깔아놓아도 여전히 무지렁이가 득실거리는 촌 동네. 대대손손 그 자리에서 똑같이 사는 것만이 진리인 줄 알아서 조금이라도 튀어나온 못이 보이면 대가리가 터지든 말든 억지로 두들겨 박아 넣는, 그런 사람들의 마을. 한때는 이 동네를 휘어잡던 양반 지주님네들 앞에 머리를 숙이고, 세상이 뒤집히고 나서는 조선인 순사들에게 굽실거리며 손바닥이 닳도록 아첨을 하던 갑남을녀들이 저보다 조금만이라도 못난 이를 보면 밟아 꿈틀도 못 하게 하던, 우물 안처럼 작은 세상.

그런 마을에서, 동네 머슴살이를 하던 사내가 아들을 낳았다. 그 시대에 그 시골 마을에서 머슴의 아들은 당연히 머슴이 될 수밖에 없었다.

다들 그렇게 믿었다고 한다. 그 머슴 집 아들이 학교에 들어가기도 전에 남들 어깨너머로 우리말이며 일본말이며 글씨 읽는 것을 다 떼고, 누가 가르쳐주지도 않았는데 천자문에 동몽선습까지 줄줄 외우다가, 학교에 들어가서는 떡하니 반 1등, 학교 1등을 하는 경천동지한 꼴을 보기 전까지.

가당찮은 일이었을 거다. 인근 동리 호령하는 양반님네들이 채신없이 제 손으로 어찌하진 못했다 해도, 마름 집 자식들이며 소작농 집 자식들이 매일같이 쥐어박고 걷어차고 논두렁에 처박는 일의 배후에 누가 있을지야 뻔한 일이었다.

그런데 지렁이인 줄 알고 밟았던 것이, 뱀이고 이무기였다.

때리면 그저 제풀에 기가 죽어 공부고 뭐고 손 놓아버리고 그저 제 아비처럼 살 줄 알았는데, 오히려 독이 올라 군에서 수석, 도에서 수석을 차지했다고 한다. 중학교는 장학금으로 다니고, 고등학교에 수석으로 들어가더니 군수가 장학금이며 생활비를 주고, 전쟁 끝나고서는 서울대 의대에 떡하니 합격하니 도지사가 몸소 찾아와 두툼한 금일봉과 함께 당시 귀하디귀했던 파카 만년필을 쥐어주었다.

그렇다고 해도 머슴 놈 새끼, 그 말은 떨어져 나갈 줄을 몰랐다고 한다.

앞에서는 마을에 수재가 났다고 꽹과리를 울려놓고 뒤에서는 끌려가 멍석말이를 해댔다. 그렇게 수재는 단벌 학생복이 찢기고 피투성이가 된 채 쫓기듯 마을을 떠나 의사가 될 때까지 돌아오지 않았다.

그는 독종이었다. 어머니가 돌아가셔도, 아버지가 없다는 죄로 끌려가 치도곤을 맞고 몸져누워도, 그는 돌아오지 않았다. 의사 고시에 수석으로 합격하고, 신문에도 방송에도 나오는 유명한 의사 선생님이 될 때까지, 그는 결코 고향에 그림자도 비치지 않았다. 사람들은 그런 그를 두고 머슴 새끼, 제 부모 형제도 못 알아보는 호로자식이라 손가락질했다.

그가 바로 서필환이었다.

장차 돌아와 서윤병원을 세우고, 이 동리를 호령하게 되는 바로 그 사람.

필환은 신기에 가깝다는 수술 솜씨 하나로 명예를 얻었고, 바로 그 솜씨로 아내와 부까지 한 손에 얻었다. 부잣집 데릴사위로 들어간 그는 한참을 제 장인에게 효도하다가, 몇 년 뒤 장인이 천수를 다 누리고 세상을 떠나자 장제시에 땅을 사들여 병원을 짓기 시작했다. 사람들은 머슴 새끼가 고향 사람들 앞에서 행세 한번 해보겠다고 말도 안 되는 짓거리를 한다고 비웃었다. 저들이 부쳐 먹고 사는 땅의 임자가 어떻게 바뀌었는지도 미처 알지 못한 채.

그 동리 인근 땅은 모두 풍양 조씨 양반댁 땅이었다. 그 양반은 늙고 병들어도 동네 머슴 아들에게 의사 선생님 소리를 할 수는 없다며 동네 늙은 한의사를 불러 침만 맞다가 배에 복수가 그득하게 찬 채로 죽었다. 그 아들들이 동네 땅을 물려받았는데, 그중 큰아들인 원범은 필환과 동갑이었다.

학교에 다닐 때에는 농번기든 농한기든 시험 전날 밤이든 상관없이 제 심술 겨울 때마다 필환을 불러들여 머슴처럼 일을 시키고 괴롭히며 훼방을 놓던 그는 서울에서 출세한 필환을 보며 큰물에 나가야 출세하는 법이라고 부러워했다. 아버지를 여의고 마침 필환이 고향에 병원을 짓겠다며 내려오자, 그는 물려받은 땅을 모두 필환에게 팔아버리고 고향을 떠났다.

그 조원범이 바로, 성춘의 아버지였다.

신작로가 놓이고 여기저기에 공장들이 굴뚝을 올리던 시절이었다. 전쟁 중에 무슨무슨 상회, 그런 간판을 달았던 작은 가게들이 굵직굵직한 기업으로 자라나고 골목골목 잘 살아보세를 외치던 시절, 원범은 도시로 나가 큰 사업을 벌일 꿈을 꾸었다. 자본 있겠다, 공부도 적잖이 했겠다, 본인만 근실하게 일했다면 뭐가 되더라도 되었을 터였다. 하지만 그는 말이 좋아 사업가지 사업에 필요한 근직함과는 거리가 먼 작자였다. 사업에 쏟아부을 돈은 부족해도 요릿집에서 기생 치마폭에 파묻혀 놀 돈은 있었으니. 그렇게 그가 술과 여자로 고향의 남은 재산까지 탕진하는 사이 필환은 조씨 일문의 땅을 사들였다.

그래도 성춘은 아기 도련님이었고, 조원범은 양반 나리였다.

그때까지만 해도 시골은 그랬다. 한번 양반은 계속 양반이고, 한번 지주는 계속 지주고, 한번 소작농이고 한번 마을 머슴이면 대대손손 그렇게 사는 줄 알았다. 성춘의 숙부인 상범이 좌익 운동을 한다고 잡혀가 소식이 끊어지기 전까지.

집안 재산을 탕진하며 방탕하게 지내는 원범과 달리, 상범은 공부를 제법 잘했다. 세상 물정에도 밝았다. 일본 유학까지 하고 돌아온 인텔리인 그는 조씨 문중의 희망이었다. 그런 그가 갑자기 빨갱이 소리를 들으며 끌려갔다. 증거도 나왔다고 했다.

반공은 국시였고, 빨갱이라는 소문만 나도 일가가 풍비박산이 나던 시절이었다. 나리님 댁에 굽실거리던 사람들은 어디로들 갔는지 보이지 않았다. 어떻게든 찾아보려고, 살아서 돌아오지 못한다면 시신이라도 찾아보겠다고 기와집 몇 채는 됨직한 재산을 날렸지만 생사조차 알 수 없었다.

그렇게 조씨 일가는 무너졌다.

빚에 몰리고 좌익이라는 소문이 퍼져 이 동리에서 살 수 없을 지경이 되고 말았다. 몰락은 시나브로 왔으나, 파국은 한순간에 찾아왔다. 선산만을 남기고 본가마저 팔아버린 것은 성춘이 네 살 되던 해의 일이었다.

하지만 필환은 그에게는 원수라면 원수일 그 일가를 바로 내쫓지는 않았다. 오히려 그는 원범을 서윤병원의 원무과장으로 들어앉혔다.

성춘은 지금도 그 집을 기억하고 있다. 한때 조 부자 댁이라

불렸다는 집. 겉보기에는 번듯하고 멀쩡한 고택 한옥이었지만 문 열고 들어가면 성한 세간살이도, 사람의 온기도 없었다. 비가 새고 창호가 찢어지고, 서 원장이 월급 외로 가끔 넣어두던 쌀말은 수시로 술에 취해 돌아오던 아버지 손에 며칠 만에 바닥이 나곤 하던 그 집에는 아버지와 성춘, 두 사람뿐 강아지 새끼 한 마리 살지 않았다.

잡놈의 새끼, 근본 없는 새끼.

술에 취한 아버지는 늘 성춘을 걷어찼다. 없는 살림에 서투른 솜씨로 밥을 지어 밥상을 보아놓으면 양반의 자손이 어디 부엌에 들락거리냐며 보란 듯이 뒤집어엎고는, 이 빠진 그릇이며 개다리소반 같은 것을 죄 마당에 집어 던지고 태질을 했다. 그렇게 세간이며 창문이며 보이는 대로 때려 부수고 나면, 아버지는 문득 생각난 듯 그의 귀를 잡아끌고 뒷동산으로 향했다.

세상이 뒤집히지 않았다면 저 모든 것은 네 것이었다.

아버지는 울먹이며 중얼거렸다.

저기 보이는 논, 밭, 산, 무엇하나 빼놓지 않고 모두, 우리 것이었어.

그 말은 사실이었을 거다.

가끔 꿈에서, 그 집에 가득한 하인들과 식객들을 봤다. 삼청색 고운 묵직한 비단 치마에 설백색 삼회장저고리를 입은 할머니가 안채에 앉아 있고, 양장점에서 맞춘 고운 겨자빛 원피스를 입은 젊고 아름다운 어머니가 안마당에서 그를 향해 손짓하는,

너무 행복하고 아름다워 깨고 싶지 않은 꿈. 안채 뒷마당과 부엌에서는 언제나 고소한 기름 냄새가 났고 그곳의 사람들은 모두가 성춘에게 다정하고 따뜻하기만 했다.

정말로 그런 일이 있었을까.

지금은 허망하기만 한 꿈. 그 꿈의 끝은 언제나 한결같았다. 장지문은 구멍이 숭숭 뚫리고, 기와에는 새똥이 더께 앉았다. 사람들은 하나도 보이지 않는, 귀신의 집처럼 무너지고 망가진 이끼 낀 고택에서 길을 잃고 울다가, 안채 문을 열고 들어가면.

흔들리는 하얀 두 발이 보인다.

대들보에 목을 맨 어머니가 혀를 길게 빼문 채 흔들리고 있다. 어린 성춘은 늘 울면서, 비명을 지르면서, 잠에서 깨어나곤 했다.

그건 꿈이 아니었지. 그건 꿈이 아니었어.

비가 내리고 바람이 부는 밤이면, 서필환이 찾아왔다.

그런 밤에는 사랑채에서 밤새도록 서윤병원 원장 서필환이 제 동갑내기 급우였던 원범에게 걱정스레 충고를 했다.

아이를 생각해서라도 자네가 정신을 차려야지.

그는, 원범을 자네라고 하대했다.

출세했다고는 하나 기껏해야 동네 머슴 집 아들 주제에.

그래도 아들은 반듯하게 키워야 하지 않나.

그래서 그가 돌아가고 나면 늘, 원범은 성춘을 때렸다. 짐승처럼 울부짖으며 걷어차고 물건을 집어 던졌다. 가끔은 목을 조르기도 했다. 또 더러는 같이 죽어버리자고, 집에 불을 지르려 들기도 했다.

집에서 새는 바가지 밖에서 안 샐 리 없다.

밖에서도 그의 사는 양은 크게 다르지 않았다. 술 먹고, 노름하고, 병원에도 제대로 나가지 않았다. 그래도 서 원장은 그에게 별 잔소리도 하지 않고 꼬박꼬박 월급을 주었다고 했다. 병원의 돈이 새더라는 말이 나왔다. 서 원장은 믿을 만한 계장을 앉혀 돈이 새지 않게 단속은 할지언정, 술에 잔뜩 취한 채 집으로 돌아가던 그가 굴다리 밑에서 얼어 죽은 시체로 발견되던 그날까지 그를 내치지도 않았다.

"사람들은 말입니다, 남의 이야기는 정말 쉽게만 하죠."

성춘은 중얼거렸다.

"사람들이 뭐라는지 알아요? 서필환 원장이 내 은인이랍니다. 세상에."

"상담을 하고 싶으면 낮에 와요, 낮에."

호석은 술을 홀짝이며 투덜거렸다.

"낮에 보험증 들고, 병원비 들고 오라니까. 상담이 이게 공짜가 아니라고."

"거 까칠하기는."

"아니, 술이라도 그쪽이 산다면 모를까. 내가 지금 내 돈 내고 술 마셔가며 그쪽 과거사 듣게 생겼습니까? 나 비싼 몸이야."

"아, 의사 양반이 참 돈 쓸 줄 모르시네."

성춘이 키득거리며 호석의 빈 잔에 술을 따랐다.

"서 원장에게서 아파트 한 채 받아냈으면, 좀 남한테 베풀기도 하고 그러고 살아요. 뭐 하는 겁니까, 지금."

"내가 지금 댁하고 술 마시는 걸 원장님이 알면 경을 치실 거라니까."

"그래서, 겁납니까?"

성춘이 낄낄거렸다. 술병 끝이 흔들리며 술이 넘쳤다. 호석은 곤혹스런 얼굴로 그를 쳐다보다가 술잔을 내려놓았다.

"내가 장제시 출신은 아니라서 그런 건지 모르겠는데, 장제시 사람들은 좀 너무한 데가 있어요. 솔직히 말해서 원장님한테 고마워해야 하는 거 아닙니까?"

"고맙긴……."

"전에 구청 갔다가, 장제시의 역사, 사진 전시회 하는 걸 봤어요. 진짜 허허벌판 아무것도 없는 땅에 병원 짓고, 병원이 있으니 큰길 놓이고 그러더만. 그게 원장님 공만은 아니겠지만, 아무래도 첫 삽을 뜬 게 그분 아닙니까."

"첫 삽만 떴겠어요. 신작로 닦는 데 돈까지 보탰지."

"허."

"말 나왔으니 말인데, 장제시 바로 옆에 고속도로 지나가잖습니까. 장제 인터체인지 있고요. 그게 원래 장제시 지나갈 길이 아닌데 거기 놓인 거예요. 뭐라더라. 그 장인어른이 생전에 워낙 발이 넓었어서 어떻게 높으신 데랑도 연줄이 있었다던데. 듣기에는 저기 VIP한테 사바사바 잘 비벼서 그렇게 길을 틀었다고."

"거참, 대단하네요."

"대단해요?"

"아니, 결국은 그 죽을 사람을 살려내더라는 원장님 수술 솜씨가, 당신 말대로라면 촌 동네 중의 촌 동네였던 그곳을 번듯한 시로 키워낸 거잖아요. 난 그게 대단하다는 겁니다. 그런데 거기다 대고 머슴, 머슴 그러면 대체 누가 좋아라 해요. 안 그래요? 그렇게 성공하고 돌아와서 이만큼 그 도시를 키워놓았는데, 아직도 그런 소리를 듣고도 가만히 있으면 원장님이 보살이지."

"보살은 무슨."

"내가 그래도 서윤병원에서 일했잖아요. 그래서 아는데…… 그 양반은 보살은 아니래도, 그래도 난 사람이긴 합디다."

"어이쿠, 누가 들으면 내가 박호석 선생 말씀하시는 거 녹음이라도 하는 줄 알겠네. 그냥 마음 편히 말해요. 릴랙스, 릴랙스. 응?"

"그리고 그만하면 원장님이 조 기자 은인 맞는 것 같은데, 대체 왜 그래요."

"은인 같아 보여요?"

"집안 몰락한 것도 원장님 탓은 아니고. 전에 듣기에 조 기자

대학 나온 것도 원장님이 돌봐주신 거라면서."

"누가 그럽니까?"

"누구긴 누구겠어요. 임태민 변호사지."

"아, 그래. 그 꽉 막힌 친구. 빌어먹을 너구리 새끼."

성춘은 제 잔이 빈 것을 보고 피식 웃다가, 들고 있던 술병째 병나발을 불었다. 술이 턱으로 줄줄 흘러내렸다. 호석은 낯을 찌푸렸다.

"우리 아버지가 돌아가시고."

성춘은 술병을 탁 소리 나게 내려놓았다.

"서 원장은, 그 집을 밀어버렸어."

그는 테이블에 코를 처박으며 중얼거렸다.

장례식을 치렀다. 남은 것은 빚과 이제 갓 고등학생이 된 성춘뿐이었다.

돈이 있을 때 그렇게 많았다던 친척과 친구들은, 빚이 가득해지자 장례식장에 코빼기도 비추지 않았다. 그저 아주 오래전부터 이 집안에서 일했다는 노복만이 뒤늦게 소식을 듣고 찾아와 눈물을 흘려줄 뿐이었다.

그 집은 우리 집이에요.

서 원장은 장례를 치러주고, 남은 빚을 셈하여 정리하고 나서 성춘을 불러들였다. 그리고 무슨 대단한 시혜라도 베푸는 양 성춘을, 백정의 아들인 저 임태민과 함께 지내게 하려 했다. 성춘은 살던 집에 계속 살게 해달라고 애원했지만 소용없었다. 집은 서 원장의 손에 넘어간 지 오래였다. 이미 10년도 전에.

아니, 내 집이다.

그는 성춘의 말 따위, 일고의 가치도 없는 어린애의 떼인 듯 받아넘겼다.

네가 정 고집을 부리겠다면 기회를 주마.

그는 집세를 내라고 했다.

그동안에는, 그 주정뱅이 아버지를 존중하는 차원에서 받지도 않았다는 집세를.

네가 식객으로 지내겠다면, 나는 너를 태민이와 마찬가지로 내 집에서 지내게 해줄 거고 학교도 보내줄 거다. 그러나 네가 세입자로 대접받고 싶다면, 네가 지불해야 할 것은 앞으로의 집세만이 아닐 거다.

그는 그동안 공짜로 살게 해준 값을 모두 소급하여 치르라고 했다. 세입자로서 떳떳이 대접받고 싶다면 아버지가 멋대로 부숴버린 집을 수리할 비용도 지불하라고 했다. 고등학생에게는 불가능한 일이었다.

말리고 막을 겨를도 없었다. 고택을 밀어버리고, 서 원장은 안채 자리에 새로 번듯한 2층 양옥을 지어 올렸다. 담장 자리를 따라 벽돌담을 새로 쌓았다. 정원에는 장미울을 두르고 집 뒤편으로는 나무를 심었다. 완공을 앞두고는 아들 재욱과 이미 집안

간에는 약혼한 사이로 인정받고 있는 장진제약의 외동딸 장정혜와 그 오빠들이 함께 집을 둘러보았다.

그 모습을, 성춘은 반쯤 열린 대문의 틈새로 들여다보았다.

아직 공사 중이었고, 문단속을 하진 않던 시절이었다.

어머니와 할머니의 추억이 담긴 안채는 흔적도 없이 사라져 있었다. 그 대신, 그 자리에는 눈부시게 아름다운 소녀가 자신의 약혼자를 바라보며 웃고 있었다.

그 자리에, 내가 있어야 했다.

우리 집안이 대대손손 살아왔던 이 터도, 이 집도, 당연히 내 것이었어야 했다.

사람들의 존경도 굽실거림도, 보장된 미래도.

그리고 저 아름다운 소녀도 내 것이 될 수도 있었다. 서필환이 모든 것을 빼앗지 않았다면, 내가 여전히 조씨 문중의 도련님이었다면, 이 지역 사람들이 모두 우리 집안을 떠받들고 내 앞에서 감히 고개도 들지 못하던 그 시절이었다면.

그 당연하게 주어졌어야 하는 모든 것은 사라졌다. 서 원장에게 빼앗기고 말았다. 아무리 잘난 척 고개를 쳐들어봤자 천하디 천한 동네 머슴 핏줄인 그 남자에게.

소년은 울었다. 언제 와 있었는지 아버지의 빈소에 와서 함께 울던 노복이 그의 곁에서 머리를 조아릴 뿐이었다.

그날 밤 노복은 새로 지어진 집 뒤뜰 나무에 목을 맸다. 마치 죽어서도 그 집, 그 터의 귀신이 되겠다는 듯이.

경찰들과 인부들이 노복의 시신을 치우는 것을 보며 성춘은 생각했다. 이 집도, 서윤병원도, 의사로서의 앞날과 아름다운 약혼녀도, 저 천한 놈의 아들인 서재욱이 당연하다는 듯 손에 넣은 그 모든 것은 모두 자신이 물려받았어야 마땅한 것이라고. 그들은 잠시 잘난 척 고개를 쳐들며 그 자리를 차지하고 있을 뿐, 사실은 죽어 지옥에 떨어질 놈들, 제 것을 빼앗아간 도적들이라고. 그러니까.

언젠가는 그 모든 것을 되찾으라고.

노복은 제 목숨으로써 그 말을 대신 전한 것이라고.

5년 전 그때, 인근의 나이 든 사람들은 수군거렸다. 결국 조씨 집안의 원한 때문에 피를 본 것이라고.

그리고 성춘은 그 아수라장 속에서, 피를 뒤집어쓴 채 서로에게 의지하던, 그림처럼 아름답던 서재욱의 아이들을 보고 마침내 서필환을 쓰러뜨릴 단서를 잡았다.

✣

13

무슨 마가 낀 날인지.

"저야, 그저 원장님 지시를 따를 뿐이죠. 제게 뭐라 하신들 어쩌겠습니까."

"그게 아니겠지. 나현에게 재산을 몰아주려고 수작 부리는 거, 내가 모를 줄 알아?"

9월 중순, 슬슬 열기가 한풀 꺾일 때가 되었는데도 밖은 여전히 한여름 같았다. 밤새 꿈자리가 사납다 했더니 아침부터 서씨 집안 여자들의 전화가 연달아 걸려 왔다.

"나현이 말인데요, 다 큰 여자애가 오빠랑 단둘이 사는 거 아무리 생각해도 남들 눈에 좋지 않을 것 같아요. 지금이라도 나현이든 준현이든 둘 중 하나는 제집에라도 데려다 놓는 게 낫지 않을까 싶어서."

"일리가 있는 말씀입니다만, 그러면 나현이 상희 씨도 신뢰하지 못할 겁니다. 나현은 어릴 때부터 서애희 여사님께 너무 시달리며 살았어요. 사실 원장님 재산 때문인 게 맞지요. 그런데 이제 막 재산을 증여받았잖아요. 갑자기 상희 씨가 같이 살자고 하면 그 애는 상희 씨도 재산을 노리고 있다고 생각할 겁니다."

서애희, 그리고 서상희의 전화.

출근하자마자 걸려 온 두 통의 전화를 받고 태민은 진이 빠졌다.

"뭘 걱정하세요. 남매끼리 사이좋은 게 얼마나 복입니까."

"무슨 말씀인진 알지만 전 그래도 신경이 쓰입니다."

"알아요, 저도 무슨 말씀 하시는 건진 압니다."

전화를 끊고, 그는 안경을 이마로 밀어 올리며 소파에 뒷머리를 기댔다. 재판이 없는 날이니 망정이지 바쁜 날 같았으면 하루 일정이 다 틀어질 뻔했다.

서애희가 재산 문제로 사람을 괴롭히는 거야 놀라울 것도 없지만 상희가 그런 걱정을 하고 있는 줄은 몰랐다. 하지만 그럴 거라면 진작에, 준현이 아직 어렸을 때 데려갔어야 했다. 지금이 아니라. 두 아이가 서로만을 의지하게 되기 전에, 재욱과 정혜가 그런 죽음을 맞이하기 전에.

상희가 준현을 데려가지 못한 이유는 태민도 잘 안다. 그때는 못 찾았던 답을 지금이라도 발견하고, 과거의 자신과 화해했다면, 그래서 그때는 받아들일 수 없었던 또 다른 '첩 자식'을 이제 받아들일 준비가 되었다면, 그건 그 나름대로 다행스러운 일이었다. 하지만 그것이 이제 와서 나현과 준현을 떼어놓고 둘 중 한 명을 데리고 살 명분이 될 수는 없었다.

무엇보다도 나현이 납득하지 않을 것이다.

이어 세 번째 전화가 걸려 왔다.

"아저씨, 저예요. 바쁘세요?"

나현이었다.

"바빠도 우리 나현이 말은 들어야지. 그래, 어쩐 일로."

태민은 한 손으로 타이를 늦추며 조금은 느긋한 태도로 대답했다.

"저 오늘, 고모 댁에 갈 거예요."

태민은 화들짝 놀라 자세를 바로 했다.

"여기 장제시 터미널이에요. 오빠한테는 말하지 마세요. 저 학교 간 줄 아니까."

"서나현!"

"뭐, 설마 죽이기야 하시겠어요."

전화 저편에서 짧은 한숨 소리가 들렸다.

"큰고모가 직접 나타난 건 아닌데, 개강하고 매일 김 기사 아저씨가 학교 정문 앞에 지키고 서 있다고요. 김 기사 아저씨 스토커라고 몇 번 신고했더니 이젠 웬 조폭 같은 사람들이 기다리고 있고. 매일매일 전화에 문자메시지에. 차단했더니 계속 번호 바꿔가면서 보내고."

"그런 걸 왜 바로 이야기하지 않았어!"

"그냥 그렇게 기다리고만 있는걸요. 억지로 끌고 가는 것도 아니고. 여튼, 그 바람에 저 아주 학교에서 소문 이상하게 나버렸어요. 상상이 가시죠?"

"무슨 말인지는 알았다. 하지만 가지 마라. 안 돼."

전화 저편에서 쓴웃음을 짓고 있을 나현의 모습이 떠올랐다.

"시간 약속을 했더라도 안 돼. 지금이라도 전화해서 학교에서 급한 일 있다고 해라. 제발!"

"그런 말이 통할 것 같은 여자였으면 고3 수능 모의고사 날 딱 맞춰서 쳐들어오진 않았겠죠. 아시잖아요."

"서나현!"

"별일 없을 거예요. 두 시간쯤 뒤에 전화 한번 걸어주실래요? 그때 지나서도 안 받으면 경찰에 신고해주시고요."

나현은 끊기 전에 나직하게 중얼거렸다. 오빠한테는 말하지 마세요. 전화가 끊어졌다. 태민은 스마트폰의 대기 화면을 멍한 표정으로 바라보았다.

대기 화면에는, 나현의 모습이 있었다.

지난번 증여 문제를 의논할 때 화덕피자집에서 찍었던 사진이었다.

안일했다.

태민은 손으로 머리를 감싸며 자책했다. 이런 일을 예상했어야 했는데. 그 서애희가, 그 앞뒤 안 가리는 여자가 한번 경찰서에 끌려간 정도로 마음을 고쳐먹을 리 없다는 것 정도는 알고 있었지만.

그래도 어느 정도는 조심할 줄 알았다. 대체 그 일이 있고 며칠이나 지났다고.

마음 같아서야 그 여자를 어떻게든 해버리고 싶었지만, 하다못해 그 폭력에 대해 제대로 법의 심판이라도 받게 했어야 옳았겠지만, 서 원장은 언제나 애희에 대해서는 일을 키우지 말라고만 지시했다.

서애희가 서필환 원장의 온갖 치부들을 알고 있으니까. 서윤병원 초기의 일들, 수많은 외도와 낙태, 상희의 출신이며, 조씨 일문과의 일, 횡령과 유착, 그리고 이보영의 죽음까지. 서 원장이 무슨 수를 써서라도 숨기고 싶어 하는 비밀들을, 그녀는 모두 알고 있으니까.

그래서 처음부터, 애희와는 중요한 일을 상의해선 안 된다고 말씀드렸다. 애희가 재욱에게 했던 일들을 목격했을 때도.

몇 번이나 물에 뛰어들었다지. 그래도 애가 안 떨어졌다더라.

아버지나 오빠처럼 훌륭한 의사가 되겠다며 열심히 공부하던 상희에게, 굳이 대학 입시 직전에 출생의 비밀이며 생모의 죽음에 대해 말했을 때에도.

너를 낳아놓고 수치심에 목을 매고 혀를 이만큼 빼물고 죽었단다.

태민은 서 원장에게, 몇 번이나, 그녀를 멀리하시라고 진언

했다.

네 남편이 밖에서 아이를 낳아 왔다더라, 아들이라며.

첫 임신에 몸도 약했던 정혜를 괴롭혔다. 몰라도 될 일, 알더라도 좀 더 지나서 알아도 될 일을 굳이 찾아와서 말했다. 귀를 막고 도망쳐도 집요하게 쫓아다녔다. 붙잡아 그 귀에 쏟아 넣듯 빈정거리며 악담을 했다.

서윤병원 안방마님 자리를 차지하려고 병원 앞마당에 와 있다더라. 얼마나 못났으면 그런 여자에게 남편을 빼앗기니? 그 여자가 장손을 낳았으니, 네가 낳는 아이는 이제 아무것도 아니야.

마침내 정혜가 유산을 하고 병원에 입원한 뒤에도 면회를 와서 괴롭히는 것을, 수간호사가 말리다가 따귀를 맞기도 했다고 들었다.

준현이 돌아왔을 때도 그녀는 같은 짓을 반복했다. 그 일로 정혜가 또다시 유산을 하고 더 이상 아이를 낳을 수 없는 몸이 되었을 때, 태민은 진심으로 애희를 없애버리고 싶다고 생각했다.

그리고 그날 이후 애희는 정혜를 끊임없이 수렁 같은 절망에 빠트렸다. 조금이라도 희망을 찾으면 다시 머리를 밟아 물속으로 밀어 넣었다. 나현 때문에라도, 그리고 친정인 장진제약 때문에라도 감히 이혼은 꿈도 꿀 수 없었던 정혜에게.

그래서 태민은 정혜가 살해당했다는 말을 듣고도 오히려 안도했다. 이제야 겨우 쉴 수 있게 되었으니까. 이제 더는 누구도 정혜를 그런 식으로 지옥으로 몰아넣을 수 없을 테니까.

하지만 애희의 악행은 그것으로 끝나지 않았다. 이제 애희는 같은 식으로 나현을 괴롭히려 들었다. 필사적으로 막고, 말리고, 있는 힘껏 지켰는데도.

"나, 장제시 좀 다녀올게요."

그는 사무장에게 그렇게만 말하고 달려 나왔다. 급히 서초 인터체인지로 차를 몰아갔다. 마음이 급했다. 아무리 서둘러도 시간이 부족했다.

"너, 지금 나 무시해? 아침 첫차로 오라고 했잖아? 지금이 몇 시니."

애희는 나현을 위아래로 훑어보며 물었다. 나현은 그까짓 게 무슨 상관이냐는 듯, 웃으며 대답했다.

"할아버지 댁에 들렀다 왔어요."

"넌 사람하고 약속을 했으면."

"장제시에 오는데, 할아버지 뵙는 일보다 급한 게 있나요?"

나현은 제집인 양 거실로 들어갔다. 소파에 앉자 가정부가 작은 잔에 담긴 커피 두 잔을 가져왔다. 나현은 고맙다고 말하려다가 문득 입술을 깨물었다.

나현이 앉은 바로 건너편에 그릇장이 있었다.

맥락 없이 사 모은 티가 나는 번쩍번쩍하기만 한 새 그릇들 사이로 정혜의 그릇들이 눈에 들어왔다. 그 맨 위에는 섬세한 도자기 인형이 놓여 있었다. 어머니가 아끼던 피겨린이었다. 조각조각 깨지고 부러진 자리를 옻으로 이어 붙이고 금과 은으로 때운 흔적이 선명했다.

그 피겨린이 깨지던 날 밤의 일이 머릿속에 선명하게 떠올렸다.

아버지가 휘두른 골프채에 달항아리에다 어머니가 아끼던 다완 같은 것이 박살이 나고, 준현은 피투성이가 되어 쓰러지고, 나현의 길던 머리카락이 싹둑 잘려나가는데도, 어머니는 그 모든 일이 다른 세상에서 벌어지는 일인 듯 아무 말 없이 보던 클림트의 화집에만 눈길을 주었다. 비현실적일 만큼 단아하고 아름답게.

끝나지 않을 듯 길고 고통스런 밤이었다. 반쯤 의식을 잃은 준현이 아버지에게 끌려가는 것을 무력하게 바라보며, 나현은 그제야 제 귓바퀴에서 피가 흐르고 있는 것을 알았다.

그때 어머니가 천천히 자리에서 일어났다. 그녀는 정면 유리 한복판에 커다랗게 금이 간 그릇장으로 다가갔다. 유리에 비친, 뺨에서 피가 흐르고 머리가 쥐 뜯어 먹은 듯 엉망이 된 나현을 보고도, 그녀는 유리가 깨진 채 반쯤 문이 열린 그릇장 앞에서 천천히 몸을 숙였다. 아름다운 티 세트와 디너 세트, 결혼한 해부터 매년 모아온 크리스마스 장식 접시들이 형체를 알아볼 수 없을 만큼 조각나 있었다.

어머니는 그 수국 꽃잎처럼 점점이 희고 푸른 파편들 사이로 부서진 도자기 인형을 집어 들었다. 꽃밭에서 그네를 타는 아름다운 소녀의 피겨린. 그녀의 처녀 시절 꿈이 가득 담긴 듯한 그 인형을 안고, 어머니는 울었다.

그날 이후, 어머니는 당신을 위해 앤티크 자기들을 사 모으는 일을 그만두었다. 그 대신 그릇장을 또 다른 식기들로 채우기 시작했다.

이건 우리 나현이 거야.

세계 여러 곳에서 사 모은, 대를 물려 쓰고도 남을 귀한 그릇들을, 어머니는 하나하나 빛에 비춰 보고 정성껏 씻어서 겹겹이 얇은 천에 감싸 그릇장에 차곡차곡 쌓았다. 이 빠진 것 없이 한 세트를 짝 맞추어 입수한 앤티크 식기는 한번 열어만 보았다가 다시 제 상자에 담아 그릇장 아래에 귀하게 두었다. 쓰지도 않을 거면서 대체 무슨 그릇 사치를 그리 넘치게 하느냐고 아버지가 한마디 했을 때, 어머니는 아버지를 올려다보며 짧게 대답했다.

우리 나현이, 내 딸 시집갈 때 들려 보낼 거야. 그러니까 손대지 마.

자신은 행복할 수 없었지만 나현만은 행복해지라고. 귀하고 귀하게 아껴두었다가 이 집을 떠나는 날 이 세상의 온갖 행복을 다 담아 물려주리라고.

그랬던 어머니의 소망이 저 탐욕스러운 인간의 그릇장 안에

엉망으로 쌓여 있었다.

"뭘 보니?"

"어릴 때는 어려서 간수 못 한다고 빼앗아갔잖아요. 이제 슬슬 돌려받을 때가 되지 않았나 해서요."

"그러고 싶니?"

욕심만 많았지, 물건의 가치도 제대로 모르는 여자는 나현을 조롱하듯 웃었다.

"네."

나현의 대답을 듣자마자 그녀는 그릇장을 열어 접시 하나를 바닥에 떨어뜨렸다. 접시는 요란한 소리를 내며 깨져 바닥에 뒹굴었다.

나현은 주먹을 쥐며 자리에서 일어났다. 눈물이 쏟아질 것 같았다. 가슴이 먹먹하기만 했다.

애희는 웃었다.

"감사히 생각해. 네 어머니의 유품을 이렇게 잘 간직해주고 있잖니?"

"돌려줘!"

"생각은 해보마."

애희는 테이블에 올려놓은 서류 뭉치를 나현의 코 앞에 들이밀었다.

"일단 여기에 전부 사인한다면 말이지."

태민이 장제 인터체인지에서 막 빠져나올 무렵, 전화벨이 울렸다.

낯선 번호였다. 임태민은 신호가 두 번 갈 만큼 고민하다가 전화를 받았다. 그러자 울먹이며 헐떡이는 중년 여자의 목소리가 들렸다.

"거, 거기…… 임 변호사님……."

"예, 맞습니다. 지금 운전 중입니다."

전화 저편의 여자는 울음을 터뜨렸다.

"저, 저…… 전주댁이에요. 원장님 댁……."

"압니다. 말씀하세요. 무슨 일입니까."

"나현 아가씨가……."

심장이 철렁 내려앉았다. 태민은 급히 인터체인지를 빠져나와 장제시 시내로 통하는 도로변에 차를 세웠다.

"나현에게 무슨 일이 생긴 겁니까."

전주댁의 말은 반 이상이 울음이었다. 그녀가 무슨 말을 하는지 이해하는 것은 쉽지 않았다. 반쯤 횡설수설하는 그 말을 한참 듣다가, 태민은 눈을 감았다.

"알겠습니다. 바로 가죠."

준현은 느지막이 일어나 세수를 했다. 나현이 냉장고에 넣어둔 샐러드와 과일주스를 꺼내서 아침 식사를 하고, 설거지를 하고, 청소도 했다. 햇살이 좋아서 침대 시트를 벗겨다가 세탁기도 돌렸다.

냉장고가 많이 허전해 보였다. 준현은 지갑을 챙겨 들고 마트로 향했다. 막 단지를 벗어나려는데 화단에 낯익은 노란 털 뭉치들이 심상치 않게 모여 있었다.

나현이 늘 밥을 주던 고양이 가족이었다.

준현은 주위를 둘러보았다. 나현이 놓아두던 건사료 옆에 못 보던 고양이 사료 캔이 놓여 있었다. 누가 그랬는지 몰라도 그 사료 캔에 쥐약을 섞은 모양이었다. 준현은 나현이 한 마리 한 마리 이름을 붙여주던 그 노란 고양이들이 죽어 차갑게 식은 것을 바라보다가, 경비실로 향했다. 경비 아저씨는 비닐봉지를 들고 따라왔다.

"학생, 착하네."

"도, 동생이…… 밥 주던 고양이에요."

준현은 경비 아저씨와 함께 죽은 고양이들을 검은 비닐봉지에 집어넣었다.

"동생이 놀랄 텐데……."

"안 보이면 또 어디 딴 데로 갔나 하겠지."

준현은 그들의 마지막 식사였던 남은 고양이 사료와 캔도 함께 쓸어 담았다. 경비 아저씨는 알아서 처리하겠다며 비닐봉지를 받아 들었다. 준현은 경비 아저씨에게 꾸벅 인사를 하고 다리를 끌며 걸었다. 아파트 단지 정문 쪽 평상에 모여 있는 아주머니들 사이에 낯익은 얼굴이 하나 끼어 앉아 있었다.

조성춘 기자였다.

알은체를 해야 하는 걸까, 하지 말아야 하는 걸까. 고장 난 컴퓨터처럼 멍한 표정으로 서 있는데 뒷주머니에서 진동이 느껴졌다.

임태민 변호사였다.

준현은 전화를 받다 말고 비명을 질렀다. 다리에 힘이 풀렸다. 쓰러지듯 주저앉으며 그는 짐승처럼 울부짖었다. 왜 지금 나현이 학교가 아닌 장제시에 가 있는지 의심해볼 겨를도 없었다. 부들부들 떨며 제대로 통제되지 않는 몸을 어떻게든 지탱해보려 하는데, 누군가가 뒤에서 그의 어깨를 꽉 붙잡으며 소리쳤다.

"서준현! 정신 차려, 서준현!"

"……가야 해요."

그 목소리가 다름 아닌 조성춘의 것이라는 사실을 알면서도.

"……장제시, 지금 가야 해요. 아저씨, 차 있어요?"

"뭐?"

"나현이 독을 먹었어요."

준현은 성춘의 품에 무너지며 중얼거렸다.

"큰고모가 나현을 죽이려고 해요. 지금…… 당장 가야 해요."

"늘 가던 대로, 부엌 쪽 문, 쪽문으로 들어갔지요."

서 원장에게 전주댁을 애희의 집으로 보내달라고 부탁한 사람은 나현이었다.

"아가씨가 사모님과 사이 안 좋으신 거야 모르는 사람이 있나요. 너무 오래 붙잡혀 있고 싶지 않으니까 적당히 시간 봐서 밑반찬 들고 와달라고 그러셨죠. 예전에도 그런 적이 있었어요. 사실 사모님이야 늘 아가씨에게 나쁜 일만 했으니까요. 학교 다닐 때도 그랬고."

그래서 전주댁이 애희의 집 앞에 도착한 것은, 그로부터 한 시간 뒤.

"사모님이 아가씨에게 못되게 구시는 건 알았지만 아무리 그래도 고모인데…… 못 가게 붙잡아놓고 계속 잔소리하고 협박하니까 그러나 보다 했지요."

전주댁은 새로 담근 꽃게장이며 밑반찬을 찬합에 싹 싸서 들고 준비가 되자마자 바로 달려갔다.

"김 기사가 문을 열어줬는데, 아시다시피 대갓집에는 우리들 다니는 길이 따로 있잖아요? 그 댁도 그랬어요. 사모님이 까다로우신데도 제가 담근 꽃게장은 그렇게 좋아하셔서, 가끔 원장님께서 기분이 좋으시면 따로 좀 보내라고 하시곤 했거든요. 늘 다니던 부엌 쪽 쪽문으로 해서 안채에 들어갔는데……."

문을 열자마자 비명 소리가 났다.

그 집 가정부의 비명, 그리고 누군가가 토하며 신음하는 소리였다.

"아가씨는 귀까지 노랗게 떠서 소파에 토하고 있었어요. 젊은 사람 얼굴이 그렇게 노랗게 된 건 처음 봤어요."

거실로 뛰어든 전주댁이 본 것은 마신 것을 전부 토하며 가슴을 부여잡고 괴로워하는 나현과 그녀를 내려다보며 비웃는 애희였다.

"아가씨가 좀 깔끔을 떠나요. 어지간해선 그럴 리가 없는데. 식은땀을 줄줄 흘리면서 토하는데 사모님이 그러시는 거예요. 그…… 제 오빠 닮아서 병신 흉내…… 낸다고."

전주댁이 나현을 안아 일으켰다. 나현은 얼마나 식은땀을 흘렸는지, 입고 있던 옷이 다 젖을 지경이었다.

"아가씨는 커피가 이상한 것 같다고 하셨어요."

전주댁은 119를 불렀다.

"사모님은 별것도 아닌 일로 호들갑이라고 하셨고. 아휴, 아무리 사이가 나빠도 사람이 다 죽어가는 얼굴로 그러고 있는데, 병원에라도 데리고 갔어야죠. 바로 서윤병원에 모시고 갔으면 나았을걸, 늙어 그 생각까진 안 나고 그저 119를 불렀지요. 아가씨가 제 품에서 덜덜 떨었는데, 119가 도착할 때쯤엔 이미 불러도 대답을 못 했어요. 사모님은 119가 집에 들어오는 것도 막으려고 하셨죠."

전주댁은 있는 힘껏 소리를 질렀다. 지금 여기 사람이 숨넘어간다고.

구급대원들이 가까스로 밀고 들어왔을 때, 나현은 숨도 제대로 쉬지 못했다. 누가 신고했는지는 모르지만 곧이어 경찰차가 고모 댁으로 들이닥쳤다. 응급환자가 있는데도 문을 열어주지 않아 구급대원들의 의심을 산 모양이었다.

"제가 말을 했지요. 이 아가씨는 서윤병원 원장님 손녀라고. 그리고 커피를 먹고 이렇게 된 것 같다고. 119가 숨넘어가는 걸 겨우 호흡기 씌워갖고는 구급차에 태우는데 제가 따라나섰지요. 아무래도 걱정이 되어서…… 그런데 정말 너무하지 않나요. 사모님 말이에요. 사람이 쓰러졌는데, 소파 가죽 상한다고 가정부를 시켜서 소파부터 닦게 했어요. 맞아요. 119가 경찰을 불렀는데, 경찰이 아가씨가 마신 찻잔이 뭔지 물어봤어요. 그거라면 잘 알지요. 파란색 데미타스 커피잔. 왜, 그 에스프레소 마시는 요만한 잔 있잖아요? 그런데 그 집 가정부가, 사람이 죽어가는 그새 옆에서 찻잔이랑 테이블이랑 싹 정리했지 뭐예요. 사모님이 지시하셨다면서. 아이고, 정말 시키는 사람이나 시킨다고 하는 사람이나. 어떻게 그러고들 사는지……."

성춘은 거칠게 차를 몰았다. 그는 서울에서 두 시간은 족히 걸릴 길을, 불과 한 시간 남짓하여 주파해버렸다. 평소의 준현이었다면 상황이 어떻든 간에 과속은 위험하고 절대 안 된다고 말해버렸을지도 모르지만, 거의 넋이 나가버린 지금의 준현은 아무 말도 하지 못한 채, 보조석에 그저 안전벨트로 묶인 짐짝처럼 실려 가고 있었다.

"역시 미친 게 틀림없지."

장제 인터체인지에서 나오자마자 서윤병원 쪽으로 꺾으며 성춘이 중얼거렸다.

"다른 동네도 아니고 너네 영감 나와바리에서 그 영감이 제일 아끼는 손녀를 죽이려고 들다니. 서애희 그 여자 정상 아닌 줄은 알았지만 이렇게까지 맛이 간 줄은 몰랐다."

"……."

"어이, 서준현. 자냐."

"나현이는…… 나한테는 학교 간다고 했는데……."

준현은 겨우, 굳은 듯한 혀를 애써 움직이는 듯한 소리를 내며 중얼거렸다.

"어째서……."

성춘은 있는 힘껏 차를 몰았다. 서윤병원 본관 앞에 차를 세우자 준현은 겨우 정신이 든 눈을 깜빡이다 안전벨트도 풀지 않고 일어나려 했다. 성춘은 일어나려다 도로 앉은 준현에게 다가가 안전벨트부터 풀어주었다. 준현은 차에서 내리다가 몸에서 힘이 풀려 그대로 주저앉았다. 사람들이 수군거렸다.

그때였다.

"준현아?"

임태민 변호사였다. 그는 준현과 성춘을 번갈아 보고 믿을 수 없다는 듯한 표정을 지었다. 그의 얼굴에 정제하지 않은 분노가, 살기라 부를 만한 것이 떠올랐다.

"여기가 어딘 줄 알고 나타난 겁니까."

"어디긴 어디요, 서윤병원이지."

"조성춘 기자."

"저 서준현이가 제 여동생 다 죽어간다고 울며불며 서윤병원에 가야 한다길래 굳이 시간 내고 기름 써가며 데려다줬더니만. 뭐 하는 거예요, 꼴사납게."

태민은 성춘을 가로막고 섰다. 그는 영역을 침범당한 짐승처럼 낮은 목소리로 성춘을 을러댔다.

"당신 따위가 얼굴 들이밀 자리가 아닙니다."

"기자가 어디 진자리 마른자리 가려가며 다니는 사람인가, 구미 당기면 가는 거지."

"아무리 구미가 당겨도, 애들이라고."

"스무 살 넘은 애들을 뭘 어떻게 보호하려고? 대체 무슨 권리로. 후견인? 고문변호사? 친부모도 아닌 주제에 그런 거 다 소용없단 거, 이젠 아실 텐데. 그게 아니면 달리 믿는 구석이라도 있어서 그러시나?"

성춘은 빈정거렸다. 태민은 성춘에게 바싹 다가서며 힘주어 말했다.

"애들 앞에 얼씬거리지 마."

"어이쿠, 무서워라. 그런다고 그 천한 출신 어디 가는 것도 아닌데, 아주 서윤병원을 등에 업고서 위세가 당당하시구만."

"서윤병원에도, 어르신께도 더 이상 관심 갖지 마. 이제 와서 네가 무슨 수를 쓰더라도 그건 네 것이 되지 않으니까."

"누가 그런 것도 셈 못 하는 어린앤 줄 아는 모양인데."

성춘은 입을 비쭉이며 비아냥거렸다.

"그냥 다 무너뜨리기만 해도 만족한다면 어쩔 거요."

"그렇게는 못 하지."

"뭐, 그건 두고 봅시다. 준현아, 또 보자."

그는 보란 듯이 준현의 머리를 쓰다듬고서 얼른 차에 시동을 걸고 서윤병원을 떠났다. 태민은 준현을 돌아보았다. 준현은 쩔쩔매다가 머리를 숙이며 중얼거렸다.

"자, 잘못했어요……."

"그 이야기는 나중에 천천히 하자. 내가 미리 말을 했어야 하는데."

"그치만, 아저씨……."

"나현이가 먼저야. 그 쓰레기 같은 기자 놈에 대한 이야기는 나중에 해도 돼."

태민은 준현의 어깨를 감싸며 병원을 바라보았다. 그는 하늘이 무너질 것 같은 표정을 지은 채, 높다란 서윤병원의 건물을 눈으로 훑어 올라갔다. 그리고 한참 만에 애써 침착한 표정을 지으며 준현을 돌아보았다.

"나현이는…… 그 애는 괜찮을 거다. 원장님께서 생명에 지장은 없을 거라고 하셨어."

나현은 위세척을 마치고 집중치료실에 누워 있었다.

준현은 손톱을 물어뜯었다. 태민은 준현을 데리고 엘리베이터에서 내리다가 문득 걸음을 멈추었다.

"왜 그러니."

"위세척이라는 건…… 흉기에 찔리거나 둔기로 맞았을 때 하는 게 아니잖아요."

준현은 휘청거렸다. 태민은 얼른 그의 어깨를 붙잡았다. 준현은 새파랗게 질린 채 바닥을 내려다보았다.

"독극물……인 거잖아요."

"그렇지."

태민은 냉정해지려 애쓰는 목소리로 대답했다.

"집으로 불러들여 독극물을 먹인 거지."

"계획적인 거잖아요, 그건."

"우발적인 범죄가 아닐 가능성이 높지."

"전주댁 아주머니가 아니었으면, 어쩌면 고모님은…… 나현에게 독을 먹여서 어디 갖다버리고 시치미 떼었을지도 모르잖아요. 저, 저는, 나현은 학교에 간 줄 알았고…… 나현은 제게 도와달라는 말도 못 하고 그렇게."

"준현아."

"어, 어떻게 이럴 수가 있어요!"

준현은 발작하듯 어깨를 흔들었다. 태민은 준현의 팔을 꽉 붙잡으며, 고개를 숙여 애써 그와 눈을 마주쳤다.

"잘 들어, 나현은 장제시에 도착하자마자 내게 전화를 했어. 내가 전주댁이 나현을 발견해서 119에 연락했다고 했지? 나현은 여기 오자마자 원장님을 통해서 전주댁에게 밑반찬을 들고서 여사님 댁으로 와달라고 부탁했어. 그 애도 서 여사님이 어떤 사람인지 아니까 나름대로 준비했던 거야. 알겠니."

어깨를 쥔 손에 힘이 들어갔다.

"그 애는, 자기가 서 여사와 맞서서 너희 둘을 구원할 수 있을 거라고 생각했어."

태민은 중얼거렸다. 심장 아주 깊은 곳에서부터 배어난 피를 토하듯이.

"하지만 그 여자가…… 나현이 생각했던 것보다 더 지독한 인간이었던 거야. 나는 이 일을 가만히 두고 보지 않겠어. 원장님의 따님이라고 해도 결코 용서하지 않을 거다."

집중치료실의 면회 시간은 정해져 있었다. 면회 시간이 되려면 아직 한참 남아 있었지만 환자의 가족들은 그 앞에 가득 모여 있었다.

태민은 그들의 사이를 유유히 지나쳐 의료진 구역으로 들어갔다.

의사도 간호사도 아니었지만 태민은 의료진 구역을 속속들이 알았고 대부분의 공간에 출입할 수 있었다. 지나가는 의사들과 간호사들이 태민에게 알은체를 하거나 눈인사를 건넸다. 몇몇은 그의 뒤에 서 있는, 소년처럼 보이는 청년이 누구인지 아는 눈치였다.

"아, 임 변호사님."

담당 의사가 먼저 태민에게 말을 붙였다. 그는 두 사람을 안쪽의 상담실로 데려갔다.

"비소중독입니다. 경구를 통한 급성 비소중독……이라고 해야겠죠."

"음식에 넣었다는 거군요."

"예, 그것도 치사량을요. 서둘러 조치하지 않았으면 위험했을 겁니다. 아주머님 아니었으면 큰일 날 뻔했어요."

준현이 손으로 얼굴을 감싸며 떨리는 목소리로 중얼거렸다.

"조카잖아요……."

준현은 흐느꼈다. 하고 싶은 말이 입 밖으로 나오지 않아 한참을 괴로워하다가, 그는 오열처럼 진심을 토해냈다.

"……이 집안은 전부 미쳤어."

어쩌면 그 말대로일지도 모른다.

적어도 서필환 원장이 살아있는 동안에는 나현을 해치지 않을 줄 알았다. 이렇게 자기 집에서 당당하게 조카에게 독극물을 먹일 만큼 미치진 않았을 거라고 믿었다.

"그래, 준현아……."

"나현은 정말로 죽을 뻔한 거잖아요. 얼마나…… 얼마나 무섭고 아팠을까……."

그 사람은 인간으로서 최소한의 공감 능력도 없이, 지금까지 어떻게 살아왔던 걸까.

"치사량을 삼키긴 했지만 바로 치료에 들어갔고 이제 안정만 취하면 됩니다. 큰일은 없을 거예요."

"집중치료실에 있다고 해서 걱정했습니다만."

"아, 그건 원장님 지시입니다. 무엇보다도 신문기자 같은 놈들이 얼씬거리면 곤란하니까요."

"알겠습니다. 그리고 김 과장님 말인데……."

"아, 안 그래도 벌써 의국에 소문이 자자해요. 벌써 퇴근하셨습니다."

"퇴근이라면?"

"원장님께서 퇴근하라고 하셨답니다. 사실상 근신 조치나 다름없다는 이야기예요. 변호사님이 더 잘 아시잖습니까. 우리 원장님, 손녀분께는 특히 각별하신 거."

의사는 상담실의 안쪽 문을 열었다. 몇 미터 정도 걸어가 다시 문을 열자 널찍한 병실이 나왔다.

그 병실 한가운데에 나현이 누워 있었다.

가냘픈 몸에 가느다란 줄 수십 가닥을 달고 있었다. 간호사 두 명이 안쪽에서 나현의 상태를 모니터링하고 있었다.

"아직은 안정을 취해야 해요. 소란 피우면 안 됩니다."

"나현이는……."

준현의 목구멍에서 어린 짐승의 신음 같은 소리가 났다. 수많은 기계에 둘러싸인 나현은 유난히 작고 부서질 듯 연약해 보였다. 준현이 창문에 매달려 있는 사이, 태민은 의사와 이야기를 계속했다.

"경찰들은요."

"아까 백 반장이 왔다 갔습니다."

"백 반장?"

"백용석 형사 말입니다. 그때 그 일 맡았다던데요."

"아아."

태민은 한숨을 쉬었다.

"그 양반도 이쪽과는 악연이 깊어서."

"뭐, 그래도 나현 준현 학생에 대해서는 안쓰럽게 생각하니 다행 아닙니까."

"집안 치부 내보이는 게 좋은 일은 아니죠."

"그런데 변호사님, 오너가 바뀌었다는 소문이 있던데요."

"……맞습니다."

태민이 고개를 끄덕였다.

"역시 그렇군요."

의사가 준현 쪽을 다시 한번 바라보았다.

"그럼 먼저 실례하겠습니다."

의사가 고개를 끄덕해 보이고 밖으로 나갔다. 간호사는 면회 시간은 30분이라고 설명하고 뒤쪽 자리에 앉았다.

준현은 울먹였다.

"손…… 잡아봐도 돼요?"

"그럼."

태민은 준현의 손을 이끌었다. 준현과 태민의 손이, 나현의 손끝을 잡았다. 차가웠다.

"아저씨……."

"할 수만 있다면 대신 저 자리에 누워 있고 싶구나."

태민은 중얼거렸다.

"나현은 고작 스물한 살인데…… 서윤병원…… 그게 다 뭐라고……."

태민은 안경을 이마로 밀어 올리며 손바닥으로 눈가를 짚었다. 그의 목울대가 간헐적으로 떨렸다. 눈물은 흘리지 않았지만 마음 깊은 곳에서부터 끓어오르는 것 같은 울음이 그의 다문 입술에서 새어 나왔다.

태민은 준현이 충분히 감정을 쏟아내기를 기다렸다가 병실에서 데리고 나왔다. 나현이 깨어나기를 기다리든 이 일의 진상을 밝히든 간에 우선 밥부터 먹여야 할 것 같았다. 그는 준현과 병원 지하로 내려갔다. 서윤병원의 지하는 일대 상가들의 지하 아케이드와 연결되어 있었다. 두 사람은 육개장과 설렁탕을 파는 가게에 들어가 자리를 잡고 앉았다.

주문을 하려는데, 준현의 뒤쪽에서 덩치 큰 남자가 손짓을 했다.

“어어, 오랜만입니다.”

백 반장이었다. 그는 묻지도 않고 물컵과 수저를 들고 준현의 옆자리로 옮겨 와 앉았다.

“여, 이게 누구야. 서준현이.”

“백…… 형사님.”

“잘 지냈냐. 하긴, 들어갔다 나온 녀석에게 그런 말 묻는 것도 실례다만. 그래, 말 더듬는 건 좀 나아졌고?”

그는 웃으며 준현의 머리카락을 헝클어뜨리다가, 심각한 표정으로 태민을 바라보았다.

“조성춘이 그 끈덕진 놈, 벌써 냄새 맡고 왔습디다.”

“그랬겠지요. 준현이를 여기까지 데려다줬는걸요.”

“거참. 아주 우리 서에 진을 치고 앉았어요. 뭐 좋은 일이라고. 하다 하다 그쪽 서에서 서애희 여사 스토킹 신고를 대충 넘긴 것까지 이쪽에 덮어씌우려고 안달이 났습디다. 덕분에 우리 형사들만 아주 뺑이를 치고 있지.”

“저런.”

“그러지 않아도 밥 먹듯이 견책에 감봉이 무슨 오뉴월 소나기처럼 쏟아져서 살기 간당간당한 세상에. 아, 거 쌍놈의 새끼.”

뜨끈한 육개장 세 그릇이 나왔다. 백 반장은 서둘러 밥을 말아 훌훌 마시듯 먹었다.

“서나현이 부모 잃고 여기 서준현이도 빵에 들어가고 나서,

서 여사가 애를 수시로 쥐 잡듯 잡아댔어요. 모르는 사람 없었지. 변호사님도 알 겁니다. 그래도 말 안 한 게 더 많을 거요. 애가 속이 깊어서."

"……그렇겠죠."

"서나현이 이번에 먹은 게 비소인데……."

백 반장은 순식간에 반쯤 비운 육개장 그릇을 내려놓으며 중얼거렸다.

"변호사님이야 아시겠지만 그게 옛날부터 사람 독살할 때 흔히 쓰던 거예요. 맛도 좀 들쩍지근해서 설탕 같은 데 섞으면 먹어도 잘 모르거든요. 생각보다 구하기 어려운 것도 아니고."

태민은 고개를 끄덕였다.

"쥐약이라든가."

"쥐약이면 비소보다는 청산가리 아닙니까? 병원에서도 비소 들어가는 약들이 있어요. 그게 전에 한의사 선생이 그러더만. 세상 만물이 다 약도 되고 독도 된다고."

"병원에서 구했다고 보십니까?"

"그럴 수도 있지요. 원장님이나 김 박사님이나…… 그러고 보니 김 박사님이 여기 내과 과장이잖습니까?"

"그 댁 아드님들도 의대에 다니고 있긴 하지요."

"어, 그렇지요. 정말 구하려고 마음만 먹으면 얼마든지 구했을 것 같은데."

백 반장이 냉수를 들이켜고는 혀를 찼다.

"119에 신고야 원장님 댁 그 전주댁 아줌마가 했다고 그러고. 문도 안 열어주는데 어떻게 들어가서 보니까 이거 누가 봐도 중독 증상이라 경찰을 불렀다 이거죠. 그런데 그 서 여사가 그 집 가정부더러 커피잔 치우고 설거지까지 하라고 했어요. 구급대원들 뻔히 보는 앞에서. 말하자면 증거 인멸을 했다 이거지. 커피야 에스프레소 뽑는 요만한 쇳주전자에서 두 잔을 다 따랐다고 하니까 거기 들어 있진 않았고."

"찾았습니까?"

"설탕통에 들어 있더군요. 위쪽에만."

"나현의 변호사인 제가 할 말은 아니지만."

태민은 조심스레 목소리를 낮추어 말했다.

"서 여사님은 에스프레소에 설탕을 안 넣으십니다. 블랙으로 마시는 게 더 우아하다고 생각하셔서."

"에스프레소 그냥 마시면 되게 쓰지 않나. 우아 떨기 되게 어렵습니다, 그래. 잠깐, 그러고 보니 병원에 대해 물어볼 게 있었는데."

"그 이야기는 올라가서 마저 합시다."

"뭐, 그러죠."

백 반장의 속도에 맞추어 태민도 서둘러 점심 식사를 마쳤다. 준현은 몇 숟가락 깨작이다가 밥을 남겼다.

"천천히 먹어라."

"……그래도."

"방해되지 않으니 천천히 먹어도 돼."

"아뇨, 저…… 못 먹겠어요."

"동생 때문에 놀랐나 봅니다. 쇠도 씹어 먹을 나이인데, 배고프면 찾아 먹겠죠."

준현은 백 반장의 말에 고개를 끄덕였다. 태민은 두 사람을 이끌고 서윤병원 2층, 외래병동 구석에 자리 잡은 고문변호사 사무실로 향했다.

"들어오세요. 여긴 제 사무실이니 안심하고 말씀하셔도 될 겁니다."

"안심이라니, 무슨 걱정이라도 있습니까."

"이해당사자가 워낙 많아서 말이죠."

태민은 복도 쪽을 흘낏 보며 문을 닫았다.

"병원에 대해 묻고 싶은 것이 있다고 하셨죠. 저도 뭐가 궁금하신지 짚이는 데가 있어서 드리는 말씀입니다."

백 반장은 고개를 끄덕였다. 그는 준현을 돌아보았다.

"아니, 서준현아. 난 이게 언제고 일어날 사건이었다고는 생각했다. 5년 전 그때 이후로 서애희 여사가 네 동생에게 못되게 굴다가 경찰 출동한 것만도 어디 한두 번이었어야지. 그런 데다 벌써 알게 모르게 소문은 다 나 있고."

"소문……이요?"

"경찰 첩보에 별거 다 들어와. 그것도 여기 장제시에서 서윤병원 이야기가 안 들어오겠냐. 김 박사가 서윤병원 차기 원장에서 낙마했다더라, 이미 재산분할 다 끝났다더라. 그런 이야기야 진작 들었지."

"……그렇게 되었습니다."

태민은 어깨를 으쓱해 보이며 쓴웃음을 지었다. 백 반장은 고개를 끄덕였다.

"이거 뭐, 그 여편네가 서두를 법도 했구만."

바깥 복도 쪽에서 시끄러운 소리가 났다. 간호사들이 실랑이를 벌이는 소리, 뭔가 걷어차고 쓰러지는 소리가 나나 싶더니 누군가 거칠게 문을 두드렸다.

태민은 문을 열었다. 내과 과장 김영규였다.

"이 씨발 놈이……!"

그는 문이 열리자마자 태민에게 덤벼들어 멱살부터 잡았다.

"우리 집사람 체포됐다는 말, 들었어, 못 들었어?"

"지금 형사님께 듣고 있잖습니까."

"변호사라는 새끼가, 지금 여기서 뭐 하는 거야? 가서 당장 꺼내 오지 않고!"

"김 박사님, 잠시만요."

"지난번에도 경찰서에 끌려가는 걸 그냥 보고만 있었다더니……."

"여사님이 나현이 납치하셨을 때, 저는 바로 달려갔습니다. 꺼내드리려고요."

태민은 반쯤 벗겨져 흘러내린 안경을 고쳐 쓸 생각도 하지 않고 말했다.

"말 똑바로 해. 누가 누굴 납치해?"

"애들 집 문을 밖에서 뜯어버리고, 나현이를 억지로 끌고 가고, 준현이는 손목을 청테이프로 묶은 채 구타하셨어요. 뭐 직접 하셨다기보다는 김 기사에게 시키셨습니다만. 그래도 어떻게든 도와드리려 했더니 경찰 보는 앞에서 애들을 마구 때리는데, 전들 무슨 수를 씁니까."

"이 새끼가……."

"지금도 그렇지요. 다른 일이면 몰라도 여사님이 나현이한테 독을 먹여 죽이려 하셨다는데."

"죽이긴 누가 죽여! 멀쩡하게 살아있구만!"

영규는 태민의 멱살을 놓으며 고개를 가로저었다.

"어떻게든 좀 해봐. 아, 백번 양보해서 개를 죽이려고 했다고 쳐도, 여기 이 서준현, 이놈이 제 애비 에미 다 죽였을 때에는 어떻게든 해줬잖아!"

"김 박사님."

"자네 서윤병원 고문변호사잖아! 어떻게든 해봐!"

태민은 안경을 고쳐 쓰고 울부짖는 영규의 손을 밀어냈다.

"서윤병원의 고문변호사이기 때문에 못 하겠습니다."

"임태민!"

"아시잖습니까. 지금 서윤병원의 실소유주가 누구인지."

"이 새끼가……."

영규는 질린 듯 노려보다가 태민의 얼굴을 향해 주먹을 날렸다. 그러나 백 반장이 더 빨랐다. 백 반장은 영규의 주먹을 손아귀로 붙잡아 그대로 팔을 등 뒤로 꺾었다 놓아주었다. 영규는 주저앉아 분을 이기지 못하고 씩씩거렸다.

"임태민 이 새끼……."

"사실 원장님 입장에서야, 사위인 김 박사님께 물려주셨으면 세금도 절약되었을 겁니다. 그런데도 굳이 준현이를 지목해서 물려주겠다고 하셨지요. 생전에 증여하는 방식으로 말입니다."

"네놈이……."

"이번 일, 원장님께서 여사님 편을 들어주실까요?"

태민은 중얼거리듯 이어 말했다.

"천만에요. 누구를 보호하고 누구를 내치실지 원장님께서 이미 정하셨는데, 제가 왜 거역하겠습니까."

병원 경비원들이 문을 열고 들어왔다.

"원장님께서 김 박사님 퇴근하라고 지시하셨다지요. 애먼 구설수 안 나게 그리 조치하셨을 텐데. 여기서 이러신 게 알려지면 원장님께서도 좋아하시진 않을 겁니다."

"임태민!"

"모셔가세요."

병원 경비원들은 고함을 치는 영규를 질질 끌고 나갔다. 백 반장은 씁쓸한 표정으로 끌려나가는 영규를 보았다.

"많이 시끄러워지겠습니다."

"그러겠지요."

"나도 서에 가봐야겠구만. 변호사님, 조성춘이 놈이 들쑤시고 다니면 5년 전 일도 다시 나올 거요. 안 봐도 뻔하지."

"조치를 취해야겠죠."

"변호사님만 믿습니다. 서준현 너는 이제 어깨 좀 펴고. 어허, 사내새끼가 또 왜 울고 있어. 뚝. 간다."

백 반장은 마치 어린애를 대하듯, 곰 발바닥처럼 두꺼운 손으로 준현의 머리를 두어 번 쓰다듬고 나갔다.

문이 닫히고, 태민은 그제야 넥타이를 늦추며 의자에 앉았다.

"마음 단단히 먹어야 한다, 준현아. 나현이는 괜찮을 거야. 믿어야지."

준현은 고개를 끄덕였다.

"하지만 이제부터가 큰일이구나. 물론 나는 할 수 있는 건 다 할 거야. 나현이 통화 기록을 확인하는 것부터 시작해서. 원장님께서도 아마 여사님이 아닌 너희의 손을 들어주시겠지."

태민은 심각한 표정으로 준현을 바라보았다.

"아까 내가 조성춘 기자 보고 화내는 거 봤지?"

태민은 자리에서 일어나 준현에게 다가갔다. 그는 준현의 귀를 잡아당기듯 붙잡아 고개를 돌리지 못하게 한 채 눈을 똑바로 들여다보았다.

"그 사람과 만나지 않았으면 좋겠다."

"어, 엄마가…… 엄마가 어떻게 돌아가셨는지 안다고 했어요.”

“…….”

“그 아저씨…… 5년 전 일에 대해 자꾸 이야기해요. 그 아저씨는 큰고모가 제게 그 일을 시켰다고 생각하는 것 같아요.”

준현은 조심스럽게 말했다.

“저한테 자꾸 사주나 협박을 받지 않았느냐고 했어요.”

“그래서.”

“아까 아저씨 전화를 받고 나서, 아파트 단지 앞에서 만났어요. 단지 정자에서 아줌마들과 앉아서 이야기를 하고 있었어요. 그 사람은 차가 있고, 장제시가 고향이라고 했고, 저한테 관심이 있었으니까 데려다 달라고 부탁해볼 수 있을 것 같았어요. 아, 그리고 예전엔 신문 기사를 받았어요.”

“신문 기사?”

“스무 번째 생일에. 누런 종이봉투였어요. 교도소에 있을 때.”

“……그랬구나.”

태민은 준현을 놓아주며 중얼거렸다. 그는 벽에 한 손을 짚은 채 한숨을 쉬었다.

“그 사람은 네가 출소하기 닷새쯤 전부터 이 일과 관련 있는 사람들에게 메시지를 보냈어. 그것도 한두 명이 아니라 상당히 많은 사람들에게.”

태민은 핸드폰 갤러리에서 다른 사람의 폰 화면을 찍은 사진 몇 장을 보여주었다.

5년 전 일에 대해 드릴 말씀이 있습니다. 연락 주십시오. 조성춘.

"이건 나현의 막내 외삼촌이 받은 문자야. 김 박사도, 정신과 박 선생도, 네 막내 고모 서상희 박사도 같은 걸 받았고. 그 외에도 몇 사람 더 있는 것으로 안다. 5년 전 그 일의 관련자라 할 만한 사람, 그렇게 너희 남매를 알고 있고 서윤병원과 관계가 있는 사람에게는 전부 보낸 것 같아."

준현은 고개를 가로저었다.

"저, 저는 그 아저씨에게 잘못한 게 없어요."

"그래, 그렇지."

"그리고 그 사건…… 그건 5년이나 되었어요. 저는……."

"네가 뭔가 잘못한 게 아니야, 이 일은."

"그럼요?"

"잘못된 욕심……이라고 해야 하겠지."

태민은 짧게 한숨을 쉬었다. 그는 길지 않게, 준현이 이해할 수 있도록 조성춘과 서 원장 집안과의 얘기를 들려주었다.

"원장님께 그만큼 은혜를 입었으면서도, 그는 아직도 조씨 집안의 옛 재산에 미련을 버리지 못하고 있어. 원장님께서 일구신 모든 것이 자기 것이 되어야 한다고 생각하지."

"그래서 서윤병원을……."

준현은 사뭇 심각한 얼굴로 고개를 끄덕였다.

"저는 그런 줄 몰랐어요."

"설명해준 사람이 없었으니 모르는 것도 무리는 아니지. 하지만 사실 난 아까 화가 났었다."

"아저씨……."

"나현에게 그런 일이 있었는데도, 처음부터 지금까지 한결같이 악의로만 대하고 집안의 치부란 치부를 다 파헤치려드는 자를 여기 데려왔으니."

"죄송해요."

"아니야. 이 일은 사실 어른들이 매듭을 못 지은 일일 뿐이지. 그리고 준현아."

태민은 준현을 향해 예의 사람 좋아 보이는 미소를 지어 보이며 덧붙였다.

"네게 미리 말했어야 하는데. 그 문제는 잘 해결이 되었다."

"그 문제요?"

"그 교도관 말이다, 잘 해결되었어."

태민은 그리만 말했다. 그 일을 원만하고 적절하게 처리하기 위해 그가 했던 수고나 그 교도관이 받게 될 징계에 대해 굳이 길게 설명할 필요는 없었다. 무엇보다도 지금은 그런 일로 생색을 낼 만큼 한가한 상황이 아니었다. 나현의 일이 급했으니까. 준현은 다 알아들었다는 듯, 고개를 끄덕였다.

"감사합니다."

서필환 원장은 원장실에서 두문불출하며 스마트폰을 들여다보고 있었다.

서 원장은 의사들에게도 훌륭한 오너였지만, 간호사들에게는 최고의 오너였다. 그는 간호사들을 두고 병원을 숨 쉬고 움직이게 하는 적혈구들과 같다고 말하곤 했다. 그는 적혈구들이 구석구석 손발가락 마디 끝까지 산소를 실어 나르지 않으면 저리고 쥐가 나고 심하게는 괴사하듯이 간호사들이 부지런히 움직여주지 않으면 아무리 좋은 설비와 훌륭한 의사들로 병원을 채워놓아도 제대로 굴러가지 않는다고 말했다. 일정 경력을 갖추고 서윤병원에서 3년 이상 근무하며 손발을 맞춘 우수한 간호사들에게 파격적일 정도의 대우를 해주었다.

그리고 서윤병원에서 일어나는 모든 일은 그 적혈구처럼 부지런한 간호사들을 통해 서 원장의 귀로 바로바로 들어왔다.

바로 오늘, 서 원장의 하나뿐인 손녀 나현이 비소중독으로 실려 오는 어처구니없는 사고를 당한 날도 그랬다. 임태민이 발에 불이 나도록 여기저기 뛰어다니고, 준현이 조성춘의 차를 타고 나타나고, 형사과 백 반장이 태민과 만나고, 집으로 돌려보냈던 사위 김영규 박사가 굳이 제 발로 돌아와 태민과 멱살잡이를 한 것까지.

사람은 위기 상황에서 제 본바탕이 드러나는 법이라고.

생각할수록, 사윗감을 참 잘 골랐다 싶었다.

애희는 자신이 의사가 되지 못했으니 실력 좋은 의사와 결혼해서 남동생을 몰아내고 서윤병원을 손에 넣겠다고 생각했다. 그리고 서 원장은 서윤병원에서도 실력 좋기로 손꼽히는 젊은 의사들 가운데 직접 김영규를 사윗감으로 골라주었다.

사람이나 짐승이나 경쟁할 대상이 없으면 느슨하고 둔해지는 법이니, 아들과 사위를 경쟁 붙이는 건 나쁜 생각이 아니었다. 하지만 애희의 뜻대로 되게 놔둘 생각은 없었다. 의사로서 솜씨는 나쁘지 않지만 천성이 소심한 게 영 판을 대국적으로 볼 줄 모르는 좀생이 같은 남자. 김영규는 서필환 원장이 생각하던 그 조건에 딱 들어맞는 자였다. 평화로운 세상에서는 그럭저럭 제 솜씨로 밥벌이하면서 살아볼 만하겠으나 난세에 던져놓으면 우왕좌왕하다가 눈 뜨고 코 베여놓고는 헛다리 짚고 엉뚱한 사람 멱살잡이하다가 어디 도랑에 빠져 죽을 것 같은 남자.

애희의 성질머리 감당하고 산 게 기특해서라도 한 재산 물려줄 생각은 있었지만, 그 비굴하고 소심한, 게다가 서씨도 아닌 김씨 성 쓰는 놈에게 이 병원을 물려줄 수는 없었다.

물론 서윤병원을 물려받을 기댈랑 하지 말라고 반쯤 농담 삼아 말하면 애희는 늘 정색을 하고 말했다. 외손도 자손이라고. 의대에 들어간 외손자가 둘이나 있지 않느냐고.

하지만 자손도 자손 나름이다. 응당 병원을 물려받을 줄 알았던 재욱이 죽었다 해서 애희에게 이 모든 것을 넘겨줄 생각은 추호도 없었다. 똑똑한 상희가 결혼을 해서 자식을 낳았다면 또 모를까, 멀쩡히 재욱의 자식들이 있는데 외손자는 무슨 외손자. 자식 셋 중에 애희 하나만 남더라도, 이 왕국을 애희에게 물려줄 일은 결코 없었다.

살모사 같은 것이.

아버지, 조상범이 누구예요오?

서재를 뒤져서, 그 당시의 일기들을 집요하게 읽어놓고서, 그 애는 서 원장의 눈앞에서 바로 그해의 일기를 펼쳐 들며 생긋 웃었다.

빨갱이라고 끌려가서, 죽을 만큼 고문받다가 정말 죽었다면서요?

오랜 습관이었다. 손에 쥔 모든 것들이 가끔은 다 긴긴 봄꿈 같아서. 어느 날 자고 일어나보면 어릴 적 벽으로 바람이 숭숭 들어오고 지붕에서 물이 새던 낡은 토담집에서, 멍석말이를 당하고 반 죽어가는 아버지와 동네 부자의 노리갯감이 되었다가 반쯤 정신을 놓고 미쳐버린 어머니 곁에서 눈을 뜬 자신을 발견할 것 같아서.

그게 아니라고, 매일매일 쌓아가는 이 모든 날들이 현실이라고, 그렇게 믿기 위해서 일기를 썼다. 몇 번이나 수리한 낡은 파카 만년필로 잉크빛 선명하게 쓰고 적고 그랬다.

어떤 나쁜 사람이 없는 말을 지어내어 밀고했다던데, 정말 그런가 봐요?

그런 것은, 네게 그렇게 조롱당하기 위해서가 아니었다.

그냥 신기해서요. 사람들 말로는 조상범이 죽었는지 살았는지도 모른다는데.

고작 중학생인 어린 딸년이 그걸 들고 가당찮은 협박을 하라고 보관해둔 게 아니었다.

아버지는 시신까지 확인하셨다니까 대단하잖아요?

그런데도 그년은 막무가내였다. 안하무인이었다. 제 아비의 진료 기록도 내키는 대로 뒤져보고 싶어 했고, 자물쇠를 채워놓으면 어떻게든 열어보려 핀으로 쑤셔대기 일쑤였다. 온갖 추문을, 온갖 비밀을 보고 노트째 빼돌리려 하다가 들킨 것도 한두 번이 아니었다.

아내가 애원하지 않았다면, 진작 내쳤을 자식이었다.

그랬으면 그런 일도 없었을 텐데.

"부르셨습니까."

문 두드리는 소리가 나더니 태민이 들어왔다.

"아, 그래. 앉게."

태민은 공손히 인사를 하고 들어와 권하는 대로 자리에 앉았다.

"준현이는."

"나현이 곁에 있습니다."

"아무리 혼자 있다고 해도, 집중치료실에 하루 종일 앉아 있게 둘 순 없잖나."

"압니다. 병실 안에 있는 것은 아니고, 그 옆 상담실에 두고 왔습니다. 유리창 너머로 나현이 보이더라고요."

"그랬군."

"준현이가 많이 놀랐습니다. 저도 그렇고요. 집중치료실이라니. 급히 달려오느라 아무것도 안 들고 왔길래 대충 장 봐다 놓고 일단 제 오피스텔로 데려가긴 했는데, 본인이 굳이 나현 곁에 있고 싶다고 하니 어쩔 수가 없네요. 제가 갈 때 함께 데려가겠습니다."

"그래, 그렇게 하고. 조성춘이는."

"걱정하실 만한 일은 아닌 것 같습니다."

"말을 제대로 하게. 조성춘 그놈이 쑤시고 다니는 줄은 알고 있었어. 내가 궁금한 건, 어째서 준현이가 그놈 차를 타고 나타났느냐야."

"아파트 단지 근처에 자주 나타났던 모양입니다. 동네 아주머니들과 종종 아파트 단지 내 정자 같은 데서 이야기를 했던 것 같고요. 준현이가 소식을 듣고 마음이 급하니까 고향이 장제시라고 했고, 기자니까 차가 있을 게 분명해서 데려다줄 수 있느냐고 부탁했답니다. 터미널에서 버스 타고 오면 시간이 배는 걸렸을 테니까요."

"……."

"나현이 걱정되어서 한 일입니다. 준현이가 얼마나 애가 탔겠습니까."

"알고 있네. 낯선 사람에게 말도 못 붙이는 그 애가, 죽을 용기를 다 내서 부탁했다는 것도 짐작이 가."

서 원장은 책상 맨 아래 서랍에서 힙 플라스크를 꺼냈다. 그는 안주도 없이 목을 울리며 술을 마셨다. 태민은 그런 서 원장을 걱정스레 바라보며 말을 흐렸다.

"좀 줄이시는 편이……."

"내가 살면 얼마나 더 산다고."

"나현이, 준현이 시집 장가 가는 건 보셔야죠."

"글쎄."

서 원장은 빈 플라스크의 뚜껑을 닫으며 중얼거렸다.

"자식이 셋이나 있었는데, 믿을 놈은 자네밖에 없어."

"원장님."

"내가 자식 농사를 잘못 지었지."

그는 눈살을 찌푸리며 소파에 등을 깊숙이 대고 앉았다.

"애희만 문제가 아니야. 재욱이 그놈도 있었으니. 제 여자가 제 애를 밴 줄 알고도 버리고, 제 새끼에게 발정 나 덤벼든 그 짐승 같은 놈. 죽어도 싼 놈."

"원장님."

"하긴, 그 이야기를 처음 들었을 때 난 놀라지도 않았어. 그러고도 남을 놈이라고 생각해서 그랬겠지. 자네, 그때 기억나나. 자네가 고등학교 3학년 때, 내게 넌지시 말했었지. 애희가 재욱이 방에 드나든다고."

태민은 아무 말도 하지 못한 채 고개만 끄덕였다. 그 당시의 태민으로서는 죽을 만큼의 용기를 짜내어 한 말이었다. 혹시 미움을 받아 쫓겨나면 갈 곳도 없었다. 어머니는 점점 쇠약해져갔고, 조금만 더 버티면 대학에도 갈 수 있었다. 그래서 몇 번이나 입을 다물까 생각했다. 하지만.

"난 처음에는 믿지 않았어."

서 원장은 은인이었지만, 재욱은 친구였다. 입시에 시달리며 스트레스를 받아 술 담배에 손을 대는 수준의 사소한 일탈이었다면 그냥 그러려니 했을 것이다. 하지만 인생을 망치게 둘 수는 없었다. 상대가 다른 사람도 아니고, 친누나인 이상.

"믿고 싶지 않았지. 내 집에서 그런 일이 일어날 거라고는."

설령 친누나가 아니라 해도, 그녀가 재욱의 품으로 덤벼드는 감정이 결코 지순할 리 없었으므로. 그런 식으로 평생 발목 잡힐 일을 만들게 둘 수는 없었다.

"제가 공부 못해서 의사가 못 되었으면 차라리 재수를 시켜달라고 해서 공부를 할 것이지, 전국 수석 바라보고 있는 제 동생을 몸으로 유혹해서 망칠 생각을 하는 년이나, 그걸 유혹한다고 넘어가는 놈이나."

"그건 애희 아가씨가……."

"시작이야 애희가 했겠지만 손바닥도 마주쳐야 소리가 나지. 이건 오빠가 누이동생을 어떻게 한 게 아니야. 아무리 방에 숨어든 게 애희라고 해도 누나가 싫다는 남동생을 힘으로 어떻게 했겠나."

"그건 그렇습니다만."

두 번 다시 떠올리고 싶지 않은 기억을 떠올리고, 서 원장은 이를 갈았다.

"자네 말대로 진작 내쳤어야 했어. 하다못해 나현 에미한테 일부러 준현이 이야기를 했을 때라도. 그때도 이미 늦었겠지만."

"……예."

말을 하다가, 서 원장은 문득 고개를 들었다.

"조성춘 그놈이 준현이 근처에 왔다 갔다 하는 거, 일단은 내버려두게."

"예?"

태민은 불안한 표정으로 자신의 은인을 바라보았다. 일찍이 본 적 있는 표정이었다. 아주 오래전, 태민에게는 막지 못한 비극으로 기억되는 그 일이 있기 전에.

태민은 자기도 모르게 오른쪽 눈썹을 만지작거렸다. 눈썹 중간에, 흉터가 남아 있었다. 희미하지만 분명한 상처의 흔적이.

태민은 벌떡 일어났다.

"원장님!"

"앉게. 정신 사납게 일어났다 앉았다 하지 말고."

그건 노욕이었다.

시간이 해결할 일입니다.

몇 번이나 말했다. 준현을 데려오기 위해서라면, 보영을 설득할 다른 방법이 있을 거라고.

당장 데려와야 하는 것은 아니잖습니까. 이런 일은 순리대로 하셔야 합니다.

미움을 받아도 좋고 다시 안 보신다고 해도 상관없지만 그것만은 안 된다고.

머리에 재떨이가 날아들고 안경이 깨졌다. 눈썹의 상처는 그때 생겼다. 서 원장과의 인연은 이렇게 끝날 거라고 생각했다. 그를 버릴 생각은 없었지만 그가 자신을 버린다면 어쩔 수 없었다. 그저 그가 자신의 은인을 위해 할 수 있는 것은, 언제나 그랬듯이 진실을 말하고, 잘못된 선택을 하지 않도록 설득하는 것뿐이었다.

그건 이번에도 마찬가지였다.

"안 됩니다, 원장님."

"뭐가."

"순리대로 하셔야 합니다. 시간이 해결할 일이에요!"

"어쩌면 자네는 10년이 넘게 지나도 변하는 게 없어!"

서 원장은 역정을 냈다.

"어차피 자네도 나현이 더 다치는 건 바라지 않을 텐데?"

"원장님……."

"자네에게 처리하라고 하진 않을 테니 굿이나 보고 떡이나 자시게. 조성춘이는 일단 내버려두고. 그놈이 서윤병원이나 애희에 대해 뭐라고 기사를 쓰든, 일단 내버려두란 말이야. 그런 건 나중에 처리할 수 있으니."

서 원장은 십여 년 전과 그때와 똑같은 냉혹한 눈을 하고 차게 웃었다.

태민이 막을 수 있는 것은 아무것도 없다는 듯이.

“내가 저승 가기 전에 우리 준현이를 위해 해줘야 하는 일을, 어쩌면 그놈이 대신 해결해줄지도 모르겠군.”

병원 앞마당을 서성이던 전주댁은 코를 훌쩍이며 나현의 입원 가방을 벤치에 내려놓았다. 집중치료실에 있는 동안 쓸 일은 없겠지만 그 핑계로라도 나현을 보고 싶었던 모양이다. 준현조차도 태민과 동행하지 않고서는 들어갈 수 없다 보니 결국 안에 들어가 만나지는 못했지만.

“그렇게 예쁘고 남매간에 우애도 깊은데, 좀 더 평범한 집에서 태어났으면…….”

전주댁은 눈물을 보이며 훌쩍이다 준현을 붙잡고 이야기를 시작했다. 그간 보고 들은 서윤병원 일가의 이야기들. 더러는 추문이고, 더러는 범죄의 예고편 같은 음습한 이야기들을.

시간 순서가 마구 뒤섞여 인과관계도 흐릿해진 옛 사건들을 마치 카드 뭉치에서 아무 카드나 뽑아 들어 읽는 것 같다고 생각하며 준현은 연신 고개를 끄덕였다.

전주댁은 그렇게 제 할 말을 한참 늘어놓다가 나타났을 때처럼 코를 훌쩍이며 돌아갔다.

준현은 혼자 하늘을 올려다보았다. 날이 흐렸다.

"서준현."

준현은 고개를 들었다. SUV가 한 뼘쯤 창문을 내린 채 준현의 앞에 멈추어 섰다. 나현의 소식을 듣고 급히 달려온 서상희였다. 상희는 준현을 향해 손짓을 하고 얼른 주차장으로 차를 몰아갔다. 잠시 후 그녀는 담배를 문 채 돌아와 준현의 곁에 묻지도 않고 털썩 앉았다.

"이 망할 놈의 집안사람들은 대체 언제까지 이러고 살 건지."

"고모……."

"나현이는?"

"아직 못…… 깨어났어요. 치료는 바로 했대요."

상희는 담배 연기를 훅 내뿜었다.

"한두 살 먹은 어린애도 아니고, 대체 뭘 하는 거야. 조카에게 먹일 게 따로 있지."

"국과수에서는……."

"가족 일은 못 맡아. 일단 분야도 다르고."

상희는 관자놀이에 손가락을 댄 채 심각한 표정을 짓다가 일어나 준현의 어깨를 툭툭 두드렸다.

"나 오래 못 있는다. 내일 출근해야 해서."

"큰고모님은 어떻게 되는 거예요."

"나도 몰라. 조사해봐야 알지. 그런데 준현아."

상희는 안경을 손끝으로 밀어 올렸다.

"너 조성춘 기자하고 아는 사이였니? 어떤 사람인지는 알고?"

"아저씨가…… 말씀……."

"들었으면 됐다. 그 사람이 오늘 내게 전화했거든. 나현에게 일이 생긴 것도 그 사람 전화를 받고 알았어. 그런데 별난 이야기를 하더라고."

준현은 눈을 깜빡였다. 상희는 단도직입적으로 물었다.

"5년 전 그 일, 정말로 네가 한 거니? 배후 없이?"

"예."

"조 기자는 그 사건에 배후가 있는 것 같다고 주장했어. 일리는 있는 얘기지. 제약회사와 시의회 의원과도 얽힌 지방 의료 명문가의 후계자 살인사건. 실제로 칼을 휘두른 건 너라고 해도 배후가 있을 수도 있고, 억울하게 옥살이를 했을 가능성도 있지."

"그 사람은 정말 저를 무시하나 봐요."

준현이 고개를 저으며 희미하게 웃었다.

"누, 누가 봐도 명백한 현장인데 무슨 소리를 하나 모르겠어요. 저 혼자서는 못 죽였을 것 같대요? 제가 장애인이어서요?"

"솔직히 말하자면 그래. 네가 장애인인 것도 그렇고, 이 집안 사정도. 정황만 보면 그런 말이 나오는 것도 이상하지 않아. 그때 직접 내 눈으로 모든 걸 확인했다면 의심할 것도 없겠지만."

상희는 엄지손가락 끝으로 입가를 훑었다.

"조성춘 기자는 원한다면 이런 가설에 없는 떡밥도 만들어 붙일 수 있을 거야. 우리 집안 자체에 원한이 있으니까. 하지만 진실이 뭔지는 우리도 알아야지. 만약에 그때, 우리가 아는 것과 다른 일이 있다면, 누가 널 사주했거나 죄를 뒤집어씌운 거라면 꼭 임 변호사님이나 내게 말해. 알겠니."

"전 나현을 구한 것뿐이에요."

"알았다."

준현은 고개를 끄덕였다. 상희는 준현을 바라보다가 문득 중얼거렸다.

"너, 참 예쁘게 자랐구나. 어릴 때도 친엄마를 많이 닮았다 했더니."

"……감사합니다."

상희는 준현의 스마트폰에 제 연락처를 찍어주고 일어났다. 그는 병동 쪽으로 가려다가 어깨를 으쓱하더니 주차장 쪽으로 몸을 틀었다.

"나현이 안 보고 가세요?"

"아직 정신도 안 들었다며. 봐서 뭐 하게."

"그래도."

"죽을 것도 아니잖아. 하긴, 여기까지 왔는데 아버지는 뵙고 가야지. 나중에 보자."

그녀는 다시 몸을 돌려 병원 정문으로 걸어갔다. 준현은 한참 동안 그 자리에 우두커니 서 있었다.

14

서둘러 조치한 데다 젊기까지 했으므로 나현의 회복은 빨랐다. 그녀는 사흘째 되는 날, 소리 소문 없이 특실로 옮겼다.

특실에 인접한 병실들은 다른 층으로 옮겨졌다. 특실로 향하는 복도는 폐쇄하고, 의료진도 허가를 받은 사람 외에는 접근하지 못하도록 경비를 세웠다.

준현은 하루 종일 병실에 붙어 있었다. 나현의 침대 곁에 바싹 붙어 앉아 스마트폰도 들여다보지 않고 여전히 의식이 돌아오지 않는 여동생의 얼굴만 바라보고 있었다. 태민은 물론 서원장도 준현에게 중간중간 오피스텔에 돌아가 쉴 것을 권했지만 고집을 꺾진 못했다.

문은 닫혀 있었다. 화장실도 안에 있었고 태민이 냉장고에 간식이며 음료수도 채워놓고 갔으므로 병실에서 지내는 데 불편한 점은 없었다. 나현은 여전히 잠든 채, 손가락을 꼼지락거렸다. 준현은 나현의 손끝을 느슨하게 붙잡았다.

그 순간, 나현의 입술이 움직였다. 마치 소리 없이 오빠를 부르듯이.

하지만 그뿐이었다.

간호사, 의사, 전주댁, 다시 간호사, 할아버지, 임태민 변호사, 다시 간호사. 사람들이 나현을 들여다보고 가는 사이, 준현은 마치 생명줄이라도 되는 듯 그녀의 손끝을 꼭 붙잡고 있었다. 그렇게 하루가 저물어갔다.

해가 질 무렵 문득 나현이 미소 지었다.

마치 꿈이라도 꾸는 것처럼.

준현은 나현의 얼굴을 들여다보다 충동적으로 그녀의 입술에 손가락을 대었다. 따뜻했다. 준현은 천천히 몸을 숙였다. 심장이 내달렸다. 숨결이 섞이고 입술이 닿으려는 그 순간, 나현의 손이 움직였다. 손끝만을 겨우 붙잡았던 긴 손가락들이, 준현의 손을 부드럽게 감싸 쥐었다.

"오빠……."

준현은 벼락이라도 맞은 듯 고개를 들었다. 나현이 눈을 가늘게 뜬 채 준현을 올려다보았다.

"오빠."

나현이 힘없이 손을 놓았다. 준현은 머뭇거리다 그 손을 다시 붙잡았다.

"나 좀 일으켜줘. 응, 침대 옆에 그거 당기면."

"괜찮아?"

"괜찮은 것 같아."

비스듬히 앉을 수 있도록 침대 각도를 조절해주고 벨을 눌렀다. 간호사는 바로 달려왔다. 나현의 혈압과 체온을 재는 사이 의사도 와서 나현에게 말을 걸어보고, 반응을 확인하고, 간호사에게 몇 가지를 지시했다. 간호사는 피를 뽑고 나현의 입술을 물수건으로 축인 뒤 수액을 갈아주었다.

"그래도 빨리 발견했고 119가 빨리 조치해서 다행이었어요."

"할아버지는요……?"

"지금은 수술이 있으셔서 못 오시지만, 저녁때는 오실 거예요. 쉬고 있어요."

의사는 친절하게 말했다.

의사와 간호사가 병실을 나서자 나현은 준현을 올려다보며 힘없는 얼굴로 배시시 웃었다.

"어휴, 내 팔에 이게 다 뭐야."

"너 굉장히 많이 아팠어."

그 말을 하자마자 준현은 눈물을 뚝뚝 흘리며 울기 시작했다. 그는 병실 바닥에 주저앉듯 무릎을 꿇은 채, 며칠 사이 조금 야윈 나현의 손을 더듬으며 엉엉 울었다.

"걱정 마, 오빠. 이제 고모는 오빠 못 괴롭혀."

나현은 손을 들어 준현의 눈물을 닦아주며 몇 번이나 중얼거렸다.

"어떻게 이래…… 조카인데……."

"괜찮대두. 정말 못 괴롭힐 거야."

준현은 천천히 고개를 들었다.

"무, 무슨 소리야. 고모가 우리를 못 괴롭힌다는 게."

"나, 그거 알고 먹은 거야."

나현은 조용히 미소 지었다.

"뭐, 고모라면 언젠가 정말 나나 오빠에게 독약이라도 먹이려 들었을걸. 그럴 거면 알고 먹는 게 낫잖아. 응?"

"어째서……."

"오빠를 구하고 싶었으니까."

나현은 눈을 감았다. 입술은 미소를 띠고 있는데 눈에서는 눈물이 한 가닥 흘러내렸다. 준현은 나현의 뺨에 눈물이 번지는 것을 바라보다가 문득 앞으로 몸을 내밀었다.

나현의 머리카락이 손가락에 감겼다.

주저한 바로 그 순간, 나현이 고개를 들었다. 마르고 까칠하게 일어난 입술이었지만 부드러웠다. 준현은 자기도 모르게 빨려들듯 입술의 감촉을 따라 움직였다. 손가락이 겹쳐졌다. 서로가 닿은 자리마다 꽃이 피듯이 달아올랐다. 두 개의 심장이 서로 경쟁하듯 속도를 올리는 가운데, 문득 준현이 나현을 밀어냈다.

"……오빠?"

준현의 얼굴이 창백해졌다.

"이…… 방이었어."

"오빠……."

"아버지가, 엄마를…… 우리 엄마를……."

그게 무슨 의미인지 생각할 겨를도 없이, 준현이 머리를 쥐어뜯으며 비명을 지르기 시작했다. 나현은 준현을 향해 필사적으로 손을 내밀었다. 수액이 거칠게 흔들렸다. 준현의 손에 나현의 수액 줄이 얽혔다.

"오빠, 그만…… 생각하지 마, 그만 생각해! 오빠!"

"엄마, 엄마, 엄마, 엄마, 엄마……!"

준현은 나현의 손을 밀쳐내다가 그만 허공에 손을 저으며 바닥으로 고꾸라졌다. 그 서슬에 나현의 수액 줄이 뽑혀나갔다. 하얀 벽과 침대 시트 위 그리고 준현의 뺨 위로 피가 튀었다. 준현은 피를 보자 발작을 일으켰다.

"으아아아아아아아아악!"

나현이 벨을 누르기도 전에 간호사가 병실 문을 열어젖히고 들어왔다.

준현은 바닥에 뒹굴며 경련을 일으켰다. 몸을 뒤틀며 바닥에서 버둥거리며 몸에 닿는 모든 것을 걷어차고 집어 던졌다. 간호사가 준현을 붙잡아 바닥에 누르긴 했지만 착란을 일으키며 발광하는 사람이 악을 쓰며 버둥거리는 것을 제압할 수는 없었다. 결국 간호사 세 명이 달려든 뒤에야 붙잡을 수 있었다.

준현은 숨을 헐떡이며, 짐승 같은 신음을 뱃속 깊은 곳에서부터 울리며, 눈물이 고인 눈으로 나현을 올려다보았다. 곧 나현의 담당 의사가 달려오고 진정제와 항경련제가 투여되었다. 준현의 몸이 곧 바닥에 늘어졌다.

"오빠……."

"원장님께 말씀드리고, 안정 취하게 할게요. 걱정 마세요."

간호사들이 준현을 데려갔다. 이 병원에서만 거의 20년 넘게 일한 수간호사는 시종일관 침착한 태도로 나현의 수액 줄을 다시 연결하고 나현이 안정을 취할 수 있도록 병실을 환기하고 음악을 틀어주었다.

"괜찮아요? 여기 멍 심하게 들겠네…… 그런데 갑자기 무슨 일이에요."

"오빠가 그랬어요. 이 병실, 예전에 오빠가 입원했던 병실이라고……."

나현은 중얼거렸다. 수간호사는 아, 하고 씁쓸한 표정을 지었다.

"뭔가 아는 게 있으신 거죠?"

"그건……."

"오빠가 오던 해, 특실에 반년 가까이 입원해 있었고, 그 일로 저희 엄마가 유산하신 것은 알아요. 하지만 아직 제가 모르는 게 너무 많아요. 이 방에서, 대체 무슨 일이 있었던 거예요?"

"나현 양이 그걸 아는 걸 원장님이 바라실 것 같진 않아요."

"제겐 할아버지도 중요하지만 오빠도 중요해요."

수간호사는 한숨을 쉬었다.

"예전에 이 병실에서, 사모님이 서준현 씨를 폭행한 적이 있어요."

수간호사는 착잡한 표정으로 나현을 보았다. 나현의 눈이 휘둥그레졌다.

"엄마가요?"

"예……. 유산을 하고 얼마 지나지 않았을 때라서, 다들 쉬쉬하고 넘어갔었지요."

"하지만……."

준현이 부른 것은 어머니가 아니다. 엄마였다.

"이 병실에, 혹시 오빠의 어머니가……."

중얼거리던 나현의 얼굴이 갑자기 창백해졌다. 나현의 머릿속에서, 서 원장의 낡은 일기장이 펄럭이며 넘어갔다.

에미를 아이의 병실로 데려갔다.

그리고 봐선 안 될 것을 보고 말았다.

재욱이 그 여자와 붙어먹고 있었다.

아이 앞에서…… 강제로 범하다니…….

"아버지가…… 혹시 오빠의 어머니를 이 병실에서……."

"어디서 들으신 건가요."

"전에, 누가 수군거리는 걸 들은 적이 있어요. 그게 사실인가요?"

수간호사는 입을 다물었다. 나현은 한숨을 쉬며 고개를 가로저었다.

"원장님께 보고드려야 합니다. 나현 양이 이 일을 알고 있다는 것을."

"그러세요."

"안정제 들어갑니다. 좀 주무세요."

나현은 고개를 끄덕였다. 곧 묵직한 졸음이 엄습했다. 악몽을 꿀 것 같았다.

약 덕분인지, 꿈도 꾸지 않고 깊이 잠들었다.

눈을 다시 떴다. 새삼스레 특실이 마치 호텔처럼 쾌적하게 느껴졌다. 예전에 준현이 입원했을 때에도 이미 지어진 지 꽤 되었다고 들었는데, 여전히 새것 같았다.

하지만 혼자 있기에는 너무 넓었다.

창밖에선 비가 내리고 있었다. 나현은 가까운 쪽 창문의 빗방울을 세며 다시 잠을 청하다가 결국 포기하고 일어나 앉았다.

팔은 멍투성이였다. 응급처치를 하고, 병원으로 실려 와서도 집중치료실에 누워 있었으니까. 게다가 오늘은 준현이 난동을 부리기까지 했고. 나현은 그 얼룩덜룩한 멍 자국들을 물끄러미

보다가 문득 훈장 같다는 생각을 했다.

살아남았어.

나현은 몸을 웅크리며 중얼거렸다. 치사량을 웃돌게 먹었지만 살아남았다. 행운이 함께한다는 생각이 들 만큼 모든 일이 예상대로 돌아가준 덕분이었다.

119도, 경찰서도, 서윤병원도 가까웠지만 운이 나빴다면 정말 죽었을 수도 있다. 전주댁 아주머니가 늦게 왔다면, 큰고모가 119를 가로막았을 때 그들이 돌아가기라도 했다면.

그랬다면 그 여자 인생을 확실하게 망쳐줄 수 있었겠지만.

김 기사는 매일 학교 정문 앞에서 진을 쳤다. 신고했고, 경찰이 출동했지만 별 도움은 되지 않았다. 하지만 세 번째로 끌려간 김 기사는 더는 학교 앞에 나타나지 못했다.

그 대신 웬 조폭 같은 심부름센터 사람들이 정문 앞을 어슬렁거렸다. 학교 갔다가 집에 돌아오는 길에 누군가가 자신을 따라온다는 느낌을 받은 것도 한두 번이 아니었다.

매일 전화가 왔다. 하루 세 번. 문자메시지는 수도 없이 쏟아졌다. 새벽이든 한밤중이든 가리지 않았다. 신고를 해도 소용없었다. 대한민국 경찰은 시체가 나온 뒤에는 유능했지만, 이렇게 대놓고 벌어지는 예고편에는 관심도 없었다.

그래서 생각했다. 큰고모를 잡는 데 시체가 필요하다면, 시체가 되어주겠다고.

결정적인 계기는 그 전날 저녁 큰고모가 보낸 문자였다.

장제시로 오라고. 오지 않으면, 준현의 신변에 큰일이 생길 거라고.

사실은 그 문자를 보고 안심했다.

만약 무슨 일이 있더라도 이 여자만큼은 어떻게든 해치울 수 있을 테니까.

언제까지나 피해 다닐 수는 없었다. 그렇게 하고 싶은 말이 있다는데 들어는 봐야지. 아무도 우리를 도와줄 수 없는데. 할아버지가 언제 어디서나 보호해줄 수 있는 것은 아니다. 아저씨가 진심으로 걱정해주는 것은 알지만 큰고모 눈에는 그냥 운전기사나 가정부 같은 일 봐주는 고용인일 뿐. 고모가 마음만 먹는다면 그들 남매를 지켜줄 수 있는 사람은 아무도 없었다.

그러니 어떻게든 직접 해결해야만 했다. 조카들을 죽여서 원하는 것을 얻을 수 있다면 그러고도 남을 사람이니까. 어차피 위험을 감수해야만 서애희라는 인간의 인생을 망가뜨릴 수 있다면 이왕이면 조금이라도 살아남을 확률이 높은 방법으로 해야 했다.

약을 쓰기로 했다. 고모부도, 사촌들도 손에 넣을 수 있을 법한 것으로.

먹고 바로 죽지는 않아야 했다. 정말로 죽고 싶은 것은 아니었으니까. 엄마의 대학 노트를 다시 꺼내 꼼꼼히 살펴보고 계획을 세웠다.

장제시까지 오는 길, 휴게소에서 볶음쌀국수를 먹었다. 폭이 넓고 반투명한 국수에 숙주가 잔뜩 들어간 것이었다.

고모 댁에 가기 전에 할아버지 댁에 들렀다. 삼산화비소는 할아버지 댁 서재에서 훔쳤다. 워낙 익숙한 곳이라 어디에 뭐가 있는지도 대충 알고 있었다. 티도 나지 않을 만큼 덜어 오블라투에 쌌다. 다른 데 싸서 가져가면 수사 과정에서 들통이 날 테니, 가져간 것을 그대로 삼킬 수 있어야 했다. 오블라투라면 녹말로 만들어졌으니 배 속에 들어가면 쌀국수와 비슷해 보일 것이었다.

병을 제자리에 돌려놓고 손으로 만진 자리를 대충 닦아냈다. 이 서재에 나현의 지문이 남아 있는 것은 이상한 일도 아니거니와, 경찰이 감히 이 서재에서 지문을 채취하진 않을 거라고 확신했다. 적어도 이 지역의 경찰이라면.

예상대로 큰고모는 나현에게 사인할 서류를 잔뜩 내어주고 생각할 시간을 준다며 자리에서 일어났다. 아주 잠시 그만둘까 하는 마음도 들었지만…….

엄마의 피겨린들, 엄마의 고운 그릇들, 엄마의 꿈, 나현이 행복해지기만을 바랐던 엄마의 소망. 그런 것을 멋대로 빼앗아 아무렇지도 않게 쌓아두고 사인을 종용하며 나현의 눈앞에서 깨버린 여자. 그녀를 용서할 수 없었다.

테이블 위에는 설탕과 크리머가 든 커피 세트와 함께 에스프레소 두 잔이 놓여 있었다. 자신의 앞에 놓인 커피잔과 설탕통에 가져온 비소를 조금 털어 넣고, 나머지 비소를 오블라투째

두어 번 씹어 삼킨 뒤 커피를 마셨다. 나머지는 하늘에 맡겼다. 때맞춰 전주댁 아주머니가 와주기만 한다면 죽지는 않을 거라고 막연히 생각했다.

그리고 살아남았다. 이렇게.

나현은 간호사를 호출했다. 그리고 준현에 대해 물었다.

정신을 차렸다면 병실로 돌아오고도 남을 시각이었다. 준현은 가끔 발작을 일으키고도 금세 정신을 차리곤 했다. 안정제를 맞았으니 한숨 자고 있을지도 모르지만 보고 싶었다. 하지만 간호사의 대답은 나현의 예상과는 달랐다.

"돌아갔어요."

"어딜요?"

"안정제 맞고 한 시간쯤 잠들었다가 바로 퇴원했어요. 나현 양 입원해 있는 동안에 변호사님 오피스텔에서 지낸다는 것 같았는데, 변호사님께 전화해볼까요?"

"저기, 제 폰 주시겠어요. 가방 안에 있는데."

간호사가 옷장에서 나현의 가방을 꺼내 열었다.

"어머, 어떡해. 경찰이 확인하고 갖다준 거라서 속이 엉망이네."

"어쩔 수 없죠."

간호사는 필요한 물건들을 꺼내주고 병실을 나섰다.

나현은 제 스마트폰을 낯선 물건처럼 들여다보다가 문득 메시지함을 열었다. 수도 없이 날아든 애희의 메시지들을 지나,

준현이 돌아오던 그 전날 받은 문자를 찾았다.

5년 전 일에 대해 드릴 말씀이 있습니다. 연락 주십시오. 조성춘.

조성춘.

처음 문자를 받고는 기분이 나빴다.

막내 외삼촌 입에서 그 이름이 나왔을 때는, 조금 놀랐다.

이 사람, 장제일보 기자라고 했지. 5년 전 일에 대해 무슨 할 말이 있는 것인지, 서윤병원에 왜 관심을 갖는지는 알 수 없지만 만나봐야겠다는 생각이 들었다.

나현은 통화 버튼을 눌렀다. 조용한 병실에서 통화 연결음이 유난히 크게 들렸다.

묵직한 족쇄가 발아래로 떨어지는 듯한 소리와 함께, 남자의 목소리가 들렸다.

준현은 오피스텔로 돌아오지 않았다.

하루 정도야 그럴 수도 있다 생각했지만 이틀째 돌아오지 않자 마음이 급해졌다. 태민은 어둠이 내려앉은 골목과 지금은 서윤병원 별관이 들어선 옛 재욱의 집 자리부터 한참 떨어진 터미널 근처까지 샅샅이 훑으며 돌아다녔다. 발작은 진정된 후에 나갔고, 스무 살도 넘은 다 큰 남자애니 크게 걱정할 일은 아니었지만 전화를 걸어도 받지 않는 게 영 찜찜했다.

그런 데다 조성춘이 움직이기 시작했고.

태민은 미칠 듯한 심정으로 준현을 찾아 헤맸다.

"그 녀석, 집으로 갔수다."

답은 뜻밖에도 백 반장에게서 나왔다.

"어제……가 아니라 벌써 그저께죠. 터미널에서 막차 탈 시각에 본 거니까."

"그렇습니까."

태민은 조금 맥이 풀렸다.

"그나저나 변호사 선생님은 서울 안 가보셔도 되는 겁니까?"

"안 그래도 우리 사무장이 난리입니다. 서윤병원 일만 일이 아니라고."

"그거 큰일이군요."

"그래도 이번 주에는 재판이 없으니 주말까진 괜찮습니다. 같은 사무실에 똑똑한 후배 변호사가 둘이 더 있어요."

"그렇군요. 그런데 서준현 그놈, 괜찮은 겁니까? 터미널에서 고래고래 소리를 지르던데."

"소리를 질러요?"

옷을 이렇게 잡아당기면서 소리를 지르는데. 마침 내가 가다가 그걸 봤지요. 일단은 달래놓고, 어디로 갈 거냐고 물으니까 집에 간다고 해서 보냈는데. 대체 무슨 일이에요?"

"발작을 일으켰어요."

"발작?"

"지금 나현이가 있는 입원실이 예전에 준현이가 입원했던 그 방이었어요."

태민은 한숨을 쉬었다.

"정혜가 준현이의 목을 조른 적이 있습니다. 그 방에서. 정말 죽이려고 한 것은 아니었어요. 정혜는 배 속의 아이를 잃은 직후였고…… 그저, 목에 손을 대고 지그시 누르기만 했지요. 괴롭지만 죽진 않을 만큼. 거기서 더 힘을 주었다면 죽을 수도 있었겠지만 죽이고 싶도록 미웠더라도 죽이진 않았을 겁니다. 죽일 기회가 주어져도 못 죽였을 거예요. 실제로 준현을 데려와 살게 된 이후엔 한 식구가 되기 위해 노력했고요. 하지만 준현에겐 그게 트라우마였겠죠."

"허, 참……."

"문밖에 제가 있었습니다. 바로 들어가려다가 위험해지면 들어가려고 기다렸지요."

태민은 고개를 가로저었다.

"정말로 그냥 목을 슬쩍 누르고는 네가 밉다고, 미워서 죽이고 싶은데 그러지도 못하겠다고, 그런 말만 했습니다. 조금이라도 위험했다면 제가 막았을 겁니다."

"딱한 이야기이긴 합니다만, 그게 어디 열 살도 안 된 애한테 할 말이랍니까."

"압니다. 그건 재욱이에게 했어야 하는 말이죠. 정혜에게 그 정도의 말을 할 권리는 있겠지만, 준현에게 할 말은 아니었어요."

태민의 얼굴에 형언할 수 없는 깊은 슬픔이 스쳐 갔다.

"……원장님도 모르시죠. 저하고 그때 간호사 선생님만 압니다. 이제 백 반장님도 아시는 거죠."

백 반장은 손사래를 치며 고개를 가로저었다.

"그냥 못 들은 걸로 칩시다."

"그래주시면 더 좋습니다만."

태민은 쓴웃음을 지으며 가방에서 신문을 꺼내 보였다.

"여튼 준현에게 가보긴 해야겠습니다. 조성춘이 움직였어요."

집에 돌아오고 며칠 동안 준현은 나현의 방에 웅크려 있었다. 나현의 베개를 끌어안은 채, 흐느껴 울다가 잠들기를 반복했다. 눈물이 마르는 만큼 뺨이 버석하게 당겨왔다.

정신이 들었을 때는 읽던 책을 몇 페이지라도 들여다보았다. 몬테크리스토 백작, 햄릿, 맥베스, 죄와 벌, 적과 흑. 그리고 낡디낡은 백조 왕자까지. 다 읽지도 않을 책들을 가져다 바닥에 줄을 맞추어 쌓았다. 마치 장난감 블록으로 성을 쌓듯이. 계속 벨이 울리던 스마트폰은 어느새 더 이상 울리지 않았다. 배터리가 방전되어 꺼진 모양이었다.

그리고 현관 벨이 울렸다.

나가지 않으려 했지만 벨은 몇 번이나 울렸다. 뒤이어 주먹으로 문을 치는 소리가 났다. 가방을 뒤지는 소리, 열쇠 꺼내는 소리가 났다.

그리고 문이 열렸다.

"서준현!"

태민은 문을 열고서, 유령처럼 현관 앞에 나와 선 준현을 보고 허탈하게 웃었다.

"난 무슨 일 난 줄 알았다."

태민은 준현을 끌어안았다.

"대체 뭘 하고 다닌 거야. 얼마나 걱정했는데."

"……집에 있었어요."

"전화해도 안 받던데."

"배터리……."

준현은 거실 구석에 던져놓은 옷 무더기 틈에서 발굴하듯 스마트폰을 찾아냈다. 스마트폰은 꺼져 있었다. 태민은 준현을 두고 주방으로 들어갔다. 냉장고를 열자 비닐봉지에 든 채 새카맣게 변색된 야채가 굴러떨어졌다.

"밥은 먹었니?"

"아뇨."

"그럴 줄 알았다. 말랐어. 그동안 면도도 안 한 것 같고. 너, 설마 그 내내 굶은 건 아니지?"

"……."

"아이고, 이 답답한 녀석아. 어떻게 사람이 냉장고에 먹을 걸 두고 아무것도 안 먹어. 이건 부추인가 본데 못 먹겠구나. 이것도."

그는 냉장고를 도로 닫고 준현을 돌아보았다.

"얼른 씻고 옷부터 갈아입어. 밥은 가면서 먹자."

딱히 밥 생각이 없다는 준현을 달래어 고속도로 휴게소의 우동집에 끌고 와 앉았다. 조미료 맛이 많이 나는 국물을 앞에 두고 준현은 깨작거렸다.

"읽고 있는 책이 그 사람을 보여줄 때가 있는데."

태민은 국수를 반쯤 먹다 말고 중얼거렸다.

"아까 네가 보던 책들을 좀 봤어."

준현은 무슨 소리인지 모르겠다는 듯 고개를 갸웃거렸다.

"너 말이다, 혹시라도 조 기자 말을 믿고……."

"기자 아저씨는 할아버지가 엄마를 죽였다고 했어요."

"그 말을 믿니?"

준현은 대답하지 않았다. 태민은 곤혹스런 표정으로 그를 바라보다가 짧게 말했다.

"사람을 쐈다는 것은 알고 있다만……."

준현은 고개를 끄덕였다.

"그럼 할아버지가 죽인 게 맞네요."

"준현아."

"아, 알았으면 됐어요. 제가 할아버지께 뭘 어쩌겠어요."

준현은 무기력한 표정으로 중얼거렸다.

"미안하다."

"아저씨가 하신 거 아니잖아요."

"막지 못해서."

"말린다고 들을 분이 아니잖아요."

준현은 입을 다물고 젓가락으로 우동을 지분거렸다. 태민은 숟가락을 내려놓고 준현을 물끄러미 보았다.

"조 기자가 움직이기 시작했어. 어떻게 밀고 들어왔는지 나현과 만났고, 취재를 했어."

"병실, 통제한 것 아니었어요?"

준현의 표정이 일그러졌다.

"그렇게 들어가서 취재할 수 있을 정도면…… 고모부도 그럴 수 있다는 거잖아요."

"그렇지. 하지만 기자들이란…… 아니다. 여튼 그 일로 원장님께서 격노하셨다."

태민은 신문을 꺼내 준현에게 내밀었다. 구겨지고 손때가 탄 것이, 벌써 여러 번 접었다 폈다 한 흔적이 역력했다. 신문 지면에는 '상속권을 노린 살인, 지방 명문가를 둘러싼 피의 가족사'라는 자극적인 제목과 함께 나현의 얼굴이 실려 있었다.

"그리고 네가 사라졌고. 원장님께서는 네가 이 일과 연관된 게 아닐까 생각하신다."

"아니에요."

"그래, 나도 아닐 거라고 말씀드렸어. 그래도 원장님께서는 네가 조 기자의 차를 타고 왔다는 말을 들으셨으니까. 여튼 인터뷰 대상으로 언급된 건 나현뿐이야. 나현에게는 이렇게 해서라도 자기가 당한 일을 세상에 알리고 싶었을 거라는 동기가 있고."

"……."

"조성춘이 네 주변을 맴돈 것도, 아마 이런 기회를 잡기 위해서였겠지."

태민은 한숨을 쉬었다. 준현은 입술을 깨물며 신문 기사를 눈으로 훑었다. 스포츠 신문 연예면처럼 한없이 자극적으로 쓰려고 애를 쓴 흔적이 역력했다. 5년 전 그 사건에 다른 배후가 있었을 거라든가, 재산을 노린 큰고모가 장애가 있는 조카를 조종하여 그런 범행을 저질렀다든가, 친딸을 지속적으로 추행해온 악마와 같은 외과의사와 그 의사가 외도로 낳은 자식이라든가, 불륜 상대가 의문의 교통사고로 죽음을 맞았다는 이야기라든가.

"그가 어떻게 나현에게 접근했는지, 나현이 무슨 생각으로 이 인터뷰에 응했는지는 중요하지 않아. 문제는 이제부터지."

"인터넷 악플이라든가요."

"이미 네 사촌들이 그러고 있어서 문제야. 마침 사진도 올라

왔겠다. 왜, 예쁜 여자애가 뭔가 이상한 사건과 연관되면 더러운 악플부터 다는 놈들이 있잖니. 네 사촌인 성현이, 성재가 악플을 부추기고 있어. 예쁜 얼굴로 제 아빠를 유혹했다는 둥, 오빠와도 그렇고 그런 사이라는 둥, 집안 재산 다 빼돌렸다는 둥."

"그런……."

"걱정 마. 그 문제도 곧 해결할 테니까. 성현이, 성재도 원장님 손자이지만, 설령 원장님께서 반대하시더라도 난 그놈들 혼쭐을 내줄 생각이야. 그 애들이 너와 나현에게 한 일들을 생각하면 용서할 수가 없거든."

준현은 고개를 끄덕였다.

두 사람은 다시 차에 올라탔다. 고속도로를 달리는 내내 아무 말도 하지 않았다.

"나현인 죽미음을 먹기 시작했어."

장제 인터체인지를 빠져나갈 무렵이 되어서야 태민이 먼저 입을 열었다.

"이제 곧 괜찮아질 거야. 그리고 사건은 이번 주 안에 검찰로 송치될 거고. 바빠지겠지. 재판도 할 거고, 한두 번에 끝나지는 않겠지. 아, 그래. 이번 건은 내가 아니라 다른 변호사가 맡기로 했다."

"어째서요?"

"형사니까 검찰이 원고를 맡거든. 나도 여사님을 변호하고 싶지 않고 여사님도 내 변호를 듣고 싶진 않을 테니, 피고 측 변호인은 따로 구해보시겠지. 여사님이 너희에게 해코지할 걱정은 당분간 안 해도 돼. 일단 구속된 상태니까. 보석을 신청할 것 같긴 한데……."

"할아버지가…… 괜찮으세요?"

태민은 고개를 가로저었다.

"어쩌겠니. 여사님이야 당신이 하신 일이 아니라고 주장하지만, 증거에 증인에 피해자까지 있잖니. 게다가 증거인멸을 사주한 혐의도 있고, 지난번 납치 미수에 스토킹 건도 있고. 비소를 어디서 구했느냐가 문제이긴 한데……."

"큰고모님은 어떻게 되시는 걸까요."

"무죄추정의 원칙이 있지만, 백 반장님도 이건 거의 깔끔하게 떨어지는 사건이라고 하셨고 원장님도 여사님 편은 들지 않으셨어. 너희들 걱정뿐이시지. 김 박사님은 서윤병원에서 나가게 되셨다."

준현은 아무 대답도 하지 않았다.

"조성춘이의 차를 왜 얻어 타."

서 원장의 싸늘한 목소리에, 준현은 어깨를 움츠렸다.

"게서 여기까지 택시를 타고 온들 택시비 못 내줄까 봐서."

"죄, 죄송합니다."

준현이 바들바들 떨자, 서 원장은 애써 목소리의 힘을 빼며 부드럽게 말했다.

"됐다. 다 지나간 일이지. 어서 나현에게 가봐라."

"누가 말한 거예요……."

"김 박사가 그러더구나. 네가 조성춘과 같이 있더라고."

"……예."

"오면서 임태민이에게 들었을 거다. 조성춘이 어떤 놈인지. 어쩌다가 나현이 그놈과 접촉했는지는 모르겠다만 외밭에서 신발 끈 고쳐 매는 거 아니다. 너도 오해받을 짓은 하지 않도록 해라."

서 원장과 태민에게 인사를 하고, 준현은 나현의 병실로 향했다. 나현은 창백한 얼굴로 스마트폰을 들여다보다가 준현을 보자 반색을 했다.

"신문 봤어?"

"응. 어떻게 된 거야."

"……오빠가 출소하기 얼마 전에, 그 사람이 문자를 보냈어."

"……."

"처음에는 기분 나빴지. 미친놈이라고 생각했어. 외삼촌하고 아저씨가 말씀하실 때도 그 사람 이야기가 나왔잖아. 그리고 생각했어. 그냥 독을 먹였다, 그런 이야기가 뉴스에 잠깐 나오는 정도로는 재판에 영향이 갈 만큼의 여론을 만들 수 없잖아."

"나현아……."

"나에 대해서 인터넷에 뭐라고 악플이 달리는지 알고 있어."

나현은 생긋 웃었다.

"멍청한 사촌 오빠들이 SNS에다가 억울한 누명을 쓴 우리 어머니를 구해주세요, 하고 글 올린 거 봤어? 나보고 오빠하고 그렇고 그런 사이래. 와, 정말 그렇고 그런 일이라도 한번 해보고서 그런 말을 들었으면 억울하지나 않겠다. 안 그래?"

"나현아……."

"이미 악플, 나에 대한 음해들, 다 신고 접수했어. 여기다가 고모 형 확정되면 자기들은 그야말로 악플러에다가 살인범 자식들, 재산 노리느라 사람 하나 죽일 뻔한 것도 모자라서 그렇게 괴롭혀댄 일가족으로 남는 건데. 역시 머리들이 나쁜가 봐. 그런데도 김성현, 김성재가 의대에 간 걸 보면, 고모가 아들 하나당 건물 하나씩 지어주고 의대에 밀어 넣었다는 소문이 사실인가?"

준현은 마른침을 삼키며 나현을 바라보았다.

"네가 피해자니까, 고모가 모든 일을 저질렀다고 결론이 나면 모든 게 간단해질 거야. 그런데."

"오빠."

"만약에 네가…… 나한테 말한 사실이 밝혀지면."

"상관없어."

나현은 창밖을 내다보았다. 비는 그쳤지만 여전히 흐린 하늘이 장제시를 온통 뒤덮고 있었다.

"그 여자를 다시 안 볼 수만 있으면 상관없어. 고모가 다시는 오빠와 나를 괴롭히지 못하게 할 수 있다면, 난 몇 번이라도 더 독을 마실 거야. 그러면 적어도 오빠는 안전할 테니까."

✣

15

그 일이 있고, 이사를 두 번 했다.

원래 살던 집으로는 돌아갈 수 없었다. 성현과 성재는 나현의 얼굴을 SNS에 뿌려버렸고, 기자들도 집 앞에 진을 쳤다. 동네 사람들이 수군거리는 건 상관없었지만 안전 문제도 있었다. 서필환 원장은 나현이 퇴원하기도 전에 태민에게 새집을 구해보라 했다.

태민이 이번에 구한 집은 그의 집 근처였다. 원래 살던 집은 처분했다. 태민은 나현이 퇴원하고 몸만 올 수 있도록 포장 이사와 청소까지 마쳐놓았다.

"죄짓고 쫓겨나는 것 같아."

살던 동네를 차로 지나쳐 가며 나현은 중얼거렸다.

나현은 휴학했다. 입원해 있느라 거의 한 달 가까이 수업을 못 들은 탓이 컸다. 얼굴이 알려져 구설에 오른 것도 문제였다. 하지만 실은 고모부인 영규 때문이기도 했다.

서필환 원장의 사위이자 거의 유일한 후계자로서 서윤병원을 손에 넣을 꿈에 부풀어 있다가 병원에서 쫓겨나게 된 내과 과장 김영규는 집요하게 전화를 걸고 학교로도 찾아오며 합의를 종용했다. 나현이 경찰에 신고해 붙잡혀 갈 때까지도.

그리고 나현이 학교에 휴학계를 내고 얼마 지나지 않아 또다시 그 일이 벌어졌다.

"너희 고모부가 또 사고를 쳤다. 꼭 필요한 것만 짐을 싸도록 해. 어서."

한밤중에 찾아온 태민의 지시에 따라 짐을 꾸리고 밖으로 나왔을 때, 눈에 들어온 것은 앞집 문에 붙은 전단지였다. 전단지에는 나현과 준현의 얼굴이 인쇄되어 있었다. 인터넷에서 익히 보아온, 두 사람에 대한 음해와 함께.

"어디로 가는 거예요?"

"나현이는 서 박사 댁으로 가고, 준현이는 우리 집으로 가자."

태민은 두 사람을 태우고 차를 몰았다. 30분 정도 떨어진 곳에 있는 패밀리 레스토랑에서 상희가 기다리고 있었다.

"살림은 주에 두 번 아주머니가 와서 하실 거야. 책하고 블루레이는 서재에 있으니 원하는 대로 가져다 봐도 좋아. 넌 가급적 밖에 나가지 말고. 나가고 싶으면 나하고 같이 나가, 주말에. 그리고 인터넷에서 뉴스 기사 같은 건 검색해보지 말고. 괜히 속만 상할 테니."

"우리 집은 어떻게 되는 건데요?"

"처분하진 않을 거야. 네 집이니까. 다만 재판 끝날 때까지는 여기서 지내."

거처를 옮기고 숨어 지낼 수는 있었지만 인터넷 쪽은 수습될 기미조차 보이지 않았다. 이름과 사진이 노출되는 것은 길바닥을 벌거벗고 돌아다니는 것과 같았다. 사촌들은 무슨 의대생이 그렇게 시간이 남아도는지, 어머니가 억울한 누명을 썼다는 글을 아직까지도 도배하고 다녔다.

그들은 준현을 천한 여자의 아들이자 한번 폭발하면 유리병이나 식칼을 들고 날뛰며 가족들에게 폭력을 휘둘러온 흉포한 백치이며 자기 친부모를 살해한 살인마라고 주장했다. 나현에 대해서는 친아버지가 그녀를 추행했다고 하나 사실은 일가친척 아무에게나 꼬리를 치고 다녔으며, 그 사건이 일어났을 때 이미 임신 중이었다고 주장했다. 준현과 단둘이 살고 있다는 말도 빼놓지 않았다.

SNS에, 포털의 게시글에, 유머 사이트에, 남자들이 우글거리는 곳마다 그 글은 계속 퍼져나갔다. 나현의 사진과 이름과 학교가 알려졌다. 얼굴 한번 본 적 없는 놈들이 모니터 뒤에서 안전하게, 도화살이 끼어서 그렇게 사람 홀리는 애들이 따로 있다며 가서 한번 따먹어줘야겠다고 낄낄거렸다.

그리고 나현은, 상희가 출근한 뒤 방에 앉아 침착하게 그 모든 글을 읽고 있었다.

"그런 걸 왜 굳이 보는지 모르겠어."

상희는 나현이 차려놓은 밥상을 앞에 두고 걱정스레 나현의 얼굴을 들여다보았다.

"전 괜찮은걸요."

"밤에 잘 못 자는 것 같던데, 박 선생한테 수면제라도 좀 받아오지 그래?"

"괜찮아요. 수능 모의고사로는 오빠의 반도 안 나올 애들이 오빠보고 백치니 뭐니 하는 것도 웃기지도 않고. 그리고 그 악플 말인데, 덕분에 제 용돈 통장이 합의금으로 아주 두둑해졌어요."

"너도 참 의외로 배짱이 좋구나."

"뭘요, 아저씨네 사무실에서 다 해주시는 건데요. 세상에, 저보고 이젠 합의금이 탐이 나서 그런다지 뭐예요? 웃겨서. 할아버지가 물려주신 상가에서 한 달에 제 통장에 꽂히는 월세에 비하면 그런 합의금 따위 푼돈인데 무슨 소리야."

며칠 뒤엔 장진제약의 외삼촌들이 상희의 집으로 찾아왔다. 그들은 더없이 정중한 태도로, 나현보다는 상희에게 부탁했다. 외국으로 가는 게 좋지 않겠느냐고.

"오빠와 함께 가는 게 아니면 싫다고 했어."

하루 온종일, 이야기 나눌 사람도 없이 상희의 집에 갇혀 지내다시피 하는 나현의 유일한 낙은 준현과의 화상채팅이었다.

나현은 모니터에 비친 준현의 모습을 보며 재잘재잘 떠들었다.

"고모부가 또 난리 치시나 봐. 그래도 작은고모가 잘 쫓아버리셨어. 여긴 1층 출입문에도 비밀번호가 있는데, 한번은 택배 기사 따라 들어오려다가 경비실에 잡혀서 개망신당한 거 있지."

준현은 나현의 목소리를 들으며 키보드를 두드려 대답했다.

우리 주소 뿌린 거, 고모부잖아. 작은고모 댁 주소도 그러면 어떡하지?

"미치지 않고서야 못 그래. 작은고모 무서운 사람이잖아. 고모부도 작은고모 앞에서는 찍소리도 못 해. 의사면 뭐 해. 이쪽은 법의관이라서 변호사도 판검사도 잔뜩 알걸?"

다행이다. 심심하지 않아?

"괜찮아. 작은고모가 홈시어터를 워낙 잘해놓으셔서. 맨날 옛날 영화 세 편씩 보고 있어. 블루레이도 되게 많아. 있잖아, 나 엊그제는 심심해서 우쿨렐레도 하나 샀다? 요즘 이거 가르쳐주는 인터넷 강의도 있는데, 나중에 만나면 우쿨렐레 들고 같이 바닷가 놀러 가. 응?"

이렇게, 얇은 노트북의 화면 너머로 상대방의 얼굴을 볼 때만이 살아있는 것 같았다.

나현은 단 한 번 닿았을 뿐인 입술을 손끝으로 눌러보았다.

만나고 싶었다. 닿고 싶었다. 안고 싶었다.

사랑하고 있다. 오빠를 위해서라면 독을 마실 수도 있을 만큼.

그렇게 다섯 달이 지났다.

"피고인과 증인은 어떤 관계입니까."

"저는 피고인 서애희의 조카입니다. 피고인이 제 큰고모 되십니다."

나현은 다시 한번 증인석에 올랐다. 6년 전에는 준현을 위해, 이번에는 사건의 피해 당사자로서. 태민은 그때보다 많이 자라고 조금 여윈 나현을 착잡한 마음으로 바라보았다.

"피고인은 평소에도 증인과 다툼이 있었나요? 구체적으로 어떤 문제가 있었습니까?"

"고모는 아버지가 살아계실 때에도 서윤병원의 지분을 두고 아버지와 신경전을 벌이셨습니다. 아버지가 돌아가신 뒤에는 제게 노골적으로 유산상속을 포기할 것을 요구하고, 제 오빠 서준현과 저의 생명을 위협해왔습니다. 증거도 있습니다. 고모가 너무 괴롭혀서 늘 전화를 녹음하는 게 습관이 되었어요. 할아버지께도 들려드린 적이 있습니다."

검사는 사전에 제출한 음성파일이 담긴 USB와 녹취록을 증거로 제시했다. 애희가 준현을 금치산자로 만들고 말겠다, 그게 불가능하다면 차로 밀어버리겠다고 말하는 파일과 나현에게 노골적으로 죽여버리겠다는 말을 입에 올린 파일이었다.

"아버지와 어머니가 돌아가시고 할아버지 댁에서 고등학교를 다닐 때에도, 고모는 학교에까지 찾아와 저를 괴롭혔어요. 그뿐이 아닙니다. 제 어머니의 유품도, 부모님의 장례를 치르는 사이 모두 가져가버렸습니다. 아끼던 찻잔과 혼수로 해 오신 패물, 심지어는 어머니의 결혼반지까지 모두 다……."

나현은 증인석에서 울먹였다. 나현의 외삼촌들이 자리에서 일어나려고 하는 것을 다른 이들이 겨우 말리는 모습이 보였다.

"몇 번이나 돌려달라고, 그건 도둑질이라고 말씀드렸지만 끝끝내 돌려받지 못했어요. 제가 고모 댁에서 독을 먹었던 그날도 제게 재산을 양도하겠다는 서류에 사인하라면서, 제가 보는 앞에서 엄마의 유품인 그릇을 깨버리셨죠. 사인하지 않으면 엄마의 유품을 다 부숴버리겠다는 듯이요. 고모는 엄마의 유품도, 서윤병원도, 이제는 제 목숨까지 노리고 계세요."

"증인의 증언과 같이 피고인은 자신의 조카인 서나현을 지속적으로 협박하고 문자메시지를 보내고 학교 앞으로 기사를 보내는 등, 정상적인 생활이 어려울 정도로 다양한 방법으로 압력을 행사해왔습니다. 그리고 급기야는 피해자 서나현을 자기 집으로 불러들여 독극물을 먹게 한 것입니다. 이상입니다."

검사가 심문을 마쳤다. 피고 측 변호인이 자리에서 일어났다. 그는 나현에게 집요하게 그날의 정황을 물었고, 나현은 곧 마음을 가라앉히고 담담하게 대답했다.

"그날 커피를 마시게 된 정황을 자세히 말씀해주십시오."

"재산을 양도하겠다는 서류를 건네받았고, 커피가 나왔습니다. 무척 쓰고 진한 에스프레소여서 설탕을 한 숟갈 반 정도 넣었어요."

"커피에 문제가 있는 것은 어떻게 알았습니까."

"커피 맛이 별로라고 생각했어요. 원래 커피를 좋아해서 바리스타 강좌도 들으러 다녔거든요. 처음에는 원두를 잘못 배전했나 싶을 뿐이었는데 마시고 나니 속이 좋지 않았어요. 반 잔쯤 마셨을 땐 구역질이 났고요. 할아버지 심부름으로 전주댁 아주머니가 오신 것까진 기억하는데, 그때는 이미 어지러워서 눈앞이 흐릿했어요."

"그렇군요. 다른 걸 더 여쭤보죠. 피고는 증인의 고모입니다. 피고가 증인에게 부당한 행동을 한 것은 사실이지만, 그건 증인이 자꾸 피고를 무시했기 때문일 수도 있지요. 친고모가 잠깐 만나자고 하는데 계속 무시하고, 경찰에 신고까지 하는 것은 사회 통념상 너무 매몰찬 처사가 아닐까요?"

"제가 할아버지 댁에 있을 때부터 고모는 저를 계속 괴롭혀왔습니다. 이후 고모는 저와 오빠를 납치하려 한 적이 있고, 개강한 후에는 계속 학교 앞으로 차를 보냈어요. 고모뿐이 아닙니다. 제가 겨우 퇴원한 뒤에는 고모부가 계속 학교로 찾아오고 집 근처에 나타나면서 위협하셨어요. 오빠와 함께 병원에 검사받으러 가다가 고모부께 끌려갈 뻔했던 적도 있습니다. 무턱대고 신고부터 했던 게 아니에요."

"증인은 당시 오빠와 살고 있었죠? 증인의 오빠 서준현은 증인의 부모를 살해했다고 기록에 나와 있습니다만, 피고는 증인의 고모로서, 증인이 오빠와 함께 사는 것이 부당하고 또 위험하다고 생각하여 떼어놓으려 했다고 생각하지는 않습니까?"

"그때 기록을 보셨다면 아시겠죠. 오빠는 저를 보호하려다 그 일을 저지른 것뿐이에요!"

나현은 소리치다가, 마침내 울음을 터뜨렸다.

"저는 그냥…… 고모 댁 기사가 자꾸 학교 앞에서 기다리고 있으니까 무섭고, 소문도 이상하게 나고…… 바로 그 일 있기 얼마 전에도 우리를 납치하려고 했고, 죽이겠다고도 했으니까…… 전 저하고 오빠를 괴롭히지 말아 달라고 말하려고 했어요. 커피가 맛이 이상하긴 했지만 설마 정말 독이 들었을 거라고는 생각도 못 했어요. 아무리 그래도 고모잖아요! 아무리 재산이 탐이 나도 그렇지…… 고모잖아요. 어떻게 고모가 조카를 죽이려고 해요!"

"이 미친 계집애가!"

분을 삭이듯 잠자코 있던 애희가 기어코 나현을 향해 삿대질하며 소리를 질렀다.

판사는 휴정을 선언했다. 나현은 비틀거리며 증인석에서 내려와 상희와 함께 서 있던 준현에게 달려와 안겼다. 나현의 작은 어깨가 준현의 품 안에서 들썩였다.

재판이 끝나자 상희는 나현과 준현의 어깨를 감싸며 복도를 지나 건물 밖으로 나왔다.

"언니도 병이지, 저쯤 되면."

그녀는 품에서 담뱃갑을 꺼내려다가 말고 한숨을 쉬었다.

"아, 요새는 어디 담배 한 대 마음 놓고 피울 수가 없네."

먼발치에서 영규가 달려와 상희를 붙잡았다.

"처제! 처제도 그러는 거 아니야. 내가 나현이 저거 잠깐만 만나자고 그렇게 부탁했는데!"

"여기서 이러시는 건 언니한테 도움 안 되니까 그만하세요."

"어디서 배워먹지 못한 연놈이 제 친고모는 살인강도 취급을 하고, 사촌은 악플러라고 고소하고, 그렇게 일가친척 탈탈 털고 집안 말아먹을 년. 누가 알아? 정말로 서 박사가 쟤를 건드리기는 했는지 누가 아느냐고. 저들끼리 눈 맞아서 제 애비 에미 죽여버리고 붙어먹은 거 아니냔 말이야."

"말씀 가려서 하세요."

상희는 대놓고 험악한 표정을 지었다.

"제가 어디 다니는지 아시잖아요? 그 정도도 확인 안 해봤을 것 같으세요? 그리고 일가친척 고소한다고 뭐라고 하시기 전에, 형부나 언니가 애들한테 하신 일은요? 성현이, 성재가 쓴 악플 읽어는 보셨어요?"

"그깟 인터넷에 쓴 글이 뭐 대수라고, 애들 인생 그렇게 망쳐놓아도 되는 거야?"

영규는 상희를 밀쳐내고 나현의 멱살을 잡았다. 준현이 막아서자 그는 준현의 머리를 주먹으로 때렸다. 준현은 비틀거리면서도 나현을 감쌌다.

"그만해요, 형부! 여기 법원이라고요!"

상희가 말렸지만 영규의 손은 이미 나현의 머리채를 움켜쥐고 있었다. 나현은 그 와중에도 앙칼지게 소리를 질러댔다.

"똑같은 인간들 같으니! 자기 조카에게 독을 먹여놓고도 고모니까 그냥 넘어가라고요? 사람 죽여놓고 미안하다고만 하면 다야? 하긴, 부모가 이 지경이니 사촌한테 그런 악플을 달면서도 고개 빳빳이 쳐들고 살겠지. 그냥 일가족 사이좋게 손잡고 정신병원에나 들어가버려요!"

"이 망할 계집애가!"

영규가 나현의 얼굴을 향해 손을 휘둘렀다. 그때 새카만 구둣발이 영규의 옆구리를 걷어찼다.

나현의 큰외삼촌, 장정남 의원이었다.

"어딜 감히!"

그는 사정없이 주먹을 휘둘렀다. 그에 비하면 체구가 반밖에 되지 않는 영규는 코를 감싸 쥐며 뒤로 나동그라졌다.

"이 개새끼가, 어디 감히 내 조카한테 손을 대!"

"씨발, 장진제약은 빠져!"

"욕했냐? 이 약골 새끼가, 주제도 모르고 어디서 쌍욕을 하고 있어! 서윤병원 따위가…… 족보도 없는 장제리 동네 머슴의 새끼들이…… 어딜 감히!"

나동그라진 영규의 종아리 위로 쉴 새 없이 구둣발이 날아들었다. 비명 소리가 났다. 제복을 입은 법원 경비들이 달려와 정남과 영규를 떼어놓았다. 그중 한 명이 어떻게 된 거냐고 물었다. 나현은 입가에서 피를 흘리고 있는 준현을 감싸며 대답했다.

"가해자의 남편이 우릴 때렸어요. 저희 외삼촌이 구해주신 거예요."

"가해자의 남편이라니! 난 네 고모부야!"

"그만해라, 나현아."

상희는 나현과 준현의 등을 감싸 일으키며 중얼거렸다. 담배 생각에 입이 바싹 말라붙는 것 같았다. 어쩌면 이 집안은, 법원에서까지 이럴 수 있을까. 영규가 끌려가며 짐승처럼 울부짖었다. 애들 엄마는 어떻게 하라고. 저것들이 이 집안을 다 말아먹었어. 걸음걸음 사람들의 크고 작은 수군거림이 들렸다. 상희는 불도 안 붙인 담배를 입에 문 채, 조카들을 차 뒷좌석에 밀어 넣을 때까지 그저 앞으로 앞으로 걷기만 했다.

겨울 하늘은 이른 황사로 흐렸다. 어둡게 선팅한 차창 너머로 상희가 뿜어내는 하얀 담배 연기가 보였다. 준현은 나현의 손을 잡았다. 찬 바람과 눈물로 싸늘해진 나현의 뺨이 준현의 어깨에 닿았다.

"오빠…… 재판이 다 끝나면, 다시 함께 살 수 있는 거지?"

나현은 울음을 삼키며 중얼거렸다. 준현이 말없이 고개를 끄덕였다.

컨디션이 좋지 않다 싶더니 나현은 차에 오르자마자 앓았다. 말을 걸어보면 정신은 있는데 잠에 취한 듯 흐느적거리고 앓는 소리를 냈다. 상희는 나현의 이마를 짚어보고 혀를 찼다.

"열이 좀 있네. 아프다기보다는 지쳐서 그런 것 같은데."

"고모, 병원……."

"아냐, 준현아. 법원이 원래 사람 진을 다 빼놓는 데라 그래."

"고모 댁부터 가요. 나현이가 쉬어야 해요."

"그래, 알았다."

상희는 서둘러 핸들을 꺾었다. SUV는 강변북로를 타고 집으로 향했다.

지하 주차장에 차를 세우고, 상희는 뒷좌석의 문을 열었다.

"방까지 갈 수 있으려나……. 서나현, 일어나."

나현은 상희의 손을 밀어내고 준현에게 매달렸다. 상희는 혀를 찼다.

"네 오빠, 평지에서도 걸핏하면 넘어지는 거 알면서 그러니. 이리 와."

"아…… 오빠, 미안……."

나현은 희미하게 웃었다. 상희는 나현을 부축하고 준현은 나현의 반대편 손을 꼭 잡고 엘리베이터에 탔다. 보일러가 약하게 돌고 있는 따뜻한 집에 들어서자 나현은 다리에서 힘이 풀려 그대로 주저앉고 말았다. 탈진한 나현을 소파에 비스듬히 눕히고 상희는 물을 끓였다.

"어떻게 할 거니, 이 재판 다 끝나면."

"집에 가려고요. 나현이랑……."

"정말로 같이 살겠다고?"

나현과 준현이 거의 동시에 고개를 끄덕였다. 상희가 혀를 찼다.

"너흰 너무 사이가 좋아서 탈이야."

"예?"

"형제라는 것들은 전생의 원수라고들 그러잖니. 어지간해선 사이좋기가 쉽지가 않아. 한 엄마 배에서 태어난 형제들도 서로 못 잡아먹어 안달인데 엄마까지 다르면 거의 웬수나 다름없지. 그게 보통이야. 너희처럼 그렇게 죽고 못 살고 그러는 건, 흔하진 않지."

"그런……가요."

"나도, 실은 우리 어머니 자식이 아니야."

상희는 쓴웃음을 지었다.

"너희들 큰고모하고 아빠는 우리 어머니 자식인데, 난 밖에서 낳아 온 자식이었거든. 옛날에야 흔한 일이었어. 친엄마 얼굴도 몰라. 돌아가셨다고만 알지……. 그래서 준현이 널 안쓰러워하는 마음이 없지 않았어."

거짓말.

"내가 원래 사람을 싫어해. 애들은 더 낯설고. 잘해줄 방법도 모르지."

거짓말.

"그래도 걱정은 하고 있었어. 5년 전 그날 이후 무언가가 늘, 생선 가시처럼 여기 걸려 있는 느낌이었어. 언제나."

새빨간 거짓말.

몇 번이나 도와달라고 신호를 보냈다. 상희가 나타났던 그 명절마다.

"그러니까 뭔가 문제가 생길 것 같으면 내게라도 이야기를 해 줘."

그때마다 외면하고 돌아섰던 사람이, 이제 와서 왜. 나현은 입술을 앙다물었다.

애희는 결국 유죄 판결을 받았다. 징역 3년에 집행유예 5년이었다.

"죄는 지었지만 처벌은 안 한다는 거잖아요."

"그러진 않을 거다."

"죽이진 않겠지만 죽을 만큼 괴롭힐 수는 있겠죠."

나현은 태민의 차 뒷좌석에 앉아 투덜거렸다. 준현이 조심스럽게 대답했다.

"아냐, 집행유예 중에 비슷한 일 일어나면……."

"준현이 말이 맞아. 그게 면죄부도 아니고, 그야말로 '유예'하는 거니까. 서 여사님도 그 정도는 알 거야. 또 집행유예가 걸렸다고 해도 그분 성격에 징역을 받았다는 건 엄청난 충격일 거야."

태민은 룸미러로 입을 이만큼 내밀고 있는 나현을 보며 쓴웃음을 지었다.

"결국 고모를 우리 인생에서 분리할 수는 없다는 거잖아요, 그건."

"그래, 하지만 많은 것이 바뀔 거다. 이혼도 할 거고."

"고모부가 결국 서윤병원을 포기한 거예요?"

"그런 것 같더라."

"놀랍진 않네요. 고모 성격 어지간한 사람이 감당할 수 있는 게 아닌데. 좀 딱하네요. 농담으로라도 좋은 사람은 아니었지만, 병원장 자리만 바라보며 오래도 참으셨는데, 고모에게 시달리기만 하다가 이혼이라니."

나현은 종알종알 떠들어대다 문득 준현을 돌아보았다. 준현은 가만히 어깨를 움츠린 채 온순한 얼굴로 나현의 이야기에 귀를 기울이고 있었다. 태민은 두 사람의 모습을 보며 잠시 미소 짓다가 다시 심각한 표정으로 말을 이었다.

"그리고 여사님은 항소를 하신다더구나."

"우와, 말도 안 돼요. 양심도 없어."

나현은 정색했다. 준현이 조심스럽게 물었다.

"항소하면 형량이 줄어들 수 있죠?"

"그렇지."

1심 판결이 나왔다는 통보를 받자마자 나현은 상희에게 집으로 돌아가겠다고 했다.

상희는 정말로 준현과 함께 살 거냐고 한 번 더 묻고는, 같은 대답이 돌아오자 더는 말하지 않았다. 짐을 빼고 나오는데도 문 잘 잠그고 가라는 말만 했다. 서운해서 그러시겠지. 태민이 도닥였지만 나현은 집에 도착할 때까지 단단히 삐친 티를 내고 있었다.

"이번 재판 말이다. 비소의 출처가 끝까지 문제였어."

"고모부가 의사고, 그 집 아들 둘이 다 의대생인데도요?"

"심증은 있지만 물증이 없다고 해야 할까. 무엇보다도 서윤병원은 약품 관리가 철저한 편이야. 서애희 여사가 대체 그걸 어떻게 손에 넣었는지, 정황만 있지 결정적인 증거는 나오지 않았고."

태민은 운전에만 집중하며 대수롭지 않은 이야기처럼 말을 꺼냈다.

"항소할 경우, 그 부분을 물고 늘어지면 판결이 뒤집힐 수도 있어."

"아저씨……?"

"방법을 찾아볼게. 원장님께서도 수단 방법을 가리지 말고 너희를 보호하라고 하셨으니까."

태민은 짧게 말했다. 나현은 불안한 듯 태민을 바라보았다.

다섯 달 반 만에 돌아온 집은 깨끗했다. 사람을 불러 미리 청소를 해둔 모양인지 침대에서는 몇 달 묵은 먼지 냄새가 아닌 새 이불 냄새가 났다.

준현은 보일러를 틀고 코코아를 꺼냈다. 나현이 커피를 준비하려 했지만 커피 도구를 꺼내려면 짐을 몇 개는 풀어야 할 것 같아 포기했다.

"저녁은 요 근처에 보쌈 맛있게 한다는 집이 있는데요."

"남매 상봉을 방해했다가 눈치 없단 소리 들으려고?"

태민은 출소한 준현을 데려왔던 그날처럼 웃으며 말했다.

"코코아만 마시고 갈게. 보쌈집은 다음번에 가자."

태민은 그렇게 돌아갔다. 준현은 곧장 설거지를 했다. 그리고 저녁을 준비하려고 했는데, 사람을 불러 청소를 해도 서랍 속 구석구석까지 청소하진 않다 보니 그릇이나 솥에서 싱크대의 묵은 먼지 냄새가 났다.

"그냥 시켜 먹자."

"응."

준현은 손을 씻고 나현의 곁에 다가가 앉았다. 나현은 생긋 웃으며 준현의 어깨에 머리를 기댔다.

"이제야 우리 둘만 남았네."

"으응……."

"그동안 작은고모 때문에 못 물어봤는데 말야. 오빠, 나 병원에 있는 동안……."

"으, 응?"

나현은 정색을 하고 물었다.

"오빠 내 방에서 잤지?"

준현의 뺨이 새빨갛게 달아올랐다. 준현은 뒤로 몸을 빼며 고개를 돌렸다. 그러나 나현은 준현의 팔에 바싹 몸을 기대며 웃었다.

"이 집 이삿짐 들어올 때 보니까 내 베개랑 이불에 오빠 머리카락이 몇 가닥이나 묻어 있었는걸. 나 입원한 사이에 오빠 혼자 집에 와 있었잖아. 그리고 장제시 왔다가 바로 이사했고."

"으응……."

"그래서 좋았어."

준현은 고개를 들었다. 나현은 준현의 팔을 가슴에 꼭 끌어안은 채 조용히 웃었다.

"오빠하고는 떨어져 있었지만, 베개를 안고 있으면 꼭 오빠 품에 안겨 있는 것 같아서."

"나현아……."

"왜, 이상해?"

나현의 손이 준현의 손등을 더듬었다. 나현의 왼손이 준현의 오른뺨을 건드렸다. 준현은 자기도 모르게 입을 벌렸다가, 눈을 감았다.

나현에게 준현은 늘 특별한 사람이었다.

사랑하고 싶은 사람. 안고 싶고, 기대고 싶고, 입 맞추고 싶은

단 한 사람.

다시 만난 이후로 언제나 그랬다. 언제나 욕심이 났다. 가슴이 터질 것처럼 행복하다가도, 함께 있고 바라보는 것이 괴로웠다. 닿고 싶었다. 한순간의 열병이 아니라 평생의 지병처럼, 아팠다. 사랑스러운 만큼 더 괴로운 이 마음을 언제까지나 감추어야만 한다는 것이 쓰라리고 고통스럽기만 했다.

하지만 그 병실에서 준현은 분명 먼저 손을 내밀었다.

나현은 그렇게 생각했다. 어쩌면 그 병실이 아니었다면, 오빠의 트라우마를 건드리지 않았다면, 그 마음을 좀 더 분명히 확인할 수 있었을지 모른다. 오빠도 같은 마음이라고. 그렇게 닿을 수 없는 연심으로 앓고 있었다고.

"오빠……."

떨어져 지내면서 비로소 확신했다. 이 감정은 사랑이라고.

그저 지켜주고 싶었다. 곁에 있고 싶었다. 닿고 싶었다.

자식에게 손을 대고, 자식이 보는 앞에서 그 어머니를 강간한 아버지에게서.

손자를 빼앗기 위해 손자를 낳은 여자를 죽인 할아버지에게서.

병원을 손에 넣기 위해 조카들을 해치려 한 큰고모에게서.

알 수 있었고 알고 있었으면서도 눈을 감은 작은고모에게서.

이 사람을 지키고 싶었다. 그 모든 괴물들에게서.

"오빠는 내가 지켜줄게."

"나현아……."

준현은 나현의 손길을 밀어내지 못한 채, 촛불을 향해 날아다니는 작은 나비처럼 그저 그녀가 이끄는 대로 움직였다.

단추가 풀려나갔다. 여섯 번째 단추가 손끝에서 풀리는가 싶더니, 나현이 고개를 젖히자 매끄러운 블라우스가 어깨를 타고 바닥으로 떨어졌다. 어깨와 팔을 지나 물처럼 흘러내리는 섬유의 감촉에 세포 하나하나가 타들어가듯 짜릿하게 달아올랐다.

나현의 손길이 준현의 뺨을 감쌌다. 턱과 반쯤 벌린 입술이, 손길에 이끌려 그녀에게 다가갔다. 숨결이 섞였다. 입술이 겹쳐졌다. 끝나지 않을 것 같던 입맞춤의 끝에, 탄식 같은 한숨이 쏟아졌다.

"오빠……."

손가락 끝에, 눈과 뺨과 콧잔등에 입술이 닿았다. 처음으로 세상을 탐험하는 어린 아기처럼 나현은 준현의 모든 것을 입술로 맛보고 확인하며 더듬어갔다. 그녀의 손이, 이번에는 준현의 셔츠 단추를 풀기 시작했다.

"나, 나현……."

단추를 풀다 말고, 나현은 준현의 옷 속으로 손을 밀어 넣어 살집이 없는 가슴을 손바닥으로 쓸어내렸다. 잔뜩 긴장한 돌기가 손끝에 느껴졌다. 나현은 소리 죽여 웃었다.

"이, 러면 안 돼…… 우리는……."

준현이 숨을 헐떡이며 속삭였다.

"어머니가……."

"그래, 어머니가 안 된다고 하셨지."

나현은 준현의 몸에서 손을 뗐다. 그리고 잠시 그를 바라보았다.

준현은 긴장한 채, 혀끝으로 입술을 핥았다.

나현은 그런 준현의 손목을 붙잡았다. 준현의 침대로 이끌어 앉혔다. 침대에 무릎을 대고 그의 허벅지 위에 걸터앉으며 속삭였다.

"이거 나쁜 짓이야. 그런데 그게 뭐?"

"나현아……."

똑바로 준현을 바라보았다. 고개를 돌리려는 준현의 뺨을 손으로 붙잡고, 이마에 이마를 대었다. 겁먹은 어린 소년처럼 준현은 살며시 눈을 들었다. 그리고 나현과 눈을 마주치자마자 바로 고개를 돌렸다.

"원하지 않아?"

나현이 준현의 어깨를 천천히 끌어안았다. 그녀는 보드라운 귓바퀴를 입술로 물었다. 준현의 등이 순간 경련했다.

"말해봐, 오빠. 날 원한다고."

나현은 처음 만났던 그 순간 언제까지나 지켜주겠다고 맹세했던 그를 향해 속삭였다. 다리 안쪽에, 서투르고 잔뜩 겁에 질린, 그러나 뜨겁게 달아오른 욕망이 느껴졌다.

"하지만 이건…… 나쁜……."

"난 그냥 날 원하느냐고 물었어."

"그건……."

아버지는 천하의 망종이었다.

할아버지는 손자의 어머니를 죽인 살인자였다.

살인도, 강간도, 기만도, 배신도, 혈연 간의 욕망도, 누군가를 궁지로 몰아넣기 위해 독을 마시는 것까지도. 이 집안에서는 마치 돌림노래처럼 서로서로 돌아가며 저질러온 일이었다.

그런 것에 비하면.

이건 사랑이다. 세상에 드러낼 수 없는 사랑이라고 해도.

그저 당신과 내가 서로를 바라볼 뿐, 다른 누군가를 해치는 일도, 상처 입히는 일도 아니니까.

원죄라고 해도, 피에서 피로 내려오는 저주라고 해도, 이 집안의 사람들이 해왔던 일들에 비하면, 이건 정말 아무것도 아니야. 죄도 아니야. 나현은 준현의 이마에 입 맞추며 속삭였다.

"이러면 안 될 것 같은 일은, 이미 몇 번이나 했어."

소중한 공주가 먼 나라로 시집가던 날, 어머니는 눈처럼 하얀 손수건에 피 세 방울을 흘려 그녀의 품에 넣어주었다.

그 동화가 무엇을 은유하는지는 부끄러울 정도로 분명하지.

나현은 여전히 우릿한 통증 속에 눈을 떴다. 서투르고 격렬했던 지난밤의 흔적처럼 구겨진 시트 위에 핏방울이 번져 있었다.

"오빠……."

하지만 준현은 보이지 않았다.

나현은 준현이 벗어놓은 셔츠를 걸치고 거실로 나왔다. 화장실에도, 거실에도, 먼지 냄새가 남은 주방에도 준현의 모습은 보이지 않았다.

여기저기 기웃거리다가 나현은 제 방문을 열어보았다.

준현은 그곳에 있었다.

“오빠, 그거…….”

나현이 서 원장의 서재에서 훔쳐 온, 바로 그 다이어리를 손에 든 채였다.

“본 거야……?”

준현은 나현을 잠시 응시하다가 고개를 돌렸다.

“오빠의 엄마에 대한 글, 본 거야?”

“알고 있었어.”

준현은 고개를 외로 꼬며 중얼거렸다.

“그냥…… 확인해보고 싶었어.”

나현은 그제야 그날 이 다이어리가 왜 누가 손을 댄 듯이 혼자 튀어나와 있었는지 깨달았다.

“내, 내가…… 뭘 어떻게 할 수 있는 것도 아니고.”

할아버지였다면 그런 실수는 하지 않았을 거다.

죄의 흔적 같은 것은 마치 나무를 숲에 숨기듯, 똑같은 모양에 등에 박힌 연도만 다른 그 다이어리들 사이에 다른 것들과 전혀 다르지 않은 모습으로 숨겨두었겠지. 다 알고서 뒤져보지 않는 한 결코 찾아낼 수 없도록.

준현은 다이어리를 내려놓고 나현에게 다가왔다. 하룻밤 사이에 익숙해진 두 몸이, 마치 처음부터 서로를 위해 만들어진 것처럼 적당한 각도와 적당한 높이로 맞물리듯 서로를 끌어안았다. 나현의 어깨가 가냘프게 떨렸다.

"난 너만 있으면 돼. 서윤병원 같은 건…… 물려받지 않아도 괜찮아."

준현이 감정이 거의 느껴지지 않는 목소리로 중얼거렸다.

"하지만 할아버지는 이런 우리를 용서하지 않겠지."

문득, 어제 태민의 말이 떠올랐다.

원장님께서도 수단 방법을 가리지 말고 너희를 보호하라고 하셨다.

수단 방법을 가리지 않는다는 것은, 필요하다면 죽일 수도 있다는 뜻일까.

할아버지는 이미 한 번 오빠를 손에 넣기 위해 사람을 죽였던 적이 있다.

"난 너만 있으면 되는데, 정말로……."

우리를 용서할 수 없다면, 할아버지는 어떻게 할까.

죽일까.

그런 생각을 하는데, 나현의 뺨에 준현의 입술이 닿았다.

"우리 도망칠까."

"응……?"

"어디든, 아주 멀리…… 할아버지나 장진제약의 손이 닿지 않는 곳으로."

뺨을 타고 흐르던 눈물을 따라 준현의 입술이 천천히 움직였다. 짜디짠 아픔과 쓰디쓴 슬픔을 모두 대신 마시려는 듯이. 문득 나쁜 꿈을 꾸고 일어난 것처럼 서러움이 밀려왔다.

"행복해질 수 있을 줄 알았어, 나는……."

나현은 무너지며 오열했다.

그날 이후 며칠 동안 눈이 내렸다.

아무리 보일러를 틀어도 추웠다. 서로의 체온이 없으면 그대로 얼어붙어버릴 것 같았다.

그 겨울, 두 사람은 아무 데도 가지 않았다. 둘 중 한쪽이 탈진할 때까지 서로를 탐닉하다가 그대로 그 체온에 의지한 채 잠이 들기를 반복했다. 닿을수록, 안을수록 외로워졌지만 그럴수록 더 서로를 놓을 수가 없었다.

설이 다가왔다. 서 원장은 와서 명절을 쇠고 가라고 넌지시 일렀지만 못 들은 체했다. 준현이 정신과에 가야 하는 날짜도 훌쩍 지났지만 가지 않았다.

그 겨울 내내, 태민은 유난히 두 사람에게 신경을 썼다. 매일 전화를 하고, 한 주에도 두세 번은 찾아와 함께 저녁 식사를 했다.

"안 오셔도 된다니까요."

나현은 눈을 내리깐 채 대답했다.

"아저씨도 바쁘시면서."

"우리 집 근처라 잠깐 들렀는데, 뭘."

태민은 마카롱 상자를 나현의 손에 쥐여주며 현관으로 밀고 들어왔다.

"우리 사무실 근처에 새로 개업한 가게 건데. 마카롱 좋아하지?"

그는 별일 아니라는 듯 등 뒤에 숨겨 온, 커다란 꽃송이들이 푸른 잎과 함께 한 팔 가득 담겨 있는 꽃다발을 나현에게 내밀었다.

"이것도 받아라. 오는 길에 생각나서 샀는데, 그냥 적당히 꽂아놓으렴. 봄이 오는 것 같아 좋잖니. 아, 집에 꽃병 없을 것 같아서 꽃병도 사 왔어. 잠깐만…… 가방에 넣어놓았는데."

나현의 표정이 흔들렸다. 나현은 꽃다발을 받아 들고 겹겹의 꽃잎에 싸인 그 커다란 꽃송이를 손가락으로 어루만졌다. 여린 분홍빛부터 새빨간 색까지, 마치 색깔별로 골라 온 듯한 그 꽃들을.

"이거, 장미 아닌 건 알고 사신 거죠?"

"그래, 라넌큘러스."

태민은 대수롭지 않게 낯선 꽃의 이름을 말했다.

"엄마가 좋아하던 꽃이에요."

"알아. 예전에 너 어릴 때 너희 엄마가 가끔 사는 걸 봤거든."

태민은 가방에서 꽃병도 크고 작은 것으로 세 개나 꺼내 식탁 위에 늘어놓았다.

"집에 꽃을 꽂아놓으면 어쩐지 봄이 빨리 올 것 같다고 말하곤 했지. 봄이 오면, 봄이 가는 게 싫다면서 마당에 꽃모종을 심었고."

그리운 듯 태민은 중얼거렸다.

나현과 준현이 기억하는, 늘 신경질적이고 우울해 보이던 사람이 아닌 귀한 집 딸로 태어나 사랑받으며 어여쁘게 자란 사람. 태민이 기억하는 정혜는 그런 사람이었다. 꽃을 사랑하고, 아름답고 달콤한 것들을 사랑하는 사람. 어릴 때 정혼한 이와 결혼하게 되었지만, 정말로 그를 사랑했고, 그래서 행복해질 거라고 믿었던 사람.

나현은 한숨을 쉬었다.

"그러니까 엄마가 생각을 잘못한 거예요. 약사 면허도 있는 제약회사 따님이 뭐가 꿀려서."

"응?"

"이혼을 했어야죠! 이 미친 집안에 남아 있지 말고."

"이혼을……."

"기회는 몇 번이나 있었잖아요. 오빠네 엄마가 돌아왔을 때, 엄마가 유산했을 때. 아빠는 오빠네 엄마랑 결혼하고 엄마는 아저씨랑 결혼하셨으면 다 잘됐을 텐데. 엄마가 돈이 없어요, 뭐가 없어요. 외가에서 물려받을 것 받고, 아저씨를 변호사로 고용해서 위자료를 잔뜩 뜯어낸 뒤에, 아저씨랑 재혼했으면."

"그럼, 나현이는."

"엄마 따라가야죠."

"네 아빠는 어쩌고……."

"상식적으로 생각할 때, 우리 아빠보다는 아저씨가 아버지인 쪽이 정신건강에는 더 낫지 않았을까요?"

"이런, 솔깃한 이야기다만."

태민은 쓴웃음을 지었다.

"정혜는 정말로 네 아버지를 사랑했어. 내가 어린 마음에 네 엄마를 좋아한 적도 있었지만, 언감생심, 둘 사이에 끼어들 꿈도 못 꾸어보았어."

"유감이네요."

"그리고…… 그 비소의 판매처가 나왔다."

태민이 웃음을 거두고 말했다. 순간 나현은 긴장했다.

"걱정 마라. 우리에게 불리할 일은 없으니까."

"아저씨……."

"응?"

"만약에 할아버지와 저희가 싸우게 된다면, 그래도 아저씨는 저희 편을 들어주실 건가요?"

태민은 나현과 눈을 맞췄다. 그는 언제나처럼 도수 높은 안경 너머로 친절한 미소를 지으며 고개를 끄덕였다.

"그래."

나현은 가볍게 미소로 화답하고서 꽃다발의 리본을 풀었다. 풀린 꽃다발이 식탁 위에 펼쳐졌다. 나현은 볼에 물을 담아 옆에 두고, 날카로운 가위를 꺼내 언제 배웠는지 모를 솜씨로 익숙하게 꽃줄기를 잘랐다.

"너, 무, 무슨 일을 하려는 거야."

준현은 나현의 눈치를 살피다 조심스레 물었다.

"뭐가?"

"할아버지와…… 싸운다니."

"싸운다고는 안 했어. 최악의 경우에도 우리 편이냐고 물어본 것뿐이야."

"뭔가 생각하는…… 거잖아. 아냐?"

"당분간은 집행유예 기간이라 함부로 움직이진 못하겠지만, 그 미친 여자가 죽자 사자 덤비면 답이 없어."

나현은 능숙하게 꽃을 다듬어 꽂으며 대답했다.

"그리고 집행유예 끝나면? 그동안 우리 못 괴롭힌 거 몰아서 사고 치지 않을까? 그걸 앉아서 기다리라고?"

"아, 아저씨가 잘해주실 거야."

"어떻게든 해야 해."

나현은 입술을 깨물었다.

"아니, 어떻게든 할 거야."

사촌들에게 몇 번 전화가 걸려 왔다. 나현은 그런 전화가 걸려 올 때마다 말없이 녹음 버튼을 누른 뒤 그들이 하고 싶은 말을 다 하기를 기다린 뒤 전화를 끊었다.

그렇게 한 달이 지났다. 애희의 공판일이 다가오던 어느 날, 나현은 빨간 코트에 하얀 목도리까지 두르고 방에서 나왔다.

"어디 가?"

준현이 나현의 손을 덥석 붙잡았다.

"할아버지께 인사드리고 오려고."

"혼자?"

"응."

나현은 생긋 웃었다.

"오빠는 무리하지 마. 오빠네 엄마 일도 있고."

"그래도……."

"그래도는 무슨. 여전히 우리 할아버지인 건 맞지만, 난 전처럼 할아버지를 존경하진 못해. 인사만 하고 올 거야."

"나도 같이 갈래."

"괜찮아, 오빠."

나현은 준현의 손을 꼭 잡았다가 놓았다.

"이제 더 이상 속상해하지 말자. 앞으로 우리 둘이 행복하게 잘 살 수 있으면 돼. 그렇지?"

"응……."

"오빠는 내가 지켜줄게."

준현은 문을 닫고 나서는 나현의 뒷모습을 보다가 문득 거울을 돌아보았다.

거울 속의 자신이 웃고 있었다.

울 듯이 웃는, 그 가면 같은 얼굴을 하고 준현은 늘 읽던 '몬테크리스토 백작'의 한 구절을 중얼거렸다.

"복수를 결심한 날, 왜 내가 심장을 뽑아버리지 못했단 말인가……."

그리고 다음 순간, 무언가에 쫓기듯 나현의 방으로 뛰어 들어갔다. 서 원장의 다이어리는 보이지 않았다.

"그래서 어쩔 생각이냐."

서 원장은 놀라지 않았다. 어둑어둑한 거실에서 창밖의 빛을 등진 나현은 표정이 보이지 않았다. 그녀의 손에 들린 날카로운 과도만이 빛을 품고 있을 뿐이었다.

"그걸로 할애비를 죽이려고?"

"네."

나현은 고개를 끄덕였다.

"지금까지 내가 들어본 이야기 중 가장 어리석은 이야기 같구나. 하다못해 준현이가 왔다면 모를까, 네가 준현 에미의 복수를 하겠다고?"

"네."

"그럴 것 같으면, 등지고 있을 때 뒤에서 찌를 것이지."

"왜 이런 일을 당하는지, 할아버진 아실 권리가 있으니까요."

"권리라……."

"제가 할아버지를 좋아했던 것도, 아빠가 못 한 효도까지 제가 하고 싶었던 것도, 모두 진심이었어요. 하지만."

나현은 과도를 쥐고 덤벼들었다. 그러나 서 원장이 더 빨랐다. 수많은 사람을 살렸고, 또 죽였던 서 원장의 손이 커다란 호를 그리며 나현의 뺨으로 날아들었다. 나현은 과도를 바닥에 떨어뜨리며 주저앉았다.

"하지만 그래도, 죽어달라는 말이잖느냐."

서 원장이 비웃듯 한쪽 입가를 잡아당기며 웃었다.

"아무리 할아버지를 좋아해도, 할애비보다는 역시 좋아하는 남자가 우선이라는 것이겠지."

"……!"

"모를 줄 알았느냐? 어리석은 것. 어쩌면 이렇게 되풀이되는지……."

서 원장은 나현이 과도를 향해 손을 뻗는 것을 지켜보며 혀를 찼다.

"제 피붙이에게 집착하고, 이렇게 내 낡은 일기나 들이대며 협박하던 것이, 네가 처음인 것 같으냐."

나현은 과도를 집으려던 손을 멈췄다. 서 원장의 말에 허가 찔린 것처럼.

"그래, 여기서 내가 순순히 죽어주면, 그다음은 어떻게 할 거냐. 그 좋아하는 준현이를 두고, 살인범입니다, 하고 잡혀가려고? 누구 좋으라고 그런 짓을 하는데. 백번을 생각해도 그건 애희에게만 좋은 일일 텐데?"

나현은 고개를 숙인 채 입술을 깨물었다.

잠깐의 적막을 깨고 현관 벨 소리가 음침한 집 안에 메아리치듯 울렸다.

"나가보거라. 네 오빠가 널 구하러 온 것 같으니."

나현은 얼른 일어나 현관으로 달려갔다. 문이 열렸다.

그 앞에, 준현이 있었다.

어제 내린 눈과 늦은 오후의 햇살이 빚어낸 눈이 부시도록 찬란한 빛과 함께.

나현은 울음을 터뜨렸다.

"준현이 왔구나."

서 원장은 태연히 현관으로 따라 나왔다. 준현은 왼뺨이 새빨갛게 부풀어 있는 나현과 서 원장을 번갈아 보다가, 어느 순간 한 지점에 시선을 고정했다.

검은 표지의 낡은 다이어리였다.

"그래, 너도 저걸 본 게지."

준현은 고개를 끄덕였다.

"오늘 아주 좋은 구경을 했다. 나현이 와서는 커피를 끓여준다고 주방에 들어가더니, 갑자기 달려 나와 제 나이보다 더 오래된 과도 따위를 내게 휘두르더구나. 네 어미의 복수를 하겠다면서."

서 원장은 천천히 바닥에 뒹구는 과도를 집어 들었다. 그리고 그것을 준현의 뺨에 칼끝을 겨누었다. 사람 한둘 죽이고도 눈 하나 깜짝하지 않을 것 같은 얼굴이었다. 그 오래전에 일어난 일에 대해 새삼 죄책감 같은 것을 느낄 리 없는, 잔인하고 교활한 얼굴.

그것이 서필환 원장의 진짜 표정이라고, 나현은 생각했다.

"이런 건 여자아이가 휘두를 물건이 아니지."

서 원장은 문득 표정을 바꾸며 과도를 준현에게 내밀었다.

"칼을 본 김에 생각이 났는데, 냉장고에 사과 있으니 과일이라도 좀 깎아보거라. 이 나이가 되고 보니 이젠 내 손으로 과일 깎아 먹기도 귀찮아지는구나, 음."

"할아버지!"

"듣고 있다. 귀 먹지 않았다."

서 원장은 차가운 얼굴로, 웃었다.

준현은 그와 똑같은 얼굴로 웃던 사내를 기억했다.

아버지.

준현은 자기도 모르게 나현을 감싼 손에 힘을 줬다. 서 원장이 준현의 턱 끝을 손으로 붙잡고, 눈동자를 들여다보며 말했다.

"그것도 싫으면, 여기서 나를 죽이고 가든가."

"……."

"이것도 싫다, 저것도 싫다. 당사자는 뭘 하고 싶은 게 없는 모양인데. 나현이 너는."

"……."

"날 죽이면, 준현 에미가 살아오기라도 할까 봐 그러냐."

"……할아버지."

"죽은 사람을 살려낼 것도 아니면서, 이런 일로 창창한 앞날을 망치려 들어. 이제 와서."

그는 돌아섰다. 무방비한 등을 보였다. 그러고는 짐짓 오연한 태도로 말했다.

"어차피 난 오래는 못 산다. 이 나이쯤 되면 죽을병은 아니어도 서서히 목 졸라오는 지병 한두 가지는 있는 법이잖느냐. 죽음이 이제 와서 내게 벌이 될 것 같으냐. 마음대로 해라."

"죽음이 할아버지께 벌이 되지 않는다면, 이렇게 변명하시지는 않을 거예요."

나현이 대꾸했다. 서 원장이 눈살을 찌푸렸다.

"난 지금 준현이에게 묻는 거다. 어떠냐, 준현아. 네 생각도 마찬가지냐. 음?"

"할아버지께 칼을 겨눈 건 저예요."

"안다. 예쁘다 예쁘다 하면 할애비 수염을 잡아 뽑는다고, 네가 그리 요망한 짓을 하였지."

"할아버지가 말씀하셨잖아요? 오빠를 꼭 지켜주라고. 전 그 말씀대로 하는 것뿐이에요."

"그래, 그래서 제 애비에게 없는 죄를 만들어 씌웠던 것도 눈 감아주었다. 그러면 되었지, 나보고 무얼 더 하라는 거냐."

"……."

"다 들었다. 재욱이 그놈이 준현이 너를 계집 취급하며 희롱하더라는 것도, 밤마다 노리개 취급을 당했다는 것도. 그런데 이 나라 법은 그리해도 아비가 자식을, 사내가 사내를 희롱한 건 죽을죄가 되지 않으니, 그래서 죽였다는 것도 안다. 흥, 기막힌 이야기지만 이해 못 할 것도 아니었다. 제 어미를 그리 쏙 빼닮은 것이, 그놈의 도화살이 어디 가려고."

나현이 충격을 받은 듯 종이 인형처럼 휘청거렸다. 준현은 나현을 단단히 잡아 안았다.

"준현이, 네 어미가 어떤 여자였는지 아느냐. 지나가는 사내들이 다들 돌아보고 따라오고 추근거리던, 그런 여자였다. 본인 성품이야 조신하고 얌전했지만 사람이 타고나길 그런 것을 어쩌겠느냐. 그래, 애희가 그래서 네가 재욱이 자식이 아니라고 우기기도 했다만. 당연히 확인해보았다. 그러니 너를 내 손자로 인정도 하고, 우리 집 아이로 키웠지. 그래도 네가 그런 네 어미를 닮았으니 고작 간수 나부랭이까지도 그런 짓거리를 하지 않았겠느냐."

"그건……."

"답답한 놈 같으니. 왜 진작 말하지 않았느냐. 내 늙고 병들긴 했다만 그 정도 손 써주는 거야 일도 아니었다."

"오빠, 무슨 소리야."

준현의 낯빛은 어둡게 가라앉았다.

"무슨 말이냐고, 오빠."

"나현이 너도 그렇다. 계집아이가 낄 자리 안 낄 자리를 가리지 못하고."

"할아버지!"

"궁금한 게 있으면 집안 어른께 제대로 물어보고 움직여야지, 이게 무슨 추태냐. 그때 그렇게 빼내려고 애썼는데도 결국 5년이나 그 고생을 하고 나왔는데. 또 이런 일 저지르면, 그때는 너희 남매 지키고 보호해줄 이 할애비도 없이 어찌하려고."

서 원장은 짐짓 나현을 달랬다. 나현은 눈물이 글썽글썽한 채 파르르 떨었다.

"그 조성춘이 놈 일도 그렇다. 그놈 만나서 뭐가 더 나아졌느냐? 오빠는 제 부모에게 칼 휘둘러서 감옥도 다녀왔다더라, 조카를 둔 고모 입장에서 그런 살인마와 떼어놓는 건 당연한 일 아니냐, 하는 시덥잖은 말이나 떠돌지 않았느냐."

"……."

"할애비도 지금 너희들 나이엔 인생살이를 어떻게 해야 할지 고민도 하고, 선택도 결정도 많이 하긴 하였다. 그런데 지금 너희가 하는 게 무어냐. 제 손으로 제 인생 망가뜨리려는 일이 아니냐. 음? 그래, 그래서 원하는 게 뭐냐. 그래도 이 할애비를 죽여야겠다면, 그렇게 하거라."

"바라는 게, 있습니다."

준현이, 나현이 반박하기도 전에 먼저 입을 열었다.

"말씀을 해주세요. 왜 죽이셨는지."

서 원장은 준현을 쳐다보곤 이내 피로한 듯 눈을 감고 입을 떼었다.

그때 장정혜는 스물세 살이었다.

이미 서 원장의 처가 세상을 떠났으므로, 그녀는 결혼도 하기 전부터 서윤병원의 안주인 대접을 받았다. 미인인 데다 손재주도 있고, 성품도 우아하고 너그럽고 겸손했다. 명문 여대 약대를 졸업하자 그녀는 서윤병원 약제실에서 일을 도왔다. 원장의 며느리라고 티를 내지도 않았고, 그저 얌전하게 부지런히 일도 잘해서 사방에서 칭찬이 자자했다. 주말이면 그녀는 찬모의 도움 없이 손수 밑반찬을 준비해서 레지던트 과정을 밟고 있던 약혼자의 서울 아파트에 들고 나르곤 했다.

재욱은 늘 바빴다. 약혼한 사이라지만 얼굴 보고 이야기할 시간도 없었다. 하지만 정혜는 혼자서도 결혼 준비를 살뜰히 해나갔다.

서 원장도 예비 며느리의 마음 씀씀이에 만족했다. 그는 언젠가 재욱이 장가를 들면 주리라며 지었던 그 양옥집을, 결혼 선물로 정혜 앞으로 등기해주었다. 정원이 무척 아름다운 새집,

젊고 유능한 병원 후계자와 아름다운 예비 신부. 어디로 보나 완벽했다.

"임태민이가 내게 보고한 게 그 무렵이었다."

재욱에게 여자가 있다는 것은 알고 있었다. 약혼녀를 두고 다른 여자를 보는 게 탐탁지는 않았어도, 젊은 혈기에 혼자 서울에서 지낸 시간이 길었으니 그럴 수도 있다 싶었지만.

"임신을 했다더구나."

병원 후계자니까, 어떻게 아이부터 낳고서 들어앉으려는 게 틀림없다고 짐작했다.

"그렇다고 준비하던 결혼을 무를 수도 없었지. 파혼을 하면 정혜는 어찌하고. 그리고 결혼 전에 제 몸 간수 하나 제대로 못해서 아이부터 덜컥 밴 부주의한 아이를, 이 서윤병원의 안주인으로 삼을 수도 없었다."

서 원장은 몸소 서울로 달려가 그 여자를 한번 만나보았다.

"이보영이라고 했지."

재욱의 아이를 임신한 여자는 어리석지도 않았고, 서윤병원을 노리고 재욱을 유혹한 것도 아니었다. 그저 가난한 집안에서 태어나 열심히 공부해서 성공하는 것밖에는 다른 길을 알지 못한 채 음악 선생님이 되려고 했던 성실한 여자. 보영은 5년이 넘게 사귀어온 남자가 명문대 의대생이라는 사실만 알았지 병원 후계자라는 것도 몰랐고, 어릴 때부터 집안에서 정한 약혼녀가 있다는 사실은 더욱이 몰랐다. 아이가 생겼다고 말한 다음에야 들었다고 했다. 그가 자신과는 결혼할 수 없으며, 이미 고향의 약혼녀와 결혼 날짜까지 잡았다는 사실을.

서 원장은 아이를 지우라고 했다. 아이만 지우면 사립학교 선생으로 넣어주고, 집안 빚도 갚아주고, 수양딸 삼아 다른 남자에게 시집갈 때에 혼수며 지참금도 섭섭지 않게 해주겠다고. 하지만 보영은 거부했다.

"고집이 보통이 아니었어."

"오빠를 지우라고 하셨단 말씀이세요?"

"사내인지 계집아이인지도 몰랐다. 그렇게 말한 내 마음인들 좋았겠느냐. 하지만 여자 혼잣몸에 애를 낳고 어떻게 살라고. 지금 시대에도 쉽지 않은데, 그때는 어땠을 것 같으냐."

"하지만……."

"그렇다고 나현 에미와 파혼을 할 수도 없지. 사람들이라는 게, 문명개화를 한 것 같아도 여자 행실이나 그런 이야기에는 늘 고리타분한 옛 잣대를 가져다 대기 마련이다. 장제시 같은 촌구석이라면 더욱 그렇지. 잘잘못을 누가 했건, 우리 집 며느리라고 소문이 다 난 상태로 그렇게 파혼당하고서 나현 에미가 옳게 살 수 있었을 것 같으냐. 설령 나현 에미가 괜찮다고 해도, 혼사라는 게 집안과 집안의 일인 거다. 이미 우리 집 며느리나 다름없던 사람을 어찌 그리 내쳐."

재욱이 결혼을 하겠다고 나선 것은 그때였다.

처음에는 보영과 결혼하겠다는 줄 알고 기겁을 했지만, 그는 뜻밖에도 정혜와 결혼하겠다고 했다. 보영의 일은 어찌 되었느냐, 어디에 살림이라도 차린 것이냐, 한 재산 떼어주겠다는 약속이라도 했느냐고 몇 번을 다그쳐 물었지만, 아무리 물어보아도 답이 없었다. 그렇게 서재욱은 장정혜와 결혼을 했다. 결혼하고 얼마 지나지 않아 아이도 생겼다.

재욱이 함구하던 그 여자의 이야기를 다시 꺼낸 것이 바로 그 무렵이었다.

"이름을 지어보라더구나. 기다리던 손자가 태어났다고."

밖에서 낳은 아이였지만 서윤병원의 장손이었다. 마뜩지 않았지만 없는 셈 칠 수도 없었다. 이름을 지어주었다. 학원이라도 하나 내서 먹고살라고 돈도 보내주었다.

그것은 장진제약의 입장에서는 배신행위였다. 설상가상으로 애희가 그 사실을 굳이 임신 초기인 정혜에게 알리는 바람에 정혜가 충격을 받고 유산을 했다. 장진제약 삼 형제는 재욱을 반죽여놓겠다고 난리를 쳤지만, 재욱은 학회 핑계를 대고 반년간 외국에 나가 있었다. 대신 그들이 찾아낸 것은 보영과 그의 아이였다.

몇 번이나, 집과 학원에 찾아가 모든 것을 때려 부수고, 돈뭉치를 던져주는 일을 반복했다. 미쳐버리라고, 차라리 미쳐서 죽어버리라고. 장제시는 물론, 그 어떤 곳에서도 발붙여 살 수 없도록 최선을 다해 쫓아가 괴롭히기를 반복했다. 그리고 반년 뒤 귀국한 재욱은 장정훈에게서 그 모든 이야기를 듣고 집으로 돌아와 정혜를 무참하게 폭행했다.

그래도 정혜는 살려고 했다.

다시 임신을 했고, 살아난 게 기적이다 싶을 만큼 난산이었지만 예쁜 딸도 낳았다. 번듯한 친정이 호랑이처럼 버티고 있어 의붓자식을 호적에 넣는 것도 막을 수 있었다. 만약에 준현이 영영 돌아오지 않았다면, 그리고 나현에게 서윤병원의 후계자가 될 남동생이 태어났다면, 두 번째의 유산으로 정혜가 영영 아이를 낳지 못하는 몸이 되지만 않았다면, 정혜의 인생은 딱히 행복한 것은 아니어도 특별히 불행해지지도 않았을지 모른다.

"하지만 네가 돌아왔고, 나는 마음이 급했다. 정혜는 더는 아이를 낳을 수 없었고, 네 치료 시기를 놓칠 수 없었다. 일찍부터 제대로 치료하면 얼마든지 무탈하게 살 수도 있었으니까. 하루라도 더 일찍 좋은 치료를 받게 해주고 싶었다. 어차피 에미가 더 이상 아이를 낳지 못할 거라면, 어떻게든 너를 데려다가 떳떳하게 호적에 넣고 이 서필환의 손자로, 서재욱의 아들로, 서윤병원을 물려받을 후계자로 키우고 싶었다."

그런데 이번에는 보영이 고집을 피웠다. 정혜조차도 준현을 받아들이기로 결심한 마당에 보영은 절대로 아이를 빼앗아갈 수 없다고 버텼다.

"어찌하겠느냐. 제 자식을 위해 옳은 일이 무엇인지도 모르는데. 키울 능력도 없으면서 그게 사랑이라고 버티고 도망치고, 정작 애가 쓰러져도 어쩔 줄도 모르는 그런 어리석은 여자 손에 너를 계속 맡겨놓으라고? 그럴 수는 없지."

"그래서 주, 죽이셨어요?"

준현은 말을 더듬었다. 서 원장은, 복잡한 표정으로 그를 바라보았다.

"그래. 그래서 죽였다."

조금의 후회도, 부끄러움도 없이.

"너를 떳떳하게 내 손자로 키우기 위해 그리했느니라. 그때부터라도 제대로 치료해서, 나이 들어 사람 구실은 하고 살게 만들려고!"

그 일은 매우 지당하고 정당하며, 너무나 당연하여 일말의 고민할 필요도 없는 의무와도 같다는 듯이.

"내가 설마 사람 죽이는 게 죄인 줄 몰라서 그리했겠느냐? 제 자식, 제 손자를 위해서는 무슨 짓이든 하는 게 부모고 할애비라서, 그런 마음으로 죽였다. 너희도 알 게 아니냐. 너희가 네 부모에게 한 일이, 이 일과 무엇이 달라!"

그건 준현을 위한 일이었다고.

그것 역시도 사랑이라고.

궤변이라고 말하고 싶었다. 그건 정당하지 않다고도. 아들과 함께 있고 싶은 어머니의 사랑이, 죽음에 이르는 죄가 될 수는 없다고.

하지만 준현은 따져 묻지 못했다.

아버지와 꼭 같은 그 눈이 내려다보고 있었으므로.

준현은 겁에 질린 어린 짐승처럼 자꾸만 뒤로 물러나다 소파 등받이에 스스로를 가두듯 웅크렸다. 그는 대신, 힘겹게 물었다.

"사, 사고 낸 사람은요. 트럭 운전사는……."

"애희가 데려왔지. 돈이라면 충분히 주었다. 너희야 아직 모르겠다만, 부모란 때로는 제 새끼를 구하기 위해 남의 어미를 물어뜯을 수도 있고, 때로는 지어서는 안 될 죄조차 지을 수 있는 거다. 그건 부모라는 족속들이 남달리 헌신적이고 희생을 좋아하기 때문이 아니야. 그저 자기가 평생에 걸쳐 이루고 쌓아온 것들, 아무리 초라하고 하찮더라도 자신의 손으로 이루어낸 것들을, 핏줄로 이어진 제 자손에게 물려주고 싶기 때문이지."

"그 사실을……."

준현은 제대로 움직이지 않는 입술을 움직여 말했다.

"그 사실을 글로 써주세요. 가, 갖고만 있을게요. 할아버지가 저희 엄마를 죽이려 했다는 것을, 그 일에 큰고모가 가담했다는 것을. 저는 나현이 다치는 게 싫으니까, 큰고모가 우리를 또다시 죽이려 하는 게 싫으니까, 그냥 만약을 위해서요."

"그래, 네가 눈치는 없어도 머리는 기막히게 좋은 아이였지."

"써주세요. 누구에게도 안 보여줄 거예요. 그건 나현을 지키기 위한 거니까."

"그러냐."

서 원장은 묘한 웃음을 지으며 준현을 바라보았다.

"네 녀석의 족쇄란 나현이구나."

"그런 게 아니라……."

"되었다. 짐승이 우리 밖으로 튀어나가지 못하게 하는 것, 그런 것 하나만 있으면 어떻게든 한세상 큰 사고 내지 않고 살아갈 수 있다. 나현아."

서 원장의 부름에 잠자코 있던 나현이 고개를 들었다.

"서재 올라가서 내 종이하고 만년필 좀 가져오너라."

나현은 고개조차 끄덕이지 않고, 아무런 말 없이 서재로 올라갔다. 서 원장은 준현의 얼굴을 들여다보았다.

"내 한 가지만 더 네게 알려주마."

늙어 이젠 흰자위보다 검은자위가 더 많이 보이는 그의 눈은 뱀과 같았다. 속을 알 수 없이 불투명하고, 집착처럼 번들거리는 늙고 교활하고 아집에 찬 눈. 그는 그런 눈을 하고 준현에게 속삭였다.

"아무도 믿지 말거라. 그 임태민이조차도."

16

꽃은 활짝 피었다가, 어느새 꽃잎 끝부터 시들기 시작했다. 나현은 집안 여기저기에 꽂아놓았던 꽃을 모아놓고, 그중에서도 단단하고 모양이 예쁘게 잡힌 꽃송이들을 몇 개 골라냈다. 그러고서 마치 누가 옆에서 가르쳐주기라도 한 것처럼 꽃들을 거꾸로 매달아 말렸다.

"나, 학교 그만둘까."

나현은 개중에 큼직하고 볼 만한 꽃들을 큰 화병에 한데 모아 꽂으며 중얼거렸다. 준현은 라넌큘러스의 줄기를 들여다보았다. 겉보기에는 굵고 단단해 보였지만 속은 텅 비어 있었다. 언제든 꺾이고 부러질 수 있을 것처럼.

"공부 열심히 해서 간 대학이잖아. 아까운데."

"아깝긴. 할아버지가 의사 할 거 아니면 경영대 가라고 해서 그냥 적당히 간 거야. 아, 그렇지. 오빠, 우리 그냥 둘이서 인터넷 쇼핑몰 차릴까? 경영하는 거니까 전공을 살리는 거고. 그게 아니면 꽃집을 할까. 취미로 바리스타 수업 듣던 걸 좀 더 공부해서 꽃집 겸 카페를 해도 되고. 그리고 나 1종 보통 있거든. 소형 트럭도 몰 수 있으니까 꽃 배달도 할 수 있을 거고."

"멀리 떠나서?"

"응, 여길 멀리 떠나서."

나현은 웃었다.

그때 초인종이 울렸다.

집배원은 장제시에서 날아온 등기 우편을 나현에게 건네주었다. 낯이 익은 봉투였다. 내용물은 보지 않아도 알 수 있었다.

서필환 원장의 수기였다.

그날 오후, 서 원장은 나현과 준현이 보는 앞에서, 한때 아무것도 없었고 한때 모든 것을 가졌던 그 평생의 이야기를 담담하게 적어 내려갔다. 많은 것을 가졌지만 그만큼 많은 것을 잃었던 노인의 인생은 백지 위에 검은 잉크로 채워졌다. 거실 창문으로 들어오는 햇살이 길어져 그 끝이 테이블 위에 어른거릴 때까지 그는 몇 장이고 멈추지 않고 써 내려갔다.

그 기록, 우편으로 보내주세요.

준현은 두툼한 봉투에 담긴 그 수기를 다시 내밀며 말했다.

내용 증명…….

할애비 등골 빼먹을 손자로구나.

서 원장은 실소했다.

네가 바란다면 그렇게 해줘야지. 암, 네가 그걸 바란다면.

"안 열어봐?"

준현은 우편물을 뜯지 않고 서랍에 넣었다. 나현이 까치발을 하고 준현의 어깨 너머로 고개를 내밀었다.

"나, 나중에…… 필요해지면."

"치이."

"너, 저, 정말 할아버지…… 죽이려고 했어?"

"응."

준현은 나현을 바라보았다. 나현은 이내 아무렇지 않은 듯 말을 이었다.

"아저씨, 믿어도 될까?"

"그건 무슨 소리야."

나현이 중얼거렸다.

"너무 많은 일에 얽혀 있어. 할아버지에게 은혜를 입은 사람들, 할아버지의 치부, 아버지의 과오, 그 모든 것에 얽혀 있어."

"그, 그런 일을 위해 할아버지가……."

"그렇지. 그렇긴 한데…… 생각해보면 할아버지한테는 가장 위험한 사람인 거잖아."

나현과 준현에게 태민은 언제나 아군이었다. 하지만 그는 정말 좋은 사람일까. 두꺼운 안경 너머 사람 좋아 보이는 웃음을 짓는 그 사람을, 믿어도 될까.

“뭐, 그래도 지금은 어쩔 수 없어. 큰고모 일이 해결될 때까지는.”

나현은 어깨를 으쓱하며 돌아섰다. 준현은 눈을 깜빡이며 그 모습을 보았다. 어깨를 으쓱하는 나현의 그 뒷모습은 할아버지와도, 아버지와도 닮았다. 아니, 묘하게 임태민을 닮은 것도 같았다.

준현의 전화벨이 두 번 울렸다.

“아, 아저씨다.”

이상한 일이었다. 그는 준현에게는 주로 메시지를 보냈고, 전화를 할 일이 있으면 나현을 통했다. 말을 더듬고 대화에 익숙지 못한 준현을 배려하는 것이었다. 그런 그가 직접 전화를 걸었다는 것은 뭔가 큰일이 일어났다는 뜻이었다. 나현이 독을 마셨을 때처럼.

“어떻게 말해야 할지 모르겠구나, 준현아. 나현이도 옆에 있니?”

전화 저편에서, 그는 떨리는 목소리를 가다듬으려 애쓰고 있었다. 준현은 스피커폰을 켰다. 나현이 얼른 대답했다.

“저도 있어요. 말씀하세요.”

“원장님께서 돌아가셨다.”

왕이 죽었다.

죽음과 불신과 음모로 쌓아 올린, 제 왕국을 남겨둔 채로.

빈소는 서윤병원 장례식장 2층이었다. 한 층을 통째로 빈소로 쓴다고 했다. 상주인 준현이 도착하기도 전에 서윤병원 총무팀에서 필요한 것을 다 준비해두었다. 조문객보다 먼저 도착한 화환들은 벌써 벽에 십여 개나 늘어서 있었다. 시장이며 국회의원, 경찰서장 같은 높으신 분들의 이름과 제약회사들의 이름이 줄줄이 적힌 거대한 국화 화환들. 빈소 안 한 벽을 가득 채운 국화꽃들 사이에는 낯설게 보일 만큼 자애로운 웃음을 짓는 서윤병원 원장의 큼직한 영정이 놓여 있었다.

서필환 원장과 마지막으로 함께 있던 사람은 외손자 김성현이었다.

그는 예고도 없이 병원에 나타났고 원장실로 쳐들어가 언쟁을 벌였다. 성현도, 성재도, 이혼 수속이 끝나기 전이니 아직은 엄연한 맏사위인 영규까지 세 사람이 돌아가며 한 주에도 두세 번씩 쳐들어갔다. 그날도 간호사들은 다들 그러려니 하고 넘어갔다고 했다.

성현이 원장실에 들어간 것이 오후 1시 반. 욕설을 내뱉으며 나온 것이 오후 2시.

그리고 숨을 거둔 채 발견된 것이, 오후 3시 20분.

"발견되었을 때 이미 소생 가능성이 없었다고…… 희미하게 경직이 오고 있었다고 들었어."

태민은 명함 한 상자와 약 한 갑을 건네주며 말했다.

"자세한 건 경찰이 조사하겠지. 경찰이든 기자든, 그 누구라도 개인적으로 뭔가 물어보려고 하면 내 명함을 줘. 그리고 이

거. 안정제니까 혹시 준현이가 발작 일으킬 것 같으면 나현이가 보고 챙겨서 먹이고. 상희 씨, 애들 좀 부탁합니다."

"걱정 마시고 가서 일 보세요. 어린애들 아니니까."

"아…… 예."

태민은 부리나케 움직였다. 준현은 집에서 입고 온 그대로 빈소 구석에 앉았다. 나현은 어디서 얻어 왔는지 새카만 한복으로 갈아입고 상희와 함께 준현의 곁에 나란히 앉았다.

사람들은 끝도 없이 나타났다. 정승집 개가 죽으면 가도 정승이 죽으면 안 간다는 말도 있다지만, 그래도 이 도시를 일으킨 서윤병원 원장의 마지막 가시는 길이라 그런지 이곳 장제시에서 한다하는 사람들은 다들 조문을 왔다. 근조화환이 어찌나 많이 왔는지 저녁 무렵에는 복도 벽을 가득 채우고도 몇 개는 남아 엘리베이터 옆에 두어야 할 정도였다.

저녁 무렵, 나현의 외삼촌들도 나타났다. 장정남 의원은 보좌관들이며 시의원들을, 정균과 정훈은 장진제약 직원들을 잔뜩 이끌고 따로따로 도착했다. 준현은 겁에 질린 듯 움츠러들었고, 나현은 당장에라도 물어뜯을 듯한 기세로 일어났지만 상희가 제지했다.

"소란 피우지 마."

장례식이다. 그것도 몇 번이나 큰 사건 사고가 줄을 이었던 집안의 장례식.

게다가 이번 죽음도 석연치 않은 구석이 너무 많았다.

상희는 잠시 복도에 나가보았다. 언제 연락을 받았는지 호석이 로비로 들어서고 있었다. 상희는 짧게 인사를 하고 태민을 찾았다. 태민은 형사들과 이야기를 나누고 있었다.

"아무래도 독을 드신 것 같습니다."

"개인적으로는 일을 키우고 싶진 않습니다만, 역시 상주의 의견에 따라야겠지요."

"아니, 그렇게 넘어갈 문제가 아니에요. 일단 용의자가……."

상희는 지금까지 밝혀진 사실에 대해 듣다가 돌아섰다. 마음이 착잡했다.

또다시 살인이다. 가해자가 있고, 피해자가 있는.

이번 용의자는 외손자였다.

무슨 이런 집안이 다 있어.

담배 생각이 간절했다.

저주라도 받지 않고서야 이럴 수는 없었다.

바로 빈소로 돌아갈 수가 없어서 상희는 넘쳐나는 화환들을 정리했다. 관공서나 동문회, 직접적인 친분이 있던 분들이 보낸 것은 잘 보이는 곳에 두고, 덜 중요한 화환들은 안쪽이나 창고로 옮기라고 지시했다.

"이건 어떻게 할까요?"

큼직큼직 호화로운 화환들 가운데, 유난히 눈에 띄게 커다란 것이 있었다.

장제일보에서 보낸 것이었다.

나현이 입원했을 때 그 소식을 전한 사람은 바로 조성춘 기자였다. 그때 준현을 이곳으로 데려온 사람도.

덕분에 남들보다 소식을 빨리 알게 된 것은 다행이었지만, 애초에 그 작자가 자꾸 준현의 곁을 맴도는 것이 신경 쓰였다. 출소일에 맞춰서 신문 기사와 메시지를 보낸 것도 그렇고.

대체 뭘 원하는 걸까.

그 작자는 조씨 집안의 몰락이 서윤병원 탓이라고 여기고 있었다. 서윤병원 덕분에 집안이 몰락했는데도 대학 교육까지 받을 수 있었으면서, 그는 여전히 가지지 못하면 부숴버리겠다는 듯 서윤병원의 파멸만을 바랐다. 합리적인 생각만으로 사람을 이해할 수 있다면 세상에 이렇게 많은 범죄가 일어날 리 없겠지만.

"이것도 창고로 보내세요."

상희는 한숨을 쉬며 화환을 가리켰다. 조성춘이 주변을 맴돌고 있는 흔적을 아버지 빈소 앞에 세워두고 싶진 않았다.

상희가 빈소를 비운 사이 장정남 의원이 빈소로 돌아왔다.

"너희 둘, 이야기 좀 하자."

그는 멀쩡한 낯빛으로 술 냄새를 독하게 풍기며 다가와 앉았다.

"똑바로 들어, 서준현. 난 너 같은 새끼 정말 죽여버리고 싶었다. 정혜가 내게 어떤 동생이었는데."

"죄송합니다……."

"그래도 내가 네놈을 아직까지 죽여버리지 않는 것은 나현이 때문이야."

그는 뜻밖에도 조용히 말했다.

"내 조카, 저 애가 그 미친 애비에게 험한 꼴 당할 때 네가 덤벼들어 지켜줬다니까. 그것 하나 때문에 널 내버려두는 거야. 네놈이 아무리 모자라도, 적어도 제 동생 지키고 돌볼 정신은 있는 놈 같아서."

"……."

"여튼, 본론만 말하지. 나현이는 우리가 데리고 간다."

"무슨 말씀이세요."

나현이 정색을 하고 끼어들었다.

"난 안 가요. 오빠랑 있을 거예요."

"왜, 정말로 네 재산, 그따위 것에 욕심낼까 봐서?"

정남이 언성을 높였다.

"안전한 오피스텔을 알아보고 있으니 거기 들어와서 살아. 서윤병원 재산 따위 관심도 없어. 오히려 우리가 정혜 몫까지 더 챙겨주면 주었지."

"그러면 왜요."

정남은 한순간 머뭇거리다가 목멘 목소리로 중얼거렸다.

"넌 정혜 딸이니까."

"……."

"네가 행복하게 살길 바라서 그런다. 저 서씨 놈들이 이번엔 네게 무슨 짓을 할지 몰라서."

"저, 그게…… 무슨……."

준현이 끼어들었다. 준현은 필사적으로 고개를 들어 장 의원을 바라보았다. 그는 형형한 눈빛으로 준현을 마주 보았다.

"어르신, 살해당했다면서."

"예?"

"연세도 많으시니 갈 때가 되어 가셨나 했더니만. 무슨 독이 나왔다는 것 같던데. 뒤숭숭한 집구석 같으니. 정혜를 보내는 게 아니었어……. 보냈더라도, 네놈 태어났을 때 어떻게든 이혼시켜서 데려왔어야 했어. 하여간 이쪽이나 그쪽이나 영감들이 욕심만 더럽게 많아서는."

정남은 걸게 욕설을 지껄이며 자리에서 일어나다가 서필환 원장의 영정을 노려보았다.

그때, 입구 쪽에서 소란이 벌어졌다.

"왜, 내가 있어선 안 될 곳에 오기라도 했어?"

서애희였다. 그녀는 새카만 벨벳 투피스에 고인의 유족이라고는 생각할 수도 없을 만큼 진하고 선명한 화장을 하고 들이닥쳐서, 이 자리에 온 문상객들이 다들 깜짝 놀라 일어나 볼 만큼 큰 목소리로 고함을 쳤다.

"나 서애희, 아직 안 죽었어!"

"여기서 이러시면 안 됩니다."

밖에서 형사들과 이야기를 하던 태민이 쫓아 들어와 말리려 했지만 소용없었다.

"뭘 이러시면 안 된다는 거야. 저기 제 애비 죽인 천치 살인마 새끼도 상주랍시고 앉아 있는데. 내가 어디 못 올 데 왔어?"

정남이 입구 쪽으로 나가보려는데 나현이 먼저 자리에서 일어났다.

"오셨어요."

마치 문상객을 맞듯 나현은 빈소에서 침착하게 인사했다. 준현도 나현의 곁에 나란히 섰다. 애희는 제 아버지의 영정을 독살스럽게 쳐다보고는 그대로 나현에게 다가갔다.

"아, 그래. 서윤병원 소유주들이 먼저 납시어 있었지?"

애희는 나현의 턱을 손가락으로 척 들어 올렸다.

"그래, 천치에 살인마라도 돈이 좋기야 좋지. 서윤병원 새 임자라니까 다들 이렇게 와서 모여 있는 것 봐. 제대로 확인해야 하는 거 아냐? 또 죽였을지 누가 알아. 무서워서 살겠나, 어디."

"할아버지 마지막 가시는 길인데, 좀 조용히 해주시면 좋겠어요."

"누구보고 조용히 하라는 거야?"

"지금 이러실 입장이 아닐 텐데요. 할아버지 마지막으로 뵌 사람이 성현 오빠라면서요."

"그래서 이젠 성현이에게까지 죄를 뒤집어씌우시겠다? 아주 재미 들렸구나, 너?"

"그만해요, 언니. 여기서 이럴수록 불리하니까."

화환들을 정리하고 들어오던 상희가 얼른 신발을 벗고 올라와 끼어들었다.

"아버지 시신, 국과수에 보내야 할 수도 있어요."

"그건 또 무슨 소리야."

"독을 드신 것 같아요. 그리고 지금 가장 의심받는 건 김성현이고요. 언니 큰아들."

"무슨 소리야. 우리 성현이 그런 애 아냐!"

"아버지와 마지막에 만났고, 추정 사망시각이 성현이가 있었을 때와 애매하게 겹쳐요. 무엇보다도 추정되는 약물이 어지간해서는 일반인이 구할 수 없는 약품이고."

상희가 침착하게 말하자 애희는 말문이 막힌 듯 입을 벙긋거리며 뒤로 물러섰다.

"성현이라면 가능하죠. 의대생이고, 약품의 독성이나 용법에 대해서도 잘 알고 있으니까. 언니, 나현이 일도 항소하신 걸로 알고 있는데……."

"너, 서상희……!"

"전 지금 가능성에 대해 말씀드리는 거예요."

상희는 애희를 끌고 나가며 중얼거렸다. 나현은 준현에게 기대며 쓰러지듯 주저앉았다. 사람들이 웅성거렸다. 준현은 눈을 감았다.

나현이 속삭였다.

"우리, 창고로 갈래……?"

조심조심, 나현이 이끄는 대로 숨어 들어갔다. 시뻘건 육개장이 이미 몇 번을 끓었다가 다시 식어가는 주방의 뒤쪽, 지하 창고로 향하는 복도는 차고 습했다. 상복 한 겹으로는 그 추위를 이길 수 없을 만큼. 그 한기에 머뭇거리는데 앞서가던 나현이 돌아서며 준현을 끌어안았다.

"사랑해, 오빠."

영원 같은 침묵, 소름이 돋아오를 것 같은 팽팽한 긴장. 한순간 눈이 마주쳤다. 뒤이어 격렬하게 입술과 입술이 맞부딪쳤다. 물어뜯을 듯한 키스가 오갔다.

주방 쪽에서 발걸음 소리가 났다. 준현은 어깨를 움츠렸고, 나현은 소리 죽여 웃었다.

"앗……."

"이쪽이야."

시든 국화꽃이 가득한 화환들과 서윤병원 마크가 찍힌 종이컵이 수십 박스 쌓여 있는 창고로 향했다. 가로등 불빛이 반지하의 창문을 타고 희미하게 스며들었다.

천 무더기가 바닥으로 무너지며 바삭거리는 소리를 냈다. 깊은 밤처럼 새카만 한복의 옷고름이 풀려나가고, 한 꺼풀, 한 꺼풀, 밤을 헤쳐 드러난 달빛처럼 하얀 몸이 드러났다. 열이 오른 살갗 위로 까만 머리카락이 흐트러졌다. 달뜬 한숨이 귀에 맴돌았다.

떨리는 신음이 가슴에 부딪혔다. 그 소리가 새어나가지 않도록, 준현은 입술로 나현의 입술을 막았다.

"오빠……."

태어나지 않았으면 좋았을 텐데.

쾌락의 절정에서, 준현은 죽음을 생각했다.

"오빠, 사랑해……."

차라리 그랬다면, 처음부터 태어나지 않았더라면. 이렇게 죄가 죄를 낳고, 죽음이 죽음을 낳는, 그렇게 더럽혀지고 얼룩진 핏줄들 대신. 차라리 그랬다면, 그럴 수 있었다면. 준현은 나현의 부서질 듯 가는 허리를 손으로 꽉 붙잡았다. 나현의 긴 머리카락이 겨울밤의 차가운 콘크리트 바닥 위에 누운 준현의 가슴 위로 쏟아졌다. 뜨겁게 달아오른 접점에서, 늪으로 빠져드는 듯한 음란하고 질척거리는 소리가 들렸다.

"나, 하루 종일 오빠가 필요했어. 정말로."

그새 머리를 고쳐 묶고, 나현은 매무새를 가다듬었다. 준현은 불안한 표정으로 나현을 바라보았다. 장례식 중인데. 그리고 상주들인데. 하지만 나현은 의외로 초연했다.

"왜, 이쯤 되어야 정말 저주받은 집구석 같잖아."

어둠 속에서 시린 겨울 달처럼 웃었다.

"괜찮아, 우리 둘 다."

"나현이는?"

빈소를 혼자 지키고 있던 상희가 물었다.

"커피 마셨어요. 지금은 방에 있어요. 많이 놀라서."

"그래, 나도 하다못해 설마 아버지 장례식에서까지 저럴 줄은 몰랐지."

상희는 준현의 시선을 피하며 한숨을 쉬었다. 한구석에서 애희가 이혼 소송 중인 영규와 싸우고 있었다.

"왔으면 얌전하게 상복으로 갈아입고 빈소나 지킬 것이지. 여기서까지 뭐 하자는 거야."

머리부터 발끝까지 새카맣게 차려입은 저승사자 같은 사내가 빈소로 성큼 걸어 들어오며 눈살을 찌푸렸다.

백 반장이었다. 그는 영정을 향해 두 번 절을 하고 상주들에게 맞절을 했다. 그는 준현의 머리를 두어 번 쓰다듬고 주위를 두리번거리다가 구석에서 다른 조문객들과 고스톱을 치던 호석에게 다가갔다.

이미 자정이 한참 넘어 조문객들도 하나둘씩 돌아가는 시간이었다. 백 반장은 호석과 함께 술을 마셨고 얼마 지나지 않아 호석이 먼저 슬슬 일어났다. 그는 준현에게 상담 꼭 받으러 오라고 당부를 하고 돌아갔다.

마침내 가족들 외에는 거의 남지 않았을 무렵, 백 반장은 빈소 바로 앞에 자리를 잡고 앉았다.

"어디 보자. 금요일에는 변호사님이 왔다 가셨고, 토요일에는 애들이 인사 갔고, 김 박사님은 일요일에 가셨다고요?"

"무슨 말을 하고 싶은 거요?"

구석에서 스마트폰을 들여다보던 영규가 고개를 삐죽 내밀었다.

"원장님 댁에 다녀간 사람 말입니다. 전주댁이 월요일에 갔고. 서 원장님은 화요일 오후에, 원장실에서 돌아가셨죠. 거기, 아드님 다녀가시고 나서 말입니다."

"문상을 온 거요, 취조를 온 거요?"

"그건 아닙니다만, 몇 가지 의논할 일들이 있어서 말입니다. 일단 여기 어르신이 독을 드셨다는 이야기가 있어요. 어르신이 돌아가신 현장에 등산하는 사람들이 쓰는 스탱 술병이 있었는데 말입니다."

"힙 플라스크요."

"거기 들어있던 술에 독극물이 들어 있었습니다."

영규와 애희의 얼굴이 창백해졌다. 성현이 파랗게 질려서 고개를 저었다.

"난 아니에요."

"아, 지금 누가 범인이라고 말하는 게 아니에요. 그렇다는 사실을 말하는 거죠. 일단 아직 자살 타살을 논하기는 이릅니다만.”

“자살일 수도 있죠.”

애희가 말했다.

“자살하실 이유가 없어요.”

상희가 반박했다.

“왜? 그렇게 평생 모은 것들 미련 없이 쟤들에게 다 나눠주신 것 보면.”

“언니가 애들에게 해코지할까 봐서라도 못 돌아가시죠.”

“어머, 쟤들 변호해주면, 너한테 떡고물이라도 떨어지니?”

“뭐라는 거야. 이번에 재산 분할해주실 때도 제 몫은 거절했는데, 모르셨어요?”

“말은 누가 그렇게 못 해.”

“사실입니다, 여사님.”

태민이 백 반장의 옆에 와서 앉으며 끼어들었다.

“원장님께서 서 박사 몫으로 채권과 남해안에 땅을 조금 남기셨는데, 채권은 거절했고, 땅은 인근 복지관에 기탁하겠다고 말씀하셨죠. 서 박사가 받지 않은 그 채권은 지금 여사님 앞으로 증여될 예정입니다.”

“자네는 여기가 어디라고 끼어들어!”

“전 서윤병원 고문변호사고, 원장님의 유언 집행자입니다.”

태민은 한숨을 쉬며 빈소 쪽을 둘러보았다.

“지금 중요한 건 서 박사가 뭘 얼마나 받았는지가 아니라, 원장님의 사인입니다."

"변호사 선생이 오시니까 이야기가 좀 정리가 되는군요. 전주댁의 말로는 월요일 아침에 원장님께서 여기 서준현에게 등기를 보내라고 하셨답니다."

"그거, 가져왔어요."

나현이 방문을 열고 나오며 대답했다.

"나오기 직전에 받은 거라서, 아직 봉투도 안 뜯었어요."

"잘했다. 아니, 경황이 없어서 안 열어봤겠지만. 여튼."

백 반장은 나현이 가져온 봉투를 받아 들었다. 영규가 대뜸 따지고 들었다.

"이런 게 있으면 집안 어른에게 먼저 말을 했어야지!"

"경황이 없었잖습니까, 경황이."

"자네는 빠지라니까! 어디 집안사람도 아니면서 낄 데 못 낄 데 가리지를 않아!"

"당신은 뭔데 여기 끼어들어."

"서애희!"

"이혼하겠다고 나선 거 보면 서윤병원에 미련도 없는 모양인데, 빠지란 말이야."

"뭐야?"

"아, 조용히들 하세요."

백 반장은 봉투를 태민에게 넘기며, 발끈하며 일어서는 영규를 노려보았다.

"이게 만약에 유언장이라면, 자살일 가능성도 있을 겁니다. 여튼 거기 김 박사님, 아직 이혼 안 하셨으면 앉아계시고, 호적까지 다 정리하셨으면 좀 빠지십쇼. 그리고."

"원장님의 유언 집행자이자 변호사 자격으로, 제가 개봉하겠습니다."

태민이 백 반장의 말을 이어받고 모두가 보는 앞에서 봉투를 열었다. 내용물을 먼저 훑어보고, 곤혹스런 표정을 지었다.

"돌려 가며 읽는 게 낫겠습니다."

"그냥 한 번에 읽어."

"……."

"거 왜, 읽으라니까."

"알겠습니다."

태민이 서 원장의 수기를 읽기 시작했다. 서필환이라는 남자의 불우했던 소년 시절, 성공만을 바라보며 달려갔던 청년 시절, 그의 생애와 치부들이 여러 페이지에 걸쳐 기록되어 있었다. 젊어서 손댄 여자들과 서윤병원을 세우고 운영하는 과정에서 벌어졌던 문제들, 지역 토호들과 정치인들과의 유착 관계…… 그리고 준현을 손에 넣기 위해 애희와 함께 트럭기사를 사주하여 준현의 생모를 살해한 이야기까지. 하나하나가 고인의 인생을 뒤흔들고 무너뜨릴 만한 고백록이었다.

태민은 수기를 다 낭독하고, 서윤병원 일가와 백 반장에게 차례로 편지를 보여주었다. 상희는 담담했고, 애희는 수기를 찢어버리려 하다가 백 반장에게 제지당했다.

"잠깐, 서준현. 너희 어머니 언제 돌아가셨지?"

"저, 제가 아홉 살 때……."

"어디 보자, 살인죄 공소시효가 몇 년도에 바뀌었지? 그전에는 15년이었고, 중간에 25년이었다가 시효가 없어지긴 했는데……."

백 반장이 손가락을 꼽으며 머리를 긁적였다.

"2007년 형소법 개정으로 공소시효가 25년으로 늘어났죠. 2000년 7월 31일까지 일어난 사건에 대해서는 종전과 같이 15년, 8월부터 일어난 사건은 25년으로 늘어났는데, 2015년에 살인죄의 공소시효가 폐지되고 공소시효가 남은 범죄에 소급 적용되었어요. 2000년 8월 이후에 벌어진 살인에는 공소시효가 적용되지 않습니다."

태민이 침착하게 덧붙였다.

"이보영 씨의 경우는 개정법을 따르게 되지요. 즉, 이 수기의 내용에 대해 경찰이 조사할 수 있어요."

애희의 얼굴이 새하얗게 질렸다.

"원장님이야 이미 돌아가셨으니 해당 없습니다만, 서애희 여사님에 대해서는 아직 공소권이 있다는 뜻입니다."

입관실에 서윤병원 원장 서필환의 자손들이 모두 모인 것은,

둘째 날 아침의 일이었다. 병원의 장례지도사들은 새벽부터 태민에게 안치실의 열쇠를 받아 서윤병원 일가가 도착하기도 전에 이미 고인을 생전 모습 그대로 깨끗하게 씻고 닦아놓았다.

준현은 서 원장의 손을 잡아보았다. 시트에 덮여 있던 서 원장의 손은 차가웠다.

죽음이라는 것이 조금은 사람을 침착하게 만드는 것일까. 무엇 때문인지는 알 수 없었지만, 애희는 서 원장의 발치에서 상희의 어깨에 매달려 조금 울었다. 상희는 담담히 고인의 시신을 바라보다, 이복언니의 어깨를 감싸 안았다. 영규와 두 아들은 보이지 않았다.

"자, 준현아, 나현아."

시신을 확인하고, 태민은 준현과 나현을 데리고 문밖으로 나왔다. 다른 이들도 그 뒤를 따랐다. 두꺼운 유리창 너머에서 머리끝에서 발끝까지 하얀 수의로 갈아입은 서 원장은 마지막으로 수의 위에 낡은 의사 가운을 입은 채 이 세상 떠나가실 준비를 마쳤다. 겹겹이 천에 싸인 그의 몸은 다시 한 겹 한 겹, 되살아날까 두려워하기라도 하는 듯 꼼꼼한 손길에 묶여 작아져갔다. 마침내 유체가 관에 눕혀지고, 마지막 작별의 시간이 왔다.

관은 작았지만, 노인의 몸은 더 작았다. 사방에 공간이 남았다. 태민은 어디서 찾아온 것인지 오래된 메스와 청진기 같은 것이 들어 있는 낡고 새카만 왕진 가방을 꺼냈다. 태민은 그 물건들을 상희와 애희에게 보여주고, 그것들을 서 원장 마지막

길, 보공으로 넣었다.

준현은 그제야 팔에 삼베 상장을 둘렀다. 나현도 두 고모와 함께 머리에 흰 무명 리본이 달린 핀을 꽂았다. 이 세상에 살았다가 죽어간 한 사람의 생이 온전히 스쳐 간 듯한 숨 막히는 시간이 지나고, 서필환의 자손들은 그렇게 가장을 세상에서 떠나보낼 준비를 마쳤다. 애희는 이제야 빈소에 앉아 상주 노릇을 할 마음이 들었는지 훌쩍거리며 검은 한복으로 갈아입었다.

모두가 빈소로 돌아왔을 즈음, 포털사이트의 메인 화면에 서윤병원에 대한 기사가 떴다. "명의의 두 얼굴…존경받는 의사의 숨겨진 살인"이라는 제목의 기사는 서필환 원장의 추문과 서윤병원의 치부, 애희가 과거에 저지른 살인교사와 나현에 대한 살인미수 그리고 서 원장의 죽음에 대한 의문이 담긴 구체적인 내용이었다. 중간중간, 마치 누군가가 서 원장의 수기를 그대로 복사해 붙인 듯한 대목들이 보였다.

태민은 급히 기사 제목으로 검색을 했다. 포털 메인에 뜬 것은 유명한 중앙지의 기사였지만, 처음으로 그 기사가 나간 것은 장제일보였다.

그리고 그 기사를 쓴 사람은.

"조성춘……."

태민은 입술을 깨물었다.

그 겨울이 가기 전, 상희는 다시 한번 상복을 입어야 했다.

애희는 자살했다. 항소심 판결이 나기 며칠 전의 일이었다.

그 오만하던 여자는 결국 과거의 죄에 발목을 잡히고 말았다. 그 일에 대해 마지막까지 항변할 기세였지만 장제시 밖의 세상은, 서필환 원장이 없는 세상은 더 이상 그녀에게 오만과 특권을 용납하지 않았다. 법은 법이었고, 증거는 증거였으며, 그녀에게는 불운하게도 서필환 원장의 다이어리가 발견되었다. 그의 집 서재, 2층 책상 위에서. 자필로 쓰인 십수 년 전의 기록들, 연락처와 사진들이 증거로 인정되었다.

결국 그녀는 자신의 재판 결과를 기다리지 못하고 목을 맸다. 항소심 판결이 나기 불과 며칠 전의 일이었다.

"언니가 자살을 한 것도 무리는 아니지."

상희는 나현의 집 베란다에서 담배를 피우며 중얼거렸다. 창밖에는 목련이 피어 있었다. 이미 절정을 지나 꽃잎들은 누렇게 변색되고 시들어 떨어지고 있었다.

"살인교사 혐의도 그렇고. 무엇보다도 이번 일, 성현이에게 혐의가 있으니까. 자기가 그것까지 안고 간 거야. 부모라는 게 그런 건지."

"큰고모가 그렇게 인간미 넘치는 분이라는 건 믿고 싶지 않지만요."

그리고 목련이 한참 절정이던 지난주, 애희와 이혼한 영규는 서둘러 재혼을 했다. 상대는 서윤병원의 간호사였다. 하필 그의 결혼식은 애희의 발인 날이었다. 아들들은 모친의 발인에 참석하느라 한 명도 참석하지 못했다.

이혼을 목전에 두고도 영규는 서윤병원의 원장 자리에 미련을 버리지 못했다. 하지만 병원의 인사는 서필환 원장의 유지대로 이루어졌다. 부원장이던 강 박사가 원장이 되고, 서재욱의 후임으로 외과 과장을 맡고 있던 윤 박사가 부원장을 맡았다. 서윤병원은 그렇게 새로운 체제로 무사히 굴러갔다. 새 오너인 준현은, 그 일에는 일절 관여하지 않았다.

"너희들 할아버지 일 말인데, 좀 복잡하게 되었다."

상희는 쓰디쓴 표정을 지으며 담배를 눌러 껐다.

"독살일지도 모른다는 거요?"

"그래. 장제시니까 대충 덮고 넘어갔지만 사실은 좀 복잡해. 청산 나이트릴이라고 들어봤니? 요새는 아세톤 시안히드린이라고도 하는데."

"손톱 지우는 아세톤요?"

"중요한 건 시안 쪽이지. 청산가리 할 때의 그 청산."

상희는 얼른 거실로 들어와 베란다 문을 닫았다. 나현이 커피를 가져왔다. 준현은 멍한 얼굴로 상희를 돌아보았다.

"사실 형부나 성현이, 성재가 의심스럽긴 해. 하지만 그 사람들은 이게 어떤 약품인지 알 거란 말이야."

"왜요?"

"이건 731부대에서 만들어낸 약품이야."

상희가 누가 들을세라 목소리를 낮추었다.

"즉사하는 게 아니라, 5분에서 10분 정도 심한 고통을 느끼면서 죽어가지. 지독한 원한이라도 품인 게 아니고서야 굳이 이런 걸 쓰진 않았을 거야."

상희는 이야기를 하다 말고 준현과 나현을 번갈아 보았다.

"나현아. 너, 나하고 살지 않을래? 저번에 몇 달 같이 지내봤잖니."

"이제 큰고모도 없고, 오빠들도 우리 안 괴롭힐 텐데, 왜요."

"너희…… 남매지."

상희는 뭔가 결심한 듯 말했다.

"남매는 남매인데 이복남매야. 다 커서도 같이 사는 게 남들 보기에 썩 좋을 것 같지 않아."

"남들이 무슨 상관이에요. 우리가 사이좋은 것뿐인데."

"지난번처럼 준현이는 임 변호사님과 지내고, 나현이는 나하고 살면서 자주 만나는 것도 좋을 것 같아. 너희가 서로 의지하는 것도 좋지만, 나현이 앞날도 생각해야지."

"무슨 앞날을요."

"어릴 때 아버지한테 강간당했어도, 그 아버지가 눈앞에서 죽었어도, 사람은 행복해질 수 있다는 이야기야."

상희는 어렵게 꺼낸 말을 애써 차분히 이어갔다.

"네 속옷과 치마에 묻어 있던 정액, 직접 사건을 맡진 못했어도 검사 결과 정도는 확인했어. 네가 겪은 일이…… 잊기 쉽지 않은 일인 건 알아. 네가 힘든 것도, 그 상황에서 널 지켜주려고 한 유일한 사람이 준현인 것도. 하지만 너도 알다시피 그런 일을 당했다고 세상이 멸망하진 않아. 인생이 끝나지도 않고. 넌 이제 거기서 벗어나서……."

"알아요."

상희의 얼굴빛이 무겁게 가라앉았다.

상희와 준현, 나현 사이에 어색한 공기가 흘렀다.

마침내 상희는 절대 꺼내고 싶지 않았던 말을 내뱉었다.

"그날 밤 너희 둘이…… 같이 있었지……."

상희는 주말 내내 술을 퍼마시고 화병인지 술병인지 모를 몸살에 시달렸다. 월요일이 되었지만 여전히 열이 있었고 가슴이 답답했다.

그 장례식날 밤, 그녀는 나현이 창고로 향하는 복도에서 준현에게 키스하는 것을 보았다.

당황하여 그 자리를 피했다. 무엇을 보게 될까 두려워서, 뒤따라갈 자신도 없었다.

어쩌다가 이렇게 된 걸까. 대체 언제부터.

그 애들이 어릴 때부터 제대로 신경 쓴 적 한번 없는 것은 사실이다.

장제시에 갈 때마다 준현은 다쳐 피를 흘리고 있었고, 나현은 자기들 이야기를 들어달라며 애원했지만, 그때마다 매번 뿌리치고 일어났다. 아마도 나현은 그 일들을 계속 마음에 두고 있는 듯했다. 그랬으니까 제 엄마의 티 세트 이야기를 했을 것이다. 도와달라고 애원했지만 소용없었다고. 그때 돌아보지 않았던 사람이 이제 와서 손을 내미는 것이 마뜩잖았을 것이다.

하지만 이대로 내버려둘 수는 없다.

역겨워.

그 애들이 애틋한 건 알지만, 그 모습을 떠올리는 것만으로도 욕지기가 올라왔다.

남매간이잖아. 대체 왜 그래. 쿵쾅거리며 심장이 울렸다. 머릿속에 문득 예전에 애희가 재욱의 방에 들어가던 모습이 떠올랐다. 처음에는 이해할 수 없었고, 좀 더 지나서는 이해하고 싶지 않았던 그때의 기억이.

역겨운 인간들.

"괜찮으세요?"

"괜찮아, 주말에 달려서 그래."

"서 팀장, 그런 자리 있으면 나도 좀 데려가주지."

"과장님이 좋아하실 만한 자리는 아니에요."

눈치 없는 과장의 말을 적당히 끊어내고 상희는 자리에 돌아와 앉았다.

책상 위에는 등기 우편물이 놓여 있었다.

준현이 출소하던 그때와 같은 누런 종이봉투였다. 상희는 봉투를 뒤집어 발신인의 이름을 확인했다. 이번에도 조성춘 기자였다. 상희는 봉투를 흔들어보았다. 안에서 작은 동전 같은 것이 흔들리는 소리가 났다.

머뭇거리다, 그녀는 봉투를 열었다. 봉투 속에는 USB 메모리가 들어 있었다.

퇴근하자마자, 상희는 잘 안 쓰는 낡은 노트북을 꺼내어 네트워크 접속을 끊은 뒤 USB를 꽂았다. 다행히 수상한 프로그램이나 바이러스 같은 것은 없었다. USB 안에 든 파일은 두 개였다.

하나는 보고 연락 달라는 짧은 메모가 담긴 텍스트 파일이었고, 다른 하나는 동영상이었다.

처음에는 무슨 영상인지 알아볼 수가 없었다. 온통 어둑어둑했고 구석에는 상자 같은 것이 쌓여 있었다. 희미하게, 불빛 같은 것이 왔다 갔다 했다. 지하실일까, 생각하는데 문 열리는 소리가 났다.

웃음소리, 웅얼거리는 말소리. 그리고 검은 옷을 입은 두 사람이 화면에 들어왔다.

"설마……."

상희는 숨을 쉴 수가 없었다. 서로를 애무하며 한 겹 한 겹 옷을 벗는 두 사람의 모습은 낯이 익었다. 어두웠는데도, 여자가 입은 옷이 상복으로나 입을 법한 새카만 한복이라는 것은 알 수 있었다.

두 사람의 목소리가 들렸다. 신음 소리와 서로를 부르는 목소리가.

여자는 남자를 '오빠'라고 불렀다.

남자는 여자를 '나현이'라고 불렀다.

"놀라셨을 줄 압니다."

결국 상희는 조성춘 기자에게 전화를 걸었다. 다른 것은 몰라도, 나현의 앞날을 위해서 적어도 이 동영상에 대한 문제는 매듭을 지어야 했다.

"조카분들이 남매간에 이러고 있는 것을 보셨으니."

성춘은 상희의 집 근처 스타벅스에서 기다리고 있겠다고 했다. 상희는 커피 두 잔을 사 들고 성춘과 함께 밖으로 나와 근린공원까지 걸어갔다. 두 사람은 한적한 공원 벤치에 멀찍이 떨어져 앉았다. 봄이 오고 있었지만 바람은 아직 차가웠다.

"남매끼리 붙어먹은 것도 문제겠지만, 이건 불법 촬영이고, 처벌 대상이죠."

상희는 담배에 불을 붙이며 성춘을 노려보았다.

"서윤병원 장례식장 창고였어요. 아, 그러고 보니 장제일보에서 보낸 화환을 거기 집어넣은 기억이 나네요. 장제일보는 경조사 화환에 몰카도 설치하는 모양이죠? 참 훌륭하네요."

"불법 촬영이 처벌 대상인 건 압니다. 하지만 이게 퍼지면 저

하나 잡아넣는 걸로는 감당이 안 되실 텐데요?"

성춘은 느물거렸다.

"제가 드리고 싶은 말씀은 간단합니다. 서상희 박사님은 조카분들에 대해서 모르시는 게 많은 것 같아요. 그걸 같이 알아봤으면 좋겠다, 뭐 그런 겁니다."

"뭘 믿고 그쪽과 같이 하죠?"

상희가 코웃음을 쳤다.

"음, 글쎄요. 서윤병원 일가만 보면 동의하기 어렵겠지만, 대부분의 사람들은 아직도 동의하는 이야기가 있죠. 피는 물보다 진하다고."

"그러니까 나보고, 조카들이 걱정되면 숙이고 협력하라는 겁니까?"

"아뇨, 그쪽과 저 말입니다."

성춘이 정색을 하며 고개를 쑥 들이밀었다. 상희는 몸을 뒤로 빼다가 성춘의 얼굴을 쳐다보았다.

"그게 무슨……."

"우리 어머니는 장제시에서 으뜸가는 조씨 부잣집의 맏며느리였지요. 뭐, 자랑은 아닙니다만 이래 봬도 저도 어릴 때는 도련님 소리 듣고 자랐습니다. 고명하신 서필환 원장님께서 우리 집안을 박살 내기 전까지만 해도 말이죠."

"용건만 간단히 말씀하시죠."

"우리 어머니가 꽤나 미인이었는데 말입니다. 가진 것은 하나 없이 그저 똑똑한 머리 하나밖에는 세상천지 믿을 게 없던 천둥벌거숭이 같은 동네 머슴 놈이 그만 제 주제도 모르고 우리 어머니께 반했지 뭡니까. 우리 아버지와 혼담이 오가는 걸 어떻게 겁탈이라도 해서 제 여자를 만들고 싶었던 모양인데, 그만 실패하고 말았지요."

"그런데요."

머릿속이 깨질 듯 울렸다. 심장이 미칠 듯이 두방망이질 쳤다. 상희는 바싹 마른 입술을 커피로 축였다.

"그 천둥벌거숭이가 머리 하나는 기가 막히게 좋았습니다. 머슴이면 머슴답게 살 것이지, 군에서 수석, 도에서 수석, 보는 시험마다 수석을 차지하고 중학교와 고등학교를 전부 장학금으로 다니더니, 그 어렵다는 서울대 의대에 덜컥 합격합니다. 장학금을 받으며 입학하고서 몇 년 뒤에는 의사 선생님이 되어서는 돌아왔지요. 그러고는 우리 집안, 조씨 부잣집 재산을 아주 토막토막 내서 죄다 사들입니다. 무슨 철천지원수라도 진 듯이 말이죠."

여기까지는 아는 이야기였다. 여기까지는. 조성춘의 어머니에 대한 이야기만 빼고.

"밖에서 보기에야 조씨 집안 장남이 헛바람이 들어 사업을 한다고 나서지 않나, 둘째는 공산당 혁명 같은 소리를 하다가 빨갱이로 잡혀가지 않나, 아주 아들들이 집안을 말아먹는 걸로 보였겠지요. 그런 와중에 그 너그러운 의사 양반이 남의 급한 사정을 이용하지도 않고 시세대로 다 쳐서 땅을 사들였으니 사람 다시 봐야겠다고 하기도 했지만, 속사정을 알면 그렇게 말할 수도 없어요. 자기가 야료를 부려서 땅을 다 팔게 만들어놓고서, 너그러운 척은 혼자 다 한 것이니까요. 여튼 그러던 중에 조씨 집안의 본가, 그 아름다운 고택까지 의사 놈 손에 넘어갔지요."

"돌아가신 우리 아버지에 대해 어지간히 유감이 많은 줄은 알고 있었습니다만."

"그 의사 놈이 말입니다, 집을 사들여놓고도 우리 아버지와 나를 내쫓진 않았어요."

"아버지에게도 일말의 동정심이라는 게 남아 있었나 보죠."

"거, 담배나 한 가치 빌립시다."

상희가 담뱃갑을 내밀었다. 성춘은 담배를 몇 모금 빨다가 한숨을 쉬었다. 그는 손에 들린 담배가 타들어가는 것을 바라보다가 한참 만에 고개를 가로저으며 입을 열었다.

"우리 아버지는 어머니를 팔았어요."

"예?"

"우리가 그 집에 머무르는 조건으로, 그 서필환 원장이 수시로 우리 집에 드나들며 우리 어머니를 겁탈했단 말입니다."

더 듣지 말아야 한다고 생각했다.

하지만 자리를 박차고 일어날 수 없었다. 그가 담배를 들고 있는 모습이 묘할 정도로 낯익었으므로.

"그때는 나도 어린애였죠. 저 손님은 뭐 하시는 어른인지 참

자주 오시는구나 싶었는데 올 때마다 나는 안채의, 우리 어머니 곁에서 자질 못하고 사랑채로 내쫓겼어요. 그 손님이 왔다 갈 때마다 어머니는 흐트러진 머리를 빗을 생각도 않고 울었죠."

상희는 종이컵을 구겨 쥐었다.

담배는 집을 떠난 뒤 피우기 시작했다. 누구에게 배운 것도 아니었다. 그랬는데.

"그렇게 오고 가며 몇 달을 그래놓았으니 그만 애가 섰지."

제대로 이야기를 해보는 것은 오늘이 처음인, 서윤병원을 말아먹지 못해 몸살이 난 것 같은 기자가 담배를 물고 있는 모습은, 자신의 모습을 거울로 본 듯이 똑같았다.

상희의 손에서 피우다 만 담배가 미끄러져 떨어졌다.

역겹고 음습한 비린내가 올라오는 땅.

유지의 비위를 거스른다고 죄도 없는 이를 멍석에 말아 매찜질하고 조롱하고 짓밟고, 강한 자에게 굽실거리고 약한 자끼리 물어뜯으며 손가락질하던 곳. 짐승보다 나을 게 없는 자들이 유지입네 하며 부끄러움 모르고 파렴치한 짓을 하던 곳.

남의 여자를 건드려 사생아를 낳고, 치마 뒤집어쓰고 냇물에 뛰어들고, 뒷산 당산나무에 목을 매고 혀를 빼물고 죽어도 아무렇지도 않게들 살아가던 곳.

장제시, 그곳의 더러운 이야기라면 물리도록 들었다고 생각했다.

하지만.

"낙태를 하려고 몇 번이나 물에 뛰어들었고, 간장도 마시고, 별짓을 다 했다는데."

몇 번이나 물에 뛰어들었다지. 그래도 애가 안 떨어졌다더라.

"그래도 당신은 살았죠. 배는 불러오고, 나중에는 더는 어떻게 할 수가 없어서, 반미치광이가 되어서 숨어 있었어요. 아버지가 때린 적도 있었는데, 나중에는 서 원장의 눈치를 보느라 때리지도 않고 나가서 술만 마셨지. 여동생이 태어났다는 건 압니다. 삼칠일도 되기 전에 아기를 빼앗겼고 어머니는 대들보에 목을 매셨죠."

너를 낳아놓고 수치심에 목을 매고 혀를 이만큼 빼물고 죽었단다.

상희는 눈을 깜빡였다. 말도 안 되는 이야기라고 웃어넘기고 싶었지만, 머릿속에서 산산조각 난 지그소 퍼즐이 제자리를 찾아 돌아가듯 무언가 움직이기 시작했다.

"내가 바라는 게 뭐겠냐. 복수지."

그녀는 성춘을 다시 한번 똑바로 마주 보았다. 성춘이 쓸쓸하게 웃었다.

"그까짓 서윤병원, 다 무너뜨리고 다 빼앗아서, 그걸 네게 주면 좋겠다고 생각했는데. 정작 영감이 줘도 하나도 안 받았다고 하고. 그러니 다 무너뜨리고 망가뜨리는 것밖에 어디 방법이 있겠냐."

"우리가…… 남매라고……?"

상희는 혐오스러운 듯 중얼거렸다.

증오한다고 말하면서도 그곳에서 뿌리를 두고 잎을 틔워 이만큼 나이를 먹도록 한 걸음도 걸어 나오지 못한 고향, 장제시. 그곳이 이때까지 덮고 있던 비밀 한 자락이 그녀의 앞에서 안개 같은 옷자락을 걷어 올리며 속삭였다.

너 역시도 괴물이라고.

성춘은 느긋하게 상희를 지켜보다가 소리 죽여 낄낄거렸다.

"애초에 서재욱을 누가 죽였건, 서준현의 배후에 누가 있건, 그런 것 따위엔 관심 없었지. 그저 그 대단하신 서애희 여사를 골로 보낼 방법이라고만 생각했는데."

"대답해. 그쪽하고 내가 남매란 말이야?"

상희는 믿지 못하겠다는 듯 다시 그를 보다가 뒤로 몸을 뺐다. 성춘은 슬금슬금 상희에게 다가가며 중얼거렸다.

"그래, 맞아. 아버지는 다르고 어머니가 같은 남매. 맞으니까 몇 번씩 물어볼 필요도 없어. 네 아버지나 내 아버지나 누가 더 낫다 할 것도 없이 더러운 새끼들이라는 것만은 분명하지. 그래도 내 입장에서는 서 원장, 그리고 사람 거지 취급 하던 서애희 그년, 둘 다 무척 유감이 많았거든. 어쩌다 보니 내가 뭘 어떻게 하기도 전에 서 원장은 뒈졌고, 길바닥에 끌고 다니며 조리돌리기도 전에 그 여자도 하필이면 목을 매고 죽었지만 말야. 하, 뜻밖이란 말이지. 그렇게 고상한 척은 혼자 다 했으면서 왜 하필 목을 매? 설마 의사 댁 여편네가 사람이 목을 매면 어떻게 죽는지 몰라서 그렇게 죽었으려나?"

"그만."

"그까짓 서윤병원. 그 둘이 죽어 자빠진 지금은 딱히 미련도 없어. 이런, 안색이 안 좋잖아. 설마 목매달아 죽은 사람 이야기를 해서 그런가? 미안하네. 난 국과수 검시의 정도 되면 이런 이야기에는 눈 하나 깜짝하지 않는 줄 알았는데."

"어디서 반말이야. 여동생이라는 건 네놈 주장일 뿐이고, 증거도 아무것도 없이 그 말을 믿으라고?"

상희는 차가운 표정으로 말했다.

"조성춘 기자가 서윤병원을 얼마나 증오했는지야 유명하지. 그래, 가십거리 좋아하는 사람 귀에는 당신 말이 다 맞게 들릴 수도 있겠어. 그런데 그거 알아? 사람의 증오라는 거, 그렇게 합리적으로 설명이 가능한 것만 있는 게 아니야. 당신이 한 말들은 당신 증오에 대한 변명거리는 될 수 있을지 모르지. 하지만 그게 사실이 아니라면? 고택을 사들인 뒤에도 당신 아버님이 돌아가실 때까지 그대로 살게 두시고, 그 알코올 중독자에게 월급 줘가며 원무과장 자리 만들어주시고, 그 아들은 대학까지 보내준 사람을 두고 음해하는 거라면?"

"얼씨구."

"내 아버지는 훌륭한 인간은 아냐. 남을 짓밟고 가기도 했고, 사람을 죽이기도 했으니까. 그럼 당신은 그런 사람에게 자선사업이라도 요구하는 거고? 당신 아버지가 사업 실패해서 팔아치운 그 고택에 미련이 남아서, 내가 그 조씨 집안 장손인데 왜 날 거기서 살게 해주지 않는 거야, 그렇게 어린애처럼 빽빽 울며 떼나 쓰는 거냐고."

"당신 생모 이야기야, 서상희."

"난 내 생모가 누군지 몰라. 그리고 만에 하나 정말로 당신 어머니가 나를 낳았다고 해도 당신 어머니를 판 건 당신 아버지지. 양반입네 하면서 체면만 차리다가, 장손과 함께 그 집에서 버티기 위해 머슴 놈 따위에게 아내를 판 거 아닌가?"

"이거 이거, 말이 안 통하는구만."

성춘은 고개를 저으며 일어났다. 어깨를 으쓱해 보이고는 상희를 빤히 내려다보았다.

"존댓말이 듣고 싶으면 그렇게 하죠, 서상희 박사님. 그래서, 궁금하지도 않습니까?"

"뭐가?"

"서준현 말입니다. 당신 조카."

성춘은 미묘하게 흔들리는 상희의 표정을 들여다보며 즐거운 듯 낄낄거렸다.

"어쩌다가 그 집구석이 그렇게 죽고 죽이고 물고 물리는 꼴이 되었는지. 애초에 악마 소굴 같은 집구석이었지만, 이렇게 저주라도 받은 듯이 죽어나간 것의 시작은 분명 서준현이었으니까 말이죠."

성춘은 상희에게 또 한 번 바싹 다가갔다. 상희는 얼굴을 찡 그리면서도 피하지 않고 그를 노려보았다.

"그 애들이 과연 그저 순진한 피해자일까? 서윤병원의 수많은 죽음들이 서준현을 중심으로 일어났어. 다음 차례는 너일지도 모르지. 그래도 조카니까 믿어볼 거야? 제 동생과 붙어먹는 그런 역겨운 놈을?"

"뭘 원하는 거야."

"그 서준현은 자폐란 말이지."

상희는 마주친 시선을 거두고 고개를 돌렸다. 그 고개를 돌린 귓가에, 성춘은 속삭였다.

"그 서준현을 움직인 게 누굴까. 처음에는 서애희라고 생각했어. 그런데 사건과 사건 사이에 계속 다른 사람이 잡혔지. 그게 누굴까. 서재욱에게 강간을 당했다는 가련한 피해자, 제 고모에게 독살당할 뻔했고, 사촌들의 악플에 시달리고, 좀 더 억지를 써보자면 그 애가 다녀가고 며칠 뒤에 서 원장이 죽었지. 힙 플라스크는 그가 병원에서 술을 마실 때 쓰던 거였다지만, 플라스크가 비었을 때는 집에 가져왔을 거야. 병원에 술병까지 쟁여놓고 있었다면 플라스크를 굳이 갖고 다닐 필요가 없으니까. 이를테면 이런 건 어떨까. 놀러 왔다가 서재에서 잠깐 영감이 자리 비운 사이에 독을 탔다면."

"무슨 말을 하고 싶은 거냐고!"

"당신이 더 잘 알 텐데?"

성춘은 낄낄 웃었다.

"근데 서나현이 정말로 제 아버지에게 강간을 당하긴 한 거였어? 난 그것도 잘 모르겠던데. 애초에 천하절색 장정혜, 그 꽃 같던 여자도 다 시들도록 소박 놓았으면서, 장정혜 어렸을 때 판박이인 딸은 건드린다? 뭔가 말이 안 되지 않아?"

이제야 말했다.

성춘은 차를 몰아 장제시로 돌아가며 생각했다. 그동안 몇 번이나 말하려고 했지만 당초에 말할 틈이 없었다. 6년 전, 그 살인사건을 언급해도 이렇게까지 반응이 없던 것은 서상희뿐이었다. 다른 사람들은 먼저 전화를 걸어 왔다. 그중에는 김영규처럼, 자기가 아는 것을 다 털어놓는 것도 모자라 더 이상 서윤병원에서 얻을 게 없다는 것을 확신하자마자 장례식에서 녹음한 걸 그에게 팔아치우기까지 하는 자도 있었다. 정신과의 박호석 선생처럼 만나 술이나 한잔하며 옛이야기나 하고 헤어지기 딱 좋았던 이도 있었다. 심지어 서나현조차도 서애희의 일이 집안일로 치부되어 묻혀버릴까 봐 그를 붙잡았다.

그런 마당에, 혼자만 끝까지 연락을 안 하고 있었지.

고집불통 같으니.

명절에도 내려왔다가 당일로 돌아가곤 하는 것이 어지간히 그 집안 식구들과 사이가 좋지 않다 싶었다. 밖에서 낳아 온 아이라고 서애희 그 여자가 천덕꾸러기 취급을 해댔던 것 때문인지도 몰랐다. 성격이 꼬장꼬장한 구석이 있어 제 아버지가 저질렀던 일들을 짐작하고는 서윤병원이고 뭐고 다 흥미 없다며 혼자 독립해 나간 것은 마음에 들었다.

하지만 그래봤자 너도 그 영감의 자식이지.

네가 태어나지 않았다면 어땠을까. 그래도 어머니가 목을 매셨을까.

여동생이라고 해도, 그 전에 어머니의 원수나 다름없었다. 예쁠 것도, 마음에 둘 것도 없는. 성춘은 자신을 벌레 보듯 하며 뒤로 물러서던 상희를 떠올리며 얼굴을 찌푸렸다. 그나마 그 일가붙이 중에서는 머리가 돌아가는 축이라고 해야 하나.

뭐, 서상희가 무슨 말을 했든 상관없다.

진짜 볼일이 있는 쪽은 서나현이니까.

성춘은 히죽 웃으며 나현에게 전화를 걸었다. 하지만 신호가 미처 두 번을 가기도 전에, 뒤쪽에서 달리던 덤프트럭이 갑자기 속력을 내어 추월하려 했다.

아차 하는 사이에 덤프트럭이 운전석 옆쪽으로 밀고 들어오며 성춘의 차를 가드레일로 밀어붙였다. 가드레일 밖으로 반쯤 튀어나간 성춘의 차 위로, 덤프트럭에 적재되어 있던 H빔들이 쏟아졌다.

불과 몇 초 만에 벌어진 일이었다.

벨이 울렸다. 준현은 빈둥거리며 책을 들여다보다 손을 뻗어 전화를 받았다. 임태민 변호사였다.

"준현아, 대답하기 힘들면 그냥 듣기만 해도 된다. 이번 주말에 밤낚시 가지 않겠니?"

"낚시……?"

"그래, 나현이는 두고 우리 둘이서."

"……."

"가끔은 남자들끼리 할 이야기도 있지 않겠니."

묘한 기분이 들었다.

급한 일도 아니고, 이런 시각에 갑자기.

"무슨 일인데요?"

"무슨 일은, 그냥."

태민이 전화 저편에서 웃었다.

"원래 머리 복잡한 것 정리하는 데는 밤낚시가 최고란다."

전화를 끊고, 준현은 똑바로 앉아 벽에 등을 기댄 채 곰곰 생각에 잠겼다.

밤낚시라니. 갑자기 무슨 일일까.

어쩌면 낚으려는 것이 물고기가 아니라 사람인 것은 아닐까.

✣

17

"많이 추울 거다. 옷 든든히 입어."

준현이 태민과 낚시를 가기로 한 것은 그 주 금요일 저녁이었다. 태민은 온다던 시간보다 조금 일찍 나현에게 줄 케이크와 신작 블루레이를 들고 나타났다.

"너무해요, 둘이서만이라니."

나현은 케이크를 받아 들면서도 투덜거렸다.

"남자들끼리만 사이좋고."

"어떻게 하니, 이렇게 하루 떨어져 있는 것도 섭섭해서야."

"이거 가져오셨으니까 용서해드릴게요."

나현은 입을 비쭉 내밀다 말고 배시시 웃었다. 나현은 태민을 위해 핸드밀을 돌리고 커피를 내리며 재잘거렸다.

"이거 서초동 법원 앞에 새로 생겼다는 거기 거죠? 케이크 예쁘고 맛있다고 소문이 자자하던데."

"그래, 나현이 생일 때도 여기 걸로 가져올까?"

"예."

"그나저나 혼자 있어서 어떻게 하나. 무서운 건 아니지?"

"안 무서워요. 작은고모도 오신댔고."

나현은 커피를 태민 앞에 내려놓으며 작게 한숨을 쉬었다.

"오빠가 절 아직도 애 취급 하나 봐요. 저 혼자 있으면 걱정된다고, 굳이 작은고모에게 연락을 했더라고요."

"준현이가 너 걱정되어서 그러는 거지."

"그래도요. 작은고모 또 저 보면 자꾸 같이 살자고 하실 텐데."

"네가 걱정도 되고, 또 마음에도 들어서 그러는 거야. 서 박사가 성격이 깔끔하잖니. 고양이 한 마리 곁에 못 두는 사람이 다른 사람과 같이 살겠다고 나서는 건데."

"그냥 고양이나 키우시면 좋겠어요, 작은고모는."

나현은 고개를 절레절레 흔들었다.

"여튼 전 작은고모랑 케이크 먹고 영화 볼 테니까, 재미있게 다녀오세요. 아, 오빠."

태민은 뒤를 돌아보았다. 두툼한 점퍼를 입은 준현이 거실에 나와 있었다.

"목도리 가져가야지."

나현은 준현의 점퍼 위에 목도리를 단단히 매어주며 태민을 향해 말했다.

"우리 오빠 감기 걸려서 오면 아저씨가 책임지세요."

"감기를 무릅쓰고라도 한번 가볼 만해, 밤낚시라는 건."

태민은 빙긋 웃으며 가방에서 촌스럽게 생긴 털모자를 꺼내 준현에게 푹 눌러 씌웠다. 준현이 중얼거렸다.

"고구마 장수."

"귀엽지 않니? 밤낚시 할 땐 이게 또 따뜻해요. 그럼 가볼까?"

"다녀오세요. 오빠, 잘 다녀와!"

태민은 준현의 어깨에 손을 얹고 현관을 나섰다. 나현은 문을 닫다 말고 한 뼘만큼 문을 열어둔 채, 두 사람의 뒷모습을 향해 손을 흔들었다.

하늘에 빛의 흔적이 남아 있는 서쪽을 등지고, 태민의 차는 북한강을 거슬러 동쪽으로 달렸다. 준현은 차가 확실하게 서울 방향에서 벗어나 마침내 도 경계를 넘은 것을 확인하고서야 카시트에 등을 파묻듯 편히 앉았다. 태민이 차선을 바꿔 타며 준현을 흘낏 쳐다보았다.

"어디 불편하니?"

준현은 대답하지 않았다. 태민은 내비에는 눈길도 두지 않고 표지판을 눈으로 훑으며 차를 몰아갔다.

IC를 서너 개는 더 지나고 나서야, 준현은 겨우 말을 고를 수 있었다.

"밤낚시를…… 저만 부르셔서."

"취미생활이야. 나현이는 추위를 많이 타잖아."

"내비도 안 켜시고."

"아는 데 다닐 때는 굳이 내비 안 쓴다. 길눈 어두워져."

"숨겨야 할 게 있는 건 아니고요?"

"원장님의 비밀이라든가?"

준현은 태민의 눈치를 살피며 고개를 끄덕였다. 태민은 소리 내어 웃었다. 창밖에는 당장에라도 이 차 위로 쏟아질 듯 빽빽한 숲이 마치 회색 벽처럼 사방을 둘러싸고 있었다.

겨우 숲을 벗어나 만난 도로변의 식당에서 뜨끈한 황태국밥을 먹고, 두 사람은 다시 차에 올랐다. 식당에서 낚시터까지는 20분도 걸리지 않았다. 한적하다 못해 사람 그림자도 보이지 않는 낚시터에 태민은 차를 주차했다. 준현에게는 트렁크의 짐을 꺼내라고 했다.

트렁크를 열자 역한 가죽 냄새 같은 것이 났다. 준현은 낚싯대를 꺼내다가, 그 안쪽을 스마트폰의 플래시로 비춰보았다.

아무것도 보이지 않았다.

"뭘 그렇게 찾는데."

"……."

"시체 같은 건 없다. 그런 일 시키려고 데려온 것도 아니고."

태민은 다가와 트렁크의 짐을 마저 꺼냈다.

"거의 다 되었지. 법대로 할 수 있는 일은 다 했다. 이제부터는 조금 다른 문제들이 남아 있지. 오늘은 그 이야기를 하려고 불렀다."

"무슨 말씀을……."

"만약에 너희에게 무슨 일이 생긴다면, 그래도 의지할 수 있는 건 장진제약일 거다."

태민은 트렁크를 닫았다. 그는 미끼통을 들고 앞장섰고, 준현도 낚싯대와 다른 짐을 들고 뒤를 따랐다.

"네게야 몹쓸 사람들이지만 그 삼 형제가 나현을 걱정하는 것만은 진심이니까. 나름대로 유지라고 그 시골 바닥에서 위세를 좀 부리긴 하지만 뒤에서 공작을 꾸밀 만한 사람들은 아니야. 그 사람들을 움직이는 건 오히려…… 순수한 애정과 공포겠지. 나현이 제 엄마처럼 고통받을지도 모른다는 공포. 나현이 죽을지도 모른다는 공포. 너도 알겠지. 오빠니까."

"예."

"그 사람들은 의외로 단순해. 언제나 하나뿐인 여동생이 행복해지기만을 바랐지. 정혜를 부잣집에 시집보내고, 병원장 부인으로 만들고…… 그 사람이 낳은 자식이 서윤병원을 물려받거나 하는 것만 생각하는 거다. 너를 미워하는 것도 같은 맥락이야. 네 할아버지의 사랑, 네 아버지의 관심, 서윤병원의 상속권, 그런 것은 당연히 나현의 것인데, 네게 빼앗겼다고 생각하는 거지."

태민이 걸음을 멈추었다. 그는 낚시 도구를 풀어놓고 자리를 잡았다. 낚싯대를 펼쳐 낚싯줄을 매고 미끼를 능숙하게 바늘 끝에 꿰었다. 작은 통에 들어 있는 산 미끼들이 비명처럼 꿈틀거렸다.

"조성춘은 위험한 사람이었어."

준현은 장갑을 벗고 미끼통에 손을 넣어보았다. 갯지렁이들이 준현의 손끝을 피하거나 더러는 감아 올랐다. 시릴 텐데도 손을 그대로 두었다.

"비밀을 캐내고 말을 지어내고 떠벌리고 싶어 했던 사람. 그는 예전부터 정혜에게 집착했고 네 아버지를 질투했다. 자신이 물려받아야 할 모든 것을 서윤병원이 앗아갔다고 생각했지."

"……."

"너나 나현에게는 어쩌면 그렇게 말했겠지. 너희는 피해자다. 나는 네 편이다. 하지만 너도 이제 짐작할 거다. 그 사람은 너희의 편도 아니었고, 편을 들어줄 생각도 없었어. 서윤병원과 관계있는 사람이라면 제 부모 형제라도 다 파멸시키고 말 사람이었지."

태민은 계속 그의 이야기를, 과거형으로 말하고 있었다.

"실제로는 제 원한 풀이를 할 뿐이면서, 자기가 정의를 위해 진실을 말하느라 핍박받고 있다고 망상하는 기자란 대책이 없어. 그래, 준현아. 너희 말이다. 그…… 원장님 장례식 중에."

"예?"

준현의 얼굴이 확 달아올랐다.

“그 창고에 장제일보에서 보낸 화환이 있었다. 그 화환에 카메라가 설치되어 있었던 모양이야. 조성춘이 장례식 현장에서 뭔가 건질까 해서 달아놓은 모양인데, 소가 뒷걸음질 치다 쥐를 잡았지. 화환과 함께 창고에 처박힌 카메라에 하필 너희들이 찍혔고.”

준현의 얼굴이 새하얗게 질렸다.

“너희 고모를 만나고, 다시 나현에게 전화를 하려고 했던 모양이다. 아마도 나현을 협박할 생각이었겠지.”

“왜, 왜요⋯⋯ 할아버지에게 복수하고 싶어 한 건 알겠지만, 왜⋯⋯.”

“정혜에게 집착했으니까.”

태민은 잘라 말했다.

“나현이는, 그 애는 무서울 만큼 그 나이 때의 정혜를 닮았거든.”

“설마⋯⋯.”

태민이 한숨을 쉬며 낚싯대를 드리웠다. 차가운 물가 위로 파문이 번져나갔다.

“조성춘은 넘봐선 안 될 것을 넘봤다. 그 대가를 치렀고. 평생 식물인간으로 살게 되겠지.”

“찍힌 건⋯⋯.”

“처분했다.”

“전부⋯⋯ 다요?”

"기사로 써서 터뜨리기 위한 정보와 협박하기 위한 정보는 다루는 방식이 달라. 혼자 쥐고 있어야지, 괜히 여기저기 흘리고 다니면 협박이 되지 않는 법이다. 서윤병원의 다른 추문이라면 모를까. 조성춘은 원하는 게 있었으니 그렇게는 하지 않았어. 걱정 마라. 할 수 있는 데까지 다 확인하고 막았으니까."

태민의 차분한 목소리가 습기 찬 공기 속으로 나직하게 퍼져 나갔다.

"조 기자가 나보고 백정 자식이라는 말은 안 하디?"

"……했어요."

"내가 태어나 자란 무영동은 40년 전에만 해도 사람들이 무재리 백정골이라고 부르던 곳이었어. 시험을 봐도 달리기를 해도 내가 1등이었지만, 백정 자식에게 돌아오는 상 같은 것은 없었어. 언제나 상을 받는 놈은 따로 있었다. 본가가 망했어도 조성춘의 당숙네는 여전히 잘살았는데, 학교에서 육성회장 같은 것을 하고 그랬지. 그 집 아이가 늘 상을 받았다. 그 애가 상을 받으면 으레 육성회장이 교무실에 납시었고, 돈 봉투가 돌았지. 교무실 창문 너머로 난, 그 모습을 다 보았다."

미끼를 건드렸는지 찌가 요동쳤다. 하지만 태민은 낚싯대를 당기지 않았다.

"한번은 언제나 1등을 해놓고도 매번 상을 빼앗기는 게 너무 억울해서 그 애에게 덤벼들었어. 우리 어머니는 교무실이며, 조씨 집안이며 이곳저곳에 끌려다니며 손이 발이 되게 빌어야 했지. 사람들도 어머니와 내게는 더 이상 일을 주지 않아서 그해 겨울은 정말 춥고 배고프게 보냈다. 어머니가 쓰러지신 것도 그때의 일이었지."

"할아버지를 만나신 것도요."

"그래."

하얀 입김이 어두운 공기 속으로 연기처럼 번졌다.

"그분은 내 은인이셨지. 나는 어르신 댁 문간방에 살며 재욱이가 다니던 읍내의 학교로 전학을 했다. 빼앗긴 1등의 서러움은 그때까지 읍내 학교에서 1등을 독차지하던 재욱이와 정정당당하게 맞붙어 1, 2등을 다투면서야 겨우 지울 수 있었다. 암으로 죽어가는 우리 어머니 손을 잡고, 원장님께서는 몇 번이나 말씀하셨어. 태민이가 서울대에 떡하니 들어가서, 고시도 합격해서, 조금만 더 버티면 동네 사람들 여봐란듯이 잘 살 거라고. 반드시 그럴 아이라고."

준현은 태민의 얼굴을 바라보았다. 이마와 코가 연결되는 섬세한 선을 유심히 보다가, 그 옆모습 위에 나현의 얼굴을 겹쳐보았다. 그때 태민이 고개를 숙였다.

"난 어르신께 은혜를 갚기로 했고, 고시에 합격하여 판사가 되었다가, 서른 살에 사표를 내고 변호사가 되었다. 어르신을 가까이에서 돕기 위해서는 그래야 했으니까."

태민이 서른 살 되는 해는, 나현이 태어난 해였다.

"어머니를…… 좋아하셨죠."

"그래."

"언제부터."

"처음부터."

몇 번인가 더, 찌가 흔들렸지만 태민은 낚싯대에는 손도 대지 않았다.

"아저씨, 혹시……."

준현은 머뭇거렸다. 입안이 말라붙었다. 그는 태민을 똑바로 바라보려 애쓰며 물었다.

"아저씨가 나현의 친아빠인가요?"

물소리 사이로 바람 소리가 들렸다. 나무와 나무들이 서로 살을 부딪치며 울부짖는, 비명 같은 소리가. 회색 담장처럼 어둡고 깊은 이 숲속에서 몇 번이나 메아리치고 되돌아오며 다시 울음소리 같은 스산한 소리로 변해갔다.

태민은 필사적으로 자신의 눈을 응시하는 준현을 한참 동안 마주 보았다. 준현은 부들부들 떨었다. 발작을 일으킬 것처럼 무언가가 끓어오르려는 찰나에, 태민이 마침내 입을 열었다.

"그래."

안경 너머 흔들리던 그의 눈빛에서는 더 이상 흔들림이 느껴지지 않았다.

"단 한 번뿐이었어. 행복하게 살기만을 바랐지만 그조차 이루지 못했던 정혜에게 그 아이는 그렇게 왔지. 난 나현이 선물이라고 생각했어. 평생 결혼하지 않고 그저 재욱이 부부의 곁에서 그들의 행복을 빌며 살겠다고 생각한 내게, 하늘이 주신 선물이라고."

태민은 준현의 어깨를 토닥거렸다. 아무 일도 아니라는 듯.

"재욱이와 정혜가 죽었을 때, 난 처음에는 그 생각만 했다. 대체 내가 무슨 짓을 해야 나현을 구할 수 있을까. 오직 그 생각뿐이었어. 짧은 순간이었지만 살아가면서 그렇게 생각이 많았던 순간은 없었다. 그런데 네가 말했지. 네가 나현을 지킬 거라고."

"아저씨."

"난 그 말을 듣고서야 겨우 생각이라는 것을 할 수 있었다. 준현아. 언젠가 너와 나는 한편이라고 했던 것 기억나니."

준현은 고개를 끄덕였다.

"재욱이가 죽었는데 어째서 너희의 편을 들 수 있는지 물어보았던 것도 기억하니."

"예."

"재욱이가 세상을 떠난 그 밤에 난 결심했어. 네게 나현이 그 무엇을 감수하고서라도 지켜야 할 만큼 소중한 존재라면, 네가 그렇게 나현을 아껴준다면, 나는 네 편이 되겠다고. 준현아, 지금도 그렇다. 나는."

태민은 눈을 감았다. 준현의 어깨를 붙잡은 태민의 손이 떨리고 있었다.

"나현을, 그 아이의 비밀을 지키기 위해서라면, 나는 무슨 짓이든 할 수 있었다. 내 변호사 인생, 아니, 남은 인생을 다 걸고

서라도."

처음부터 이 모든 일들은, 끝도 시작도 사랑이었다.

그뿐이었다. 사랑하기 때문에 은인을 배신했고, 사랑하기 때문에 친구를 배신했다. 사랑하기 때문에, 평생 사랑했던 단 한 사람의 죽음 앞에 진실을 덮었고, 거짓 증거를 내놓았다.

그리고 이제, 나현을 지키기 위해 조성춘의 입을 막았다.

그것이 그 모든 피와 죽음들 앞에서 결코 면죄부가 될 수는 없겠지만, 그건 사랑이었다.

그러니까 후회하지 않는다고, 태민은 말했다.

준현은 눈을 감았다.

바람 소리 사이로 태민의 전화벨이 울렸다.

나현이었다.

밤바람이 차가웠다. 밀려오던 잠조차도 도망갈 것 같은 바람이 불었다.

문을 열기도 전부터 피비린내가 진동했다.

현관은 깨끗했지만, 식탁에서부터 욕실까지 드문드문 핏자국이 떨어져 있었다. 준현과 태민은 안으로 들어갔다. 나현은 식탁 앞에 주저앉아 있었다. 나현의 옷에는 핏물이 가득했다.

"이거 큰일이구나."

태민은 애써 침착하게 주위를 둘러보며 중얼거렸다. 거실 바닥의 크림색 타일 위에, 피 묻은 발자국이 선명했다. 태민은 신음했다. 그는 핏자국을 따라 걸어가 욕실 문을 열었다. 눅눅한 습기와 함께, 그날 밤과 같은 피비린내가 쏟아졌다. 바닥부터 천장까지, 아무리 씻어내도 다 지워지지 않을 것 같은 핏자국이 튀어 있었다.

그리고 상희는, 욕조에 기댄 채 바닥에 주저앉아 있었다.

한 팔과 머리는 욕조 안으로 기울었다. 몇 번이나 칼을 찔러 넣어 너덜너덜해진 목의 상처에서는 이미 피가 흐르지 않았다. 욕조 안에는 시뻘건 피가 고여 있었다.

"나현이는 일단 좀 씻어라. 어떻게 된 일인지는 나중에 들을 테니."

태민은 마른침을 삼키며 중얼거렸다.

"네가 무슨 짓을 하고 다니건, 난 네 편이다."

전화 너머로 나현은 울면서 말했다. 작은고모가 죽었다고, 칼로 찌르고 말았다고. 그 말을 듣자마자 생각한 것은 이 사실을 대체 얼마나 오랫동안 숨길 수 있느냐였다. 프리랜서라면 모를까, 국과수 검시관은 공무원이다. 당장 돌아오는 월요일만 되어도 상희가 사라졌다는 게 티가 날 거다. 그런 데다 이 집안이 좀 시끄러운 집안이었어야지. 자식이 부모를 살해하고, 고모가 조카를 독살하려 들고, 항소까지 해놓고는 자살해버린 집안 내력을 생각하면, 월요일에 바로 신고가 들어갈 수도 있었다.

어떻게든 이 일을, 단 반나절이라도 더 오래 감추어야 했다. 그러기 위해 태민은 출발 전 차 바퀴와 번호판에 낚시터 주변의 흙을 일부러 덧발랐다. 고속도로가 아닌 국도로만 길을 돌았다. 낯선 도시에서, 일부러 준현과 옷을 바꾸어 입고 문 닫기 직전의 마트에 들어가 청소 도구와 실톱을 샀다. 계산은 현금으로만 했다. 그리고 도착해서 상황을 확인한 뒤 뜨거운 커피 한 잔을 마시고는 바로 욕실로 들어갔다.

"나현이 옷가지들, 비닐에 따로 담아라. 여기 안 쓰는 담요 같은 거 있으면 가져다 깔고."

그 말에 준현은 급히 방으로 뛰어들었다. 둘이서만 사는 집이라 남는 담요 같은 것이 없었는지, 준현은 주위를 둘러보다가 어릴 때 쓰던, 어머니의 분홍빛 모포를 집어 들었다.

"오빠."

준현이 모포를 욕실 앞에 펼치자 나현이 울음을 터뜨렸다.

"그건 오빠네 엄마의……."

"괜찮아, 나현아."

준현은 나현을 달래고, 거실 바닥을 알코올을 뿌려가며 꼼꼼히 닦았다. 태민은 아무 말도 하지 않은 채 욕실 안에서 한 사람의 흔적을 지우는 작업에 몰두했다. 처음부터 모든 일이 거짓말인 것처럼, 타일 사이에 묻은 핏자국만 없다면 이 안에서 무슨 일이 벌어졌는지 아무도 상상할 수 없을 만큼 철저하게, 그는 서상희라는 한 인간의 흔적을 지워 없앴다.

한참 만에 태민은 한숨을 쉬며 나현에게 말했다.

"나현아, 혹시 동영상 때문이었다면……."

"작은고모가 알고 있었어요."

태민의 손이 잠시 멈추었다. 나현이 들릴락 말락 한 목소리로 말했다.

"6년 전, 그 일요."

죽음보다 무서운 비밀.

죽음으로밖에 덮을 수 없었던 비밀.

세 사람만의 비밀로 남겨둘 수밖에 없었던, 그 밤의 일을.

"나, 조성춘 기자 만났다."

나현은 커피를 내리다 말고 뒤를 돌아보았다. 상희는 턱을 괸 채 한숨을 쉬었다.

"나한테 할 말 없니?"

"아, 그거요."

나현은 다시 돌아섰다. 상희가 테이블을 짚으며 일어섰다.

"기자 아저씨 정말 뻔뻔한 사람이네요. 남의 장례식 화환에다가 불법 카메라를 숨겨놓고, 불법 촬영한 걸 남한테 보여주기까지 하다니. 경찰에 갈 일인 것 같은데요?"

"서나현!"

"저 귀 안 먹었어요."

나현은 커피 가루가 살짝 부풀어 오르게 살며시 물을 부었다. 커피 가루에 희끗희끗한 것들이 보였다.

"지금 커피 내리고 있으니까, 조금 있다가 앉아서 이야기해요. 아, 아저씨가 케이크 사 오셨는데."

"너 지금 사람이 얘기하는데……."

"인륜이니 도덕이니 그런 말씀 하실 거잖아요. 전 그런 데 관심 없으니까 그냥 맛있는 거 드시고 재미있는 이야기나 해요. 언제부터 이 집안에서 그런 걸 따졌다고."

나현은 관심 없다는 듯 중얼거렸다. 상희는 어처구니가 없었다. 이게 지금, 이제 갓 스무 살 넘은 아이가 할 이야기인가?

"우리 집, 콩가루 집안이잖아요. 죽고 죽이고 난리도 아니었는데 좋아하는 사람하고 섹스하는 게 뭐 그렇게 큰일이라고."

"너희는…… 남매잖아. 피 섞인 가족이 어떻게 섹스를 해!"

나현은 상희를 빤히 쳐다보았다. 상희는 손을 부들부들 떨다가 커피를 몇 모금 마시며 한숨을 쉬었다. 나현이 입을 열었다.

"그런 이야기는 아버지가 자식을 강간할 때 하셨어야죠."

상희는 순간 뭔가 걸리는 느낌이 들었다. 지금까지 한 번도 제대로 생각해보지 않았다. 나현은 물론 임태민도, 재욱이 '딸'을 강간했다고 말하지 않았다. 언제나 '자식'이라고 말했다. 대체 어째서.

"너, 설마……."

상희는 의자에 앉은 채 뒷걸음질 치듯 몸을 뒤로 뺐다. 바닥에 의자가 긁히는 소리가 났다. 모든 것이 혼란스러웠다.

"설마 오빠가…… 준현이를?"

"몇 번이나 말하려고 해도 도망치기만 했으면서."

나현이 서늘하게 웃었다.

"아빠는 나쁜 사람이었죠. 오빠를, 오빠의 엄마와 똑같은 얼굴을 하고 있다면서 때리고 끌고 갔고, 엄마가 보는 앞에서 키스하고 더듬어댔어요. 엄마가 미쳐버리도록. 오빠가 얼마나 울었는지 알아요? 오빠가, 그러지 말라고, 하지 말라고 했고, 그러면 왜 거부하냐면서 때렸어요. 팔에 금이 가고 눈에 멍이 들어서 며칠 칠판 글씨도 보이지 않을 만큼. 그래도 아무도 오빠를 챙겨주지 않았죠. 엄마도 밖에서는 정숙한 사모님 흉내를 내고, 집에 와서 술만 마시면 태생부터 하는 짓까지 제 엄마를 닮아서 다 더럽고 역겹다며 오빠를 때리고. 그런 걸 이야기하려고 하면 다들 우리 입을 틀어막았어요. 정신과 선생님한테 말해봤자 할아버지 귀에 들어갈 거고, 할아버지한테 말씀드릴 수는 없고! 큰고모도 외삼촌들도 다들 오빠를 괴롭힐 생각들만 하는데."

나현은 반쯤 몸을 일으키고서 아예 식탁을 빙 돌아 상희에게 다가갔다. 나현은 싸늘하게 웃었다. 뺨을 타고 눈물이 흐르는 줄도 모르는 채.

"고모는 도망치기만 했지. 아저씨는 미안하다고만 했어. 우리보고 어떻게 하라고. 우리가 어떤 지옥에 있었는지, 고모가 뭘 알아. 어떻게 알아!"

"그렇다면……."

"네, 제가 했어요. 왜요?"

나현의 붉은 입술이 당겨지듯 웃었다.

"아버지가 자식을 강간한 것도 사실이고, 엄마가 오빠를 학대한 것도 사실이니까. 아무도 우리 오빠를 그 지옥에서 구해줄 수 없었어. 오직 나밖에는!"

"서나현."

"더 궁금하신 건 없어요? 그래, 큰고모 댁에서 제가 마신 비소라든가."

"너……!"

"그거, 제가 넣은 거예요."

"대체 왜!"

"경찰도, 아저씨도, 할아버지도, 그 누구도. 그 미친년에게서 우리 오빠를 보호할 수 없었으니까."

나현은 천천히 고개를 들었다. 상희는 나현의 표정을 보고 질린 듯 뒤로 물러섰다.

"그 미친년이 나에게 그러는 건 상관없었어. 장제시 밖에도 세상이 있다는 것을 알지도 이해하지도 납득하지도 못하는 멍청이였으니까. 하지만 우리 오빠에게 그러는 건 용서할 수 없었거든. 만약에 실패하더라도, 그래서 내가 잘못되더라도, 그 여자 인생만 망가뜨릴 수 있다면, 그래서 다시는 우리 오빠 근처에 얼씬거리지 못하게 할 수만 있다면, 난 상관없었어. 상관없다고 생각해서 마신 거예요. 왜, 문제 있어요?"

"그건 범죄야!"

"그래서요?"

"설마 너…… 할아버지 술병에 독 넣은 것도……."

나현은 대답하지 않았다.

하지만 웃고 있었다.

이제 스무 살을 겨우 넘긴 아이의 눈동자에는 기쁨이나 희망이나 행복이나 소망 같은 것이 아닌, 증오와 광기가 뒤섞인 무언가가 서려 있었다.

"서나현……."

상희는 마른침을 삼키며 나현을 노려보았다.

"미안했다."

"뭐가요."

"그때 너희들 말, 들어주지 못해서 미안해. 나도 장제시에서…… 그저 견뎌내는 것만으로도 버거웠어. 너희를 챙길 여유 같은 게 없었어."

"갑자기 왜 그러세요, 이제 와서."

"그래도 한 번은, 적어도 한 번은 너희들 이야기를 들어봤어야 했는데. 아니, 차라리 임 변호사님이 처음에 권했던 대로 준현이를 내가 맡아 키웠더라면……."

"제가 설마, 죽이기라도 할까 봐서요?"

"네가 바라는 게 준현의 안전이라면, 이제 더 이상 준현을 괴롭힐 사람은 없어."

상희는 필사적으로 말했다.

"경찰에 신고할 생각은 없어. 널 감옥에 처넣는 것도 원하지 않아. 너희들은…… 달리 방법이 없었다는 것도 알겠으니까. 하지만…… 지금 이대로는 안 돼!"

"왜 고모가 이러는지 모르겠어요."

"이건 아니니까! 너희는…… 앞으로는 행복하게 살아야 하니까!"

상희는 어째서인지 몽롱해지는 정신을 바로잡으려 애쓰며 악을 썼다.

"너, 나하고 살자. 더는 이대로 둘 수 없겠어. 나하고 살면서, 학교도 다니고 상담도 받아!"

"싫어요."

"이대로 계속, 이런 식으로 살 수는 없어. 이……."

상희는 이를 악물며 속에서부터 짜내듯 말했다.

"이렇게…… 오빠와 섹스하는 게 말이 된다고 생각하니? 엄마가 다르다고 상관없는 게 아니잖아!"

그 순간, 상희의 아랫배에 칼날이 깊숙이 꽂혔다.

"작은고모도 나하고 오빠를 괴롭히려고만 하시네요."

"서나현……?"

상희는 상황을 이해하지 못한 듯 나현을 바라보다, 자신의 배를 내려다보았다.

"커피에다가 신경안정제를 좀 탔어요."

나현이 무슨 말을 하는지 이해하려 애쓰며 그녀는 손에 묻은 피를 들여다보았다. 뒤늦은 비명은, 나현의 칼이 상희의 목을 관통할 때 끄윽거리는 신음으로 바뀌었다.

상희가 입을 벙긋거렸다.

나현은 상희를 욕실로 밀어 넣고, 욕조에 대고 몇 번이나 목을 난자했다.

마침내 상희는 경련을 일으키다 앞으로 고꾸라지며 축 늘어졌다. 손끝은 여전히 경련했지만 더 이상 숨을 쉬지도, 신음을 흘리지도 못했다.

나현은 남 이야기를 하듯 차분히, 그 모든 과정을 설명했다.

태민은 그 이야기를 들으며 묵묵히, 상희의 몸을 집에서 들고 나갈 수 있는 형태로 나누어 담는 데 열중했다. 그는 검정 비닐 봉투에 그녀를 나누어 담고, 마지막으로 준현이 가져다 놓은 모포에 잔해를 말아 낚시 가방에 밀어 넣었다.

이 계절에 어디서 날아들었는지, 파리 한 마리가 욕실 구석에서 웅웅거렸다.

서윤병원 원장 서필환의 막내딸이자 국과수 검시관이었던 서상희는 그렇게 이 세상에서 사라졌다. 죽은 뒤 시체가 조각나

나일강에 버려졌던 오시리스처럼, 어디가 어느 부위인지 그냥 봐서는 알아볼 수 없을 만큼 산산조각이 난 채로.

"준현아."

태민은 목쉰 소리로 중얼거렸다.

"전에 공원묘지에, 네 아버지 무덤에 같이 갔던 거, 기억하지? 너 출소하던 날에."

"예."

"어떻게 가는지 알겠니?"

"……예."

"다시 한번 내게 약속해다오. 어떤 일이 있어도 나현을 지키겠다고."

"나현이는 제가 지킬 거예요."

"그래, 그럼 되었다."

태민은 후련한 표정으로 웃었다.

"넌 나와 낚시에 간 적이 없어. 나는 조 기자의 살인을 청부했다가 실패했어. 그리고 그 사실을 눈치챈 너희 고모를 이 집에서 죽여서 낚시터로 싣고 간 거다. 너희는 꽁꽁 묶어두고."

태민은 그 모든 죄와 죽음을 낚시 가방과 검정 비닐봉투 두 개에 쓸어 담고, 눈에는 한없이 죄 없을 두 아이를 자애롭게 담았다. 욕실에는 그가 일부러 남겨둔 피와 죽음의 흔적이 남아 있었다.

"이건 내가 한 일이다. 알겠니?"

"아저씨."

"너희와는 관계없는 일이야."

그는 단호하게 말했다.

"자, 아침이 되면 경찰에 신고해. 내가 너희를 여기 묶어놓고 너희가 보는 앞에서 서 박사를 살해했다고. 몇 시간 묶여 있던 티는 나야 하니 나가기 전에 정말로 좀 묶어놓아야겠지."

"하지만 그러면 아저씨는……."

"한 명이든 두 명이든, 법을 다루던 손으로 사람을 죽였다. 남은 평생 그 죗값은 치러야 하지 않겠니."

태민은 웃었다. 마치 마지막이라는 듯이. 그는 두 사람에게 가까이 다가갔다. 한참 동안 나현의 얼굴을 들여다보다가, 손을 들었다.

그 손은 나현의 뺨에 닿지 않고 그대로 주머니 속으로 돌아갔다. 대신 그는, 언제나처럼 웃었다.

"그 전에, 나현아. 커피 좀 내려줄래? 보온병 하나 가득."

"……예?"

나현이 고개를 들었다. 태민은 웃었다.

"이제 먼 길 가야 하는데 휴게소 커피는 맛이 없잖니."

커피 한 잔을 청해 마시고, 태민은 나현과 준현의 팔을 등 뒤로 붙잡아 청테이프로 묶었다. 겉보기에는 단단해 보이지만 손목을 비틀면 쉬이 풀리도록 칭칭 감아놓았다.

태민은 속삭였다. 너희들만은 꼭 행복해지라고. 그는 더 이상 서상희라고 부르기 어려운, 피비린내 나는 쓰레기 뭉치를 들고 집을 나섰다.

대문이 닫혔다. 세상의 벽이 닫히듯.

그리고 새벽하늘 아래, 발걸음 소리가 멀어져갔다.

동이 트기에는 아직 일렀고, 나현은 지친 듯이 준현의 등에 기대어 있었다. 손목과 발목이 묶여 있다 보니 영 불편했고, 화장실에서는 역한 피비린내가 올라왔지만, 어쩔 수 없었다. 적어도 아침이 될 때까지는 이대로 있어야 했다.

"말을 잘 맞춰야 해."

"응."

"아저씨 말씀대로, 아저씨가 고모를 살해한 거야. 우리 집으로 유인해서."

"응."

"그리고 우리를 이렇게 묶어놓았고."

준현은 고개를 끄덕였다. 나현은 한숨을 쉬었다.

"조성춘 기자는 어떡하지? 또 그쪽에서 문제 일으킬 수도 있잖아."

"평생 식물인간으로 살아야 할 거라고 하셨어."

준현은 고개를 숙였다.

"아저씨⋯⋯ 어떻게 될까."

나현은 대답하지 않았다.

시간은 천천히 흘렀다. 나현은 준현의 어깨에 기댄 채 졸고 있는 듯했다. 준현은 아무 말도 하지 않았다.

우유나 신문을 넣는 소리, 아침에 출근하는 소리들이 복도 여기저기서 깨어나듯 들려왔다. 이게 무슨 냄새래, 하고 누군가 중얼거리는 소리도 났다. 준현은 팔을 움직여보았다. 그 움직임에 잠깐 잠들었던 나현이 눈을 떴다.

"일어났어?"

"응…… 꿈꿨어."

"꿈?"

"오빠하고 나하고, 예쁜 꽃집 같은 거 차리는 꿈. 장미며 수국이며 엄마가 좋아하던 라넌큘러스 같은 것을 잔뜩 들여놓고. 여기서, 장제시에서도 멀리 떠나서."

"멀리 떠나서?"

나현은 고개를 끄덕였다.

"어디든 가고 싶어. 오빠하고 가면 어디든 좋을 것 같아. 외국도 좋아. 파리라든가. 아, 이탈리아는 어때?"

"이탈리아?"

"응, 로마나 피렌체나…… 오드리 헵번 옛날 영화에도 나오잖아. 로마의 휴일. 그리고……."

"우리, 여행 갈까?"

"아니. 오빠랑 멀리 가서 살고 싶어. 아주 멀리."

나현은 졸린 듯, 무척 행복한 꿈을 꾸는 듯한 목소리로 중얼거렸다.

"아주 멀리, 우리 둘만 있을 수 있는 곳으로. 우리를 아는 사람도 없고, 서윤병원을 아는 사람도 없는 그런 곳으로. 할아버지가 우리를 찾아낼 수 없는, 그런 곳 말야."

불가능한 꿈은 아닐지도 모른다. 이번 일만 어떻게 잘 해결된다면. 하지만 그런 일이, 정말로 가능할까.

상희가 죽었다. 태민은 상희의 죽음도 자신이 감당하겠다고 나섰다.

그러면 이제 누가 우리를 보호할 수 있지.

준현은 눈을 깜빡였다. 상희는 이제 없고 태민은 머지않아 사회적으로 죽은 사람이 될 것이다. 지금 준현이 걱정할 수 있는 것은 그저, 나현과 자기 자신에 대한 것뿐이었다.

나현이 소리 죽여 웃었다. 어느새 손목을 묶은 매듭을 다 풀어버린 채, 준현을 돌아보았다.

문득 준현의 머릿속에 한 가지 의문이 떠올랐다.

"할아버지는……."

"아, 내가 죽였어."

나현은 정말 아무 일도 아니라는 듯 태연히 대답했다.

"왜 그래, 오빠도 할아버지를 죽이고 싶어 했잖아?"

알고 있었다. 그날, 나현이 서 원장을 죽이기 위해 장제시로 갔다는 것을.

처음에는 알면서도 붙잡지 않았다. 할아버지가 엄마에게 강제로 떠안겼던 죽음을 어떤 형태로든 돌려주고 싶다고, 그렇게 복수를 꿈꾸었으니까. 사랑하는 손녀의 손에 죽는다면 그에게는 더없이 완벽한 형벌이 될 거라는 생각도 했다. 결국 후회하고 뒤쫓아갔지만.

막았다고 생각했다. 적어도 눈앞에서 살인이 일어나지는 않았으니까.

"있잖아, 오빠. 할아버지 출근 가방에 항상 힙 플라스크가 있는 거 알아? 거기 술이 들어 있거든."

준현은 모른다. 하지만 고등학교 때 할아버지 댁에서 살았던 나현은 알 수 있었다.

"매일은 아닌데, 병원에서 스트레스받으면 종종 드시는 것 같았어. 그래서 거기다가 약을 섞었어. 이렇게, 성재와 큰고모까지 한 방에 보내게 될 줄은 몰랐지만 말야."

나현은 웃으며 준현의 손을 묶은 매듭을 풀었다.

늘 소망했다.

엄마를 슬프게 한 사람들을 모두, 세상에서 지워 없애고 싶다고.

엄마를 닮았구나.

어린 아들의 병실에서 그 어미를 강간하던 아비는 벨트로 아들의 손을 묶고 옷을 벗기며 말했다.

넌 네 엄마를 닮았어.

몇 번이나 말했다. 내가 이런 짓을 하게 된 것은 모두, 네 엄마를 닮은 네 잘못이라고. 그러지 말라고 애원해도 소용없었다. 거부할 권리 따위는 없다며 모질게 때렸다. 상처투성이의 몸으로 딱딱한 의자에 앉아 수업을 들었고, 여름이 되면 온몸의 상처가 빳빳한 셔츠에 쓸리고 땀에 젖어 쓰라린 데다, 가끔은 곪기까지 했다. 아팠다. 죽고 싶을 만큼 아팠다. 며칠 전 다친 자리 위에 또다시 물어뜯은 상처가 나고, 아버지의 가죽 벨트가 등 위에 선명한 줄무늬를 그려내고, 속옷은 피에 젖었다. 하지만 아무에게도 말할 수 없었다. 서윤병원을 코앞에 두고도, 병원장을 할아버지로 두고도 준현은 병원 한번 가볼 수 없었다.

이건 모두 네 잘못이야.

재욱은 때때로 술에 취한 채 준현을 범하며 그의 목을 졸랐다. 마치 지워버릴 수 있다면 모든 것을, 준현의 존재마저도 지워버리고 싶다는 듯이. 그럴 때마다 그는 준현에게 속삭였다.

똑같은 얼굴에 똑같은 냄새를 풍기면서, 또다시 나를 망치고 있어.

죽고 싶었다. 할아버지에게라도 말한다면 어떻게든 해주지 않을까 싶었지만 말할 수 없었다. 일러바쳤다는 것을 알게 되면 아버지가 무슨 짓을 할지 몰랐으니까.

그래도 나현이 있어서, 손자라고 사랑해주는 할아버지가 있어서 견딜 수 있었다. 고등학교 1학년 때까지만 해도 그랬다. 모처럼 아버지에게서 벗어난 그해 여름방학에 할아버지 댁 2층 서재에서 빈둥거리다가 그 문갑을 열어보기 전까지는.

그때 알았다. 누가 엄마를 죽였는지를.

조성춘 기자가 말하기 전에도, 나현이 비밀을 감추려 들기 전에도, 이미 다 알고 있었다. 폭로하고 싶었다. 도망치고 싶었다. 몰라서 누군가 말해주기 전까지 바보같이 가만히 있던 것이 아니었다. 하지만 안다 한들, 할 수 있는 일이 없었다. 아버지가 나를 강간하고, 할아버지가 우리 엄마를 죽였다고 말한다 해도 준현이 구원받을 가능성은 없었다. 오히려 나현마저 돌아설까 겁이 났다.

그래서 바랐다.

자신을 세상에 낳아준 아버지의 손이 어깨를 짓누르고 등허리를 더듬을 때마다 어린아이가 산타에게 간절히 선물을 바라듯이, 기도했다. 죽게 해주세요. 아니, 모두를 죽여주세요.

엄마를 버리고, 자신을 강간한 아버지를.

엄마를 죽인 할아버지와 큰고모를.

그리고 이렇게 무력하게 당하고만 있는 나 자신을.

"왜 그래, 오빠."

그래서 이제 그 불가능할 것 같던 소망이 이뤄진 걸까. 하지만 간구했던 것은 이런 것이 아니었다.

"나현……."

나현이 손발이 자유로워진 준현을 꼭 끌어안았다 놓았다.

정말, 그런 일은 아무 문제도 되지 않는다는 듯이. 걱정할 필요조차 없다는 듯이. 불안에 떨던 것이 불과 몇 시간 전이었는데, 나현은 정말 아무렇지도 않은 듯 천진하게 웃었다.

"이제 걱정할 것 없어. 비밀이라는 건 원래 아는 사람이 적을수록 안전한 거니까, 우린 이제 안전해."

"무슨……."

불안했다. 그 예쁜 미소가.

"무슨 소, 소리야."

"아저씨 말이야."

나현은 긴 머리카락을 귀 뒤로 살짝 넘기며 대답했다.

"우리 비밀을 너무 많이 알고 있잖아. 처음부터 끝까지, 다."

"서나현, 설마……."

"보온병에 담아 가신 커피에 신경안정제를 넣었어. 오빠가 지난번에 받아 온 것, 전부 다."

준현의 눈이 휘둥그레졌다.

"뭐라고……?"

"사람이라는 건 믿을 수 없잖아. 아저씨가 우리를 경찰에 신고해버릴 수도 있으니까."

"우리……."

"아저씨가 잡히고 나서 우리에게 불리한 증언을 할지도 모르고."

준현은 멍한 표정으로 나현을 돌아보았다.

준현이 할아버지의 손에 이끌려 처음으로 아버지의 집에 갔던 그날, 나현은 공주님 같은 예쁜 원피스 차림으로 동화책을 보고 있었다. 준현은 아무 말도 하지 못한 채 그저 할아버지의 손에 매달려 떨고 있었다. 내 목을 졸랐던 여자, 내가 보는 앞에서 엄마를 강간했던 남자. 그 사람들을 이제부터 엄마 아빠라고 불러야 한다는 할아버지의 말씀을 들었다. 준현은 그저 어디로든 도망치고 싶을 뿐이었다.

안개 속을 걷는 듯 모든 것이 혼란스러운 가운데, 어렸던 그 애가 손을 내밀었다.

오빠는 내가 지켜줄게.

그때부터 나현은 준현의 곁에 있었다. 서재 그늘에서 혼자 숨어 우는 준현을 찾아 달래고, 손을 붙잡고 동화책을 읽어주며, 나현은 몇 번이나 새끼손가락을 걸고 약속했다.

오빠는 저주를 받아서 백조가 된 왕자님이야.

동화책 '백조 왕자'를 몇 번이나 반복해서 읽어주면서.

오빠를 위해서라면 난 무슨 일이든 할 수 있어.

백조가 된 오빠를 구하기 위해 쐐기풀로 뜨개질을 하던 공주님처럼.

그리고 그 애는, 그 약속을 지켰다.

준현의 고통의 근원.

서윤병원 일가 모두를, 이 세상에서 죽여 없앰으로써.

날 지켜준다고 했잖아.

정혜가 늘 듣던 노래, Slipping Through My Fingers. 그 노래가 들려올 때마다 곁에서 책을 읽다 잠든 나현에게 준현은 몇 번이나 말했다.

정말로 날 지켜주고 싶다면, 언젠가 날 위해 저 사람들을 죽여줘.

너는 내게는, 세상의 문.

네가 없이는 살아갈 수가 없다고, 잠든 그 애에게 몇 번이나 속삭였다. 나를 지켜달라고, 나를 사랑해달라고, 나를 구원해달라고. 그렇게 나를 위해 모두를 죽여달라고.

그날도 그랬다.

나를 위해 저 악마를 죽여줘.

서재욱이 마지막 단말마의 경련을 일으키며 쓰러지고, 장정혜가 의붓아들에게 손가락질하며 덤벼들던 그 순간, 준현은 자신에게 매달리며 증오를 퍼붓던 장정혜를 밀어내고 나현을 끌어안았다. 마치 그 애를, 자신의 방패로 쓰려는 듯이.

당황하여 올려다보는 그 애에게 속삭였다.

약속했잖아. 나를 지켜주겠다고.

처음 만난 그날부터 수만 번, 수백 번 나현의 마음에 새겨넣었던 그 말이, 그 애가 손에 칼을 들고 휘두르게 했다.

지금도 분명히 기억한다. 달조차도 새빨갛게 물든 것 같았던 그 밤의 모든 순간들을.

어떡하지.

나현은 그때 겨우, 고등학교 1학년이었다.

아직 새것이었던 교복은 어머니와 아버지의 피로 물들어 마치 처음부터 그런 색이었던 것처럼 새빨개졌다. 그 애는 피를 뒤집어쓴 얼굴을 하고 울었다. 그 애의 손에서 조금 전 두 사람을 찔렀던 식칼이 미끄러졌다. 사방에서 날핏내가 쏟아졌다.

어떡하면 좋아, 오빠…….

사람이 그렇게 죽을 수도 있다는 것을, 준현은 그 밤에야 알았다.

그렇게 강하고 거대해 보이던 사람도, 그렇게 죽어 무너질 수 있었다.

겨우 고등학생인 어린 여자아이가 식칼을 휘둘러 부모를 죽였다. 이제 자유로워질 수 있을지도 모른다고 생각했다. 불과 한순간이었지만.

아빠가 나빴어.

주저앉은 나현의 어깨에 반쯤 걸치듯 기대어 있던 어머니는 마지막 경련을 일으키고 있었다.

그제야 준현은 상황을 정확히 인지했다. 사고였다. 우발적인 일이었다. 이건 나현이 감당할 수 없는 죄였다.

아빠가, 그런 일을 하면 안 되는 거였어.

나현이 헐떡이며 속삭였다. 후회하지 않아. 아빠가 잘못한 거야. 준현은 대답하지 못했다. 분명히 알고 있었으면서도. 아버지는 죄인이란 걸, 죽어 마땅한 사내였단 걸. 하지만 그런 남자라 해도 죽여버리면 살인자가 되고 만다.

하지만 나…… 이제 어쩌지.

그런 짐승만도 못한 자라 해도, 살인이 되는 것이다.

어떡하면 좋지, 오빠.

나현은 준현의 가슴에 매달리며 무너졌다. 자신이 몇 번이나 잠든 그 아이의 귓가에 속삭였으면서도, 준현은 조심스럽게 물어보았다. 왜 그랬어, 하고.

약속했잖아. 오빠는 내가 지켜주겠다고.

그 대답 때문이었다. 준현은 자신이 그 죄를 짊어지기로 결심했다. 나현이 자신을 아버지로부터 구했던 것처럼, 자신은 나현을 법의 구속에서 구하겠다고.

나현이 쥐고 있던 식칼을 빼앗아 들고, 자신의 손에 묻은 아버지의 피를 뺨에 발랐다. 몸에 묻은 서재욱의 정액을 나현의 치맛자락으로 닦았다. 그리고 전화를 걸었다. 임태민 변호사에게, 아직 목과 등이 경련하는 어머니를 구하기 위해 119에, 그리고 경찰에.

나현은 일부러 옷매무새를 흐트러뜨린 채, 멍한 표정으로 준현을 올려다보았다. 오빠, 그러면 안 돼. 그렇게 중얼거리는 나현을 끌어안은 채, 준현은 눈을 꼭 감았다.

나현이는 나를 위해 어머니와 아버지를 죽여주었다.

할아버지 서필환도, 큰고모도, 작은고모도, 친아버지인 임 변호사 아저씨조차도…….

“고양이 백세, 기억나?”

나현은 준현에게 기댄 채 노래하듯 말했다.

“내가 고양이 밥에 비소를 섞었어. 시험해봐야 했거든. 혹시라도 효과가 없으면 큰일이니까.”

준현은 목이 멘 듯 희미한 목소리로 중얼거렸다.

“왜 그랬어.”

“그런 얼굴 하지 마. 나도 그 애들 예뻐했는데, 그렇게 다 죽어버리니까 속상하지 뭐야. 그래도 뭐, 괜찮아.”

나현은 언제나 괜찮다고만 말했다.

“오빠가 평화롭게 살아갈 수만 있으면 다 괜찮아. 난 어떤 저주를 받아도 괜찮아.”

스스로 다가와 묶인 그 말처럼, 손발이 부르트도록 제 오빠를 구해낼 쐐기풀 옷을 짓다가 끝내 마녀가 되어 화형대에 서는 그 공주님처럼.

동화 속에서는 그 순간 백조가 된 오빠들이 저주에서 풀려나고 공주님도 행복해지지.

하지만 현실은 동화가 아니다. 저주받은 백조는 되돌아올 수 없고, 마녀가 되어버린 공주님은 구원받을 수 없다.

준현의 눈에서 독약처럼 눈물이 흘러내렸다. 나현은 그 눈물을 맛보듯 준현의 뺨에 입술을 대었다.

"내가 사람을 죽여서, 내가 싫어진 거야?"

준현은 고개를 좌우로 흔들다가 문득 중얼거렸다.

"고등학교 1학년 때였어. 할아버지가 엄마를 죽였다는 걸 알게 된 건."

준현의 얼굴에서 멍한 표정이 지워졌다.

"그걸 알게 된 이후로, 더 이상 상담을 받을 수 없었지. 언젠가 모두에게 복수하겠다고 다짐했어. 이 집안의 더러운 피와 얽힌 전부에게……. 할아버지, 아버지, 어머니…… 큰고모, 작은고모, 우리 엄마…… 조성춘 기자와 변호사 아저씨까지."

장제시.

그 끈적거리는 비린내가 풍기는 땅 위에 콘크리트를 치고 시멘트를 부어 신작로를 내고 높이 멀끔한 건물을 올리듯이, 인간이 되지 못한 괴물들이 인두겁 쓰고 사람 행세를 하며 살아가던 땅.

그 죄악의 핏줄은, 나현의 손에 모두 죽어 없어졌다.

모두가.

준현은 문득 고개를 들었다. 꺼진 채 새카만 거울처럼 거실을 비춰내던 TV 화면에 자신의 얼굴이 보였다.

아니, 아직은 하나가 남았어.

아직 하나가.

준현은 베란다로 다가가 창문을 열었다.

먼 동쪽에서부터, 하늘은 다시는 지워지지 않을 핏자국을 드러내듯 시뻘겋게 물들어갔다.

"고마웠어, 나현아. 모두를 죽여줘서."

준현은 중얼거리며 창가를 향해 뒷걸음질 쳤다.

악마 같은 아버지를 죽여줘서.

잔인한 어머니를 죽여줘서.

욕심 많은 큰고모를, 냉정한 작은고모를 죽여줘서.

그리고 그들에게 무력하게 당하고만 있는 나 자신을 죽게 해줘서.

준현은 문득 언덕 위에 햇살을 받으며 서 있던 서윤병원을 떠올렸다. 욕망과 죽음과 증오와 피와 비뚤어진 사랑이 끝나지 않을 족쇄처럼 감기고 이어진, 서필환 원장의 성.

그리고 이제 모든 것이 끝났다.

손을 내밀며 달려드는 나현의 모습이 설핏 비쳤다.

아침의 첫 햇살이 대지를 물들이기 시작했다. 준현은 마치 처음으로 아침 해를 보는 사람처럼 웃었다.

Slipping through my fingers…….

머릿속에서, 익숙한 그 음악이 울려 퍼졌다. 그의 길지 않은 생애를 옭아매던 모든 것들이 손가락 사이로 풀려나갔다.

그리고 엄마를 생각하면 늘 들리던, 퍽 하고 터지는 소리가 들렸다.

✣

18

"이게 얼마 만이죠?"

호프집의 문이 열렸다. 낯익은 얼굴이 들어오자 백 반장은 손을 흔들며 반색했다. 호석은 멋쩍은 웃음을 지으며 백 반장과 마주 보고 앉았다.

"원장님 장례식 때 뵈었죠. 그게…… 넉 달 전이었나."

"그렇죠. 벌써 그렇게 되었구만."

넉 달.

그 겨울이 지나고, 목련이 피고 지고, 이제 겨우 철쭉이며 벚꽃이 피었을 뿐인데.

그사이에만 네 번의 장례식이 더 있었다. 자살한 서애희, 살해당한 서상희와 살해하고 목숨을 끊은 임태민 변호사 그리고 준현까지. 서필환의 후손들은 마치 저주라도 받은 듯 줄줄이 죽어나갔다. 나현 한 사람만을 남기고.

"그나저나 팔자 좋습니다. 서윤병원 신경정신과장이라……."

"오너가 직접 와서 부탁을 하더군요. 아무래도 서준현과의 인연도 있다 보니."

오랜만에 만나서 반갑기는 했지만 두 사람은 각자 맥주잔을 앞에 두고 아무 말도 하지 못했다. 무슨 말을 꺼내려고 해도 서윤병원의 일이 먼저 마음에 밟혔다.

맥주를 석 잔쯤 비웠을 무렵, 호석이 먼저 입을 열었다.

"임태민 변호사, 그럴 양반으로 안 보였는데 말입니다."

"아, 그 일……."

백 반장이 한숨을 쉬었다.

"거, 이 동네에 토박이들은 그거, 정사라고 하긴 합니다."

"정사라고요?"

"원래 둘이 예전부터 좋아 죽었다고 그래요. 듣기에는 그 서상희 박사가 아직 서윤병원 댁 아가씨 소리 듣던 시절에 임태민 변호사한테 결혼해달라고 했다는 말도 있고."

"아니, 좋아서 같이 죽을 정도면 차라리 결혼을 하지."

"그게 좀 복잡한 게 있어요."

"나이도 적당히 맞겠다, 의사에 변호사겠다, 어차피 맏사위도 서윤병원 의사 사위 맞았으니, 고문변호사라고 그렇게 층이 지는 사윗감도 아닐 텐데 왜 그랬답니까."

"임 변호사가 백정골 출신이라서."

"지금 시대가 어느 시대인데."

"따지고 보면 서필환 원장님도 동네 머슴 자손이었잖아요. 근데 그렇게 자수성가한 양반들이 또 자기 자식 여윌 때는 집안이니 혈통이니 그런 걸 신경 쓰잖습니까. 장진제약도 그렇고."

"하기사 장진제약도 서 원장님이 장차 사돈 삼으려고 그렇게 키워놓은 거였죠."

호석이 혀를 차며 맥주잔을 비웠다. 백 반장은 오징어 다리를 북 뜯으며 한숨을 쉬었다.

"그래도 수법이…… 뭐랄까, 말도 안 되게 잔인했어요."

"잔인하다?"

"서나현이 말로는 말다툼을 좀 하다가 우발적으로 살해했다는데, 그래놓고는 나현은 꽁꽁 묶어놓고 준현에게 시신 치우는 일을 돕게 했다는 모양입니다."

"아니, 뭘 어떻게 치웠는데요."

"완전 토막을 내놓아서."

"허."

"머리만 남기고 다, 형체도 알아볼 수 없게 되어 있었어요."

"서애희 여사라면 몰라도, 서상희 박사에게 그렇게 원한이 있을 리 없었을 텐데……."

"사람 속이야 어찌 압니까."

"임태민 변호사가 자살한 건 맞아요?"

"자살이겠죠. 아무리 그래도 은인의 딸이고, 자기 좋아하던 여자인데. 그렇게 죽이고 나서 무서웠던 게지. 약 먹고 차 몰아서 사고 내고, 혼자만 죽었으면 다행인데 6중 추돌이었죠. 그럴 거라면 차라리 곱게 자수를 하든가, 자수할 용기가 없으면 어디 가서 혼자 목이라도 맬 것이지."

백 반장은 혀를 찼다.

"그건 그렇고, 조성춘이하고 술 잡숫고 그랬다면서."

"찾아와서 술 사달라는데 장사 있습니까."

"거, 변죽 하나는 좋아서는."

"그러게 말입니다. 그 친구도 참, 느물거리면서 염라대왕도 구워삶을 것 같이 굴더니만."

"그건 사고 맞죠?"

"그건 사고 맞을 겁니다."

"풀 방구리 쥐 드나들 듯 밸밸거리고 다니더니 그렇게 어이없이 쓰러질 줄은."

"사람 앞일은 모르는 거죠. 그나저나 서윤병원에서 맡았다던데."

"아, 오너가 그러자고 했습니다."

"거참."

두 사람은 마주 본 채 한숨을 쉬었다.

서윤병원.

서필환이 평생에 걸쳐 가꾸어온 그 병원은, 여전히 장제시의 중심이었다. 하지만 한두 명도 아니고, 너무 많은 사람이 죽었다. 마치 저주라도 받은 것처럼.

"죄지은 놈들을 지금까지 한두 놈 잡아들인 것도 아니고, 억울하게 죽은 사람도 수도 없이 봐왔지만."

백 반장은 맥주잔을 비우며 중얼거렸다.

"서윤병원 일은 생각할수록 기가 막혀서……. 어떻게 하면 한 집안이, 한 일가가, 계속 이런 식으로 마치 유전이라도 되는 듯이 죽고 죽이고 할 수 있는지."

"대체 서윤병원은……."

호석은 한숨을 쉬었다. 서필환 원장이 죽자마자 파도 파도 끝도 없이 쏟아지는 추문. 한 사람만을 남기고 모두 사라져버린, 그 집의 자손들. 이만하면 정말로 저주받은 집안이라고, 공포영화라도 만들어야 할 것 같은 이야기였다.

"그래도 이젠 좀 안심입니다."

"뭐가요."

"그 집안 울타리 안에서 서로 죽고 죽였는데, 이제 더 죽일 사람도 죽을 사람도 없잖습니까. 자살이라도 한다면 모르겠지만, 서나현이 그럴 것 같지는 않고."

"아, 그러고 보니 오너 말인데."

호석은 나현을 꼬박꼬박 오너라고 부르고 있었다.

"임신을 했어요."

"임신?"

백 반장은 눈을 부릅떴다.

"한 4~5개월 된 것 같아요. 그러니까, 전 원장님 돌아가셨을 그 무렵에 생긴 애 같은데."

"잠깐, 서나현이가 올해 나이가……."

"스물하나인가 둘이죠."

"그럼 애 아버지는 누구랍니까? 결혼은 고사하고, 어디 남자 친구 있다는 말도 못 들었던 것 같은데."

백 반장은 묻다가, 입을 다물었다.

호석도 아무 말도 하지 않았다. 다만 그는, 며칠 전 다시 장제시에 돌아오던 날 보았던 나현의 모습을 떠올릴 뿐이었다.

마른 몸에 칠흑처럼 검은 원피스를 입고, 가느다란 진주 목걸이를 걸고 있던 나현은 거의 티도 나지 않을 만큼 부른 아랫배를 핸드백으로 살짝 감싼 채 서윤병원의 정문으로 똑바로 걸어 들어갔다.

마치 이곳의 모든 것이 처음부터 자신의 것으로 정해져 있었던 것처럼.

그랬다. 순식간에 온 가족을 잃은 젊디젊은 나현이 입은 검은 원피스는 아마도 상복이었겠지만, 서윤병원을 향해 걸어가는 그의 뒷모습은 마치 레드카펫 위의 톱스타처럼 당당했다. 그 새카만 상복은 서늘하고 찬란한 햇빛 아래에서 파티의 주인공이 입고 선 리틀 블랙 드레스처럼 선명해 보였다.

시간이 흐르고 흘렀다. 그럼에도 저택의 마당 구석에는 변함없이 수국이 피었다.

소년은 그 수국이 싫었다. 거실 테이블에 놓인 검은 수반도, 그 위에 둥글게 피어오른 라넌큘러스도 싫었다. 거실 장 위에 놓인, 깨진 자리를 은으로 때워 붙인 아름다운 피겨린과 장 안에 가득한 크림빛과 푸른빛 가득한 도자기 접시들도 싫었다.

무엇보다도 소년은 어머니가 싫었다.

싫고 두려웠다. 자애롭게 자신의 얼굴을 들여다보고 있지만 늘 자신이 아닌 다른 누군가를 보고 있을 뿐이었다. 그런 그녀를 생각할 때마다, 이 세상엔 자신을 그저 자신으로 보아주는 사람은 아무도 없을 것이라는 불안감이 들었다. 그런 생각을 할 때마다 숨이 막혔다.

"사춘기니까 부모에 대해 복잡한 감정이 들 수도 있지."

태어나지 말았어야 했어.

살아있어야 할 이유가 없어.

그렇게 생각하면서도 차마 죽을 용기조차 없었다.

그저 언제나 비닐 몇 겹에 싸여 있는 듯 숨이 막히고 모든 것이 둔감하게 다가올 뿐, 정말로 죽고 싶을 만큼 모든 것이 절망적인 것은 아니었으므로.

"부모와 좋은 관계를 유지하는 것만이 건강한 건 아니야. 서로 싸우고 충돌하고, 그러면서 인격이 형성되고 어른스러워지는 거지."

하지만 이 상황에서 벗어나고 싶었다. 아주 조금이라도.

상담을 받으며 몇 번이나 도와달라고 말해보았다. 그러나 벽을 보며 말하는 게 나을 거라는 결론에 도달할 뿐이었다.

"이 시기가 지나면 다 괜찮아질 거다."

상담자인 박호석 박사는 호인이지만 바보였으니까.

"늘 아무것도 못 보시네요."

"그래?"

"정신과 전문의면 다 보이는 줄 알았어요. 잘못되어도 한참 잘못된 것이."

"네 나이 때에는 그렇게 생각할 수도 있지. 전문가의 관점에서 볼 때는 그냥 사춘기의 한 과정이에요. 우리 엄마가 친엄마 같지 않고, 자기에게 숨겨진 힘이 있는 것 같고, 그런 것들. 그런데 넌 여기 서윤병원에서 태어나서 지금까지 하루도 너희 어머니 곁에서 떨어진 적이 없었잖니. 뒤바뀔 틈도 없었을 거다."

그는 웃었다. 어쩌면 그는 처음부터 다 보고 있었으면서도, 처음부터 아무것도 보지 않은 척했는지도 모른다.

"처세술이에요, 그런 게?"

"무슨 말이니."

"선생님요. 엄마하고 잘 지내려고 그러시는 거죠? 아무것도 모르시는 척."

"글쎄다."

그는 부정하진 않았다. 그랬겠지. 그러니까, 외과나 내과에 비하면 어디로 봐도 세력이 밀리는 정신과 전문의가 서윤병원 만 한 규모의 종합병원 부원장까지 차지할 수 있었겠지.

“저도 머지않아 어른이 된다고요.”

“그렇긴 하지만, 원장이 되려면 앞으로 50년은 더 있어야 할 것 같은데?”

“그거 보세요. 처세술이잖아요.”

“처세술이 나쁜 건 아니지.”

“저한테는 그다지 좋을 게 없는데요.”

호석은 웃었다. 소년은 약이 올라서 그를 쳐다보다가 그의 말이 맞다는 것을 새삼 깨달았다. 소년은 아직 어리고, 그는 소년이 의대를 졸업하고 의사가 되기 전에 은퇴할 테니까. 그러니까 눈치를 보거나 신경을 쓸 이유란 없다. 어떤 본심을 털어놓아도 그저 사춘기 어린아이의 떼쓰기로 취급받을 뿐, 진지하게 들어주지 않을 것이다. 고스란히 어머니에게 일러바치지나 않으면 다행이었다.

하지만.

“엄마는…… 어딘가 이상해요.”

그가 아니면, 달리 이런 말을 털어놓을 곳도 없었다.

학교에서도, 동네에서도, 그는 늘 혼자 동떨어져 있었으니까.

“아니, 제가 이상한 건지도 몰라요.”

여기 있어서는 안 될 존재처럼.

소년은 서윤병원 오너의 외아들이었다. 오너는 젊었지만 독신이고, 누가 봐도 재혼할 생각은 없어 보였다. 아니, 애초에 결혼을 했는지, 누구의 아이를 낳은 것인지도 의문이었지만 감히 그런 것을 묻는 사람은 없었다.

소년의 어머니는 이곳의 여왕이었다.

장제시의 중심은 서윤병원이었고 서윤병원의 주인은 장제시를 지배했다. 애초에 이 도시를 일으켜 세운 것이 오너의 할아버지이자 소년의 증조부인 서필환 원장이었고 이 도시에서 일하는 사람들 대부분이 어떤 식으로든 서윤병원과 관계를 맺고 있었다.

소년에게는 다른 친척도, 형제도, 서윤병원을 두고 경쟁할 그 누구도 없었다. 이곳 사람들에게 소년은 제 어머니의 왕관을 물려받아 언젠가 이곳의 왕이 될 사람이었다. 그래서 소년에게 늘 친절했지만 그들이 소년을 대하는 태도는 늘 속이 들여다보일 정도로 뻔하고 단순하며 역겨웠다. 그 누구도 소년에게 불친절하게 대하지 않았고 모두가 사탕과자로 된 인형처럼 그에게 달콤하게 굴었다. 그러나 그런 친절과 아첨은 텅 빈 허상이었다. 제대로 된 사랑도, 관심도, 우정도, 그 무엇도 그 안에 존재하지 않았다. 소년이 자신의 괴로움을 털어놓은들, 진지하게 들어주는 사람은 아무도 없었다.

어머니에 대한 의심을 털어놓는다면 사람들은 듣는 것만으로도 배신이라 여길까 두려워 지레 겁을 먹겠지.

소년은 알고 있었다. 사람들이 자신에게 친절하게 대하는 것은 자신을 좋아해서가 아니다. 서윤병원을 두려워하기 때문이다. 자신에게서 서윤병원을 빼면 아무것도 남지 않는다. 소년은 오너를 닮아 총명한 아이였고, 스스로도 그 사실을 이미 여러 해 전부터 잘 알고 있었다.

"이상하다고 생각하는 게 있다면 말을 해보렴. 상담이잖니. 뭐든 솔직하게 말해줘야 도와줄 수 있지."

"그건 아무래도 어려울 것 같은데요."

"음?"

"저하고 선생님 사이에 라포가 제대로 통해야 말이죠."

"아무리 그래도 내가 너를 태어났을 때부터 봐왔는데, 서운하네."

"죄송해요. 하지만 제가 무슨 말을 하든 엄마 귀에 다이렉트로 들어갈 거잖아요. 서로 짜고 치는 일이라는 걸 뻔히 아는데 라포는 무슨 라포. 차라리 선생님, 저한테 아예 서윤병원과 상관이 없는 선생님을 소개해주시면 어떨까요?"

"이런, 그건 어렵겠구나."

호석은 웃었다. 소년은 입을 다물었다.

장제시에 미련이 없는 사람이 필요했다. 이곳에 뿌리를 내리지 않은 사람, 언제든 이곳을 떠날 수 있는 사람이. 호석은 이곳 출신이 아니었고 중간에 몇 년간 서윤병원을 떠나 있기도 했지만, 결국은 되돌아왔다.

모두가 죽고, 어머니만 남은 뒤에.

병원의 내력, 이 도시의 내력에 대해서는 어릴 때부터 귀가 닳도록 들었다. 특히 소년을 키워준 전주댁 할머니는 늘 서필환 박사가 얼마나 대단한 분이셨는지 말씀하시곤 했다.

그 이야기 속에서 서필환 박사는 그야말로 비, 구름, 바람을 거느리고 내려온 하느님의 아들이었고, 하는 일마다 하늘이 내리신 복이자 옛 성인들의 행적을 닮았다는 해동의 용이었으며, 말을 달려 강물을 건너와 나라를 세운 왕이었다.

그 이야기 속에서 소년의 할아버지인 서재욱 박사는 또 얼마나 이야기 속 왕자처럼 빛나는 사람이었는지. 그 빛나는 사람이 장진제약의 공주님과 결혼하여 행복하게 살았습니다, 하는 이야기는, 섬뜩할 정도로 매끈하고 아름다웠다.

하지만 아무도 말해주지 않았다. 할아버지가 외삼촌에게 살해당했다는 것을.

그 대단하다는 증조할아버지도 어쩌면 외삼촌에게 살해당했으리라는 것을.

그 이야기에 대해 캐물으려 하면 다들 입을 다물었다. 이 사람 저 사람의 말에서 추측할 수 있는 것은 많지 않았다.

외삼촌이 백치였다는 것. 어머니의 고모들이 서윤병원을 노리고 어머니를 해치려 했다는 것. 백치이지만 어머니를 끔찍이도 아꼈던 외삼촌이 어머니에게 서윤병원을 물려주기 위해 친척들을 죽이고 자살했다는 것.

그뿐이었다. 모두가 죽었고, 어머니는 모든 것을 물려받았다. 흑단같이 검은 머리카락과 크림처럼 새하얀 뺨, 무슨 생각을 하는지 알 수도 없는 얇고 붉은 입술과 깊은 눈동자를 하고, 아무 말도 하지 않은 채, 열다섯 살이나 된 아들이 있을 것이라고는 누구도 생각하지 않을 만큼 젊고 아름다운 그녀는 그림처럼 그려놓은 듯한 모습으로 늘 그 자리에 있었다. 아버지가 누구인지, 외삼촌은 왜 사람을 죽였는지, 어머니는 어째서 그를 낳았는지, 그런 것에 대해서는 아무도 말해주지 않았다.

소년은 상담을 마치고 나왔다. 엘리베이터를 타도 되었지만 일부러 비상구를 통해 두 층 아래, 9병동 쪽으로 향했다.

그리고 언제나처럼 명패가 붙어 있지 않은 1인실 앞에서 걸음을 멈추었다.

그 병실에는 아주 옛날부터 한 남자가 누워 있었다.

그 사람의 아버지는 예전에 이 병원 원무과장님이었어.

명패는 없었지만 소년은 남자의 이름을 알고 있었다. 궁금한 나머지 작년 봄 원무과에 얼씬거리다 그의 차트를 훔쳐낸 덕분이었다.

그 사람 아버지가 돌아가시고서, 예전 원장님이 대학까지 보내주셨지.

원래는 혼쭐이 났어야 할 일이지만 친척 아줌마처럼 소년을 귀여워하던 간호부장은 조용히 그 일을 덮어주었다.

사고를 당해서 반신불수가 되었는데, 가족도 없고 돈도 보험도 변변치 않은 것을, 너희 어머니가 받아주신 거야.

그녀는 왜 병실에 명패가 걸려 있지 않은지, 그가 무슨 일을 했는지는 말하지 않았다. 하지만 소년은 짐작할 수 있었다.

그는 장제일보의 기자였다.

서윤병원에 대한 기사를 꾸준히 쓰던 기자이기도 했다.

그런 사람이 사고를 당한 뒤 의지할 곳도, 병원비를 지불해줄 곳도 없어 곤경에 처한 것을 서윤병원에서 돌봐주는 것은 분명 그림 같은 미담이었다. 소년은 자신이 태어나기 전 서윤병원에서, 그리고 이 집안에서 일어난 일에 대해 몇 번이나 찾아보았다. 장제일보는 이미 수년 전 폐간되었지만 장제일보에서 나온 기사를 중앙지에서 다시 게재한 것들이 남아 있었다.

그 기사 대부분은, 바로 조성춘 기자가 직접 쓴 것이었다.

어머니를 추행했던 할아버지.

할아버지와 할머니를 살해한 외삼촌.

어머니를 살해하려 했다가 자살한 고모할머니.

외삼촌의 친어머니를 살인교사 한 증조할아버지 그리고 증조할아버지를 살해한 외삼촌.

그가 사고를 당한 뒤 발행된 서윤병원 고문변호사와 작은고모할머니의 의문의 죽음에 대한 기사를 제외하고는 그의 손을 타지 않은 것이 없었다.

그는 죽음이 얼룩진 이 집안의 그림자들을, 누구보다 집요하게 파헤친 사람이었다.

"설마 누가 죽이려고 한 건 아니겠죠."

소년은 1인실의 작은 창 너머로 남자의 모습을 들여다보며 중얼거렸다.

"외삼촌이라든가, 엄마라든가."

그 모습을, 복도 저편에서 지켜보는 사람이 있었다.

그 사람은 발소리를 죽일 생각도 하지 않은 채 소년을 향해 걸어왔다. 소년은 고개를 들었다.

"……엄마."

"상담이 끝나면."

검은 원피스 차림의 그녀는 금세 다가와 소년의 눈을 마주 보았다.

"들렀다가 가라고 하지 않았니."

"죄송해요……."

소년은 어깨를 움츠렸다. 서윤병원의 오너, 서나현은 소년의 뺨을 향해 손을 뻗다가 문득 상처받은 표정으로 머뭇거렸다.

"엄마에게는, 너뿐이라고 했잖아."

엄마는 어딘가 이상했다.

하지만 어디가 이상한지, 짚어 말할 수는 없었다. 마주칠 때마다 어쩐지 멀고 아득한 곳을 바라보는 것 같은 그 눈빛도, 속이 빈 사탕과자 같은 공허한 자애도.

하지만.

소년은 이제 이상한 것은 그녀가 아니라 자신이었을지도 모른다고 막연히 생각했다. 젊고 아름다운, 자신을 사랑하는 어머니를, 어머니가 아닌 다른 존재로 보고 있었을지도 모른다고. 그러니까 그녀의 뺨에 흘러내리는 한 방울 눈물에 이렇게 심장이 터질 듯이 달리고 또 아픈 것이다. 소년은 뒷걸음질 쳤다.

이름이 들어 있지 않은 1인실의 아크릴 명패가 얇은 셔츠 한 장 너머로 느껴졌다.

그녀가 한 걸음 가까이 다가왔다.

소년은 날카로운 칼날 위를 맨발로 밟고 선 듯, 온몸이 덜덜 떨렸다.

"어, 엄마……."

어머니의 손이, 소년의 뺨에 마침내 와 닿았다.

처음으로 어머니가 자신만을 보아주었다고 생각한 순간, 어머니가 뜻 모를 말을 꺼냈다.

"너, 네 아버지를 닮았구나."

"엄마……."

"정말 많이 닮았어."

그래, 이 순간에도 어머니는 소년을 보고 있지 않았다. 어머니는 소년의 얼굴에서 언제나 다른 사람을 봤다. 지금 이 순간에도, 마치 누군가가 소년의 등 뒤에 그림자처럼 달라붙어 있기라도 한 것처럼.

밀쳐내고 싶었지만 그럴 수 없었다. 어머니가 한 걸음 더 소년을 향해 다가왔다. 틀어 올린 머리카락 아래 새하얀 목덜미가 바로 내려다보일 만큼.

아찔한 감각이, 정수리에서부터 쏟아지는 것처럼 온몸을 뒤덮었다.

"……!"

어머니는 한 손으로 병실의 문을 열며 다른 손으로 소년의 허리를 감싸 잡아끌었다. 하얀 벽에 그를 밀어붙이고, 수국의 꽃잎처럼 보드라운 입술로 입 맞추었다.

소년의 손이 서투르게 그녀의 등을 감쌌다.

심장이 달렸다. 숨이 가빠왔다. 머릿속이 어리고 서투른 애욕으로 멍해져가는 가운데, 그녀의 입술만이 더욱 선명하게 다가왔다. 소년은 입술을 물고 빨아들이며 혀를 섞었다.

배덕한 욕망과 죄악감에 소년은 어깨를 떨었다. 그녀는 가만히 미소 지을 뿐이었다.

당신이 그렇게, 손가락 사이로 빠져나가듯 내 곁을 떠나버렸지만 나는 살 수 있었어. 당신은 여전히 내 안에, 아홉 달 동안 갇혀 있었으니까.

오빠. 우리 둘이서 행복해지자.

설령 아무리 더럽고 죄악이 가득하다 해도, 나는 오빠를 사랑하고 있어.

영원히.

족쇄: 두 남매 이야기

1쇄 발행 2024년 5월 8일

지은이 전혜진
펴낸이 배선아
IP개발팀 윤승일, 유민우, 조민기, 차종문
IP사업팀 문채린
관리 에이투지엔터테인먼트 경영지원팀
디자인팀 최서은, 박예진
펴낸곳 고즈넉이엔티

출판등록 2017년 3월 13일 제2022-000078호
주 소 서울특별시 마포구 성지1길 35, 4층
대표전화 02-6269-8166 **팩스** 02-6166-9199
이 메 일 gozknockent@gozknock.com
홈페이지 www.gozknock.com
블 로 그 blog.naver.com/gozknock
페이스북 www.facebook.com/gozknock
인스타그램 www.instagram.com/gozknock

ISBN 979-11-6316-526-2 03810